ŒUVRES COMPLÈTES

DE

E.-F. BOUISSON

PROFESSEUR DE CLINIQUE CHIRURGICALE

DOYEN DE LA FACULTÉ DE MÉDECINE DE MONTPELLIER,
ASSOCIÉ NATIONAL DE L'ACADÉMIE DE MÉDECINE, LAURÉAT ET CORRESPONDANT
DE L'INSTITUT,
RECTEUR INTÉRIMAIRE DE L'ACADÉMIE DE MONTPELLIER,
OFFICIER DE LA LÉGION D'HONNEUR, COMMANDEUR DE SAINT-GRÉGOIRE-LE-GRAND,
DÉPUTÉ A L'ASSEMBLÉE NATIONALE (1871-1875)
ETC., ETC.

NOUVELLE ÉDITION

PUBLIÉE

PAR LE DOCTEUR Félix CHAVERNAC

(D'AIX)

Faire bien, s'estimer peu.
(Devise de Bouisson.)

COMPTES RENDUS

TOME ONZIÈME

PARIS
MASSON ET Cie, LIBRAIRES ÉDITEURS
Boulevard Saint-Germain, 120.

1903

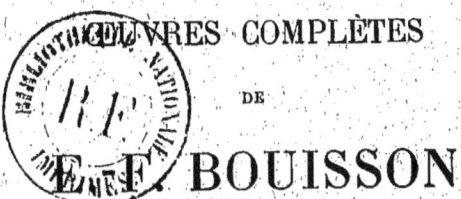

ŒUVRES COMPLÈTES

DE

E.-F. BOUISSON

TOME ONZIÈME

MONTPELLIER. — IMPRIMERIE DE JEAN MARTEL AÎNÉ
ET DELORD-BOEHM ET MARTIAL.

ŒUVRES COMPLÈTES

DE

E.-F. BOUISSON

PROFESSEUR DE CLINIQUE CHIRURGICALE

DOYEN DE LA FACULTÉ DE MÉDECINE DE MONTPELLIER,
ASSOCIÉ NATIONAL DE L'ACADÉMIE DE MÉDECINE, LAURÉAT ET CORRESPONDANT
DE L'INSTITUT,
RECTEUR INTÉRIMAIRE DE L'ACADÉMIE DE MONTPELLIER,
OFFICIER DE LA LÉGION D'HONNEUR, COMMANDEUR DE SAINT-GRÉGOIRE-LE-GRAND,
DÉPUTÉ A L'ASSEMBLÉE NATIONALE (1871-1875)
ETC., ETC.

NOUVELLE ÉDITION

PUBLIÉE

PAR LE DOCTEUR FÉLIX CHAVERNAC
(D'AIX)

Faire bien, s'estimer peu.
(*Devise de Bouisson.*)

COMPTES RENDUS

TOME ONZIÈME

PARIS
MASSON ET Cie, LIBRAIRES-ÉDITEURS
Boulevard Saint-Germain, 120.

1903

COMPTES RENDUS

COMPTE RENDU

SUR LES TRAVAUX DE LA FACULTÉ DE MÉDECINE DE MONTPELLIER

PENDANT L'ANNÉE SCOLAIRE 1851-1852

MESSIEURS,

Il y a douze ans que l'arrêté ministériel qui a institué les réunions solennelles du corps académique est mis en vigueur. Déjà cette institution, qui en prescrivant des statistiques annuelles du mouvement scientifique des Facultés, semblait devoir exposer à d'éternelles redites, passe dans nos habitudes, et, grâce à l'heureuse et éloquente habileté de nos Doyens, les rapports officiels sont écoutés avec faveur. Chargé de porter aujourd'hui la parole à la place de M. le Doyen Bérard, je ne saurais, sans réclamer l'indulgence d'un aussi imposant auditoire, substituer même le court récit qui va suivre aux développements amples et lumineux que fait entendre chaque année notre honorable collègue. Si j'ai bien compris le but de ce tableau des faits racontés périodiquement devant le public, il ne s'agit pas seulement d'opérer un dépouillement numérique des inscriptions, des examens, des actes publics, et de réduire aux proportions d'une table synoptique le programme de l'enseignement ; il faut rechercher les conséquences de ces diverses données, et les compléter par le récit des faits éventuels de l'année. S'il entre dans les vues du pouvoir universitaire de réitérer tous les ans cette statistique, ingrate pour l'oreille mais instructive pour l'esprit observateur, c'est qu'il doit résulter ultérieurement de la comparaison de ces chiffres un critérium qui permette de juger le progrès des études, la prospérité relative des Facultés, les résultats obtenus et les améliorations à introduire. Les comptes rendus annuels deviennent ainsi l'histoire même de ce qui vient de se passer ; s'il se présente quelque fait important, quelque progrès utile, quelque acte digne d'être mentionné, de la part des professeurs ou des élèves, il se traduit au jour radieux de la publicité, et tient sa place dans les annales de notre École racontées par celui qui a l'honneur de l'administrer.

Voyons, en conséquence, d'une manière rapide, en quoi l'année académique qui vient de finir diffère de celles qui l'ont précédée, et quels traits peuvent servir à la caractériser.

La science possède ce privilège de s'isoler au milieu des préoccupations politiques, et de trouver en elle-même une source d'élan et de satisfaction qui la soutient toujours. A plus forte raison sa culture est-elle plus libre et son développement plus serein lorsqu'elle est affranchie des obstacles que peuvent soulever les perturbations ressenties dans d'autres sphères. L'enseignement médical de Montpellier a subi l'influence de la sécurité attachée à l'ère nouvelle. Dès ce moment, l'activité de notre jeunesse médicale a été vouée tout entière au culte sérieux et attrayant de la science ; jamais les cours n'ont été plus suivis, jamais le zèle des élèves et celui des professeurs n'ont porté plus de fruits que dans l'année qui vient de s'écouler.

Pour juger convenablement l'étendue de l'enseignement professé dans la Faculté, il suffit de jeter un coup d'œil sur la nature et la variété des sciences que comprend nécessairement la didactique médicale. Depuis les sciences dites accessoires jusqu'à la clinique qui marque la fin et comme le couronnement des études, l'élève doit être initié à une foule de connaissances dont l'horizon est si étendu que le temps légalement consacré à leur acquisition doit être mis à profit avec une ardeur incessante. Sciences anatomiques et physiologiques, pathologie interne et externe, hygiène, médecine opératoire et thérapeutique complétées et résumées dans leur esprit philosophique par la pathologie générale, accouchements et médecine légale, telles sont les branches de la didactique médicale que nos collègues doivent exposer tous les ans, et dont le développement partiel a roulé cette année sur les points les plus importants. Qu'on n'attende pas l'analyse du vaste programme dont le développement a embrassé des sujets si divers et si féconds, et où le talent du maître n'a été égalé que par l'attention du disciple. Cette analyse, réduite aux proportions d'un simple énoncé des sujets, serait incomplète et stérile ; élevée à la hauteur d'une appréciation, elle trahirait mon insuffisance ou me contraindrait à des éloges répudiés d'avance par la modestie de mes collègues. Qu'on me permette donc de mettre à la place de ce résumé forcément inutile un chiffre qui tout au moins donnera une idée de l'ampleur du cadre où se sont agitées et résolues les plus importantes questions que les élèves avaient à connaître. Le nombre des leçons faites dans cette enceinte, pendant les semestres d'été et d'hiver, s'élève à 650 ; si l'on ajoute à ce chiffre les leçons cliniques et les leçons complémentaires dues au chef des travaux anatomiques et au conservateur des collections de la Faculté, on atteint le nombre respectable de 1200 leçons où la science médicale, simplifiée par la méthode, fécondée par la méditation, épurée de ses inutilités par une critique sévère, et revêtue d'intérêt et de charme par la vertu pénétrante de la parole, a été inculquée dans l'esprit des auditeurs.

Si quelque chose peut aider à comprendre les difficultés de la science médicale et faire puiser dans cette appréciation un nouveau courage pour les aborder, c'est la considération de cet imposant système de l'enseignement anthropologique, où ce n'est pas trop du concours de dix-sept professeurs et de l'appui fourni par les agrégés, pour exposer aux élèves, dans le court délai de la scolarité médicale, tout ce qu'il est utile d'apprendre pour exercer l'art salutaire. Parmi les moyens d'instruction annexés à la tradition orale, et qui ont contribué, cette année, à la rendre plus profitable, nous signalerons spécialement les ressources offertes aux élèves par la création d'un Jardin des plantes médicinales. Après avoir inauguré le cours de botanique avec un succès qui annonce dans notre École la renaissance du goût pour cette branche de l'histoire naturelle, le professeur

Martins a voulu que la science aimable fût avant tout, pour les élèves, la science utile, et il a eu l'idée de créer, à côté de notre grand jardin à célébrité séculaire, un carré modeste par ses dimensions, mais riche par la nature des productions végétales qui y sont réunies. Ce jardin contient exclusivement les plantes médicinales ou alimentaires que le médecin doit indispensablement connaître. Les plantes y sont réunies en nombreux échantillons, et, par une tolérance qui s'explique par l'utilité, il est permis à l'étudiant d'en emporter discrètement un spécimen, pour compléter chez lui l'examen des caractères botaniques du végétal. A côté de ce perfectionnement des études de botanique médicale, n'oublions pas de mentionner que la connaissance de la Flore locale a été spécialement encouragée sous la direction de M. le docteur Touchy, qui, dans le cours de cette année, n'a pas fait moins de 85 herborisations.

Dans un ordre plus directement afférent aux études médicales proprement dites et aux applications pratiques, nos élèves ont trouvé, cette année, des ressources qui ont pu condenser pour eux les leçons de l'expérience, et leur donner cette habitude de voir et de traiter des malades, que le jeune docteur doit déjà posséder au moment de son entrée dans la carrière. Plus de 4,000 malades, tant civils que militaires, et appartenant aux divisions des fiévreux, des blessés ou des vénériens, ont été traités, cette année, à l'hôpital Saint-Éloi; 95 opérations majeures ont été publiquement pratiquées, en sorte que les élèves laborieux ont pu voir se dérouler sous leurs yeux le tableau entier de la pathologie et de la thérapeutique appliquées. Il est impossible, quoique cette réflexion ne soit plus neuve, de ne pas être frappé du bienfait des institutions cliniques, en présence de ce mode d'instruction aujourd'hui si perfectionné, et qui, nous l'espérons, sera encore agrandi et amélioré à Montpellier. Le temps n'est plus où l'on avait des arguments à faire valoir contre l'admission des élèves près du lit des malades et contre l'existence même des hôpitaux, arguments que l'on a le regret de trouver dans les écrits de Montesquieu. S'il est encore quelques esprits étroits ou obstinés qui ne voient dans nos cliniques qu'un champ d'expérimentation médicale, l'évidence de la vérité achève de détruire les derniers restes de cette opposition aujourd'hui timide, et il est démontré que la publicité du traitement des malades dans les hôpitaux est une garantie de plus en leur faveur. La science médicale, appliquée devant des témoins, deviendrait plus sévère pour elle-même, si elle n'était déjà suffisamment soutenue par sa haute mission et par son intime alliance avec cette charité souveraine qui, en ouvrant les hôpitaux à toutes les douleurs, n'ambitionne d'autre rémunération que l'espoir de les soulager ou de les guérir. Les chiffres de mortalité de notre hôpital révèlent d'ailleurs des résultats trop consolants pour ne pas les citer. On sait que le plus grand nombre des malades qui affluent dans les hôpitaux appartient à la population pauvre, épuisée par le travail ou les privations, et nous ajouterons qu'une influence particulière, à caractère presque épidémique, a donné une gravité insolite aux affections abdominales qui ont sévi, pendant les chaleurs de l'été dernier, sur les militaires de la garnison. Malgré ces conditions défavorables, sur 4,377 malades traités, à l'hôpital Saint-Éloi, par MM. les professeurs René, Fuster, Alquié, Dupré, par l'auteur de ce rapport, par MM. les docteurs agrégés Bourely, Lassalvy et Benoît, et par M. Godineau, médecin militaire, le nombre des décès se réduit à 103 pour les civils de tout âge et de tout sexe, et à 60 pour les militaires. Sur les 95 opérations chirurgicales qui ont été pratiquées, 4 seulement, dont la gravité était exceptionnelle, ont été suivies de mort. Ces résultats, qu'il est utile de faire connaître, peuvent être invoqués en faveur d'une extension nouvelle à donner à l'enseignement clinique de Montpellier. C'est par ce genre de progrès que notre École, réputée supérieure à celle de Paris par ses idées doctrinales, pourra marcher son égale sous le rapport de l'instruction pratique qu'elle doit répandre, et ce progrès se réalisera; nous en avons pour garants la vigilante et active influence de M. le Recteur, les démarches incessantes de M. le Doyen, la bienveillante disposition des autorités de la cité, et le concours aussi puissant qu'éclairé de M. le Préfet, qui, bien convaincu de la communauté des intérêts de la science et de la bienfaisance publique, tient à raffermir les rapports de la Faculté et de l'Administration des hospices, et a récemment appelé dans le sein de cette Commission notre savant professeur d'hygiène, M. Ribes.

Il est une autre science qui a besoin, comme la clinique, d'une culture spéciale, et qu'il faut connaître à fond pendant le cours des études médicales, parce qu'on ne peut l'acquérir que dans les Écoles mêmes, et qu'il importe d'en faire provision pour l'existence entière ; je veux parler de la science de l'organisation, de l'anatomie dont on n'a jamais ici méconnu l'importance, et dont il serait si utile de favoriser le développement. Une circonstance bien regrettable a pesé cette année sur l'enseignement anatomique, et aurait pu l'empêcher de porter ses fruits accoutumés, sans le concours dévoué de MM. les Agrégés. Mais qui pourrait s'étonner d'un affaiblissement passager dans l'impulsion qui dirigeait nos élèves vers cette belle science, et de la diminution des ressources nécessaires à sa culture, quand on se rappelle que la haute et énergique direction qui vivifiait l'enseignement de l'anatomie lui manque depuis trop longtemps ? Ce n'est pas sans émotion que je prononcerai ici le nom de notre collègue, M. Dubrueil. Tous ceux qui le connaissent pourraient redire mieux que moi les mérites du professeur dont la maladie paralyse le zèle et enchaîne cette parole dont nous avons tous admiré la vive et chaleureuse influence. Puisse-t-il du moins, au sein des malheurs qui l'assiègent, entendre les regrets et les vœux que j'exprime au nom de la science et de l'amitié !

Malgré la privation des secours que M. Dubrueil eût apportés dans la direction des études anatomiques, l'enseignement de la science n'en a pas moins été complet, cette année. M. le docteur Bourdel, chargé de la suppléance du professeur, a exposé les parties les plus importantes de l'anatomie ; M. le docteur Courty, chef des travaux anatomiques, a ajouté à son enseignement habituel des leçons particulières d'embryologie, science nouvelle, au progrès de laquelle il a lui-même contribué, et qui, pour la première fois, a été exposée avec détail dans cette enceinte. M. le docteur Bouliech, prosecteur, s'est attaché, de son côté, à maintenir le niveau des études anatomiques en imprimant un caractère pratique à ses leçons.

D'autres suppléances temporaires ont été confiées à MM. les Agrégés. Nous avons déjà nommé, à propos de la clinique, les cours de MM. Bourely et Lassalvy ; signalons en terminant l'active et multiple coopération de M. le docteur Benoît, qui, pendant

toute l'année, a fait entendre sa parole aux élèves sur les matières
les plus diverses, et a successivement enseigné la physiologie,
l'anatomie pathologique et la clinique chirurgicale.

Le nombre des élèves qui, pendant l'année académique, ont
fréquenté les cours de la Faculté, a été supérieur à celui des
années précédentes. 1015 inscriptions régulières ont été prises ;
le nombre des examens a été de 775. 121 thèses ont été soutenues. 64 ajournements ont été prononcés : 13 pour l'examen
d'anatomie, 11 pour celui de pathologie, 11 pour les sciences
physiques et naturelles, 1 seulement pour l'hygiène et la médecine légale, 20 pour les cliniques interne et externe et la
clinique d'accouchement. Enfin 5 ajournements ont eu lieu pour
l'épreuve de la thèse. Ces chiffres signalent assez la force relative des études, pour qu'il soit superflu d'en développer la
signification : qu'il nous soit permis seulement de faire entendre
quelques réflexions sur l'importance de l'épreuve de la thèse.
La Faculté attache un intérêt tout spécial à l'amélioration de
cette épreuve, et c'est avec regret que, dans le nombre d'ailleurs si satisfaisant des réceptions doctorales, elle n'a compté
que quelques dissertations remarquables, et qu'elle s'est vue
dans l'obligation d'ajourner 5 candidats. Quelques efforts de
plus de la part des récipiendaires seraient favorablement ac-
cueillis, et ces efforts seraient d'autant plus méritoires, qu'en
couronnant les études, ils laisseraient une trace durable de la
valeur des candidats. L'épreuve de la thèse est le contrôle
des efforts spontanés comme les examens le sont des études
obligatoires. Le candidat cesse pour ainsi dire d'être élève quand
il donne de la publicité à ses idées, et il révèle dans son premier
acte d'émancipation intellectuelle la mesure de sa valeur future.
On paraît trop méconnaître la possibilité de créer des travaux
méritoires et durables. Le vrai et l'utile peuvent cependant
trouver place dans ces premiers essais de l'intelligence ; on peut
y consigner des faits intéressants ou nouveaux. Nos sens ne
sont pas d'ailleurs les seuls instruments de nos découvertes ; le
jugement établit aussi sa puissance en recherchant la valeur des
faits, et c'est encore rendre un utile service que de découvrir
des conséquences ou des rapports. Que cet exercice et cette

application cessent donc de paraître d'une importance secondaire
à nos élèves, que la critique occupe une place dans les dissertations, nous n'aurons point de peine à reconnaître ces conquêtes
d'un jugement sain s'exerçant sur les travaux d'autrui. L'érudition, la clarté, la méthode, l'élégance du style peuvent aussi
révéler de nouveaux genres de mérite. La Faculté attend ces
résultats du zèle de ses élèves ; elle verra reparaître dans les
thèses des traces plus fermement dessinées des leçons, des écrits
ou de la pratique des maîtres qu'elle possède, et puisera avec
plus de confiance dans l'essai du disciple l'espoir de le voir un
jour devenir un de ses soutiens.

Si une tendresse paternelle pour les élèves de cette École nous
permet de leur dire publiquement ce que nous désirons et ce
que nous attendons de leur zèle, la justice veut aussi que nous
donnions un témoignage de satisfaction pour la louable émulation dont ils ont fait preuve dans les concours qui ont eu lieu,
cette année, pour les Écoles pratiques instituées près des chaires
de chimie et d'anatomie. 35 élèves se sont fait inscrire pour le
concours pour l'École pratique de chimie, 20 ont été admis ; 40
élèves ont pris part au concours pour l'École pratique d'anatomie, 27 ont été nommés ; 4 se sont présentés au concours pour
la place d'aide-anatomiste : M. Estor, le fils de notre honorable
collègue, a obtenu cette place, qui lui a été disputée par des
compétiteurs instruits.

Mais un concours plus important et qui devait donner un
successeur à M. Caizergues, mérite surtout d'être signalé
parmi les actes qui, cette année, ont caractérisé le mouvement
scientifique de la Faculté. Ce concours, aussi remarquable par
l'importance de la chaire disputée que par le talent des concurrents, s'est terminé par la nomination de M. Dupré. Ce choix, si
bien justifié par le mérite de l'élu, et qui nous a fait retrouver un
nouveau soutien des saines et grandes doctrines de notre École,
n'est pas seulement digne d'être mentionné pour célébrer la bienvenue de notre nouveau collègue ; il mérite aussi notre attention
parce qu'il est le dernier produit d'une institution diversement
jugée, mais qui tout au moins n'aura pas passé sans éclat dans l'or-
bite administratif où nous la voyons paraître et reparaître à des
intervalles presque périodiques. Porté sur les ailes de l'opinion,

adopté après 1830 avec une sorte d'enthousiasme; le concours vient de s'affaisser sous le poids de vingt années d'application. Laisserons-nous mourir cette institution sans lui donner un regret : pour moi, qui lui dois mon entrée dans la carrière professorale, et qui lui reste sympathique même après la récente infidélité que je pourrais lui reprocher, je regretterai longtemps ces nobles luttes de l'intelligence, qui avaient pour prix l'honneur de diriger la jeunesse médicale dans le chemin de la science et de la pratique. Je m'incline devant les vues supérieures du Pouvoir, dont la justice tutélaire épargnera aux membres d'une École la tâche difficile et délicate de sa reconstitution ; mais je respecte même dans son naufrage un mode de nomination qui pouvait associer la gloire avec la justice.

Nous laisserions une regrettable lacune dans les annales de notre histoire, si nous omettions de consigner dans les comptes-rendus de l'enseignement les améliorations apportées à l'enceinte même où l'on vient puiser la tradition médicale. Il y a un an, dans ce même lieu, le savant Professeur d'histoire de la Faculté des lettres retraçait, avec son talent habituel, les changements successifs de l'ancien monastère de Saint-Germain, naguère le palais des évêques, et devenu aujourd'hui le palais médical de notre ville. Le vieux monument dont les murailles sont empreintes de tant de souvenirs, vient de s'enrichir d'une construction nouvelle, qui complète sa destination et lui imprime des proportions grandioses. Le nouveau Musée d'anatomie, construit par les soins et sur les plans de M. Abric, représente aujourd'hui l'une des plus belles salles affectées aux collections anatomiques, et ouvre à Montpellier une source nouvelle à l'intelligence avide d'observer et de connaître. Je ne saurais peindre l'impression heureuse produite par cette sorte de nef immense de 70 mètres de longueur, entrecoupée de colonnes d'ordre dorique dont la disposition captive le regard, ornée de peintures murales tracées d'une manière large et intelligente par le pinceau de M. Monceret, éclairée par un jour splendide, embellie et comme animée par les bustes et les portraits de nos célébrités médicales, et dont toutes les parties ont été ménagées pour permettre un accroissement ultérieur sans déranger l'économie du monument. Dans cette enceinte vont bientôt se classer, dans un ordre méthodique, toutes les préparations, toutes les pièces relatives à l'anatomie normale et pathologique, toutes les productions naturelles afférentes à l'art médical, tous les médicaments simples et composés, les bandages et appareils, la série des instruments qui forment l'arsenal chirurgical, et, en général, tous les objets matériels qui, retraçant un fait lié à l'anthropologie, aident à comprendre cette vaste science. Le monument est aujourd'hui complètement achevé et, dans peu de temps, Montpellier n'ayant plus rien à envier à Paris ou à Strasbourg, verra même ses belles collections et son Musée cités à côté des musées de Londres, de Leyde ou de Berlin, rendus si célèbres par le génie et les travaux des Hunter, des Sandifort ou des Walther.

Ce serait une erreur de croire à l'utilité simplement indirecte d'une possession si longtemps attendue. Cuvier, dans son rapport sur les progrès des sciences, s'est attaché à faire ressortir la puissance des impressions que les collections scientifiques produisent sur l'esprit. Ces moyens matériels d'instruction, disait-il, parlent sans cesse aux yeux et inspirent le goût de l'étude à la jeunesse. Nous ajouterons, qu'en ce qui concerne la Faculté de Montpellier, l'influence du perfectionnement dont nous parlons sera immense. Dans une École où l'abstraction philosophique a été en honneur, où l'habitude de la méditation pourrait exposer à ne pas accorder une valeur suffisante aux faits d'observation, cet imposant inventaire des faits matérialisés n'aura pas seulement pour avantage d'inspirer aux élèves l'admiration et l'amour de la nature ; il réagira sur la science elle-même en montrant son *substratum* et en vérifiant ses principes. Un musée, tel que nous l'entendons, doit être une représentation ou, pour nous servir d'une expression étrangère qui tend à se naturaliser dans notre langue, une illustration complète des phénomènes vitaux. Le physiologiste y vient étudier la vie jusque dans ses conditions physiques, et la science que les livres présentent trop souvent à l'imagination apparaît, aux yeux étonnés, revêtue d'un corps et d'une forme sensibles.

Ajoutons un dernier trait, Messieurs, à l'histoire de cette année ; le souvenir en sera toujours cher à la Faculté. Lorsque le pays saluait de ses acclamations enthousiastes le neveu de l'Empereur, l'auguste visiteur, maître de ses impressions, pouvait répondre avec mesure aux manifestations de la joie publique, et réserver des marques spéciales de sympathie pour tous les hommes, pour toutes les institutions qui en étaient dignes. La Faculté de Montpellier a eu le bonheur de recueillir un de ces témoignages de la bouche du Prince. Ce n'était pas en vain qu'elle avait déployé devant son portique les inscriptions, les emblèmes et les splendeurs d'une riche décoration. Elle n'avait pas oublié que l'Empereur, qui aimait les sciences, qui s'honorait du titre de membre de l'Institut, et qui avait jugé l'École de Montpellier par Chaptal et Barthez, lui avait donné en signe d'estime ce buste antique d'Hippocrate solennellement placé sur un cippe, et surmonté de l'inscription fière et enviée qui dépouille Cos en faveur de notre patrie. Aussi la Faculté reconnaissante et le corps académique tout entier tenaient à mêler leur voix à la grande voix de la nation. Aujourd'hui cette reconnaissance s'appuie sur un nouveau gage d'estime, et c'est avec une satisfaction pardonnable que nous pouvons raconter, que lorsque l'hôte illustre qui était dans nos murs s'arrêta sur le seuil de notre École, il proféra, en réponse à l'allocution de M. le Recteur, ces mots dignes d'être gravés sur le marbre et dans nos cœurs : « Je suis heureux de voir les membres d'une Faculté qui est une des gloires de la France. »

COMPTE RENDU

SUR LES TRAVAUX DE LA FACULTÉ DE MÉDECINE DE MONTPELLIER

PENDANT L'ANNÉE SCOLAIRE 1863-1864

MESSIEURS ,

Une Faculté ayant mission de former des médecins, exerce une grande charge dans l'œuvre compliquée de nos institutions. Elle remet à la société des hommes investis de pouvoirs délicats, qui ne sauraient être exercés qu'après toutes les garanties que donne un enseignement substantiel et que confirment de sévères épreuves. Les Facultés de l'Empire et les Écoles préparatoires de leur ressort ont environ six cents docteurs ou officiers de santé à pourvoir annuellement d'un titre légal. Sur ce nombre, la Faculté de médecine de Montpellier en fournit à peu près le quart. Il suffit d'avoir réfléchi sur un résultat de cette nature, pour comprendre le rôle majeur qui nous est dévolu. Créer des médecins, c'est, en définitive, organiser en faveur de la société une force intime et pénétrante qui va s'appliquer à ses intérêts les plus chers, au soulagement de ses maux, et qui tend à les vaincre par les ressources combinées du dévouement et de la science.

Pour suffire à une pareille tâche, une Faculté de médecine doit donc posséder un ensemble très varié de moyens d'action : un personnel enseignant nombreux, des collections, des laboratoires, des amphithéâtres, des hôpitaux, enfin une activité énergique au service de son but. Sa vie propre se traduit en manifestations quelquefois assez importantes pour qu'il ait paru utile d'en exposer annuellement les détails et d'en interpréter le caractère. C'est la tâche qui m'est imposée aujourd'hui. J'en apprécie toute la difficulté, surtout en me souvenant du savant Doyen que j'ai l'honneur de remplacer, et en réfléchissant à

tout ce qu'est en droit d'exiger un aussi imposant auditoire. —
Toutefois, si je n'étais soutenu par la bienveillance que je
réclame, je serais peut-être protégé par mon sujet lui-même.
J'ai, sans doute, à lutter contre la monotonie des répétitions,
l'aridité des statistiques ; mais j'ai aussi à vous exposer comment
notre Faculté, indépendamment de ses travaux obligatoires et
officiels, s'est signalée cette année par une heureuse spontanéité : je dois vous raconter sa participation à ce qui s'est fait
d'important en matière scientifique, vous tracer le tableau de
ses acquisitions et de ses changements ; j'aurai à vous entretenir de nos joies, car nous avons eu celle de recueillir dans
cette enceinte les promesses si généreuses de M. le Ministre de
l'Instruction publique ; je vous ferai même le récit de nos tris-
tesses, car la Faculté a perdu un de ses membres les plus éminents. Or, sur ces divers points, les faits parleront d'eux-
mêmes, et tout artifice me sera inutile pour accroître l'intérêt
du sujet.

L'enseignement de la Faculté a présenté, cette année, un
ample développement. C'est un résultat qu'on peut réputer
inhérent au système didactique exigé par l'ampleur et la variété
des sciences médicales. Déjà riche de tous les efforts du passé,
la médecine, au XIXᵉ siècle, s'est si fortement engagée par ses
services pratiques et par l'autorité de ses hommes éminents,
dans l'ensemble des mesures économiques et protectrices de la
société ; elle tient par des connexions si légitimes aux autres
sciences, soit comme principe, soit comme application, que, par
la force des choses, toute la sollicitude de l'État a dû se reporter
vers le perfectionnement de la tradition médicale. Huit professeurs suffisaient autrefois au système d'enseignement de la Faculté ; il en fallut douze à l'époque de la réorganisation de
l'Université ; le nombre des chaires s'élève aujourd'hui à dix-
sept, et nous ne craignons pas de dire qu'il est encore trop
faible pour répondre aux besoins d'une science si complexe, où
les progrès, favorisés par la division du travail, ne peuvent être
bien mis en lumière que par la division de l'enseignement.

Telle qu'elle est, la Faculté a répandu cette année, par la voix
de ses Professeurs et de ses Agrégés, la substance de quatorze

cents leçons, conformément à des programmes approuvés et relatifs aux matières les plus importantes. En faisant la répartition de ces leçons pour un délai de dix mois, qui est celui de l'année scolaire, et en tenant compte des jours fériés, on trouve en moyenne un chiffre de sept leçons par jour. Si l'on ajoute à ce temps, rempli par la parole du maître, trois heures d'exercices quotidiens dans nos hôpitaux, où quatre mille malades ont été traités et où cent opérations majeures ont été pratiquées, six heures de travail facultatif à la bibliothèque, quatre heures d'études dans le musée anatomique, les exercices accomplis *mente manuque* à l'École pratique d'anatomie et de médecine opératoire, les essais de chimie dans le laboratoire, et le temps consacré à la botanique, soit au Jardin des Plantes, soit dans les divers lieux où s'épanouit la belle flore inscrite dans l'histoire de la science sous le nom de *Flore de Montpellier*; si l'on tient compte des séances des concours, et de cet enseignement si fortement mnémonique et très apprécié par les élèves qui résulte de la publicité des examens, on reconnaîtra que presque toutes les heures du jour sont consacrées au travail, et que nos élèves, environnés, pressés par toutes les dispositions légales qui tendent à assurer leur instruction, par tous les efforts volontaires qui leur offrent l'attrait de la science, seraient vraiment réfractaires à ce genre de séduction, s'ils n'étaient saisis et entraînés, de quelque façon, par les crampons de cette machine à haute puissance, fabriquée pour lutter contre la paresse, les passions et les divers entraînements que la science considère comme ses ennemis.

Le statisticien ne fait que compter les heures du labeur intellectuel. Il faudrait dire d'elles ce que Morgagni disait des observations médicales : *Non numerandæ sed perpendendæ*. Mais je croirais, Messieurs, aller au delà de ma tâche, entreprendre d'ailleurs une œuvre beaucoup trop longue, et par mes éloges atteindre trop directement la modestie de mes collègues, si j'entrais ici dans les détails du vaste programme de notre enseignement ; je me bornerai à signaler ce qui s'est produit de spécial au point de vue de l'amélioration des divers services.

Au Jardin de botanique, la grande serre que nous devons au concours simultané de la Ville et de l'État, a été définitivement terminée cette année. Elle a été pourvue d'une bâche et d'un bassin ; un thermosyphon, du prix de 6,800 francs, y a été installé, et M. le Ministre a alloué une somme de 4,000 francs pour y établir des jalousies roulantes afin de protéger les plantes dans la saison rigoureuse. De nombreuses donations ont enrichi ce jardin, où l'on peut dresser l'un des inventaires les plus complets de la vie végétale. Nous devons à M. Marius Baincoud, de Toulon, un herbier contenant environ 3,000 espèces du midi de la France, et à MM. Cosson, Zickel et Martins, une ample collection de plantes du Sahara, destinée à accroître notre herbier africain, si apprécié des savants spéciaux. On sait que la partie égyptienne de cet herbier est due à Delile, l'un des soldats de la phalange scientifique qui, à la suite de Bonaparte, le conquérant des hommes, faisait la conquête de la nature. Le jardin a reçu encore de M. Hardy, sur l'autorisation du maréchal Pélissier, 200 plantes vivantes provenant d'Alger, et de M. Paulin Talabot 200 plantes de serre. Ces donations, adressées par des botanistes en renom et qui, à tant de titres, méritent nos remercîments, ne sont-elles pas une preuve de la réputation dont jouit notre Jardin de botanique ? Espérons que les étrangers ne se chargeront pas vainement d'accroître nos richesses, et que la ville, si justement fière de ses établissements scientifiques, augmentera, dans la proportion des besoins de l'époque, les ressources destinées à les entretenir.

Le département anatomique de la Faculté a reçu, de son côté, et attend surtout des améliorations très importantes dont l'urgence a frappé S. E. M. le Ministre de l'Instruction publique. La nature de ces améliorations n'est point de celles dont on livre le détail dans une séance comme celle qui nous réunit. Qu'il nous suffise de dire qu'un simple coup d'œil jeté par le chef de l'Université sur nos salles de dissection lui a fait reconnaître la nécessité d'une réforme absolue : *Instauratio facienda est ab imis fundamentis*. Les études médicales se déroulent entre l'amphithéâtre anatomique où l'on reçoit les élèves qui commencent, et l'hôpital où l'on reçoit ceux qui terminent. Or s'il est indispensable de posséder des hôpitaux bien installés, il ne l'est pas moins que la science de la nature humaine ait un théâtre digne d'elle ; que les élèves s'aperçoivent, en y entrant, que les murailles sur lesquelles la main de l'un d'eux a gravé l'inscription antique du temple de Delphes : γνῶθι σεαυτὸν, abritent avec décence et salubrité ceux qui se livrent aux travaux anatomiques ; que tous les moyens de la science s'accordent avec le respect de la mort ; que l'air, la lumière, l'eau y représentent les conditions d'une bonne hygiène, qu'enfin on y reconnaisse le *locum studiis aptum* dont parlait déjà celui que, dans notre culte pour l'École de Cos, nous nommons le divin Vieillard. M. le Ministre a vu, Messieurs, dans un rapide examen, ce qui nous manquait. Il a alloué un crédit extraordinaire et immédiat de 2,000 francs pour parer aux exigences les plus urgentes, et, après avoir étudié sur les lieux mêmes le plan des réformes à faire, il nous a promis d'établir, avec le concours de la ville, ce complément si désiré, si nécessaire, de pavillons anatomiques destinés à mettre l'École de Montpellier, non-seulement au niveau des autres établissements médicaux, mais à la hauteur que commandent sa vieille renommée et ses vrais besoins. Depuis Rondelet et Ranchin, aux XVIe et XVIIe siècles, malgré des réclamations multipliées, il ne s'est fait rien de sérieux, sous le rapport des locaux consacrés à l'anatomie. Il nous a fallu l'heureuse fortune de recevoir un Ministre, pour concevoir une espérance, à la réalisation de laquelle, nous en avons la certitude, M. le Maire de Montpellier voudra aussi attacher son nom.

La sollicitude de la Faculté s'est exprimée, cette année, en faveur de l'enseignement clinique de l'hôpital Saint-Éloi, par l'adoption d'une mesure très heureuse, et dont l'exemple existe depuis longtemps en Angleterre, ainsi que dans plusieurs hôpitaux d'instruction. Je veux parler de la création d'un cabinet spécial d'anatomie pathologique. Cette mesure, que M. le doyen Bérard a été chargé de concerter avec l'Administration des hospices, passera prochainement, nous l'espérons, de l'état d'idée à l'état de fait. Le seul énoncé de ce projet indique assez quel parti les professeurs de clinique peuvent tirer de la démonstration de pièces pathologiques placées à leur portée, pour les faire mieux servir à l'instruction des élèves.

Une modification d'une utilité moins avérée a eu lieu cette année au même hôpital. Le service des femmes en couches, qui siégeait au dépôt de police, a été transporté à Saint-Éloi.

Nous devons reconnaître la bonne intention de la Commission administrative des hospices, qui a voulu par cette mesure centraliser l'enseignement pratique dans le même local, et rendre ainsi l'observation des malades, plus facile aux élèves. Toutefois, ce n'est pas sans quelque regret ou même quelque appréhension que nous avons vu installer des salles d'accouchement auprès des salles de chirurgie. Une expérience déjà ancienne et les discussions lumineuses qui, après s'être produites dans les Académies et la presse, se poursuivent de nouveau à l'occasion de la reconstruction de l'Hôtel-Dieu de Paris, ordonnée par l'Empereur, prouvent de plus en plus la nécessité d'isoler les services d'accouchement, qui peuvent devenir, à la longue, un foyer d'émanations nuisibles, et d'éviter, d'une manière générale, l'accumulation des malades dans les hôpitaux. Aussi, bien qu'on n'ait encore rien à regretter de la mesure adoptée, sollicitons-nous sa réforme, et la réintégration des femmes en couches à l'Hôpital-Général, salubre et vaste établissement encore improductif pour l'enseignement clinique, et où nous appelons de tous nos vœux la création des chaires pratiques qui manquent à la Faculté.

Nous avons signalé par anticipation, au début de ce compte rendu, les efforts spontanés des membres de notre corps enseignant. Les produits volontaires du zèle individuel ont été, cette année, aussi nombreux que variés. On sait que, en dehors du cadre des travaux officiels, une sorte d'exubérance intellectuelle demande encore satisfaction. La vie scientifique ne saurait être le privilège exclusif des Académies ou des Facultés. Le besoin de décentralisation, le réveil de la province trop dédaignée par la capitale, un certain souffle de liberté qui cherche à s'exhaler et pour lequel le Gouvernement lui-même ouvre des soupiraux, sont autant d'aspirations mal définies peut-être, mais au fond desquelles des progrès sont en germe. L'Institut des provinces, les séances de la Sorbonne, les congrès médicaux, sont les symptômes d'une ardeur à laquelle les institutions anciennes ne répondent pas sans doute d'une manière suffisante. Montpellier n'a failli à aucune des manifestations de ce genre qui ont eu lieu cette année.

Aux réunions des Sociétés savantes de province qui ont eu lieu à Paris, en avril dernier, M. le professeur Béchamp a fait diverses communications, et a reçu la récompense d'un de ses plus importants ouvrages, celui qui concerne la vinification, étude d'un intérêt majeur pour ce pays, dont la vigne fait la richesse. Une médaille d'argent a consacré la valeur des travaux de notre collègue, qui fait refleurir si activement la science de l'analyse dans le lieu même où Chaptal l'avait appliquée à des questions analogues. A cette même réunion, MM. Pécholier et Saintpierre, agrégés à la Faculté, ont communiqué leurs premières recherches sur l'hygiène professionnelle à Montpellier. Les travaux déjà publiés dans cette féconde collaboration se rapportent à l'hygiène des ouvriers employés à la fabrication du verdet, à celle des ouvriers peaussiers, à l'hygiène de quelques industries des bords du Lez. Ces observations, entreprises dans un excellent esprit, et où se dévoile l'association si légitime de la médecine et des sciences physiques, est de nature à rendre des services réels à l'élément laborieux de notre population. Venel, Poitevin, Murat avaient déjà compris l'intérêt de ces documents relatifs à l'hygiène locale. MM. Pécholier et Saintpierre, en reprenant ces recherches avec les ressources modernes, nous promettent de remplir une lacune importante. Aussi l'achèvement de leur ouvrage est-il vivement désiré.

Les conférences de la Sorbonne ont, à leur tour, emprunté une voix éloquente à notre Faculté pour populariser un enseignement improvisé en faveur d'un but généreux. On sait qu'il y eut un moment où la France, émue au spectacle du malheur de la Pologne et ne pouvant lui prêter le secours de son bras vengeur, tendait au moins vers elle de sympathiques regards. Des cœurs ardents, de vives intelligences s'étaient réunis pour créer des ressources à un peuple défendant jusqu'à la mort son indépendance. On avait organisé, vous le savez, des conférences publiques, où l'attrait du talent stimulait les libéralités, et où, par un artifice heureux et nouveau, l'obole de la pensée était offerte à nos anciens frères d'armes. Le succès de ces leçons extra-universitaires en décida de semblables à la Sorbonne, et la Faculté de Montpellier y apporta son contingent par l'organe de M. Martins. Notre collègue se fit applaudir à côté de l'élite des orateurs de la capitale, et a communiqué un mémoire, publié depuis par la *Revue des Deux-Mondes*, dans lequel il racontait son voyage dans le Sahara oriental de la province de Constantine. Qu'il y a loin de cette vive peinture aux anciennes descriptions de l'Afrique du Nord, depuis Sonnini jusqu'à nos jours! Si la force des armes a surtout transformé l'Algérie, l'œuvre de civilisation ne saurait être complète qu'avec le concours du naturaliste qui étudie les productions du pays, de l'agriculteur qui le fertilise, de l'ingénieur qui le sillonne de voies, et fait jaillir des eaux salubres et abondantes dans les lits desséchés des mers géologiques.

Cette année a vu s'organiser et fonctionner un congrès médical dans une ville importante, dont les prétentions à la création d'une Faculté n'ont pas refroidi les rapports avec Montpellier, qui non-seulement lui fournit des internes distingués, mais qui lui a souvent donné ses médecins et ses chirurgiens les plus brillants. Le congrès de Lyon a été une heureuse manifestation de l'activité provinciale. Notre Faculté y a été représentée par M. Jacquemet, l'un de ses agrégés, qui a communiqué un travail sur la *Diérèse*, où il a fait ressortir, en invoquant des faits cliniques observés à Montpellier, la supériorité des incisions sur les cautérisations, l'écrasement linéaire, la ligature. Ces derniers moyens ne sont-ils pas, en effet, des réminiscences du moyen âge qu'on voudrait faire revivre sous le prétexte des accidents qui suivent les grandes opérations dans les hôpitaux, alors que les réformes devraient porter sur les hôpitaux eux-mêmes, dont il faut perfectionner l'hygiène? Le travail de M. Jacquemet a honorablement signalé au congrès de Lyon l'esprit pratique de Montpellier, qui est progressif jusque dans ses résistances. Le congrès de Lyon, comme celui de Rouen, qui l'a précédé, a ouvert une nouvelle tribune aux esprits novateurs. Espérons que Montpellier, vieille patrie de la liberté de penser en médecine, tiendra bientôt aussi une de ces grandes assises de la science, où seront jugées à leur tour des questions litigieuses.

Arrivons à l'énoncé de cette partie la plus significative de la vie scientifique de la Faculté. La mission d'un corps enseignant n'est bien comprise que lorsque les devoirs sont, je ne dirai pas remplis, mais dépassés. Devant l'autorité universitaire, les obligations du professeur sont terminées quand il a fait son cours et exercé ses fonctions d'examinateur. Mais devant les droits de la science, il n'a pas fait assez. Il faut que son travail de cabinet soit fécond, que son repos apparent soit utile; il faut qu'il comble, par les expériences, les observations et l'élaboration intellectuelle, les intervalles que lui laisse le temps consacré à l'enseignement; il faut enfin que, par la voix de la presse, il fasse connaître les essais où se traduit sa personnalité, et qui constituent l'existence extérieure de la Faculté. Un mot sur ce qui s'est fait dans ce sens, pendant l'année qui vient de s'écouler.

Signalons d'abord, parmi les travaux pratiques : un important mémoire de M. le professeur Courty sur la *Leucorrhée*, où notre collègue, après avoir établi les variétés diathésiques de cette affection si rebelle, en institue le traitement rationnel, et ajoute aux moyens généraux la cautérisation de la cavité utérine, qu'il a hardiment préconisée, et dont il justifie l'emploi par des observations. Ce travail fait partie d'un ouvrage important que M. Courty prépare sur les *Maladies de l'utérus*, et dont nous attendons avec impatience la prochaine publication;

Une étude médicale et expérimentale de M. le professeur Alquié, sur l'*Homicide réel ou simulé par strangulation*. La grande publicité qu'ont reçues les idées contenues dans ce travail, mêlé, comme on sait, à tout le bruit qui s'est fait récemment à l'occasion d'une cause célèbre, nous dispense de l'analyser. Il nous suffira de rappeler que notre collègue, prenant avec ardeur sa tâche d'expert, a cherché dans des essais sur les cadavres et sur les animaux vivants des lumières nouvelles, destinées à éclairer à la fois la science et la justice;

Un mémoire de M. le professeur Benoît, sur le *Fongus douloureux de l'urètre chez la femme*. Chapitre à ajouter aux traités classiques de chirurgie, les auteurs ayant omis de parler de cette affection, dont M. Benoît a posé le diagnostic et le traitement;

Un mémoire de l'auteur de ce rapport, sur un *Nouveau procédé pour réparer l'aile du nez* au moyen d'un double plan de lambeaux empruntés à la joue et à la lèvre supérieure, avec des faits à l'appui. M. Bouisson a communiqué aussi à l'Académie des sciences et lettres de Montpellier une observation relative

à un lipome de la région dorsale, du poids de 25 kilogrammes.
Cette tumeur, dont l'ablation a abouti à une cicatrisation complète, a été déposée au Conservatoire de la Faculté.

Dans les sciences préliminaires, M. le professeur Rouget a
porté un tribut aussi remarquable que nouveau à une question
controversée, celle de la *Terminaison des nerfs moteurs dans les
muscles* chez les vertébrés supérieurs. Les recherches délicates
et difficiles auxquelles s'est livré notre savant professeur de
physiologie, lui ont fait reconnaître que les fibres nerveuses se
bifurquent en atteignant le faisceau musculaire, et que leur
gaîne se continue avec le sarcolemme de la fibre charnue, tandis
que l'axe cylindrique se perd, en s'évasant un peu, sur la sur-
face des stries. Cette solution d'un problème anatomique longtemps cherché, dégage une intéressante vérité de la gangue
embrouillée où elle se cachait encore, même depuis les travaux
de Kölliker. Acceptons pour notre École cette découverte histologique, dénaturée et indûment revendiquée par quelques
anatomistes allemands, trop lents à lire les comptes rendus de
l'Institut.

Dans les sciences accessoires, nous trouvons encore des publications à signaler sur la botanique et la chimie. M. Martins a
édité la *Botanique* de Richard, livre classique qui a initié à la
connaissance des plantes plusieurs générations de botanistes.
Cet ouvrage, parvenu à sa neuvième édition, et qui paraît aujourd'hui en deux volumes, a été enrichi par notre collègue
d'un grand nombre de notes et d'articles nouveaux. A cette
œuvre étendue, M. Martins vient d'ajouter un mémoire dont il a
recueilli les matériaux dans les Pyrénées, et qui se rapporte à
l'échauffement comparatif de l'air et du sol par les rayons
scolaires, dans les hautes montagnes et dans la plaine. On peut
lire dans les comptes rendus de l'Institut ces nouveaux résultats,
qui se rapportent à la météorologie, science qui est la passion
du moment, et dont notre collègue est aujourd'hui, en France,
l'un des représentants les plus éminents. Ne perdons pas cette
occasion d'exprimer une satisfaction bien sentie. La Faculté de
Paris voulait, il y a quelques mois, nous ravir M. Martins, et lui
préparait la succession de Moquin-Tandon, de si regrettable
mémoire. Placé entre Montpellier et Paris, M. Martins a résisté

aux attraits de la capitale, et a opté pour la succession des Belleval, des Magnol et des De Candolle.

L'année scolaire, dont nous célébrons aujourd'hui les résultats, s'est surtout montrée féconde par les travaux publiés sur la
chimie. Dans le laboratoire où M. Béchamp passe sa vie, où il
attire et excite des travailleurs, où il contrôle toutes les questions à l'ordre du jour, bien des recherches ont été poursuivies.
Notre collègue a réalisé dans peu de temps ce qui pourrait
défrayer une ample carrière. Voici la liste de ses travaux, communiqués pour la plupart à l'Institut, et imprimés, soit dans les
Annales de chimie et de physique, soit dans d'autres publications
périodiques :

1° De l'existence de plusieurs acides gras odorants et homologues dans le fruit de *Ginko biloba*, bel arbre du Japon, qui est
un des ornements de notre Jardin des plantes ;

2° Sur un nouveau procédé de purification des huiles lourdes
de goudron de houille, et sur un nouvel hydrocarbure qui existe
dans ces huiles ;

3° Recherches sur cette question : Le vin est-il le résultat de
l'action d'un ferment unique ?

4° De l'origine des ferments du vin ;

5° Sur de nouveaux ferments solubles ;

6° De l'influence que l'eau pure ou chargée de sel exerce à
froid sur le sucre de canne ;

7° Sur la fermentation alcoolique ;

8° Lettre à M, Flourens sur les générations spontanées ;

9° Mémoire sur les générations spontanées et sur les ferments ;

10° Lettre à M. Courty sur les corps gras.

J'ai dû renoncer, Messieurs, à analyser ces mémoires, pour la
plupart fort étendus, et où s'agitent et se résolvent, à un point
de vue original et fécond, les questions relatives à la fermentation et à la génération spontanée. Sur ces sujets intéressants,
notre collègue a engagé avec MM. Pasteur et Berthelot des débats
contradictoires avec une autorité digne de ces savants illustres.
Nous ne prenons acte, en ce moment, de ces nombreux travaux,
qu'au point de vue de l'activité scientifique de notre École, et l'on
conviendra sans doute qu'ils fournissent, pour leur part, une

réponse péremptoire à ceux qui prétendent qu'il n'y a à Montpellier que des esprits contemplatifs.

Notre jeune et brillante Agrégation ne s'est-elle pas, du reste, chargée, à son tour, de répondre à cette objetion et de compléter l'ensemble expressif du travail des professeurs? Ce n'est pas seulement par des cours bénévoles, où nous avons été témoins du zèle heureux de MM. Jacquemet, Guinier, Castan, Estor, Espagne ; ce n'est pas seulement par des suppléances officielles, où MM. Cavalier, Moutet, Pécholier, Saintpierre, Planchon ont su faire apprécier leur talent ; c'est surtout par des publications importantes et auxquelles nous devons une juste mention, que MM. les Agrégés de la Faculté ont porté un utile contingent à sa prospérité. Presque tous y ont contribué. Voici les principaux travaux que nous leur devons :

M. Moutet a publié un mémoire sur la *Pustule maligne, au double point de vue du diagnostic et du traitement.* Ce travail, l'un des plus complets qu'on possède sur la matière, a précédé de quelques mois la discussion qui a eu lieu sur le même sujet à l'Académie de médecine, et a été cité honorablement par plusieurs des membres qui y ont pris part.

Nous devons à M. Garimond une excellente *Étude méd'co-légale sur l'âge et la viabilité du fœtus.* L'auteur, après l'interprétation comparée du code français et du code prussien, est amené à conclure qu'il existe une viabilité légale, comme il y en a une naturelle, et voudrait qu'on modifiât les articles qui établissent la viabilité à partir du cent quatre-vingtième jour, en laissant une latitude jusqu'au deux cent dixième, laquelle serait livrée, dans les cas contestables, à l'appréciation médicale.

M. Moitessier a spécialement dirigé ses recherches sur la chimie organique appliquée à la médecine. Nous lui devons une étude sur les *Concrétions tophacées des goutteux,* où il a retrouvé de l'urate acide de soude et du phosphate de chaux, et dont il a constaté, au microscope, la structure cristalline; détail encore inconnu, que MM. Charcot et Vulpian ont vérifié depuis. M. Moitessier a fait connaître en outre la nature calcaire d'une concrétion obtenue d'un abcès de l'épigastre. Mais c'est surtout par ses *Recherches sur la salicine et les composés salicyliques,* ainsi que par ses expériences sur la *Dilatation du soufre,* que M. Moi-

tessier a offert des idées neuves à ses lecteurs. Ces deux
derniers travaux lui ont servi de sujet de thèse pour le doctorat
ès sciences.

M. Guinier a fait une élégante exposition des conditions sani-
taires de la ville de Montpellier, une préface philosophique pour
un traité d'hygiène, et il a publié la première livraison d'un
Traité de pathologie et de clinique médicales. Ce traité, qui doit
présenter l'application des doctrines de Montpellier aux grandes
divisions nosologiques, donne déjà l'idée des avantages attachés
à la méthode suivie par l'auteur, qui accorde une égale importance à l'histoire, à la théorie et à la pratique.

Nous avons déjà signalé les travaux de M. Pécholier relatifs
à l'hygiène professionnelle ; nous devons ajouter à l'actif scientifique de notre confrère, un travail sur l'*Action thérapeutique
de l'ipécacuanha à haute dose*, lu à l'Académie de médecine de
Paris, et une *Note sur le traitement des tumeurs blanches par
l'appareil de Scott modifié*, lue à l'Académie des sciences. Cet
ensemble doit être complété par des articles de critique, de
bibliographie et par des miscellanées, où M. Pécholier révèle la
verve de son style, la chaleur de ses convictions et la rare variété
de ses connaissances.

Au nom de M. Cavalier se rapporte un travail d'une portée
élevée sur l'hygiène. Il s'agit d'une appréciation synthétique de
cette science, considérée dans son passé, son présent et son
avenir. L'hygiène a obtenu, comme on le voit, cette année, les
préférences de l'Agrégation. La plupart de ces mémoires ont été
évidemment rédigés pour servir de titre à la chaire naguère
vacante ; mais ils témoignent, malgré leur improvisation, de
ressources acquises de longue main, et cette aptitude générale
qui est le fruit du système adopté pour former des agrégés.
Acquisition de connaissances encyclopédiques précédant la direction spéciale, telle est surtout l'impression qui se dégage sous la
ferme rédaction du travail de M. Cavalier.

M. Castan avait sérieusement élaboré une œuvre considérable,
qui ne tend pas à des proportions moindres qu'à celles d'un
Traité complet de Pathologie médicale, et nous a donné, cette
année, le premier volume qui se rapporte aux fièvres. La pyré-
tologie de M. Castan répond à un besoin de l'époque, car cette

question si compliquée des fièvres demandait encore à être bien exposée. Elle répond surtout au désir, souvent exprimé par nos élèves, de posséder des livres élémentaires où ils trouvent un résumé bien tracé de l'enseignement oral de la Faculté. M. Castan a heureusement rempli cette tâche. Il considère la fièvre comme un état morbide se révélant moins par une excitation du cœur que par une diminution de la résistance des capillaires au cours du sang, et sur cette donnée il examine, sous les diverses formes, les états pathologiques dont la fièvre constitue le fait principal. Nous ne pouvons que regretter que des travaux de cette étendue viennent s'amoindrir dans le cadre étroit dont nous disposons. Mais les livres ont leur destinée, et celle qui est réservée à l'œuvre de M. Castan n'a pas besoin du faible appui que nous pourrions lui prêter.

Fidèle à ses habitudes laborieuses, M. Espagne nous a donné cette année un mémoire sur l'*Examen médico-légal des blessures du pli du bras;* une *Étude pratique de la fièvre puerpérale*, où il signale les rapports de cet état morbide avec les causes débilitantes, et établit la supériorité du traitement prophylactique sur le traitement applicable à la maladie déclarée. Le même auteur a publié d'intéressantes *Observations sur quelques points de l'industrie et de l'hygiène du blanchissage*. Il a fait surtout remarquer les callosités anti-brachiales et phalangiennes des ouvrières livrées à ce travail professionnel, et en a déduit des rapports étiologiques très bien justifiés, en même temps qu'il en a montré l'importance en médecine légale pour la solution du problème de l'identité.

Nous avons déjà cité quelques travaux de M. Saintpierre, lus au congrès des Sociétés savantes. Il faut ajouter à cette nomenclature une note sur la *Production de l'oxygène ozoné par l'action de certains appareils de ventilation*; une exposition de la question *des ferments et de l'hétérogénie;* enfin, un mémoire publié en commun avec M. Estor, intitulé : *Recherches expérimentales sur les causes de la coloration rouge des parties enflammées*. Ce mémoire, présenté à l'Institut par M. Claude Bernard, a été publié *in extenso* dans le *Journal de la Physiologie de l'homme et des animaux*. Les auteurs ont reconnu que cette coloration tient à la plus grande proportion d'oxygène dans le sang veineux qui,

par ce fait même, prend un aspect plus rutilant et le communique aux parties enflammées.

Enfin, mentionnons d'excellents travaux d'histoire naturelle
dus à M. G. Planchon, qui étendent la notoriété d'un nom que
son frère a rendu cher à la science. Notre honorable agrégé a
publié une *Étude sur les tufs de Montpellier*, une revue des
*modifications de la Flore de la contrée depuis le XVIᵉ siècle jusqu'à
nos jours*, et une dissertation sur le *Kermès du chêne, au point
de vue zoologique, commercial et pharmaceutique*. Ces mémoires,
où se trouvent des observations intéressantes et neuves, ont fait
obtenir à l'auteur les titres de docteur ès sciences naturelles et
de maître en pharmacie.

Tel est, Messieurs, le bilan des travaux de la Faculté de
Montpellier. Si l'on y joint des *Recherches nouvelles sur les appareils musculaires homologues de la vessie et de la prostate dans
les deux sexes*, que M. le docteur Sabatier, chef des travaux
anatomiques, a publiées, en les accompagnant de planches expli-
catives, et la traduction des leçons de Brown Séquard sur la
paraplégie, par M. le docteur Gordon, ouvrage très estimé,
parvenu en quelques mois à sa seconde édition, on trouvera
dans l'ensemble de ces travaux les éléments d'une petite bibliothèque. Mais ce n'est pas à ce point de vue que nous devons
attirer l'attention sur une fécondité qui, après tout, n'est que
la réitération de ce qui se passe annuellement à des degrés
divers. Le caractère même de l'ensemble de ces publications
n'échappera à aucun esprit judicieux. Les saines doctrines de
l'École sont représentées, et trouveront sans doute toujours de
dignes et éloquents interprètes. Mais n'avons-nous pas distingué
à côté des ouvrages et mémoires à allures larges et philosophiques, d'autres publications qui ont leurs racines dans l'expérimentation et les faits de détail ? Ces dernières marquent une
tendance assez accusée. Le réveil du culte des faits, que notre
célèbre Dugès représentait déjà avec une si juste autorité, ne
saurait ni étonner ni déplaire. Il convient que la Faculté porte
dans ses flancs les deux aspects de la science ; que la synthèse
et l'analyse y représentent les deux côtés de l'esprit humain ;
qu'on ne déchiffre pas seulement les énigmes du passé par la
philosophie critique, mais qu'on sonde les problèmes de l'avenir

avec tous les instruments de recherches que possède la science moderne ; il faut que, sous la lumière des vraies théories qui ont fait notre gloire, on fasse des conquêtes de détail, et qu'enfin on ait raison avec nouveauté.

Rappelons, dans ce tableau des évènements de l'année académique, quelques circonstances qui lui sont particulières. La Faculté a perdu un maître éminent, auquel nous devons d'autant plus le douloureux hommage de nos regrets, qu'il a succombé loin de Montpellier, et que nous n'avons pu lui dire sur la tombe un suprême adieu. Le professeur Ribes occupait depuis trente-cinq ans, avec une rare distinction, la chaire d'hygiène. Né en 1800 à Perpignan, il avait reçu sa première éducation à Sorrèze. A peine adolescent, il comptait déjà parmi les plus brillants disciples de l'École de Montpellier, où l'étude de l'anatomie pathologique fixa surtout son attention et lui inspira le sujet d'une thèse fort remarquée et qui faisait présager son avenir. Compris dans la première série des agrégés en 1826, Ribes fit paraître presque aussitôt son ouvrage sur l'*Anatomie pathologique, considérée dans ses vrais rapports avec la science des maladies,* qui lui valut la chaire d'hygiène. Il avait à peine vingt-huit ans quand il recueillit si honorablement la succession de F. Bérard. — Ses débuts comme professeur eurent lieu avec une sorte de réserve. C'était en 1829 ; l'époque influait peut-être sur ses tendances. Nature enthousiaste, tempérée par la philosophie, il s'attache d'abord à la doctrine de l'éclectisme et inaugure son enseignement par un discours sur ce sujet. Mais 1830 a ébranlé l'édifice politique et quelque peu les institutions sociales; l'imagination du professeur, entraînée par les vives images qui miroitaient à l'horizon de la pensée, devient la proie des idées nouvelles. Il rêve la palingénesie sociale ; il fait plus, il la prêche dans sa chaire, il devient à Montpellier le propagateur des idées de Saint-Simon. L'éclectique de la veille est l'exalté du lendemain. Sa philosophie fait volte-face, il publie le second volume d'un livre déjà commencé, et y inscrit fièrement, comme un titre de préface, le mot : transition. La doctrine médicale de la vie universelle sort toute armée de son cerveau ; rien n'est négligé par le professeur pour donner de la viabilité à cette vieillerie rajeunie que les panthéistes de nos jours galvanisent encore. Ce ne pouvait être un triomphe durable pour notre collègue, mais ce ne fut pas du moins sans éclat. Nous avons encore présents à la pensée ses efforts de prosélytisme, ses discours à effet, pleins de charme littéraire, sa diction séduisante, ses écrits nombreux, où la médecine pratique, il est vrai, est au second plan, mais où le style au service des idées nouvelles brille et frappe comme une épée. Ce ne fut pourtant qu'un éclat passager. L'épée s'émoussa, et Ribes se résigna à attendre des jours meilleurs. Mais si les tentatives de réforme religieuse, facilement vaincues par l'arme française de la raillerie, étaient destinées à ne laisser aucune trace, Ribes devait cependant réparer l'insuccès de ses essais excentriques. Il a paru un moment comme administrateur de la Faculté et a repris, dans l'enseignement, une direction normale où il a fait admirer un talent oratoire au service d'une critique élevée et délicate. C'est dans cette période d'une vie plus calme que Ribes a rédigé son grand ouvrage d'hygiène thérapeutique, conception forte, savamment travaillée, digne de son auteur et de l'École, et qui restera comme le plus sérieux témoignage de sa valeur.

Mais ce travail a altéré sa santé délicate. Ribes sentait déjà s'évanouir le long espoir et les vastes pensées. Ses dernières années se sont écoulées dans une sorte de retraite d'où s'échappaient dans les confidences amicales quelques réflexions amères ou mélancoliques. Son nom ne suivait pas toutefois l'oubli dont il aurait voulu entourer sa personne. Le dernier travail sorti de son laborieux isolement le répandait au dehors, pendant qu'au sein même de la Faculté il exerçait une influence réelle.

L'heure était venue. Ribes nous a été enlevé au mois de mai dernier, lorsque son talent était déjà devenu une renommée. Son passage restera marqué d'un sceau particulier, et l'on conservera le souvenir d'un talent éminent rehaussé par des qualités extérieures et une suprême distinction de manières que le médecin lui-même ne saurait dédaigner, malgré l'austérité de sa mission.

Cette perte, malgré son importance, était destinée à être heureusement réparée, et un avenir fécond est encore assuré à

notre chaire d'hygiène. La Faculté possédait dans son sein de
dignes éléments de réparation. MM. Cavalier, Espagne, Pécholier,
Quissac et d'autres docteurs faisaient valoir leurs titres à cette
belle succession. La Faculté, tout en reconnaissant leur mérite,
a usé du droit de choisir le nouveau professeur dans une zone
médicale plus étendue, et a couronné une candidature étrangère.
Mais son choix se justifiait par les titres exceptionnels de l'élu.
M. Fonssagrives, médecin en chef de la marine impériale au port
de Brest, officier de la Légion d'honneur, lauréat de l'Institut,
collaborateur des *Annales d'hygiène publique et de médecine
légale*, auteur d'ouvrages spéciaux sur l'hygiène, qui avaient
entouré son nom de l'estime la plus méritée, a été présenté au
choix de M. le ministre en première ligne ; le second rang a été
donné à M. Cavalier par la Faculté, et à M. Pécholier par le
Conseil académique. Que notre nouveau collègue, l'auteur du
Traité d'hygiène navale et du *Traité d'hygiène alimentaire*,
accueille ici nos félicitations et nos espérances !

Le récit des évènements de notre Faculté serait incomplet,
s'il n'était ici question que des maîtres. Dans l'œuvre complexe
que nous exécutons, les élèves ont leur grande part. Un mot de
statistique à ce sujet :

Inscriptions ordinaires de docteurs... 629
D'officiers de santé............... 52

Inscriptions allouées :

De docteurs.................... 651
D'officiers de santé............. 4
                                 ——
Total.......... 1336

Examens de réception d'officiers de santé.	63 Ajournements	4
Examens de docteurs...............	560 —	47
Thèses........................	97 —	2
Examens de fin d'année de docteurs....	166 —	24
Examens d'officiers de santé.........	11 —,	5

Examens de sages-femmes :

De première classe................	70 —	»
De deuxième classe...............	34 —	6

Je m'abstiens de toute réflexion sur les résultats de ces épreuves, qui ne diffèrent pas sensiblement de ceux des années précédentes, et je me hâte de signaler quelques circonstances particulières et honorables.

Un motif légitime de satisfaction a été récemment donné par les élèves de la Faculté, et nous devons l'inscrire dans nos souvenirs, parce qu'il est une nouvelle preuve des sentiments d'honneur et de dévouement qui semblent innés chez les médecins.

Au commencement de l'été dernier, la suette épidémique, qui a déjà fait diverses apparitions dans le département de l'Hérault, avait atteint gravement quelques communes, notamment celles de Montagnac et de Florensac. M. le Préfet fit appel au zèle volontaire et désintéressé des étudiants en médecine, pour secourir les localités atteintes. A peine l'avis fut-il notifié, qu'un grand nombre d'élèves se disputaient, comme à l'époque du choléra, la faveur d'être les premiers au danger et d'apporter leurs soins dévoués. Six seulement furent commissionnés et installés au poste d'honneur par M. le professeur Dumas, médecin des épidémies. Leurs services ont été à la hauteur de leur zèle. Inscrivons ce nouvel exemple, qui promet à notre profession un recrutement digne d'elle. Nous n'avons jamais vu faiblir les courages, et la jeunesse médicale de notre École paraît, avec les vertus traditionnelles, au seuil d'une science dont il faut non-seulement apprendre les principes, mais sentir l'importance et la dignité. L'autorité administrative a voulu récompenser en vous, Messieurs, de pareils sentiments. M. le Préfet a demandé à Son Excellence M. le Ministre, et a immédiatement obtenu la concession de médailles destinées à consacrer le souvenir de votre belle conduite. Une médaille d'honneur en argent sera remise à M. de Vésine-Larue, aujourd'hui docteur, alors étudiant, qui a été atteint par le mal qu'il avait si courageusement combattu, et une médaille d'honneur en bronze a été accordée à MM. les étudiants Rivaz, Fouchard, Bousquet, Barthez et Mouisset.

A cette liste, M. le Préfet a ajouté les noms de MM. Mauzac, Pascal et Simonneau, médecins à Florensac ; Rouch, Zachariewicz et Boudet, médecins à Montagnac, et Martin, médecin à

Pézenas, tous anciens docteurs de notre Faculté, et qui ont obtenu une médaille d'argent.

La narration des traits qui honorent votre conduite me met plus à l'aise en présence de l'obligation où je suis de signaler une infraction au bon ordre intérieur. Oublions tous une heure où les devoirs furent méconnus. Le Ministre qui vint nous visiter peu de jours après, a trouvé la manière la plus délicate d'effacer ce souvenir. C'est en favorisant vos études qu'il a espéré mieux affermir le respect dû à l'autorité. Rendez-vous aux salles d'anatomie, et vous verrez, dans les dépenses effectuées, dans les perfectionnements matériels, cette noble et nouvelle façon de ramener au devoir. Oui, jeunes élèves, soyez convaincus qu'un lien indissoluble existe entre l'amour de l'ordre et celui de la science. Il y a plus de trois mille ans qu'une main inspirée a inscrit cette éternelle vérité dans le livre sacré des Proverbes : *Qui diligit disciplinam diligit scientiam.*

Encore un mot sur les concours auxquels ont pris part les élèves de la Faculté. Une idée généreuse de M. le Recteur en a fait aussi un des évènements de l'année académique.

Le 19 avril, a eu lieu le concours pour l'école pratique d'anatomie. Sur vingt élèves, M. Serre a obtenu le premier rang; M. Sauvage le deuxième.

Au concours pour l'école pratique de chimie, sur quinze élèves nommés, M. Gayat a été placé le premier; M. Serre le second.

A la suite d'un concours pour la place de chef de clinique médicale, le 10 juillet dernier, M. Hamelin a été désigné pour remplir ces fonctions.

M. Trelaün-Bascou a été nommé chef de clinique chirurgicale, le 23 juillet, après avoir subi des épreuves analogues.

Au mois d'août dernier, ont eu lieu les concours institués en faveur des élèves de la Faculté, pour constater, année par année, les progrès de leurs études. Les jurys ont rendu les jugements suivants :

Prix de première année : M. Gayat. — Mention honorable, M. Boissieu.

Prix de deuxième année : M. René Benoît, après une épreuve supplémentaire et un premier classement *ex æquo* avec M. Serre.

Prix de troisième année : M. Augé. — Mention honorable, M. Durand. Ce dernier élève vient d'être classé le premier sur quarante concurrents au concours pour l'internat de Lyon.

Prix de quatrième année : M. Chavernac.

Je dois citer d'une manière spéciale le concours pour la place d'aide-anatomiste, qui a été l'un des plus remarquables par la distinction des candidats et par la valeur des pièces anatomiques susceptibles de conservation qui ont été déposées au Musée. Ce concours, auquel ont pris part trois compétiteurs, s'est terminé par la nomination de M. Eustache. C'est à lui que s'appliquait la fondation nouvelle dont nous remercions le digne chef de l'Académie de Montpellier. M. le Recteur avait destiné à l'élu le sujet anatomique d'Auzoux. Le prix de clinique fondé aussi par M. Donné a été acquis à M. Chavernac, et la récompense a consisté en un microscope d'Oberhauser et dans les œuvres de micrographie du fondateur, attention délicate et encourageante. M. Donné veut que son œuvre porte longtemps ses fruits, et a disposé encore, pour les prochaines années, d'objets précieux en faveur des lauréats des concours d'anatomie et de clinique. N'est-ce pas un devoir pour nous, Messieurs, de vous encourager à la conquête de ces sortes de trophées, dont le chef de l'Académie se dépouille en votre faveur ? Livres précieux, instruments de recherches physiologiques, instruments d'opérations, sujets d'anatomie plastique, tous ces joyaux sérieux seront le lot du plus ardent, du plus laborieux, du plus instruit d'entre vous, et deviendront le meilleur souvenir des études médicales. La Faculté verrait avec bonheur le succès spécial de ces concours. Je sais combien cette libérale institution vous est chère, et que vous voudriez encore voir ces passes-d'armes de l'esprit exigées pour le professorat. Mais le meilleur moyen de reconquérir un tel avantage n'est-il pas de faire fleurir le concours sur les degrés qui y conduisent ? C'est en prouvant vous-mêmes, par les concours, que vous êtes les meilleurs des élèves, que vous parviendrez à former l'opinion que, par la même voie, on peut devenir les meilleurs des maîtres.

J'ai hâte de terminer ce compte-rendu, que j'aurais voulu abréger, mais où l'importance des faits qui se sont accomplis dans la Faculté m'a retenu malgré moi, et que je n'aurais pu tronquer sans perdre le fruit des exemples qu'il m'a été permis de raconter. Si l'histoire générale d'un pays influe sur ses desti- nées et crée, par la connaissance du passé, des titres à un déve- loppement meilleur et plus hardi, le résumé de nos modestes éphémérides peut aussi nous engager dans des voies progressi- ves. N'ayant pas à célébrer la gloire bruyante, c'est assez pour nous de rester fidèles aux choses de la science et de la pensée, et de ne pas laisser pâlir cette flamme de l'émulation qui colore tout de ses purs rayons.

COMPTE RENDU

SUR LES TRAVAUX DE LA FACULTÉ DE MÉDECINE DE MONTPELLIER

PENDANT L'ANNÉE SCOLAIRE 1867-1868

MESSIEURS,

La société est une grande compagnie d'assurances mutuelles où chacun rend et reçoit des services. Pour augmenter les produits de cet échange, accroître la proportion du bien et éloigner le mal sous quelque forme qu'il se présente, on a dû organiser des moyens variés, et dans ce vaste ensemble se retrouvent, en bon rang, les institutions qui ont pour but de répandre l'instruction, de former des hommes pour les carrières professionnelles, de créer enfin à la société des ressources artificielles plus ou moins puissantes. L'enseignement, les Facultés, et pour toucher de plus près notre sujet, les Facultés de médecine, répondent à ce but, dont une fausse modestie ne doit pas nous faire dénier l'élévation ; car, pour bien remplir un devoir, il faut être convaincu de son importance et en comprendre la grandeur.

La Faculté de médecine de Montpellier remplit déjà depuis longtemps, pour notre pays, l'office d'un de ces utiles rouages montés pour le bien général. Ce serait abuser de l'occasion, sans rien ajouter à vos souvenirs, que de reproduire, même succinctement, l'origine et l'évolution de cette machine sociale, de ce foyer producteur de médecins qui, pourvus ici d'instruction et de bons principes, vont en répandre les fruits dans leur pays, sous forme de consolation, de soulagement ou de guérison. Il me suffira de dire que l'économie d'une telle organisation qui fonctionne depuis huit siècles, a toujours été en se perfectionnant, qu'elle a laissé des traces profondes dans les progrès de l'art de guérir, et qu'elle a acquis des droits à l'estime générale dans la double carrière de la science et de la bienfaisance publique.

C'est sans doute parce qu'elle a toujours rempli cette utile

mission, non moins qu'en raison de l'honneur qu'elle a eu de
formuler une grande doctrine, que la Faculté de médecine de
Montpellier a obtenu le privilège significatif d'avoir ses historiens.
Comme la Faculté de médecine de Paris, dont la vie a été écrite,
à divers points de vue, par Devaux, l'auteur de l'*Index fune-*
reus, par Chomel l'Ancien, et plus récemment par M. Sabatier,
l'École de Montpellier a occupé dans la science et au sein même
de la société française un rôle assez éminent pour appartenir à
l'histoire. Bordeu lui a réservé des pages éloquentes ; Astruc a
réuni à son sujet, dans un volume in-4°, des mémoires historiques pleins d'intérêt ; Prunelle a concentré dans un tableau
écrit avec verve, sa généalogie et sa vie collective ; Frédéric
Bérard, surtout, a consacré les prémisses d'un talent trop tôt
moissonné, à exposer, dans un livre devenu célèbre, sa doctrine
et sa gloire, *dulces ante omnia ;* et cependant tout n'est pas dit
sur l'École ; des mémoires isolés sur l'origine et le développement des sciences qui ont trouvé sur notre sol fécond une impulsion remarquable, ne remplissent que d'une manière incomplète
les lacunes à combler. Une histoire nouvelle est à faire, et le
sujet est digne de tenter une plume contemporaine. La science
historique générale est aujourd'hui assez avancée pour faciliter
ce travail et pour permettre de tenter d'encadrer dans le tableau
de chaque siècle la part qui revient à notre École.

J'aurais mal exprimé l'intention de ce préambule, si j'avais
laissé supposer que j'allais m'essayer à un fragment de l'œuvre
dont je souhaite l'accomplissement. Je n'ai à remplir qu'un
devoir officiel, à me restreindre dans les limites d'un simple
rapport. Mais, si je ne m'abuse sur le caractère d'une œuvre
imposée, l'idée dominante qui a guidé l'ordonnateur de ces travaux, si ingrats lorsqu'ils sont restreints aux limites d'une année
et bardés de statistiques, a été précisément de fixer le souvenir
des détails qui auraient pu s'effacer, faute d'une occasion conservatrice. Parmi ces détails et au milieu de ceux qui n'offrent
qu'un intérêt d'actualité, ou dont le caractère n'est pas bien
apprécié, précisément parce qu'on les raconte au moment même
où ils se produisent, il peut s'en trouver qui parleront à l'avenir,
qui révèleront une vérité, une physionomie, qui seront enfin un
trait de lumière pour cette histoire générale pleine de notions

voilées, nouvelles à leurs propres témoins si elles pouvaient leur être présentées, et du domaine exclusif de cette intuition retrospective à laquelle pensait sans doute Schlegel, quand il appelait l'historien le *prophète du passé*.

A ce futur révélateur, nous n'avons à offrir que des matériaux modestes, sous une forme abrégée et dans un cadre officiel. Si nous avons des réserves à faire envers cet écrivain possible, quelles ne doivent pas être nos appréhensions devant un auditoire qui a malheureusement tous les droits pour être exigeant, et auquel nous avons le devoir de raconter des évènements connus et accomplis à courte échéance. Qu'il nous soit permis d'espérer toutefois que l'histoire de cette année médicale échappera, par la variété et par l'importance de quelques-uns des faits enregistrés, à la stérilité habituelle de ces récits, et qu'un certain intérêt se fera jour à travers l'insuffisance de l'annaliste.

L'existence et les actes d'une Faculté de médecine portent par leur nature un caractère grave. Rien de riant n'est promis à un auditoire assemblé sous ces murs sévères comme les sujets qu'on y expose, et cependant notre début constatera une dérogation à l'austérité de nos habitudes. Le premier acte que l'ordre chronologique m'oblige à raconter est d'une apparence bien mondaine : nous avons commencé par un banquet ; mais cette fête était en l'honneur de M. Bérard, notre ancien doyen, notre collègue bien-aimé, qui venait d'atteindre le terme semi-séculaire de son professorat.

Engagé dès sa jeunesse dans la carrière de l'enseignement, après la publication de travaux originaux qui lui ouvrirent les portes de l'Institut, le professeur Bérard avait eu l'heureux privilège de former plusieurs générations d'élèves, de servir de modèle dans sa chaire par la clarté de son exposition et de sa méthode aussi bien que par le charme de sa parole, d'aligner enfin cinquante ans de succès dans plusieurs chaires. C'est cette longue et brillante carrière qu'on a voulu entourer d'un hommage doublement empreint de respect et de joie. A la manière des anciens, qui célébraient dans les banquets les grandes choses et même la sagesse, la Faculté de médecine de Montpellier, les amis, les élèves de M. Bérard, se sont réunis pour couronner de

roses son front qui n'avait porté que des lauriers. Je ne
redirai point la gaieté sereine de cette fête, dont le héros était
rajeuni par l'affection des convives, où de brillants discours ont
mis en saillie tous les aspects de sa belle carrière. Mais l'acte
qui a dominé tous les discours, c'est la lecture du décret impé-
rial qui nommait M. Bérard commandeur de la Légion d'honneur. Une délicate attention de M. le Recteur avait réservé pour
la fin la divulgation de ce décret. Une fête de l'intelligence dans
laquelle la grande voix de l'honneur proférait les derniers mots,
voilà sans doute de quoi consacrer le souvenir du savant doyen
qui tenait depuis vingt-deux ans les rênes de la Faculté. M. Bérard n'a pas tardé à résigner volontairement ces fonctions remplies avec une bienveillance et une modération justement
remarquées. Nous sentirons longtemps la privation de tant de
qualités, qu'il a voulu pour ainsi dire ensevelir lui-même dans
son dernier triomphe. L'aménité de M. Bérard écartait tout
obstacle de son administration. Son autorité, d'autant plus
acceptée qu'elle était plus douce et plus paternelle, se retrem-
pait dans une carrière scientifique ayant pour première date la
Société d'Arcueil, où il fut collaborateur des Laplace, des Gay-
Lussac, des Dulong, des Thénard. Combien ce souvenir rend sa
succession difficile, et combien le doyen actuel a besoin d'invo-
quer les sentiments que M. Bérard avait conquis sur les élèves
et sur la Faculté! Les professeurs ont voulu du moins conserver
ce nom cher à la science et à l'École, en demandant pour M. Bérard le titre de doyen honoraire, qui l'attache encore à nous
après sa retraite définitive.

Il y a dans la vie d'une Faculté un courant de faits généraux,
sujets à quelques variations annuelles, et qui doivent figurer
dans cet exposé. Je serai bref sur ces indications, au sujet desquelles les précédents rapports ont épuisé l'intérêt.

Les inscriptions se sont élevées, pendant l'année scolaire 1867-
1868, à 1,674 dans la Faculté de médecine de Montpellier,
savoir : 1,589 pour le doctorat et 85 pour le grade d'officier de
santé avec projet de conversion. L'année précédente on n'avait
signalé que 1,345 inscriptions. Il y a donc eu, cette année, 274
inscriptions de plus. La prospérité relative est évidente. — En

divisant le chiffre général des inscriptions par 4, qui est le nombre des inscriptions annuelles prises par chaque élève, nous constatons un effectif d'environ 400 élèves présents. C'est un chiffre suffisant pour défrayer l'activité de la Faculté, sous le rapport de l'enseignement et des examens.

Le nombre de ces derniers a été, en totalité, de 876, savoir : 218 examens de fin d'année, sur lesquels 34 ajournements, soit 1 sur 6 1/2 ;

511 examens pour le doctorat, sur lesquels 60 ajournements, soit 1 sur 10.

Les ajournements sont donc proportionnellement plus nombreux pour les examens de fin d'année que pour les examens de réception doctorale, ce qui tient à ce que ces derniers sont préparés avec plus de soin, le but étant plus prochain.

99 thèses ont été présentées dans le cours de cette année ; trois ont été refusées. Il y a eu en conséquence 96 réceptions doctorales, 19 de plus que l'année précédente. On peut remarquer la diminution graduelle des réceptions pour le titre d'officier de santé. Les aspirants à ce titre vont tellement en diminuant, pour le département de l'Hérault, qu'il n'y a pas eu de diplôme conféré cette année. 5 examens seulement ont été passés et ont donné lieu à 4 ajournements. L'aspirant reçu n'a pas complété le nombre règlementaire de ses épreuves.

La Faculté a conféré le certificat de capacité à 42 sages-femmes de 1re classe, sans en ajourner aucune. Il y a eu 8 ajournements sur 20 examens subis par des sages-femmes de 2a classe.

L'enseignement n'a rien présenté cette année qui le distingue des années précédentes. 1,250 leçons ont été faites dans les amphithéâtres de la Faculté ou des hôpitaux. 3,500 malades ont été traités aux cliniques de Saint-Éloi ; 120 opérations majeures ont été exécutées ; 66 sujets ont servi aux travaux anatomiques. Les exercices des écoles pratiques d'anatomie, de médecine opératoire et de chimie, ont été poursuivis conformément aux habitudes et aux dispositions règlementaires. MM. les agrégés ont heureusement secondé dans l'enseignement les professeurs empêchés. Je mentionnerai spécialement la suppléance de M. le docteur Castan, chargé du cours de pathologie générale dans des conditions nouvelles ; celle de M. le docteur Saintpierre, qui a remplacé M. Bérard dans l'enseignement de la chimie pendant le semestre entier, et des suppléances temporaires faites par MM. Garimond, Estor, Espagne et Pécholier.

Les leçons des professeurs et agrégés, leur participation aux examens, constituent leurs devoirs réguliers et ne me suggèrent d'autre réflexion que celle d'un vaste et admirable ensemble dogmatique d'où jaillit la science médicale divisée en parties déterminées et transmise aux élèves avec la diversité du caractère et du talent de chaque exposant. L'auteur de ce Rapport assumerait un rôle qui ne lui incombe pas et qui serait répudié d'avance par la modestie de ses collègues, s'il essayait une appréciation des leçons faites d'après les programmes officiels. Le simple exposé des sujets dépasserait même les limites du temps qui m'est accordé. Les résultats en sont d'ailleurs inscrits dans la mémoire de nos élèves, plus heureusement qu'ils ne le seraient dans ce compte rendu, ce qui me dispense de tout effort, soit *ad narrandum*, soit *ad probandum*. Mais la même réserve ne m'est pas imposée pour les travaux spontanés de cette Faculté, pour ceux qui, dépassant ce que la loi commande, sont le fruit de l'ardeur scientifique, et trahissent la fécondité de leurs auteurs. Un professeur parqué dans son enseignement peut sans doute rendre de grands services et se créer des droits à une haute estime; mais s'il ajoute à ce devoir bien rempli, des travaux originaux, des publications importantes qui élargissent les horizons de la science, une telle expansion de son ardeur et de sa force ne peut être englobée dans une mention anonyme des services généraux de l'École, et le doyen a l'agréable et impérieux devoir de signaler ces travaux à l'attention de l'autorité supérieure.

Le professeur de chimie s'est signalé, conformément à son ardeur bien connue, par un ensemble de travaux sur la fermentation, sur l'analyse des eaux minérales et sur la maladie des vers à soie.

La fermentation est en ce moment à l'étude dans beaucoup de laboratoires; elle défraie les séances de l'Académie des sciences; elle occupe plusieurs de ses membres. M. Béchamp a été à la fois un des promoteurs de cette étude et l'un des savants qui lui ont apporté, non-seulement le plus de matériaux, mais le plus d'idées, car notre collègue défend avec ardeur et conviction une théorie dont il est l'auteur, et qui se résume dans la production et le rôle des corps auxquels il a donné le nom de microzymas. Comme contribution à ses recherches pendant le cours de cette année, M. Béchamp a publié une lettre à M. Dumas sur la *Fermentation caproïque de l'alcool par les microzymas de la craie;* divers mémoires sur la *Fermentation propionique du succinate de chaux;* sur la *Nature et la fonction des microzymas du foie;* sur la *Réduction des nitrates et des sulfates dans certaines fermentations;* sur l'*Origine et le développement des bactéries* (en commun avec M. Estor); sur la *Circulation du carbone dans la nature,* avec un essai de théorie chimique de la vie de la cellule organisée; sur la *Fermentation alcoolique et acétique spontanée des œufs;* et sur *Diverses fermentations alcooliques.*

Notre collègue, après avoir terminé l'analyse des diverses eaux minérales du département de l'Hérault, poursuit avec non moins d'activité celle des départements voisins. Nous lui devons, dans cette direction de travaux, l'analyse récente de trois sources de l'établissement des *Fumades,* dans le Gard, et des recherches sur l'*État du soufre dans les eaux minérales sulfureuses.*

Quant à la question controversée de la maladie des vers à soie, M. Béchamp continue à la scruter avec une ardeur qui émane non-seulement de sa conviction, mais du débat contradictoire qui le force à soutenir la propriété et la priorité de ses idées contre un membre éminent de l'Institut. Ce sujet a donné lieu, cette année, à la publication de deux mémoires de M. Béchamp sur la *Maladie à microzymas des vers à soie,* et une seconde édition de son travail bien connu sur l'*Emploi de la créosote* pour prévenir cette maladie. La plupart de ces travaux, qui représentent un ensemble de seize mémoires, ont été communiqués à l'Académie des sciences ou ont paru dans les journaux spéciaux.

M. le professeur Martins, à qui la science était déjà redevable de travaux justement appréciés sur l'*Origine et la formation des glaciers,* publiés dans la *Revue des Deux-Mondes,* a poursuivi cette année, ce genre d'études, et a fourni aux *Mémoires de l'Académie de Montpellier* un essai sur l'*Ancien glacier de la vallée d'Argelex,* publié en commun avec M. Édouard Colomb.

Recherchant l'existence et le rôle des glaciers dans les montagnes d'une élévation bien inférieure à celle des Alpes et des Pyrénées, M. Martins en a reconnu les traces dans la partie orientale du massif granitique de la Lozère, et a communiqué à l'Institut un travail sur l'ancienne existence, durant la période quaternaire, d'un glacier de second ordre, occupant le cirque du haut de la vallée de Pallières. Notre honorable collègue a fourni aussi d'intéressantes pages à la météorologie, en faisant connaître, sur l'hiver exceptionnel de 1868, les particularités qui se rapportent à Montpellier. La température moyenne de cet hiver, l'un des plus rigoureux qu'on ait traversé, a été de + 4 degrés 37, tandis que la moyenne générale est de + 5 degrés 53.

Les travaux sur la physiologie continuent à sortir en nombre de la Faculté de Montpellier. Aux mémoires spéciaux publiés, l'an passé, sur divers points de l'histoire de la contraction musculaire, M. le professeur Rouget vient de joindre des mémoires originaux sur des sujets à peine explorés. Un travail sur la *Structure intime des corpuscules de la conjonctive et des corpuscules du tact chez l'homme*, communiqué d'abord à l'Institut, a été publié, avec des proportions plus étendues, dans les *Archives de physiologie normale et pathologique* (septembre 1868). La science doit au même auteur un mémoire sur les *Mouvements érectiles*, qui paraît en ce moment dans un nouveau recueil. Nous devons signaler aussi la part importante qui lui revient dans la troisième édition de la *Physiologie* de Longet, actuellement en cours de publication. Adoptant, comme Burdac, la collaboration des physiologistes les plus connus de son temps, M. Longet donne place, dans le beau livre dont il a doté la science, à des documents originaux rédigés par leurs propres auteurs. Un emprunt considérable a été fait à M. le professeur Rouget, qui a fourni une série d'articles sur la *Structure des muscles*, sur la *Contraction musculaire*, sur l'*Accommodation de l'œil aux distances*, sur les *Mouvements et la structure de l'œil*, enfin sur une nouvelle explication du *Mécanisme de la vision*, donnant la raison physiologique de la vue droite avec les images renversées.

Les publications essentiellement médicales de la Faculté, pendant l'année académique dont nous dressons l'inventaire scientifique, sont de nature à prouver la pérennité de la force productrice à laquelle l'École doit son principal renom.

Notre collègue, M. Anglada, vient de terminer un ouvrage qui a pour titre : *Études sur les maladies éteintes et les maladies nouvelles*, pour servir à l'histoire des évolutions séculaires de la pathologie. Dans ce vaste sujet, où Gruner avait laissé beaucoup de terrain non défriché, M. Anglada a demandé à l'histoire tous ses matériaux importants, et a passé en revue les grandes épidémies qui ont ravagé le monde, depuis la peste d'Athènes jusqu'au choléra de notre siècle. Ce livre, actuellement sous presse à Paris, est impatiemment attendu par tous ceux qui connaissent depuis longtemps la compétence, en pareille matière, de l'auteur du *Traité de la contagion*. Il ne peut manquer de fixer l'attention du public, déjà excitée par quelques travaux rétrospectifs d'archéologie médicale.

Puisque le mot d'archéologie a été prononcé, disons immédiatement que M. le professeur Fonssagrives a été séduit par des recherches de cette nature, et que cet entraînement nous a valu deux études d'hygiène archéologique pleines d'intérêt, l'une sur la *Maison chez les anciens*, l'autre sur le *Vin chez les anciens*. Le temps exigé par cette reconnaissance faite dans le passé, n'a pas empêché notre collègue d'en trouver pour des travaux aussi utiles qu'étendus. Rappeler que M. Fonssagrives a publié cette année une seconde édition de ses *Entretiens familiers sur l'hygiène*, nous dispense d'exposer les causes du succès de ce livre, car sa valeur se démontre d'elle-même par le rapide épuisement de la première édition. Nous ne doutons pas que le même succès ne soit réservé à l'ouvrage qui en forme le pendant, et que M. Fonssagrives vient de publier sous un titre attrayant : *Du rôle des mères dans les maladies des enfants*. Cet attrait s'explique sans doute par le sujet, mais il se complète par le nom sympathique de l'auteur et par la foule d'ingénieux aperçus semés dans l'ouvrage, non moins que par un ensemble de conseils utiles donnés sous la forme qui les fait le mieux accepter.

Mêlé d'une manière remarquable au mouvement médical de notre époque, M. Fonssagrives s'est fait le collaborateur des principales publications périodiques médicales. La *Gazette hebdomadaire de médecine*, le *Bulletin de thérapeutique*, les *Annales d'hygiène* surtout, doivent à la plume de notre ardent professeur divers travaux dont l'analyse et même les titres dépasseraient les limites de ce compte rendu. Au risque d'être incomplet et d'avoir à nous faire pardonner une trop rapide revue des importants travaux de M. Fonssagrives, nous nous bornerons à dire, qu'indépendamment des articles *bismuth, laurier, lactucarium, lit, laudanum,* donnés au *Dictionnaire encyclopédique,* il a écrit encore divers mémoires d'hygiène sur la *Cachexie aqueuse des moutons,* sujet si intéressant pour la question de l'alimentation publique ; sur la *Régénération physique de l'espèce humaine,* etc., et que, non content de tirer de son propre fonds *tot et tanta,* il s'est fait le vulgarisateur d'ouvrages importants publiés à l'étranger. C'est ainsi que nous lui devons la traduction des mémoires d'Eben Watson sur les *Propriétés physiologiques et thérapeutiques de la fève de Calabar ;* celle du rapport de la commission de la Société royale de Londres sur les *Injections hypodermiques,* et qu'il fait imprimer en ce moment la traduction annotée du traité clinique de Walhe sur les *Maladies de la poitrine.*

Complétons cet énoncé des travaux émanés de la Faculté, en signalant un mémoire de M. le professeur Moutet sur les *Anévrysmes des os.* Le côté original de ce travail est l'anatomie pathologique d'une lésion encore fort peu connue et sur laquelle on ne possédait jusqu'à présent que des données cliniques.

M. le professeur Courty et l'auteur de ce Rapport ont enfin porté leur contingent à l'ensemble des publications que nous avions la mission de signaler, en collaborant au *Dictionnaire encyclopédique des sciences médicales,* auquel ils ont fourni : le premier, l'article *bassin ;* le second, l'article *bec-de-lièvre.*

L'Agrégation, dont les travaux intéressent d'autant plus la Faculté qu'ils en font présager l'avenir, n'a point failli à sa tâche. Nous regrettons de ne pouvoir insister avec toute l'attention qu'ils méritent sur ces produits du zèle et de l'ardeur de MM. les Agrégés. Ce regret est surtout légitime, alors qu'une circonstance particulière a suscité chez eux, pour ainsi dire, un surcroît de fécondité intellectuelle. La chaire actuellement vacante dans la section de médecine, a été un stimulant pour faire sortir des cartons des matériaux qui eussent peut-être attendu plus longtemps le moment de voir le jour.

Mais, comme les prétendants au pouvoir qui, dans nos assemblées, prononcent leur discours-ministre, les aspirants ont publié leur ouvrage-maître. Nous nous bornerons à leur strict énoncé, afin que si l'éloge se glissait involontairement sous notre plume, il ne parût un jugement anticipé sur le mérite du candidat. M. le docteur Castan a livré à la publicité un mémoire sur la *Fièvre hémoptoïque à quinquina ;* un discours sur l'*Utilité de la pathologie générale*, et une étude pratique sur la *Commotion cérébelleuse*. M. le docteur Cavalier, poursuivant une série de publications sur le domaine de la pathologie nerveuse, a donné en dernier lieu, au *Montpellier médical*, un article sur les *Impulsions offensives considérées au point de vue pathologique*, et vient de faire imprimer un volume intitulé : *Étude médico-psychologique sur la croyance aux sortilèges à l'époque actuelle*. On doit à M. Espagne une dissertation médico-légale à propos de l'article 345 du Code Napoléon. M. Guinier a fait connaître les expériences auxquelles il s'est livré et les résultats qu'il a obtenus sur le *Gargarisme laryngien*. Enfin, M. Pécholier, abordant une question qui résume l'esprit de ses travaux, a examiné dans une dissertation les *Rapports de la pathologie générale et de la philosophie*.

En dehors des essais suscités par le désir de multiplier les titres à la chaire vacante, d'autres agrégés ont défriché quelque point du domaine habituel de leurs occupations. M. le docteur Garimond est du petit nombre de ceux qui, à Montpellier, publient des recherches en obstétrique. On remarquera son récent mémoire sur le *Placenta adhérent et sur son élimination spontanée*. L'auteur démontre par des faits que si le placenta maternel est susceptible de résorption, la destruction du placenta fœtal se fait par un autre mécanisme et s'élimine lentement par l'entraînement parcellaire de sa substance. La Faculté doit enregistrer, parmi les travaux intéressants sortis de son sein, diverses communications faites à l'Institut par M. le docteur Estor, soit en commun avec M. Béchamp, soit isolément. L'une de ces recherches les plus originales a eu pour résultat de faire connaître le *Rôle de ferment rempli par les cellules de l'achorion Schœnleinii*. Enfin, nous avons à signaler l'activité scientifique de M. le docteur Saintpierre, agrégé et chef des travaux chimiques de la

Faculté, qui a payé, cette année, un heureux tribut aux sciences météorologique et agricole. Au sujet de la première science, M. Saintpierre a rédigé une revue historique et critique des documents relatifs à la *Climatologie de Montpellier*. Ce travail, lu à la séance générale de l'Association des médecins de l'Hérault, a été écouté avec d'autant plus d'intérêt qu'il fait présager ultérieurement de nouvelles recherches et une généralisation des observations déjà si nombreuses qui ont été recueillies, depuis de Ratte et Poitevin, jusqu'à MM. Marié-Davy et Martins. Quant aux travaux relatifs à l'agriculture, nous signalerons, en terminant cette revue, une note sur le *Poids respectif des vins* et un rapport sur les *Expériences tentées pour la destruction du puceron de la vigne*, rédigé en commun avec M. le professeur Planchon. Ces expériences doivent être vivement encouragées. Il serait honorable pour le département de l'Hérault, d'où sont sortis les moyens d'attaquer le parasite végétal de la vigne, l'oïdium, de donner aussi le remède destructeur du puceron ou parasite animal, non moins menaçant, paraît-il, que le premier fléau qui avait atteint nos contrées viticoles.

Pour être juste et complet, nous devons inscrire encore, en l'honneur de l'École, et parmi les écrits publiés dans l'année, un ouvrage important d'un de nos agrégés libres, chez lequel les occupations de la pratique n'ont pas effacé le goût de la science. Je veux parler du livre de M. Eug. Bertin sur *l'Emploi et les effets du bain d'air comprimé*. Les agrégés libres tiennent à la Faculté, non-seulement par le souvenir de leurs services, mais par la possibilité d'être rappelés à l'activité, sorte de lien virtuel qui les conserve à notre grande famille. Ce souvenir était du reste légitimement dû à un ouvrage bien pensé et bien écrit sur un moyen thérapeutique dont Montpellier, grâce à la persévérance de M. le docteur Bertin, a le privilège à peu près exclusif.

L'activité de l'École ne s'est pas bornée à la publication des travaux que nous venons de mentionner. Mêlé aux manifestations de diverse nature qui caractérisent la vie intellectuelle de l'époque, conférences, congrès, voyages scientifiques, notre personnel professoral leur a prêté un heureux concours.

Il y a deux ans, M. le Recteur, réalisant une intention ministérielle, avait organisé à Montpellier et dans les villes du ressort académique, des conférences scientifiques, littéraires et même médicales, qui avaient vivement excité l'intérêt et l'empressement du public. Sans se régulariser, ce mode nouveau d'insinuer dans les masses des idées qui lui sont peu familières, s'est soutenu, et quelques membres de la Faculté de médecine l'ont encore secondé pendant l'année qui vient de s'écouler. M. le professeur Fonssagrives a fait à Perpignan une conférence sur la *Longévité*, sujet bien choisi pour un professeur d'hygiène parlant au nom d'une Faculté dont quelques membres ont donné un si bon exemple, où Saporta a vécu cent quatre ans, et où le vénérable M. Lordat n'a plus que trois ans à courir pour accroître la liste des centenaires célèbres. M. le professeur Béchamp a fait de son côté à Perpignan, à Lyon et dans le département de Vaucluse, des conférences très suivies sur divers points de chimie appliquée. L'une de ces conférences avait trait à la *Maladie des vers à soie*, sujet qui intéresse si vivement une grande industrie de la zone méridionale de la France, et dont les travaux de notre collègue dissipent de plus en plus l'obscurité. — M. Guinier, agrégé, a vulgarisé, à son tour, par des conférences faites dans plusieurs villes de France et devant des Sociétés médicales, ses recherches sur la *Laryngoscopie*.

Les congrès scientifiques, éclos avec le mouvement de 1830, se partagent encore, quoique inégalement, la faveur publique. Paris a eu l'année dernière, à l'occasion de l'Exposition universelle, son congrès médical, dont les rayons ont un peu pâli au milieu du fracas de l'Exposition. Montpellier traverse actuellement l'année des congrès : celui de géologie vient de répandre un éclat réel ; espérons que le succès ne faillira pas au congrès plus général qui se prépare dans notre ville, pour le 1er décembre prochain, et dans lequel la médecine doit occuper une place importante. Un milieu scientifique comme Montpellier ne peut manquer d'être éminemment sympathique à une manifestation de ce genre, qui fera affluer dans nos murs l'élite des hommes livrés aux travaux de l'esprit. Mais c'est à l'étranger surtout que les congrès sont en faveur. M. Martins est parmi nous, comme autrefois le professeur Lallemand, un de leurs adhérents les plus actifs. Chaque année lui fournit l'occasion de répandre, par ses communications, le nom et les travaux de l'École dans ces mobiles foyers de publicité si bien faits pour unir les hommes et échanger les idées. Sa présence a été récemment remarquée aux séances de l'*Association britannique pour l'avancement des sciences,* qui s'est réunie à Dundee, en Écosse. Notre collègue vient de publier lui-même un intéressant compte-rendu des travaux de ce congrès dans la *Revue des Deux-Mondes.*

Enfin, les voyages scientifiques ont tenté aussi l'ardeur des membres de notre École. Deux missions de ce genre ont été confiées par M. le Ministre à MM. les professeurs Martins et Courty. M. Martins s'était proposé d'explorer, au point de vue botanique, le Caucase, cet antique foyer dont notre race porte le nom, et où la poésie des Grecs a placé la première grande conquête que la science ait faite sur la nature, celle du feu, durement expiée, selon la légende mythologique, par le supplice de Prométhée. M. Martins allait à la découverte dans ces montagnes âpres au simple voyageur, mais chères au savant, malgré le danger représenté par la barbarie et l'insalubrité. C'est la maladie qui a arrêté M. Martins aux premières ondulations du soulèvement caucasique. Retenu à Trébizonde par une influence épidémique, notre collègue n'a vu que de loin cette terre promise du savant, dont les abords sont si jalousement défendus.

Plus heureux, M. Courty a accompli sans obstacle son voyage en Allemagne, où la science moderne subit en ce moment une remarquable évolution. Favorisée par les rapides communications que l'industrie contemporaine a établies sur tous les points de l'Europe, l'Allemagne y puise les moyens de cette attraction électrique que la France exerçait naguère presque exclusivement pour les sciences et les lettres, et l'Italie pour les beaux-arts. On aime de plus en plus à visiter Berlin, Vienne, Heidelberg, Wurtzbourg et divers autres centres richement dotés, où l'œuvre scientifique se poursuit à outrance, où les maîtres s'acharnent au travail, où les élèves se passionnent pour les maîtres, où l'esprit de recherche et l'élan du patriotisme se combinent, où Virchow personnifie à la fois les conquêtes du génie et les aspirations de la liberté. M. Courty a remis à M. le Ministre un rapport sur sa mission. Espérons qu'il sera bientôt publié, et qu'il nous dévoilera les causes de cette *furia* germanique pour la science. En être un peu jaloux est un bon symptôme.

Les services rendus par l'École, car on peut donner ce nom aux publications ou aux essais que nous venons de mentionner, ne sont pas restés méconnus. Communiqués à l'Institut, aux Académies, aux Sociétés savantes, appréciés par le chef de l'Université, ces travaux, précédés pour la plupart d'autres publications importantes, ont obtenu de légitimes récompenses, qui font trop d'honneur à la Faculté pour n'être pas mentionnées dans cette circonstance solennelle.

Depuis longtemps, on n'avait eu l'occasion de remarquer un ensemble plus imposant de distinctions provenant de sources plus diverses. Dans sa séance du 18 mai dernier, l'Institut a inscrit en tête de ses lauréats pour le concours Monthyon, M. le professeur Courty, et lui a accordé un prix de 2,500 francs pour son ouvrage sur le *Diagnostic et le traitement des maladies de l'utérus*. Succès de librairie, accueil du public, fortune académique, rien n'a manqué à cette importante publication, dont l'auteur prépare déjà une seconde édition. Dans la même séance, l'Institut a accordé une mention, avec un encouragement de 600 francs, à MM. les agrégés Estor et Saintpierre, pour un travail de chimie physiologique rédigé en commun sur *le Sang et les combustions respiratoires*. — L'Académie impériale de médecine a donné à son tour un gracieux témoignage à la Faculté de Montpellier, en conférant à M. Rouget le titre de correspondant pour la section de physiologie. — La Faculté n'a pas été moins bien partagée à la réunion générale des Sociétés savantes, tenue à la Sorbonne le 18 avril 1868, sous la présidence de M. le Ministre de l'Instruction publique. À la suite d'un rapport de M. Blanchard, de l'Institut, sur les travaux des Sociétés savantes départementales, M. le professeur Martins a obtenu une médaille d'or, et MM. les agrégés Estor et Saintpierre une médaille d'argent. — Mais la plus vive satisfaction réservée à la Faculté se rapporte au nombre exceptionnel de décorations de la Légion d'honneur qui lui ont échu dans la part restreinte faite à l'enseignement supérieur. Nous avons dit dans quelle circonstance la croix de commandeur avait été remise à M. Bérard. A l'occasion de la fête du 15 août, deux croix de chevalier sont venues honorer l'École dans la personne de M. Courty et de M. Rouget; et nous pouvons nous féliciter d'une quatrième distinction de ce

genre, puisqu'elle a été obtenue par M. Moitessier, agrégé de
cette Faculté, à la suite de ses brillants services dans l'enseignement à l'École normale de Cluny. Nos remercîments à M. le
Ministre doivent être en proportion de ses hautes faveurs.

Quelques mots sur le matériel de l'École. Un grand ensemble
comme celui qui appartient à une École de médecine, comporte
chaque année une mutation ou des améliorations matérielles
destinées à réparer les ruines que le temps accumule, ou à satisfaire les progrès de l'enseignement et de la science. Il serait peu
digne de cet auditoire de l'entretenir de quelques réparations
modestes dans différentes parties du bâtiment ou du mobilier de
l'École. Je me bornerai à dire qu'elles n'ont eu pour but que de
rendre aux murs de l'édifice l'aspect discrètement élégant
qu'Hippocrate recommande pour le médecin lui-même dans
son livre de *De decenti ornatu*. L'or n'y est pas prodigué pour
beaucoup de raisons ; nous ne l'avons fait briller qu'à la couronne d'étoiles que Barthez a posée sur le front du Père de la
médecine, le jour de l'inauguration du buste antique donné à la
Faculté de Montpellier par le Premier Consul.

Nous possédons trois collections importantes qui ont reçu
chacune divers accroissements. La Bibliothèque, qui occupe la
place d'honneur dans les bâtiments de la Faculté, est une des
belles collections de livres en France. Elle ne renferme pas uniquement des ouvrages de médecine ; c'est une bibliothèque générale, encyclopédique, et les savants de tous les pays viennent
consulter ses précieux manuscrits. D'après le relevé fait le
12 avril 1867, et transmis à Son Exc. M. le Ministre de l'Instruction publique, elle possédait 33,000 volumes. Le nombre de
ses lecteurs est d'environ 70 par jour. C'est donc un établissement d'une haute importance, tant par la nature de ses richesses
que par le nombre de ceux qui en profitent. Ces richesses, nous
devons le dire, sont en grande partie le fruit de donations ;
quant aux ressources régulières dont on dispose, elles sont
minimes : 1,800 francs seulement sont affectés aux dépenses de
toute nature qu'exige une collection de cet ordre. J'en ai dit
assez pour en dévoiler l'insuffisance et pour exprimer combien
sont légitimes les incessantes réclamations de nos bibliothécaires.

C'est à leur zèle soutenu, c'est à des appels heureusement
adressés aux sources généreuses, c'est à un système bien conçu
d'échanges de nos collections de thèses avec des collections
nationales ou étrangères, que MM. Kühnholtz et Gordon doivent
d'avoir attiré sur nos rayons expectants des travaux périodiques
d'une grande valeur. Cette année a vu en particulier s'accroître
ce butin scientifique prélevé sur des possesseurs dont nous vou-
drions imiter la libéralité. Les États-Unis et l'Angleterre se
distinguent surtout par leur ardeur à répandre les produits de
la pensée, et nous leur devons des acquisitions majeures. Ainsi
sont venus récemment prendre leur place à côté de leurs aînés,
les volumes complémentaires des *Transactions philosophiques*,
collection de premier ordre, et les volumes attardés de l'*Edin-
burgh medical and surgical journal*. Il nous est agréable de citer
à côté de ces dons, des offrandes de M. Masson, éditeur, si honorablement connu ; de M. le sénateur Michel Chevalier, au nom
de la Commission de l'Exposition universelle ; de M. Combes, de
l'Institut, grâce aux démarches de notre collègue M. Martins.
Remercions enfin et surtout M. le Ministre de l'Instruction publique, qui inaugure en ce moment de libérales faveurs, et qui
vient de nous accorder, sur la demande de M. le professeur
Courty, une somme de 500 francs, pour l'acquisition immédiate
d'ouvrages allemands sur la gynécologie.

Le Conservatoire ou Musée anatomique de l'École a vu s'accroître, de son côté, sa collection tératologique. M. le docteur
Pons (de Nérac), et M. le docteur Gayraud, agrégé, ont offert
deux échantillons de cette nature. Diverses et intéressantes
pièces d'anatomie pathologique ont été données par les professeurs de clinique ; bon nombre de préparations d'anatomie
normale, acquises à l'occasion du concours pour la place
d'aide-anatomiste, sont venues accroître les richesses de notre
musée.

Le Conservatoire de Botanique, dont je suis tenté d'indiquer
la place aux élèves, car sa modeste apparence extérieure semble
le dérober à leurs regards, prend, du moins à l'intérieur, un
aspect plus séduisant. La collection carpologique s'est accrue
cette année. L'herbier général, commencé en 1840 et classé
d'après le *Prodromus* de De Candolle, vient d'être terminé par

les soins de M. le docteur Touchy, conservateur. Des acquisitions partielles ont ajouté un nouvel intérêt à la collection générale, héritière de nombreux spécimens du concours régional d'agriculture qui a eu lieu, en mai dernier, dans notre ville. Parmi les épaves scientifiques de l'exposition qui ont abouti à notre conservatoire, nous citerons un don précieux que nous devons à la libéralité du docteur Pascal (de Fréjus). La place devient étroite dans notre musée botanique. Les curiosités et les splendeurs de la vie végétale y sont en rangs pressés ; on peut rêver un agrandissement. Mais que nous sommes loin de certains musées botaniques de l'Europe ! Celui de Paris même est distancé par Kiew, où tout ce qui concerne le règne végétal considéré dans son origine, son actualité et ses applications, réuni avec les ressources du cosmopolitisme anglais, a été installé dans des proportions gigantesques.

Arrivons à des améliorations plus directement afférentes à la nature humaine. L'année académique se signale, à ce point de vue, par quelques progrès. Le laboratoire de physiologie, dont il est pour la première fois question dans ces comptes rendus, s'installe et s'agrandit de plus en plus. Une somme spéciale de 2.000 francs, récemment accordée par M. le Ministre de l'Instruction publique, a permis d'acquérir de nouveaux instruments et d'organiser le travail auquel les élèves prennent goût, en dépit de la peine. Nous avons franchi la période de la science facile. Le temps n'est plus où la physiologie se rédigeait dans le cabinet sous forme de méditation ou d'improvisation plus ou moins poétique. Claude Bernard a remplacé Richerand, et Buffon lui-même n'écrirait plus son *Histoire de l'homme* en manchettes de dentelles. C'est en plein laboratoire que la biologie s'étudie, les pieds sur le carreau, la main armée du scalpel. Le physiologiste appelle à son aide les réactifs chimiques, le microscope, les machines électriques, les appareils enregistreurs et une foule d'autres moyens de recherches pour surprendre la vérité sur la dépouille de l'homme ou sur la fibre vivante des animaux. Chirac et Lamure avaient entrevu à Montpellier cette façon de cultiver la science ; Dugès, Dubrueil et leurs élèves avaient marqué une autre étape dans cette voie. Aujourd'hui on ne peut plus en suivre d'autres, et la fondation du laboratoire de physiologie par M. Rouget est la plus saillante preuve des progrès qu'a faits parmi nous la méthode expérimentale.

Les cliniques ont réalisé aussi, pendant le cours de cette année, des améliorations réelles. La clinique chirurgicale en particulier a grossi son arsenal et multiplié ses instruments de diagnostic. Mais que de désidérata nous pourrions formuler ? Le plus important serait assurément l'augmentation du nombre même des malades servant à l'instruction pratique. L'Hôpital-Général de Montpellier, encore fermé à la Faculté, ne devrait-il pas, dans une ville médicale comme la nôtre, être le siège d'un enseignement clinique régulier, et les services qu'y rend l'enseignement bénévole, avec la tolérance de l'Administration, ne sont-ils pas la preuve anticipée des bienfaits qu'y répandrait l'institution officielle de chaires de clinique? Appelons cette fondation de tous nos vœux, car l'avenir de l'École est là. La condition des bonnes études médicales peut se résumer en deux mots : l'hôpital et l'amphithéâtre.

En attendant cette ère, peut-être prochaine, notre hôpital Saint-Éloi s'améliore au profit des malades et des élèves. Signalons en particulier un progrès devenu nécessaire. L'Administration, déférant à une demande des professeurs de clinique, vient de fonder, à la place des anciens bains, un établissement hydrothérapique complet. Ces fondations, renouvelées des mœurs antiques, où l'art somptuaire s'était surtout exprimé dans la construction des bains, n'existaient guère de nos jours que dans les grandes stations thermales. La plupart des hôpitaux ne possédaient, et beaucoup ne possèdent encore, pour le service balnéaire, que des locaux sans nom, dans les parties les plus sombres et les plus déshéritées de l'édifice. Sans être réduit à se reconnaître dans ce tableau, notre hôpital laissait beaucoup à désirer sous le rapport des bains. 8,000 francs, intelligemment dépensés par l'Administration, ont transformé ce *lavacrum februale* en un espace où la lumière vient faciliter les ablutions du pauvre, et où l'eau abondante, massée en réservoir, divisée en pluie ou réduite en vapeur, découpée en lame ou moulée en colonne, vient, à toute température et à diverses pressions, combattre à la fois les maladies et les souillures du corps. Heureuse innovation, exemple digne de Montpellier, qui a devancé sous ce rapport un grand nombre d'hôpitaux de la France et même de la capitale.

L'année 1868 sera surtout signalée dans l'histoire des progrès matériels de la Faculté, par le vote en principe d'un grand laboratoire anatomique et par l'acquisition des ressources financières qui sont destinées à en assurer l'exécution. La Ville et l'État ont généreusement concouru à cette œuvre de bien presque autant que de science. N'était-il pas juste que la salubrité ne fût pas exclue des travaux anatomiques, et que l'étudiant dont le savoir grandit au milieu des cadavres, vît ses travaux protégés par des mesures hygiéniques convenables ? Le droit à l'air et à la lumière est assurément un droit naturel, et, dans l'espèce, la concession libérale de ces agents n'est qu'une stricte compensation des pénibles devoirs que crée l'initiation médicale. Ce droit va être satisfait. Il était indispensable que l'anatomie, cette grande et belle science dont la culture précède toutes les autres en médecine, fût entourée de conditions d'étude irréprochables. N'était-il pas rigoureusement exigé que l'École de Montpellier fût enfin dotée d'un établissement qui la mît en harmonie avec les autres centres d'enseignement médical ? La patrie des Rondelet, des Vieussens et de tant d'autres anatomistes, s'indignait presque de l'abandon où elle était laissée. Sa philosophie ne la consolait pas assez de ses misères. La force de l'opinion a enfin triomphé, et les choses ne se sont pas faites à demi. M. le Ministre, M. le Maire de Montpellier et nos édiles, n'ont pas vainement entendu les réclamations adressées au nom d'une science si importante. 100.000 francs accordés, cette année, pour la construction d'un pavillon anatomique, dans les meilleures conditions d'emplacement, de construction, d'aménagement et d'élégance, témoignent assez de l'intérêt que l'État et la Ville accordent à notre foyer médical. Nos remercîments n'ont jamais été mieux mérités. La première pierre n'est pas encore posée, car les formalités, ce voile épais qui ternit la netteté de l'esprit français, sont loin d'être épuisées. Mais le contingent ministériel est dans nos mains. Racine disait : Ma tragédie est faite, il ne me reste plus qu'à l'écrire. Nous dirons : Notre pavillon est assuré, il ne reste plus qu'à le bâtir.

La réforme dont je viens de vous entretenir n'est que le com-

mencement de ce que le Gouvernement se propose de faire. Vous
n'ignorez point, Messieurs, car une grande publicité a été donnée
à ce projet, que M. le Ministre de l'Instruction publique a présenté à Sa Majesté l'Empereur, au mois de mai dernier, un
remarquable rapport sur la nécessité de la création de laboratoires scientifiques. Après avoir passé en revue les genres de
protection accordée aux sciences depuis le XVIe siècle, et les
ressources mises à la disposition des savants, M. le Ministre
conclut à la nécessité de proportionner aux besoins de l'époque
les moyens de susciter de nouveaux progrès. Le perfectionnement de l'enseignement supérieur est le plus sûr de ces moyens,
et c'est en rendant les études pratiques obligatoires, en appelant
à des exercices directs et manuels un plus grand nombre d'élèves,
qu'on atteindra le but. Or, le caractère pratique des études, la
participation de beaucoup d'adeptes à ce genre de travaux, et,
si je puis ainsi dire, la démocratisation de la science, nécessitent
la création et l'organisation de grands laboratoires scientifiques.

Dans un intéressant travail sur ce sujet, M. le docteur Lorain,
l'un des partisans les plus ardents de la réforme des études par
les laboratoires, nous a dévoilé les progrès accomplis dans ce
sens de l'autre côté du Rhin. L'installation de ces laboratoires
scientifiques, destinés à l'étude de la chimie, de la physique, de
l'anatomie pathologique et d'autres sciences, semble ne trouver
aucun obstacle. Le million, qui est l'unité monétaire des gouvernements, est appliqué sans hésitation aux constructions et aux
acquisitions nécessaires. Voilà un grand exemple et un noble
sujet d'émulation ! Paris commence déjà à être doté. A tout sei-
gneur, tout honneur ! Mais Montpellier, nous en avons la certitude, aura sa part dans les réformes. M. le Ministre a daigné
sur ce point prendre l'avis de la Faculté, et j'ai eu l'honneur de
lui adresser, au mois d'avril dernier, un rapport qui propose les
moyens et conclut à la nécessité d'améliorer les services pratiques de chimie, de physique, d'histoire naturelle, d'anatomie,
de médecine opératoire et de clinique.

Voilà de grandes espérances. A quand la réalité ? Une question
bien posée est, dit-on, à moitié résolue. Que l'opinion vienne en
aide à cette direction ; que les Chambres, un jour mieux disposées, ouvrent une issue dans leur colossal budget, où l'instruc-

tion publique, hélas ! n'a pas la part du lion, et avec un ministre ardent comme celui qui a charge de nos intérêts, les réformes pourront se faire bientôt. Espérons donc que ces ressources nouvelles, avec lesquelles la science veut entrer dans l'avenir qui s'ouvre pour elle, combleront l'arriéré des études. La France marche vite quand elle veut. N'a-t-elle pas comblé en deux ans l'arriéré de ses ressources militaires ? Il y a peu de temps, son armement paraissait inférieur à celui de la Prusse ; ses armes peuvent aujourd'hui défier toute force. Il faut qu'à son tour l'armement de la science s'accomplisse. Les laboratoires seront ses arsenaux ; ses instruments perfectionnés seront mis entre vos mains, jeunes soldats de l'intelligence, et vous tiendrez la véritable épée du progrès, celle que le philosophe apôtre saint Paul disait assez pénétrante pour séparer l'erreur de la vérité.

J'ai entendu quelques esprits, fidèles aux traditions du passé, se préoccuper, pour l'avenir de Montpellier, de ces nouvelles tendances, et craindre de voir sombrer dans ce changement de direction des études, les doctrines spiritualistes qui font encore l'honneur de notre École. Non moins préoccupé que tout autre de la nécessité de conserver ces idées qui, nées de la vérité, rendent aux sciences la force qu'elles ont tirée de cette source, j'ai l'intime conviction que la philosophie spiritualiste qui depuis longtemps vivifie notre École, ne peut que s'affermir par l'étude de plus en plus sérieuse des faits. L'observation l'a engendrée, c'est à son tour d'éclairer l'observation dans de nouvelles conquêtes : *Verus enim experientiæ ordo lumen accendit et per lumen iter demonstrat.* Ces paroles sont de Bacon, dont le *Novum organum* nous a servi de code. Remuons donc sans scrupule et sans crainte pour nos doctrines spiritualistes, cette substance humaine, fumier d'Ennius, chargé de trésors pour l'esprit lui-même. Si la gloire de Dieu est racontée par le ciel, elle est racontée aussi éloquemment par les merveilles de l'organisation humaine. Quelques esprits faux ont pu y trouver des arguments pour le matérialisme. Mais l'intelligence découvre une cause supérieure dont la nécessité s'affirme d'autant plus que les rouages de la vie apparaissent à l'observation plus nombreux et plus compliqués. L'École de Montpellier s'est distinguée par sa constance dans l'adoption des causes supérieures qui règlent l'existence humaine. L'âme et la vie ne sauraient être pour elle des phénomènes matériels. Mais comme l'intelligence et la vie s'exercent dans la matière, et par elle, l'étude de cette dernière devient un domaine dont le médecin doit, comme le physicien et le naturaliste, connaître à fond les détails. Rien n'est à craindre dans cette voie, où nous ne prendrons jamais, suivant l'expression de De Maistre, le rôle des poltrons qui ont peur des esprits. On sentira toujours la force à travers le voile matériel. Diderot, qui n'est pas suspect dans la question, ne voulait que l'aile d'un papillon pour confondre un athée. Quelle impression doit donc produire l'organisme humain, cette boue que Fénelon disait pétrie d'une main divine !

En attendant que les améliorations dont je viens de présenter le tableau puissent s'accomplir et infuser une vie nouvelle dans l'École, une circonstance inattendue nous a fourni le moyen d'encourager nos élèves au travail et de récompenser leurs efforts. Le premier jour de cette année s'éteignait à Nîmes un confrère distingué, dont le dernier regard s'est tourné vers Montpellier, sa patrie médicale. L'ouverture de son testament a donné une touchante preuve de ses sentiments. M. le docteur Fontaine, ancien chirurgien en chef des hôpitaux de Nîmes, avait inscrit dans son testament une clause portant un legs de dix mille francs, dont la rente devrait être donnée en prix à l'auteur de la meilleure thèse soutenue pendant l'année scolaire dans la Faculté de médecine de Montpellier. Ce pieux souvenir de l'éminent praticien de Nîmes s'explique par les liens qui l'attachaient à Montpellier. Ami de notre Delpech, Fontaine était un des plus brillants chirurgiens qui relevaient spécialement de ce grand maître; il avait aussi gardé le culte de cette Faculté que les élèves d'autrefois aimaient à nommer l'*alma mater*, et nourrissait silencieusement le désir de lui prouver sa reconnaissance. Sa vie médicale, dont notre collègue M. Benoît a si heureusement retracé les détails, ne pouvait se clore par une pensée plus délicate. Depuis Monthyon, des legs de ce genre sont devenus nombreux en faveur des Académies, où ils encouragent les sciences, les lettres et les arts; mais ils sont restés rares en faveur des Facultés, où ils sont plus spécialement destinés à encourager les études. Tel a été surtout le but de notre hono-

rable confrère. C'est à vous, messieurs les élèves, qu'il a surtout
songé. Une longue et brillante existence, des succès hors ligne,
n'avaient point affaibli, dans l'esprit du donateur, le souvenir
des difficultés qui hérissent si souvent les débuts. Il avait connu
les ardeurs des jeunes esprits, la puissance des vives émulations
et aussi l'insuffisance des ressources pour les satisfaire. Cette
préoccupation lui a inspiré le désir de créer une rémunération
pour le travail qui couronne les études médicales. Nous ne saurions taire le généreux empressement de sa famille pour accomplir sa volonté. Le Ministre a autorisé l'acceptation du legs ;
toutes les formalités légales sont aujourd'hui accomplies, et le
prix Fontaine sera décerné pour la première fois en 1869.
Honorons une pensée au fond de laquelle se pressent de si
louables sentiments. Cet exemple fortifiant sera non-seulement
une excitation au travail, mais il relèvera la récompense par
un souvenir reconnaissant envers le donateur. Le lauréat, en
songeant au prix institué, reportera aussi sa pensée vers le
foyer sacré de ses études ; il n'admettra pour l'École ni oubli
ni tiédeur, et dira comme l'exilé de la cité sainte : O Jéru-
salem, que ma langue reste immobile si j'ai le malheur de
t'oublier !

Ce prix proposé à l'émulation des élèves, et qui aura certai-
ment pour effet de multiplier le nombre des bonnes thèses, nous
amène naturellement à signaler les concours et les prix déjà
établis dans la Faculté.

Les prix de fin d'année ont été institués en 1850. En général,
ils ne sont recherchés avec ardeur que par les élèves qui débu-
tent dans leurs études. Nous n'avons jamais entendu de bonnes
raisons pour expliquer l'insouciance des élèves plus avancés,
mais elle est aussi avérée que regrettable ; espérons que l'avenir
changera les idées à ce sujet.

Pour les prix de fin de première année, quatre candidats se
sont fait inscrire, deux n'ont subi qu'une partie des épreuves.
Le prix a été accordé à M. Degiovanni ; une mention très honorable a été donnée à M. Allengrin.

Cinq candidats ont concouru pour les prix de fin de deuxième
année : ce sont MM. Monneret, Serradel, Simonnet, Cartier et
Cade. M. Monneret a obtenu le prix, et M. Cartier une mention

très honorable. Dans son ensemble, ce concours a été excellent, et le jury a publiquement témoigné sa satisfaction.

Trois candidats se sont disputé le prix de fin de troisième année : MM. Domec, Brument et Camberoque. M. Domec a été classé le premier.

Quant au prix de fin de quatrième année, il n'a été recherché que par un seul candidat, M. Bec, auquel le jury l'a accordé.

Les autres concours que nous avons à signaler ont eu lieu pour l'École pratique, pour la place d'aide-anatomiste et pour la place de chef de clinique chirurgicale.

Le concours pour l'École pratique, rendu assez difficile aujourd'hui par la multiplicité des matières qu'il comporte, avait attiré vingt-deux candidats. Le jury en a nommé quinze.

Deux places d'aide-anatomiste étant vacantes, MM. Kobryner, Pizot et Aiguilhon ont pris part aux épreuves du concours. Ces épreuves ont fait honneur à tous les candidats. M. Kobryner a été nommé pour deux ans, M. Aiguilhon pour un an.

Le concours pour la place de chef de clinique chirurgicale comptera parmi les meilleurs de ce genre. La place a été disputée par MM. les docteurs Cauvy, Léenhardt et Masse. L'importance, le caractère des épreuves, leur difficulté, avaient attiré un auditoire très nombreux. Le jury a nommé M. Masse, mais il a tenu à exprimer sa satisfaction aux autres candidats, et a donné une mention honorable à l'ensemble du concours.

Nous devons ajouter aux luttes dont nous venons d'énoncer le résultat, un prix temporaire que la Faculté doit à la générosité de M. Donné, et que sa réitération a fait entrer dans les goûts studieux de nos élèves, qui le désignent sommairement sous le nom de *prix du Recteur*. Cette utile fondation a eu pour but d'encourager à Montpellier les études micrographiques, pensée digne de leur promoteur en France. Deux élèves s'étaient fait inscrire pour ce prix : MM. Balp et Alayrac. M. Balp a été nommé et a obtenu pour récompense le microscope Brunner, offert par M. le Recteur.

Quand nous signalons le succès de nos élèves, c'est notre manière d'être joyeux. Pourquoi faut-il, à côté de ces douces émotions, faire figurer, par un affligeant contraste, des souvenirs remplis d'amertume ! Mais la mort poursuit sa tâche et prélève sans pitié le plus douloureux tribut. Nous avons perdu, cette année, le professeur Jaumes. *Multis ille bonis flebilis occidit.* Jamais l'expression de la douleur mêlée à celle des éloges ne fut plus légitime, car jamais exemple d'un attachement plus sincère au devoir, à la Faculté, ne fut rehaussé par un talent plus sérieux, un caractère à la fois plus noble et plus excitateur de l'amitié. Né et formé à Montpellier, Jaumes était comme empreint de toutes les bonnes influences qui émanent de ce sol médical. Son âge lui avait permis d'adhérer par ses premiers souvenirs à l'enseignement des contemporains de Barthez et d'assister plus tard aux premières réactions que fit naître dans l'École l'élément organicien importé à Montpellier de 1820 à 1830, et dont Lallemand et Dugès furent l'expression la plus avouée. Nourri dans les deux camps, mais entraîné vers le vitalisme, Jaumes avait gardé de ces deux influences ce qu'il fallait précisément associer pour rendre le vitalisme fécond et progressif. Aussi peut-on dire qu'il a été un jeune représentant des vieilles doctrines, parce qu'il n'a compris ces dernières qu'autant qu'elles se retrempaient dans les produits de l'observation. C'est ce point de vue que nous lui avons vu défendre dans les luttes des concours, où il a débuté vers 1835 avec un véritable éclat, et dans ses écrits aussi nombreux que remarquables. Jaumes a été le continuateur de Frédéric Bérard, ce médecin véritablement philosophe, placé par Damiron à côté des meilleurs maîtres, et cette succession était significative : elle exprimait le progrès dans la tradition, l'instruction solide portée au cœur des idées générales pour qu'elles ne perdissent pas leur *substratum*. Avec cette disposition d'esprit, nul ne pouvait mieux que Jaumes occuper la chaire de pathologie générale, où le concours l'avait promu depuis 1850, et dont l'enseignement si difficile se dépouillait pour lui de tout obstacle, parce qu'il y était comme dans un milieu naturel. Les diverses parties de ce vaste ensemble lui étaient également familières ; mais il avait une préférence marquée pour l'étude des causes, et l'on peut reconnaître qu'il a créé pour ainsi dire l'enseignement de l'étiologie, partie si majeure et si négligée bien qu'elle le dispute en influence à l'anatomie pathologique elle-même, comme l'avait compris Morgagni, l'illustre auteur du livre : *De sedibus et causis morborum.*

L'époque actuelle est plus favorable à l'anatomie pathologique, et peut-être le futur professeur reconnaîtra-t-il la nécessité de donner un développement prédominant à cette partie. La Faculté le souhaite ; mais, consultée sur la nécessité de substituer cette science à la pathologie générale, elle n'a pas donné son adhésion à un tel changement, afin de conserver, au moins en principe, toutes les parties d'un enseignement qui sied particulièrement au caractère de notre École. Jaumes était surtout apte à lui donner cette forme supérieure par laquelle il transformait la pathologie générale en philosophie médicale. Notre éminent collègue semblait né pour ces régions sereines, il aimait les sommets et y attirait un auditoire d'élite par la profondeur et la clarté de sa pensée. Ces qualités ornent aussi ses écrits. On les retrouve prodiguées dans les mémoires dont il a enrichi les journaux de Montpellier, depuis les *Éphémérides*, où il a fait ses premières armes, jusqu'au *Montpellier médical*, où il a magistralement traité de nombreux sujets. Le *lucidus ordo* règne dans ses traités de matière médicale et de thérapeutique générale, malheureusement inachevés, et on le retrouvera assurément avec un intérêt de plus dans le livre d'outre-tombe qui doit nous initier aux derniers efforts de son brillant esprit, et dont M. Alphonse Jaumes surveille pieusement l'impression.

Je n'essaierai point de peindre, après les paroles éloquentes de M. Dupré, les regrets que la perte de cet homme de bien a inspirés à ceux qui l'ont connu. Jaumes lui-même les avait rendus plus poignants par les adieux qu'il adressait, à ses dernières heures : *Amice, moriturus te salutat*, tel était le souvenir historique qui lui échappait devant la tombe entr'ouverte et où son âme libre voyait non un abîme, mais une espérance. Nul de nous, maîtres ou élèves, n'oubliera ce professeur modèle, qui avait vieilli dans l'étude sans y perdre la fraîcheur des idées et de l'imagination, grave dans la chaire, charmant dans la conversation, sincère dans le conseil, conciliant dans la discussion, ferme dans l'amitié, possesseur enfin de ces heureux dons qui imposent l'estime et poussent au bien.

Si la Faculté a perdu une fleur de sa couronne, vous avez aussi, jeunes élèves, perdu un de vos brillants condisciples, dont votre cœur attristé m'aurait reproché de ne pas rappeler le nom.

Il est dur, quand on se sent de l'ardeur et de la force, qu'on les a opposées avec succès aux premières difficultés de la vie, de la quitter sans nouvelle action et sans nouveaux combats. Tel a été le sort de Dumas, aide-anatomiste et interne des hôpitaux par le concours. Sa capacité déjà éprouvée annonçait le plus bel avenir. Martyr de l'étude, il a été enlevé à l'amour de sa famille, aux espérances de l'École, et son existence si pleine de promesses n'a été qu'une belle aurore. Mais il lui a suffi de toucher aux premiers horizons de la vie pour y laisser un exemple de zèle et d'entraînement vers les choses de l'esprit, qui sera pour vous un pur souvenir et un stimulant durable !

L'année académique dont nous venons d'énoncer les profits et les pertes porte-t-elle une signification, et y a-t-il, d'après les linéaments de sa physionomie, quelque horoscope à tirer ? Ajoutée, la dernière, à la longue vie de l'École, cette année est-elle, comme aux beaux jours, empreinte de sève et de verdeur ? Ayons confiance en l'avenir, Messieurs. Loin de nous, sans doute, l'optimisme banal qui marque, comme on l'a dit, les époques de décadence. Ce serait reculer que de trop se complaire dans les idées du passé et de se faire les simples conservateurs de la gloire de nos devanciers. Les progrès qu'on leur doit ont dit leur mot et fait leur temps. Il faut que notre curiosité scientifique, émue par les grands problèmes posés par l'époque moderne et par le spectacle des découvertes que le temps accumule, sonde les premiers et accroisse les secondes par des investigations suivies. Cet esprit scrutateur n'a pas manqué à l'École pendant la dernière campagne académique, et notre bilan me paraît s'être soldé avec quelque avantage. L'École qui a publié, cette année, des ouvrages importants, qui a collaboré aux meilleures publications contemporaines, ravi ses palmes à l'Institut et à la Sorbonne, placé ses membres à l'Académie de médecine, mérité quatre croix de la Légion d'honneur, attiré l'attention de l'État, obtenu 100,000 francs pour ses pavillons et une dotation particulière pour couronner sa meilleure thèse, l'École qui a distribué à quatre cents élèves la substance de douze cents leçons, qui a conféré à cent récipiendaires le titre de docteur, qui a franchi ses propres limites pour répandre l'instruction par des confé-

rences bénévoles, et qui ne cesse de rayonner au loin par ses
praticiens, cette École, j'ai le droit de le dire, a fortement accen-
tué son rôle dans la science, l'enseignement et la pratique. Son
état n'est pas la vieillesse, mais l'antiquité, c'est-à-dire la puissance consacrée par le temps. Une brèche a été faite, il est vrai,
à la phalange de ses professeurs. M. Bérard nous a été enlevé par
la retraite, M. Jaumes par la mort. Mais le sang a coulé de ses
veines, rutilant et généreux, et cette perte elle-même est un
signe de force, car on ne perd des hommes vaillants que lorsqu'on en possède. Espérons que de dignes successeurs viendront
heureusement combler ces vides. La Faculté et le Conseil académique sont conviés à cette œuvre réparatrice. Que nos élus
ajoutent, s'il se peut, un nouvel et brillant emblème au blason de
l'École qui fut contemporaine des croisades !

COMPTE RENDU

SUR LES TRAVAUX DE LA FACULTÉ DE MÉDECINE DE MONTPELLIER

PENDANT L'ANNÉE SCOLAIRE 1868-1869

MESSIEURS,

La vie des Facultés n'est pas éphémère. Instituées pour des intérêts généraux et durables, leur carrière est séculaire, et dans leur lente évolution elles voient se reproduire des évènements annuels très analogues ou même identiques. Enseignement théorique et pratique, examens, réceptions, mouvement du personnel, organisation incessante du matériel et des collections, publication de travaux scientifiques : tel est le cercle à peu près invariable des faits et gestes d'une Faculté, et fût-elle, comme la nôtre, chargée de la tâche la plus complexe, c'est-à-dire de la mission d'enseigner la médecine, son rôle s'accomplit tout entier dans la voie que nous venons de signaler.

Malgré cette nécessaire uniformité, chaque année médicale se déroule avec quelques circonstances particulières ; elle finit par revêtir une physionomie propre, et c'est ce changement annuel d'expression que le règlement impose aujourd'hui à notre pinceau, condamné tous les ans à refaire le même portrait. Reconnaissons toutefois qu'il ne s'agit pas aujourd'hui de constater une ride de plus sur le front de notre vieille institution, mais un épanouissement de bon augure et de fermes preuves de sa virile existence.

L'année médicale que la Faculté de Montpellier vient de traverser n'a pas été, en effet, un voyage sans fruit à travers la vie scientifique. Bon nombre de témoignages nouveaux d'activité peuvent être relevés. Je me hâte de les inscrire.

Congrès scientifique (section médicale). — L'année académique 1868-1869 s'est ouverte par un congrès. Ce mode contemporain de vulgarisation scientifique ne produit peut-être pas en France tous les fruits qu'il porte au delà de nos frontières. L'Allemagne, l'Angleterre, l'Italie ont surtout accrédité ce genre de commerce intellectuel, qu'on pourrait comparer à des expositions générales des produits de l'esprit humain.

Florence a eu particulièrement cette année son congrès médical, et la publication de ses travaux nous dira bientôt si cet essai dans la ville des beaux-arts a mieux réussi que ceux qui ont eu pour siège, Paris en 1867, et Montpellier en 1868. Quoi qu'il en soit, en France, les congrès ont moins leur raison d'être qu'ailleurs. Pour nous, l'Institut et l'Académie de médecine sont des moyens de publicité si puissants et si attractifs, qu'ils sont l'équivalent d'une sorte de congrès permanent où toutes les idées nouvelles peuvent demander le grand jour, soutenir l'épreuve d'un premier jugement public et se répandre de là avec les rayons qui partent de ces lumineux foyers. Mais si de pareils avantages atténuent l'influence et les résultats des congrès qui se tiennent annuellement dans une ville de France, ces réunions n'en sont pas moins utiles et intéressantes par l'animation scientifique qu'elles suscitent, par l'échange des idées qu'elles provoquent et par l'occasion qu'elles fournissent aux amis des sciences, qui n'auraient communiqué que par leurs écrits, d'établir des rapports plus directs et plus personnels.

Montpellier était l'année dernière, à pareille époque, en liesse scientifique. Présidé dans son ensemble par M. Paul Thénard, de l'Institut, après avoir été surtout organisé par nos collègues, MM. Fonssagrives et Planchon, le congrès avait réuni des savants de divers ordres, et portait, par la distribution des travaux de ses sections, une véritable animation dans notre ville.

La section médicale ne pouvait manquer de prendre un rôle important dans ce mouvement, auquel participaient non-seulement les adhérents venus surtout du midi de la France, mais les ouvriers de cette ruche médicale qui se nomme Montpellier et qui tenait à relever l'hospitalité par l'exemple du travail. Inaugurés dans la salle des Actes de la Faculté, sous la présidence de l'auteur de ce Rapport, assisté de MM. Baumès, Bourguet, Benoît et Bertin, et devant un public imposant, ces travaux, par ce seul fait qu'ils se sont accomplis dans nos murs et avec la participation prédominante de la Faculté, professeurs et agrégés, sont devenus notre patrimoine. Nous commettrions un oubli regrettable si, après avoir provoqué ces assises scientifiques, après avoir ouvert nos portes aux laborieux acteurs de ces jours exceptionnels et fourni à l'exposition de leurs travaux le public si compétent et si sympathique de nos élèves, nous considérions le courant d'idées médicales qui s'est produit comme indépendant de notre propre existence et comme une manifestation à la fois éphémère et étrangère à notre activité. Non, ce tournoi intellectuel a été en grande partie l'œuvre de médecins de la ville, et le motif pour lequel il est surtout mentionné ici, c'est qu'accompli dans l'enceinte de l'École, il a été une exhibition de science et un ensemble de leçons bénévoles, de conférences sous une forme spéciale, heureusement associées, dans l'intérêt de nos élèves, à l'enseignement de la Faculté. Trente mémoires environ sur divers sujets de médecine ont été communiqués à la section ; les uns traitant de matières choisies par les auteurs, les autres développant les questions inscrites dans le programme, questions relatives pour la plupart, soit à l'hygiène locale, soit à des points de doctrine familiers à notre École, soit enfin à des sujets de pratique médicale ou chirurgicale mis spécialement en lumière par les travaux antérieurs des membres de la Faculté, et pouvant recevoir, sous la féconde lumière de la discussion, une élucidation nouvelle.

Il ne nous est permis de signaler ici que le contingent particulier fourni par les membres de l'École. Nous nous bornerons même au simple énoncé de ces communications, qui suffira pour faire apprécier le degré d'intérêt qu'a dû leur prêter le talent de leurs auteurs. Le congrès a successivement entendu la lecture de mémoires :

De M. Bertin sur les *Bains d'air comprimé ;*

De M. Dupré sur la *Phthisie ;*

De M. Benoît sur la *Cicatrisation ;*

De M. Boyer sur les *Eaux minérales ;*

De M. Courty sur la *Relation d'un voyage chirurgical en Allemagne ;*

De M. Moutet sur l'*Influence des travaux de Delpech sur la chirurgie contemporaine*;

De M. Fonssagrives sur le *Poème de La Fontaine sur le quinquina*;

De M. Béchamp sur la *Fermentation*;

De MM. Castan et Bertin sur la *Tuberculose*;

De M. Jacquemet sur le *Phagédénisme*;

De M. Bourdel sur la *Trachéotomie dans le traitement du croup.*

Ce tableau, auquel nous pourrions joindre bon nombre de communications verbales, suffit pour prouver combien l'institution du congrès est un excitant légitime des travaux de l'esprit. Insister sur leur valeur, ce serait presque mettre en doute la précision de vos souvenirs, qui furent si vivement excités par l'intérêt de ces lectures, tant au point de vue du fond que sous celui de la forme. La plupart vont, au reste, se produire dans le compte rendu imprimé des travaux du congrès qui se prépare en ce moment, et qui fixera pour l'avenir l'impression laissée par cette heureuse inauguration des travaux médicaux pendant l'année académique.

Concours. — Cette institution éminemment française, hautement libérale, et qui ne demande que quelques perfectionnements pour être heureusement applicable à tous les degrés de la hiérarchie médicale dans l'ordre de l'enseignement, a reçu tellement d'applications dans la Faculté de médecine de Montpellier, pendant l'année qui vient de s'écouler, qu'on pourrait appeler celle-ci l'année des concours. Nous n'ignorons pas que, dans les régions du pouvoir, la valeur de ce genre d'épreuve est très controversée pour l'admission au professorat; mais elle est loin d'avoir perdu ses droits à l'estime. Nous ne serions ni étonné par ce temps de réformes, ni surtout affligé de la voir renaître, cherchant les adeptes dans les rangs obscurs, s'alimentant dans les sources vives de la jeunesse, couronnant le talent servi par la parole, et poussant au premier rang ces dédaignés de la veille, maîtres le lendemain par la puissance des luttes sereines du travail et de l'intelligence. S'il ne nous a pas été donné de revoir depuis longtemps ces passe-d'armes qui emportent de haute lutte le professorat, et qui fortifient notre conviction particulière par de si émouvants souvenirs, nous avons du moins assisté à de nobles efforts du même genre pour des positions moins élevées. Les nombreux concours pour l'agrégation, pour le prosectorat, pour diverses fonctions et pour les prix, qui ont eu lieu cette année à Montpellier, attestent les avantages et les attraits de cette institution, qui donne les meilleures garanties pour la valeur des candidats et pour la justice des juges.

A un autre point de vue, les concours sont pour les auditeurs une source d'attention et d'intérêt que ne stimulent pas, au même degré, les modes ordinaires de la tradition didactique. L'auditeur d'une séance de concours éprouve une impulsion secrète qui lui donne le rôle d'un juge. Il écoute avec plus d'intérêt ce qui se débite et s'affirme ; il veut, à travers les séductions de la parole, démêler la valeur véritable du concurrent, et ne dédaigne pas la critique. Mais cette tâche exige l'attention et l'analyse, elle exerce le jugement, d'où résulte un profit pour ainsi dire involontaire de la part de celui qui écoute. Le drame du concours se complique ordinairement d'incidents qui sont autant de circonstances mnémoniques dont l'esprit profite pour l'avenir et d'une manière durable. Aussi, les leçons débitées dans les concours, les lectures des compositions, les essais pratiques, les motifs du succès dans les épreuves au lit du malade, les débats publics des thèses, tout intéresse, instruit les témoins de la lutte, et l'on peut dire que les concours, à part leur but propre qui est de faire choisir le plus digne, ont pour résultat indirect de représenter un enseignement profitable.

C'est parce qu'ils s'ajoutent à l'enseignement officiel, qu'ils le poursuivent sous une forme piquante et souvent heureuse, qu'ils méritent surtout de figurer dans nos comptes rendus annuels.

Les avantages que nous venons d'indiquer ont été particulièrement évidents dans le concours pour l'agrégation. Le nombre des concurrents et la multiplicité des épreuves ont été tels que le concours n'a pas compté moins de six mois de durée pour les travaux des différentes sections ; c'est, comme on le voit, un ensemble d'épreuves publiques plus longues que la série des leçons qui composent un cours entier, et on y trouve pour nos élèves l'équivalent d'un enseignement supplémentaire, sous une forme qui les intéresse tellement que le nombre des auditeurs a été au moins égal à celui des cours les plus suivis.

La *section des sciences médicales* avait réuni cinq concurrents. M. Hamelin a été nommé en première ligne. M. Gingibre a été classé le second.

La *section de chirurgie et d'accouchements*, où une seule place était disponible, avait réuni cinq concurrents. Le jury a nommé M. Grynfellt.

Enfin, la *section des sciences anatomiques et physiologiques* et la *section des sciences physiques et naturelles* réunies, avaient attiré quatre candidats pour deux places; le jury en a accordé une à M. Masse et l'autre à M. Sicard.

Ainsi, treize concurrents ont pris part, cette année, aux concours pour l'agrégation : c'est un beau chiffre pour Montpellier. On peut être flatté qu'une si forte proportion de compétiteurs brigue par l'opiniâtre travail qu'exige le concours, une carrière où prennent place si peu d'élus. Cette proportion honore le corps médical de notre ville, qui fournit un aussi ample contingent de prétendants distingués, et où rentrent, pour le relever encore, les agrégés dont la Faculté n'a pu récompenser les talents en les appelant au professorat. Aussi le corps médical de Montpellier est-il regardé comme ayant, en dehors même de la Faculté, une distinction exceptionnelle et comme revêtu d'une sorte de doctorat supérieur dont l'influence se fait ultérieurement ressentir dans la pratique. Ne serait-il pas juste, qu'en présence des services qu'il rend et des égards qu'il mérite, on fît fléchir les rigueurs d'un règlement qui exige l'élimination des candidats avant la fin des épreuves, lorsque le nombre de ces candidats est plus que double de celui des places à donner? Ce règlement, fait pour la Faculté de médecine de Paris, où il n'y a pas d'inconvénients et où il sert à abréger la durée du concours, est au contraire, à Montpellier, la source d'inconvénients sérieux.

L'élimination des candidats avant la fin du concours n'est plus une simple précaution règlementaire contre l'absorption du temps des juges par le nombre des épreuves : c'est une punition infligée à ceux qui, mal servis par le hasard des premières leçons, perdent, en subissant l'élimination, l'occasion de se relever. Leur retraite revêt effectivement le caractère d'une

disgrâce. Les candidats personnellement connus portent longtemps, devant le public, la peine d'une décision qui passerait
inaperçue dans la foule des habitants de la capitale, mais qui
devient grave à Montpellier, et dont le moindre inconvénient est
le découragement des éliminés.

A côté des concours pour l'agrégation, nous avons à signaler
des épreuves du même genre, pour diverses places comprises
dans le service scientifique de la Faculté, et spécialement offertes
à l'émulation de nos élèves. Quelques-unes de ces places ont
été, sur la demande du Doyen de la Faculté, l'objet de la sollicitude de M. le Ministre de l'Instruction publique, qui a relevé
les positions et excité le zèle des occupants, en attachant au service une forte rémunération. Les fonctions de chef de clinique,
rétribuées à 600 francs, ont été portées à 1,000 ; celles d'aide-
anatomiste, restreintes à 300 fr., ont été élevées à 500. Les
appointements du prosecteur ont été augmentés de 100 francs.
Bien que ces rémunérations ne soient pas, pour nos jeunes concurrents, le motif prédominant de leurs efforts, car l'élève épris
de nobles études, dans le grave apprentissage de la médecine,
ne saurait « faire d'un art divin un métier mercenaire », on ne
peut considérer indifféremment une amélioration de ce genre,
qui n'est que l'affirmation matérielle de l'élévation morale imprimée au but de l'émulation. Aussi est-ce au nom de nos
élèves que je remercie M. le Ministre de l'Instruction publique.

Un concours s'est ouvert pour le prosectorat le 1er juin dernier, et s'est terminé par la nomination de M. Pizot. Ce concours
laissera, comme traces, d'excellentes préparations anatomiques,
susceptibles de conservation, et qui ont été déposées dans notre
Musée.

Antérieurement, et à l'époque annuelle ordinaire, avaient eu
lieu le concours pour la place d'aide-anatomiste, qui s'est terminé par la nomination de M. Allengrin, et le concours pour les
places d'élèves de l'École pratique. Parmi les élus, mentionnons
les noms de MM. Grasset et Dumas, qui ont obtenu les premiers
rangs.

Cette année a vu reparaître le concours pour la place d'aide-
botaniste, fonction longtemps et honorablement occupée par
M. Arnoux, secrétaire-adjoint de la Faculté de médecine. Mais

les services du titulaire ne pouvaient effacer le caractère d'une position essentiellement temporaire, et qui destinée à répandre le goût de la botanique, devait être périodiquement offerte à l'ardeur des adeptes de cette science. Aussi, de concert avec M. le Professeur de botanique, avons-nous rendu aux justes espérances des élèves une place qui a été aussitôt ardemment disputée. A côté du nom du candidat promu, M. Guilland, nous devons citer celui de son compétiteur, M. Nougens (de Saint-Avid), qui a obtenu une mention très honorable.

Les travaux de nos élèves se sont terminés par les quatre concours relatifs aux prix de fin d'année. Un nombre de candidats assez considérable a pris part aux épreuves. Mais on désirerait voir ce nombre s'accroître encore, précisément parce que ces témoignages de zèle ne sont pas obligatoires, et qu'en multipliant les efforts spontanés des élèves, les concours affirmeraient par cela même l'élévation du niveau des études. M. Roustan a obtenu le prix de concours de fin de première année ; M. Cayla a obtenu celui de deuxième année ; M. Cartier, celui de troisième année, et M. Camberoque, celui de quatrième. — Parmi ces concours, nous devons spécialement distinguer le dernier, qui se rapporte à la chirurgie. Les candidats étaient nombreux ; les épreuves ont été excellentes, et à côté de M. Camberoque, à qui le jury a accordé ses suffrages, nous devons placer les noms de ses compétiteurs, MM. Auzillon et Rouquette, qui ont obtenu une mention honorable.

Enfin, nous avons à signaler, à côté des lauréats, le nom de M. le docteur Cauvy, ancien interne de nos hôpitaux, auteur d'une thèse sur les *Fractures du crâne*. — Cette remarquable dissertation, couronnée par la Faculté, sera la première à bénéficier du legs institué par le docteur Fontaine (de Nîmes), dont nous avons annoncé l'année dernière la généreuse donation.

Travaux annuels. — Inscriptions. — Examens. — La Faculté de médecine pourvoit à l'instruction de ses élèves par son enseignement oral, par ses hôpitaux, par des exercices pratiques, par sa bibliothèque et par ses collections.

L'enseignement de la Faculté, réglé par des dispositions légales depuis longtemps en vigueur, a suivi sa marche normale.

Treize cours sur les différentes sciences médicales sont faits dans l'enceinte même de l'École. Cinq cours pratiques sont faits dans les hôpitaux. Cet ensemble représente un total d'environ 1200 leçons. C'est dire que la parole médicale se répand à flots et va chercher libéralement l'intelligence des auditeurs pour y jeter sa semence. Si on y ajoute les cours faits par le chef des travaux anatomiques, le conservateur, le prosecteur, les répétitions données par les aides-anatomistes, les chefs de clinique, et les cours bénévoles des agrégés, on peut dire que les élèves n'ont pas beaucoup d'efforts à faire pour entendre parler médecine. On a créé pour eux un milieu où les courants de l'enseignement se croisent, sans se confondre, et il leur appartient de diviser leur temps et leur travail de manière à assimiler, au profit de leur instruction, cette pâture intellectuelle dont l'abondance est encore destinée à s'accroître, car les besoins de l'enseignement se compliquent avec le temps et avec les progrès de la science.

Tous les professeurs ont régulièrement accompli cette année leur enseignement officiel. Nous n'avons à noter que des suppléances temporaires, faites pendant les vacances par MM. les agrégés Castan, Estor et Jaumes, chargés des services de clinique dans les hôpitaux. Une autre suppléance temporaire aussi, mais exceptionnelle, a été confiée à M. Jules de Seynes, agrégé à la Faculté de médecine de Paris. M. de Seynes a été désigné par M. le Ministre, en remplacement de notre collègue M. Martins, appelé auprès de S. A. I. le prince Napoléon, pendant son voyage dans l'Adriatique. Cette désignation a été suscitée par l'absence ou le défaut d'agrégés acceptants dans la section de botanique. Pour traduire fidèlement la situation, le talent de M. de Seynes, quoique bien apprécié par nous, n'a pas fait oublier ce que présentait d'insolite son introduction inattendue dans la Faculté. Mais, au point de vue administratif, il n'y aurait pas à s'en plaindre, si par la création de ce droit nouveau il était admis que, dans des circonstances semblables, nos agrégés, acquérant le privilège de la réciprocité, pouvaient, par leur appel à Paris ou à Strasbourg, porter dans ces centres d'enseignement la science acquise à Montpellier.

La part d'enseignement donnée aux élèves dans les hôpitaux s'est continuée comme dans les années précédentes. Trois mille

malades environ ont passé sous leurs yeux, apportant, sous la
direction des professeurs, cette expérience précoce et condensée
qui est le fruit de la création des cliniques, et qu'on ne saurait
trop étendre. Cent cinquante opérations majeures ont été pratiquées par MM. Bouisson, Courty et Moutet. Les travaux anatomiques ont été cette année soutenus par des ressources suffisantes ;
quatre-vingt-dix-huit sujets, fournis surtout par les maisons
centrales de l'Hérault et du Gard, ont servi aux dissections et
aux exercices de médecine opératoire. Exprimons en passant,
sur cette première condition des études, le regret que nos
démarches pour faire arriver à Montpellier les cadavres de
Toulon, bien qu'approuvées et autorisées par les Ministres de
l'Instruction publique et de la Marine, que nous avons personnellement entretenus de cette question, n'aient pu aboutir.
Espérons que de nouvelles combinaisons grossiront plus tard,
en faveur de la Faculté de médecine de Montpellier, cette obscure
mais nécessaire et féconde origine du savoir médical.

Les collections de la Faculté, bibliothèque, musée anatomique, conservatoire de botanique, livrés à nos élèves pour
compléter leurs études par l'observation et les recherches, ont
reçu, cette année, des améliorations ou des acquisitions nouvelles. Divers ouvrages concédés par l'État, donnés par leurs
auteurs ou directement acquis, sont venus enrichir notre vaste
collection de livres. Le musée anatomique a obtenu non-seulement une nouvelle série de pièces d'anatomie physiologique et
chirurgicale, mais il a reçu des matériaux précieux pour la
science des anomalies. Notons en particulier un monstre acépha-
lien rare, que nous devons à M. le docteur Gayraud, et qui ne
sera pas une des moindres richesses d'une division qui manque
à notre musée, et que nous avons projeté d'organiser sous le
nom de *collection tératologique*. Le mobilier du musée a subi ou
va éprouver quelques heureux changements, destinés surtout à
faciliter les études des élèves et le maniement des pièces livra-
bles. Enfin, ce qui n'est peut-être pas moins heureux que l'acquisition de préparations nouvelles, le musée a été délivré de
pièces détériorées ou encombrantes, et comme cette œuvre
d'épuration pouvait exposer à quelques erreurs ou abus, nous
l'avons fait exécuter avec le concours et sous la surveillance de

la Commission du conservatoire, appelée à fonctionner après de trop longs loisirs.

Le conservatoire de botanique a, de son côté, vu s'accroître ses ressources. M. le Professeur de botanique y a déposé les produits de son voyage scientifique sur les côtes de Dalmatie. M. le conservateur Touchy l'a enrichi d'une récolte assez considérable faite dans l'*hortus monspeliensis*; et de plus, nous avons reçu des dons dictés par la reconnaissance d'anciens élèves de la Faculté, demeurés fidèles à son culte, pendant qu'ils grandissaient par leurs propres travaux. M. le docteur L'Herminier (de la Guadeloupe) nous a légué une intéressante suite de fougères ligneuses. M. Roux a adressé de belles plantes de la zone méridionale, recueillies notamment aux environs de Marseille.

Appelés à puiser aux sources d'instruction que nous venons de rappeler succinctement, les élèves de la Faculté se trouvent justement dans le nombre qui suffit au mouvement et à l'émulation, sans produire l'encombrement et rejeter dans l'indifférence ou dans les distractions hostiles aux études, ceux qui ne sont pas au premier rang pour cueillir les fruits de l'arbre de science.

Un chiffre d'élèves qui varie entre 300 et 400, est depuis longtemps le lot de notre Faculté. 1,138 inscriptions ont été prises au secrétariat, aux diverses époques règlementaires, dans le cours de la dernière année scolaire; 77 thèses ont été soutenues depuis le 1er novembre 1868 jusqu'au 31 août 1869.

Les examens ont donné les résultats suivants pour le doctorat:

Examens de fin d'année:

1er examen	57,	Ajournements	11,	1 sur	5
2e —	64	—	17,	1 sur	4
3e —	74	—	6,	1 sur	12

Examens de fin d'études:

1er examen	114,	Ajournements	23,	1 sur	5
2e —	90	—	7,	1 sur	13
3e —	94	—	15,	1 sur	6
4e —	56	—	1,		
5e —	92	—	10,	1 sur	9

Une seule thèse a été ajournée.

A en juger par ces résultats, les ajournements les plus nombreux sont ceux qui ont lieu au premier examen qui concerne l'anatomie et la physiologie, et au troisième qui concerne les sciences accessoires. Nous ne pouvons qu'engager vivement les élèves à redoubler d'ardeur pour que ces sciences soient mieux possédées. Nous reconnaissons, au reste, que le nombre des ajournements au troisième examen pouvait tenir à ce que la note *médiocre* donnée trois fois était considérée comme équivalente à un ajournement, et que cette mesure recevait surtout son application au troisième examen. M. le Ministre a jugé convenable d'abroger cette mesure, tout en approuvant l'intention de la Faculté, qui l'avait établie dans l'intérêt des études.

Travaux publiés. — L'année dernière, nous avons eu le bonheur de tracer un tableau significatif de la productivité médicale de Montpellier. Remarqués à juste titre par le monde savant, honorés de distinctions par le chef de l'État ou par les Académies, les travaux publiés par les membres de notre Faculté formaient un faisceau véritablement imposant et qui aurait pu couvrir un temps d'arrêt dans l'année courante, sans donner le droit d'accuser la source d'intermittence ou de tarissement. Mais les ouvrages, mémoires, travaux originaux, articles de presse périodique, notes ou communications aux Académies, ont continué, sans trêve, et cette année comptera aussi parmi celles qui peuvent ajouter à la gloire de notre École. Nous constatons d'autant plus volontiers cette suite de travaux imprimés, qu'ils répandent au dehors un lustre que l'enseignement seul, dans les impressions trop fugitives qu'il laisse, ne peut suffire à maintenir. Une leçon éloquente ou substantielle n'a plus d'essor au delà de l'enceinte où elle s'est faite ; elle ne vit du moins que dans le souvenir de l'auditoire. Un livre va porter partout la pensée de son auteur ; il dure plus ou moins, rayonne dans l'espace et dans le temps, et, s'il est bon, il fait plus pour la réputation d'un homme et d'une École que l'enseignement le plus étudié et le plus autorisé. Que notre École travaille et publie, elle vaincra l'influence attractive de sa rivale et conservera son autonomie malgré quelques actions dissolvantes.

Nous ouvrons la série des travaux de la Faculté par l'indica-

tion d'un ouvrage dont l'auteur a été ravi à la science, à l'instruction des élèves et à notre amitié. Le *Traité de Pathologie et de
Thérapeutique générales* du professeur Jaumes, grand in-8° de
1,114 pages, publié cette année à la librairie de Victor Masson,
et par les soins du fils de l'auteur, est une œuvre capitale. La
science générale des maladies y est exposée avec une rare profondeur de vues. C'est un livre essentiellement philosophique,
d'une coordination lumineuse, fortement pensé, élégamment
écrit. Vous le regarderez avec nous comme un monument élevé
à la gloire de notre École, dont il reproduit et fortifie les doctrines, sans leur sacrifier les progrès modernes, mais en démontrant leur alliance dans la théorie et dans la pratique.

Les autres ouvrages ou travaux sur lesquels des documents
nous sont parvenus et qui ont paru dans le cours de cette année,
seront successivement mentionnés, non d'après une importance
que nous ne devons ni ne pouvons juger, mais d'après l'ordre
que l'ancienneté de leurs auteurs sur le tableau de la Faculté
établit naturellement.

L'auteur de ce Rapport a écrit, en sa qualité de collaborateur
du *Dictionnaire encyclopédique des sciences médicales*, les articles
Langue et *Lèvres*, qui ont paru dans cette collection. Il a publié,
en outre, une *Étude chirurgicale sur l'amputation du pavillon
de l'oreille*, et divers rapports administratifs.

M. le professeur Boyer, indépendamment du mémoire lu au
congrès et que nous avons déjà signalé, a publié un remarquable
travail de *Critique et de philosophie médicale*, à propos du livre
de M. Sédillot sur les *Contributions à la chirurgie*. Sous la
plume de notre collègue, ce travail a franchi les proportions
d'une simple analyse, pour se transformer en une œuvre personnelle, dont l'examen d'un livre n'est que le prétexte. Telle
est, du reste, la forme qui convient à la critique moderne ;
Sainte-Beuve l'a inaugurée en littérature, et c'est avec ce caractère qu'elle doit être transportée dans la science médicale.

Nous devons à M. le professeur Martins un mémoire sur
l'*Anagyris fœtida*, considérée comme une forme exotique de la
famille des papilionacées ; de curieuses recherches sur l'*Accroissement de quelques arbres dans le Jardin des Plantes de Montpellier*, et un travail qui a vivement fixé l'attention, sur les

jardins botaniques de l'Angleterre comparés à ceux de la France, publié dans la *Revue des Deux-Mondes*. Notre collègue a fait en outre deux conférences à Perpignan, sur l'*Époque glaciaire dans les Pyrénées* ; sujet compris dans un ordre de recherches dont ses écrits précédents ont fait apprécier l'intérêt.

M. le professeur Dupré a lu à l'Académie impériale de médecine un mémoire important que nous retrouvons dans le bulletin de ses publications, sur les *Épanchements pleurétiques et leur traitement par la thoracentèse*. Préoccupé de faire connaître les véritables indications de cette opération, M. Dupré distingue plusieurs espèces d'épanchements à ce point de vue : ceux qui succèdent aux inflammations proprement dites du tissu de la plèvre excluent la thoracentèse ; les épanchements secondaires l'admettent éventuellement ; les épanchements séro-plastiques d'origine rhumatismale la réclament impérieusement ; telle est la formule clinique nouvelle que notre collègue a mise en lumière pour une question de pratique très controversée.

M. le professeur Anglada élaborait depuis plusieurs années un ouvrage important, dont le titre captive immédiatement l'attention ; le livre roule sur l'*Étude des maladies éteintes et des maladies nouvelles, pour servir à l'histoire des évolutions séculaires de la pathologie*, in-8° de 700 pages. — Il appartenait à l'auteur de la dissertation sur les *Avantages que présente la connaissance de l'histoire de la médecine par rapport à la médecine elle-même*, d'aborder une question où l'analyse historique devait apporter autant de lumières que l'observation directe des maladies. Je suis heureux de pouvoir substituer à mes propres impressions sur ce livre nouveau les appréciations élogieuses de la presse scientifique de Paris et des revues étrangères. Je renvoie ceux qui voudraient connaître à ce sujet l'état de l'opinion aux articles de la *Gazette médicale de Paris*, des *Annales d'hygiène*, du *Journal des Débats*, du *Journal des Savants*, et de bon nombre de publications périodiques d'Allemagne et d'Angleterre.

M. le professeur Courty, malgré les occupations inséparables de la publication de la seconde édition de son beau livre sur les *Maladies de l'utérus*, a trouvé dans son activité de quoi satisfaire à une autre tâche. Nous lui devons l'article *Leucorrhée* du *Dictionnaire encyclopédique*, et un mémoire sur la *Dysménorrhée membraneuse,* avec observations nouvelles, inséré dans le *Montpellier médical.*

J'arrive aux travaux du professeur Béchamp, dont l'ardeur à poursuivre les plus difficiles problèmes de chimie organique semble s'accroître à mesure que les questions qu'il a soulevées ou élucidées tendent vers leur solution. L'analyse de ces publications dépasserait les bornes de ce compte rendu. Je dois me contenter de leur énumération, qui parle assez éloquemment : 1° *Note relative à la constitution de la fibrine du sang* (en commun avec M. Estor); 2° *Faits pour servir à l'histoire de l'origine des bactéries — développements naturels de ces petits organismes dans les parties gelées de plusieurs plantes;* 3° *Conclusions concernant la nature de la mère du vinaigre et des microzymas en général;* 4° *Sur l'origine de la maladie microzymateuse des vers à soie;* 5° *De la fermentation alcoolique par les microzymas du foie;* 6° *Sur la fermentation acétique de l'alcool méthylique;* 7° *Recherche sur la nature des produits de la fermentation de la glycérine;* 8° *Recherches concernant les microzymas du sang et la nature de la fibrine* (en commun avec M. Estor); 9° *Sur la cause qui fait vieillir les vins;* 10° *Mémoire sur l'état du soufre dans les eaux minérales sulfurées et sur l'une des causes probables de la formation de ces eaux;* 11° *Analyse de deux nouvelles sources du Boulou.* — Ces travaux ont presque tous paru dans les Comptes rendus de l'Institut; quelques-uns sont imprimés dans le *Montpellier médical.* — Ajoutons encore, comme preuves de cette ardeur modèle, deux conférences faites par notre collègue à Perpignan et à Lyon, sur les *Aliments* et l'*Alimentation,* et nous aurons à peine esquissé les publications d'un professeur qui ne veut d'autre récompense que l'accroissement de son laboratoire et la concession de meilleurs moyens de travail.

M. le professeur Fonssagrives, non moins fidèle à ses habitudes laborieuses, et que le succès couronne, a assumé la tâche philanthropique de répandre dans les masses les principes de l'hygiène scientifique; son ardeur porte ses fruits, car cette année a vu paraître la troisième et la quatrième édition des *Entretiens familiers sur l'hygiène,* ainsi que la deuxième édition du *Rôle des mères dans les maladies des enfants.* Ai-je besoin de dire que de pareils succès sont rares pour des ouvrages publiés dans des villes de province ? Mais l'élan est donné, et la popularité va s'ajouter aux succès d'estime qui sont trop souvent la simple récompense d'ouvrages scientifiques. M. Fonssagrives ne s'est pas borné à corriger les épreuves de ses travaux antérieurs; il les a amplifiés, améliorés, et sa plume féconde a trouvé encore le temps de donner un ouvrage étendu sur l'*Éducation physique des jeunes filles*, et un manuel hygiénique intitulé : *le Livret maternel*, pour prendre des notes sur la santé des enfants. Si vous ajoutez à ces travaux la traduction commentée du traité clinique de Walshe, sur les *Maladies de poitrine*, in-8° de 750 pages, les articles *Laurier, Lit, Brome et Bromure, Laudanum, Lénitif*, etc., du *Dictionnaire encyclopédique*, et de nombreux articles d'hygiène et de thérapeutique dans les journaux de la capitale, vous verrez qu'on donne ici l'exemple du travail, qu'on peut dire *fervet opus*.

Notre nouveau professeur de clinique chirurgicale, M. Moutet, a déjà recueilli quelques parties de la riche moisson qui lui est réservée, et ses premiers succès ont fait cette année la matière de travaux cliniques. Notre collègue a livré à la publicité deux mémoires originaux, ayant pour titre, l'un : *De la résection totale du maxillaire supérieur* ; l'autre : *Anévrysme fémoral, traité avec succès par la ligature de l'artère crurale*. Dans le premier, l'auteur s'est appliqué à préciser les indications d'une des plus graves opérations de la chirurgie, à simplifier le manuel opératoire, et à déterminer la valeur propre de cette mutilation considérable, en citant à l'appui un nouveau cas des plus intéressants ; dans le second mémoire, l'auteur réagit contre une tendance excessive de la chirurgie contemporaine, qui cherche, sur des raisons imparfaitement justifiées, à exclure du traitement des anévrysmes une méthode à laquelle on a dû jusqu'ici de brillants et solides succès, celle de la ligature.

Les agrégés de la Faculté ont aussi travaillé à sa prospérité, et c'est avec bonheur que nous enregistrons ces gages scientifiques qui, après avoir témoigné de leur mérite, leur serviront un jour de titre pour monter dans les chaires que l'avenir réserve. Nous devons à M. le docteur Jacquemet une très intéressante description d'un *Cas de blessure compliquée du crâne*, et l'article *Emphysème traumatique* du *Nouveau Dictionnaire de médecine*.

et de chirurgie pratiques; à M. le docteur Castan, une remarquable dissertation sur l'*Hémophilie*, sujet qu'il fallait encore nettement déterminer, malgré l'examen dont il avait été l'objet, et diverses analyses bibliographiques; à M. le docteur Espagne, une *Étude médicale et hygiénique sur l'industrie des machines à coudre* et sur l'*Utilité d'un moteur artificiel*. Ce sujet, traité d'une façon neuve et signalant des réformes à introduire dans l'emploi de ces machines, a assez vivement impressionné les autorités compétentes pour qu'on ait résolu d'accepter ces réformes dans les établissements pénitentiaires. — Nous devons surtout signaler, en l'honneur de l'agrégation de Montpellier, l'ouvrage considérable de M. É. Bertin, intitulé: *Étude critique de l'Embolie dans les vaisseaux veineux et artériels*. Cet ouvrage expose, discute et juge l'une des plus intéressantes données fournies par l'anatomie pathologique moderne à la médecine, et a mérité le prix décerné, en 1868, par la Société de médecine de Bordeaux.

Inscrivons enfin à l'actif des publications médicales de Montpellier un livre qui, sous la protection de son titre et plus encore sous celle de son auteur, a rapidement conquis une juste popularité. *L'hygiène des gens du monde* est sortie du cabinet de notre Recteur de l'Académie, où s'élaborent aussi des questions médicales. La presse a accueilli avec une faveur marquée cet ouvrage, écrit avec charme, et qui, dépouillé des formes trop sévères de la science pure, a rapidement atteint son but. Destiné aux gens du monde, ce livre a été bientôt entre les mains de tous; il y répand, avec les préceptes les plus sages, le nom de Montpellier, où il a été composé. Comment ne serions-nous pas heureux d'ajouter le nom de M. Donné à celui des écrivains de notre pléiade médicale? M. Donné est mieux que notre chef; il est notre collaborateur dans l'œuvre de tradition et de progrès à laquelle l'École de Montpellier n'a jamais failli.

Améliorations récentes. — Nouvelle salle pour les Archives. — Fondation d'une Bibliothèque spéciale. — Nous passerons sous silence les améliorations de détail introduites dans le bâtiment, le mobilier ou le service de la Faculté; un auditoire comme celui-ci est comme le préteur de l'antiquité : *De minimis non curat*. Mais nous osons croire qu'il n'apprendra pas avec indifférence une création qui a pour but de conserver avec plus de sûreté les anciens témoignages de notre existence et de préparer, pour l'histoire de l'École de Montpellier, des matériaux plus complets et mieux coordonnés. Nous avons eu la pensée d'établir une salle distincte pour les Archives de la Faculté de Montpellier.

Naguère rassemblés, sans ordre suffisant, dans une pièce obscure prise aux dépens du secrétariat, ternis par une affreuse poussière, tassés dans des armoires vermoulues et quelque peu soumis à l'indiscrétion des visiteurs, ces matériaux précieux méritaient une meilleure place et une conservation plus facile et plus efficace. Une pièce à la fois grande, éclairée et exempte d'humidité, servant de salle d'examens aux jours où ces épreuves sont nombreuses, a pu, sans perdre son ancienne destination, être organisée pour la réception des archives. Cette pièce, peu éloignée du secrétariat, et par conséquent se prêtant à la fois à la surveillance et aux recherches, a reçu de nouvelles et grandes armoires où nos richesses archéologiques ont pu être convenablement déposées. Dans ces armoires vitrées sont établis des tiroirs de sûreté, pour recevoir nos raretés paléographiques, de vieilles pièces manuscrites, la charte de Charles VI, le *Liber procuratorum*, les registres portant des signatures historiques, et notamment celle de Rabelais, qui attire spécialement la curiosité des amateurs.

L'installation et le classement des registres ne suffisaient pas pour assurer, à tous égards, les matériaux de notre histoire. Nous avons cru opportun d'établir, auprès des archives proprement dites, une bibliothèque spéciale ne se composant que des ouvrages publiés depuis l'origine de l'École de Montpellier jusqu'à nos jours, par les professeurs ou les médecins attachés par une fonction quelconque à cette École. Cette collection de livres doit être indépendante de la grande bibliothèque de la Faculté, où sont rassemblés les ouvrages de tout genre. Mais, pour si restreinte que soit, dans son but et dans ses ressources, la nouvelle bibliothèque des archives, elle réunit, grâce à l'antiquité de notre École, au nombre de ses travailleurs et à l'activité incessante qu'ils ont déployée, une quantité considérable d'ouvrages.

Consultée sur l'opportunité de cette création, la Faculté l'a non-seulement approuvée, mais elle nous a permis de déposer une offrande d'environ 500 volumes que nous avions réunis pour notre usage particulier, et qui forment le noyau d'une collection que nous serons heureux de compléter, et qui s'est déjà enrichie du don des ouvrages du plus grand nombre de nos collègues actuels.

La bibliothèque annexée à nos archives est destinée à représenter les travaux scientifiques de la Faculté, comme les archives proprement dites représentent son histoire administrative. La Faculté possède en outre une rare collection de portraits de ses professeurs, léguée par un ancien doyen, dont la famille a été une des gloires de la cité, par Ranchin. Cette collection, qui a peu d'analogues dans les établissements de l'ordre médical, et qui rappelle la galerie spéciale des artistes de Florence, est une histoire iconologique de nos prédécesseurs. Elle nous habitue à leur physionomie ; elle nous fait vivre pour ainsi dire avec eux. On y trouve les liens secrets d'une vieille famille médicale ; on se croit de bonne et fière race, quand on voit ces aïeux, et en songeant aux exemples qu'ils nous ont laissés, on se regarde comme comptable de quelques services, au moins envers son temps, sinon envers l'avenir. La collection des ouvrages médicaux sortis de l'École de Montpellier va compléter les portraits de nos devanciers. A côté des traits corporels, on pourra admirer les traits intellectuels : on aura l'image et l'œuvre. L'École pourra les montrer à ses amis et à ses ennemis, et nul n'aura le droit de nous accuser d'inaction, en présence de ces témoignages de fécondité accumulés par les siècles. La Faculté a reçu à cet égard de vives félicitations de M. le Ministre ; espérons que nul de nous ne voudra passer indifférent devant les labeurs des temps écoulés : chacun tiendra à poser sa pierre pour l'édifice scientifique qui porte haut le nom de Montpellier.

La salle des archives a reçu d'autres matériaux qui, sous forme décorative, trouvent sur ses murs une place naturelle. L'étranger peut étudier, sur différents points des bâtiments de l'École, de vieux bas-reliefs dont quelques-uns sont d'un beau style, et qui sont encastrés dans les murailles pour leur assurer une fixité conservatrice. Des spécimens de ce genre décorent la cage du grand escalier de la bibliothèque ; d'autres avaient été scellés dans un local plus ingrat. Ces derniers, assez nombreux, consistent en des pierres encadrées de sculptures et portant des inscriptions en caractères romains ou gothiques. Quelques inscriptions lapidaires consacrent des détails relatifs à notre histoire ; on peut en lire la description et la traduction dans les *Mémoires de la Société archéologique de Montpellier*, où ils ont fait l'objet d'une savante étude de M. Germain, doyen de la Faculté des lettres. Ces bas-reliefs, que l'on doit aussi à la munificence de Ranchin, étaient autrefois gardés dans le bâtiment de l'ancienne École, où le professeur archéologue avait réuni bon nombre de débris antiques, y compris la chaise curule où siège le président dans les séances solennelles.

Ces sculptures, ces pierres avec inscriptions, transportées, sous la direction de l'architecte Lagardette, dans le vestibule du grand amphithéâtre que nous devons à Chaptal, avaient été encastrées dans ses murs au commencement de ce siècle. Mais la place n'était ni bonne ni sûre ; l'humidité du local, l'incurie, l'influence du *tempus edax* attaquaient ces vieux débris menacés d'une destruction prochaine. Nous avons jugé nécessaire de les faire transporter dans la salle des archives, où leur distribution symétrique et ornementale ajoute un intérêt particulier à la certitude actuelle de leur conservation.

De ces améliorations matérielles, passons à l'énoncé d'une mesure avantageuse de date récente.

Création de bourses communales pour l'enseignement supérieur.
— Comme témoignage d'une honorable sollicitude envers les élèves de notre Faculté, nous sommes heureux de faire connaître une décision récente du Conseil municipal de la ville de Montpellier.

Le 9 mars dernier, sur l'invitation de M. le Ministre de l'Instruction publique, M. le Recteur de l'Académie transmettait à M. le Maire de Montpellier une lettre accompagnée d'une circulaire ministérielle, relative au projet de création de bourses communales au profit de l'enseignement supérieur. Portée devant le Conseil, après examen d'une commission dont j'ai eu l'honneur d'être rapporteur, cette proposition a reçu un accueil favorable.

Les motifs développés par la Commission et approuvés par M. le Maire, n'ont soulevé aucune objection, et le Conseil a pris à l'unanimité une délibération portant création d'une bourse de 1200 fr., en faveur d'un élève de la Faculté de médecine de Montpellier, né dans cette ville ; d'une demi-bourse de 600 fr., en faveur d'un autre élève de la même Faculté et de la même ville et d'une demi-bourse de 600 fr., en faveur d'un élève de l'École supérieure de pharmacie. Ces bourses, instituées pour des élèves appartenant à des familles peu fortunées, devront être données à la suite d'un concours, dont une réglementation ultérieure fixera les conditions.

Toutefois cette création n'aura son exécution qu'autant que le Conseil général de l'Hérault votera une semblable institution pour les élèves de la Faculté nés dans ce département, et que l'État agira de même en faveur d'élèves nés dans les autres départements de notre circonscription médicale. Mais on ne saurait prévoir d'objections à un projet, dont M. le Ministre a pris l'initiative, et que la ville de Montpellier a consacré par une première détermination. Cette mesure libérale, et qui n'est que l'extension de bourses semblables déjà fondées par l'enseignement secondaire et pour les beaux-arts, est digne de la ville de Montpellier. Elle est tout au moins un témoignage de vive sympathie pour la jeunesse médicale. Il peut se trouver dans des familles peu aisées des adeptes méritants, des intelligences que la misère ne doit pas asphyxier, et qui recueilleront les fruits de cette institution, destinée à empêcher qu'une capacité ne soit refoulée dans son germe par l'insuffisance des premières ressources.

Desiderata. — La Faculté fait connaître tous les ans ce qui lui manque. Hélas ! ses besoins sont grands, et le paraissent d'autant plus qu'ils sont satisfaits ailleurs, et que chez nous bon nombre de conditions scientifiques du progrès languissent et s'étiolent. On nous répète tous les jours et partout que l'Allemagne, l'Angleterre, la Russie même, ont des laboratoires splendides et richement dotés ; que les professeurs n'ont qu'à frapper du pied pour faire jaillir l'eau, l'électricité, la lumière, la chaleur ; que, grâce à l'or qu'on leur prodigue, toutes les forces de

la nature sont dans leurs mains, pour en mieux révéler les secrets.
Bien qu'il y ait peut-être de l'exagération dans ce séduisant
tableau, exprimons nos doléances. Nous gémissons dans des
locaux étroits, emprisonnés dans de vieux laboratoires, avec des
appareils usés et les défroques du passé. M. Béchamp se plaint de
manquer de ressources nécessaires, et comme Bernard Palissy,
faute de houille, il brûle ses meubles sous ses creusets. M. Martins
imprimait dans la *Revue des Deux-Mondes* que les jardins bota-
ques d'Angleterre étaient des merveilles, tandis que celui où
Belleval, Magnol et de Candolle sont devenus de grands botanistes, meurt d'inanition. Nos professeurs de clinique demandent
à grands cris de nouvelles ressources, des aides, des appareils,
des salles d'autopsie convenables, des laboratoires de chimie,
une pharmacie scientifique. Toutes ces réclamations sont fondées.
Nous voulons grandir. On n'est pas sourd à nos plaintes, mais le
gigantesque budget de la France n'a pas eu encore d'entrailles
pour l'enseignement supérieur, et enchaîne même de hautes
volontés.

Soyons patients toutefois. Il y a quelques années, on ne nous
accordait rien. Nous avons reçu 100,000 francs l'année dernière
et 4,000 cette année. L'affaire des pavillons anatomiques se
poursuit, quoique embarrassée de formalités. Un moment viendra
où nous serons dotés d'une manière digne de l'État et de nos
besoins. Nous ne reviendrons pas sur tous les *desiderata* qu'il
serait possible de formuler; mais il en est deux sur lesquels il y
a opportunité spéciale à appeler l'attention,

Une chaire de physique a été substituée, cette année, à la
chaire de chimie générale, et le nouveau titulaire, encore
dépourvu des instruments indispensables à un enseignement
démonstratif, est obligé de faire des emprunts aux Facultés
voisines, elles-mêmes imparfaitement pourvues, ou d'imaginer
des artifices pour combler les lacunes de la démonstration. Un
cabinet de physique nous manque. L'installation de la salle que
nous possédons est du moins tellement rudimentaire, et la somme
de 4,500 francs allouée par M. le Ministre pour les premiers
frais d'établissement est si inférieure aux besoins réels de la
nouvelle chaire, que le professeur Moitessier s'est vu dans l'obligation de débuter dans son enseignement par la partie qui exige

le moins d'appareils et le moins de dépenses. Cette précaution
a été de bon goût de la part de notre savant collègue ; mais
l'expédient est temporaire, et l'éloquence du professeur ne peut
faire oublier à son auditoire scientifique les instruments nécessaires à l'exposition de ses idées. On ne fait de la physique
qu'avec de grands laboratoires et des instruments de précision.
Depuis le seizième siècle jusqu'à Volta, Gay-Lussac et Biot,
jusqu'à Bunsen et Helmholtz et l'École moderne, les conditions d'étude se sont graduellement compliquées. Cabinets amplement pourvus, vastes laboratoires de physique, deviennent
de plus en plus nécessaires. Les collections de la capitale, les
cabinets de Padoue, d'Heidelberg et d'autres villes scientifiques,
nous fourniraient de parfaits modèles pour les collections relatives à l'enseignement. L'expérimentation scientifique exigerait
peut-être plus encore. Si déjà il avait fallu à Galilée la tour de
Pise pour ses premiers essais ; si Pascal exigeait des conditions
plus grandioses encore pour ses expériences barométriques ; si,
de nos jours, il a fallu à Foucault la coupole du Panthéon pour
suspendre l'instrument qui mesure le mouvement de la terre,
combien nous devons-nous trouver déshérités de n'avoir ni
locaux bien disposés, ni collections afférentes à l'histoire et à
l'actualité de la science ! M. Moitessier en serait-il à regretter
ses richesses de Cluny ? Je lui souhaite, comme à M. Béchamp,
la prompte possession du *pabulum vitæ* de la science, car je
ne connais pas de souffrance pire que celle du soldat sans armes
et du savant sans instruments de recherches.

Il est pour notre Faculté un autre genre de progrès qu'il faut
poursuivre avec énergie, parce qu'il n'est pas moins indispensable
aux élèves qu'à la prospérité même de l'École. Il s'agit de la
création d'une nouvelle chaire de clinique à l'Hôpital-Général.
C'est à Montpellier que la première institution clinique en France
a été organisée. Baumes prétendait du moins avoir devancé
Desault et Corvisart dans cet enseignement qui devait être si
fécond, révolutionner profondément la tradition médicale, et
créer à la science, si l'on peut ainsi dire, une origine nouvelle.
Or, il se trouve que la Faculté qui affirme tellement l'importance
des cliniques qu'elle revendique l'honneur d'avoir donné le
premier exemple de ce mode d'enseignement, se trouve dans des

conditions bien moins heureuses que celles des autres grands centres d'enseignement médical. Les cliniques de Montpellier sont exclusivement limitées à l'hôpital Saint-Éloi, où tous les malades ne sont pas même utilisés pour l'instruction des élèves, car les salles des fiévreux militaires sont confiées à un médecin de l'armée, d'une réelle distinction il est vrai, mais étranger à la Faculté.

Pour rendre complet l'enseignement clinique dans la Faculté de Montpellier, il conviendrait de créer une chaire de ce genre à l'Hôpital-Général. L'heure semble venue, car l'opinion se prononce unanimement pour l'opportunité de cette création. L'intérêt le plus sérieux des études exige que les portes des hôpitaux de tout genre soient largement ouvertes aux étudiants. Par ce progrès, la Faculté de Montpellier conservera mieux son rang et résistera plus sûrement aux influences et aux prétentions rivales des villes qui, à l'exemple de Lyon, Marseille, Bordeaux et autres, aspirent à posséder des Facultés et font miroiter leurs matériaux cliniques comme leur meilleur titre. Or des ressources analogues ne manquent pas à Montpellier, seulement toutes celles qui existent ne sont pas utilisées. Si une ou plusieurs chaires étaient instituées à l'Hôpital-Général, on comblerait une importante lacune. Là existent des matériaux d'observation pour les maladies des âges, pour les maladies des femmes, pour les affections dites spéciales. N'est-ce pas une anomalie que dans une ville gratifiée d'une Faculté de médecine et qui possède deux hôpitaux, il n'y en ait qu'un d'affecté à la clinique ? Quand on réfléchit que l'observation au lit du malade est le vrai moyen de former le médecin, et qu'en assurant l'instruction de celui-ci on rend à la Société elle-même les plus grands services, les objections accessoires doivent s'effacer.

Les institutions cliniques, en établissant le contrôle de la publicité, sont la meilleure garantie en faveur des malades, car le médecin d'hôpital, qui doit compte aux assistants des motifs de sa conduite dans le diagnostic et le traitement des maladies, les observe et les traite par ce fait avec beaucoup plus de soin.

A quelque point de vue qu'on se place, on s'étonne à bon droit que l'Hôpital-Général, où l'Administration ne fait que tolérer quelques élèves, ne soit pas compris dans l'organisation officielle de l'enseignement clinique, et l'on se demande pourquoi cet établissement a été soustrait jusqu'à ce jour au double service que rendent réciproquement les malades aux cliniciens qui les observent et les cliniciens aux malades qu'ils traitent. Espérons que des intérêts de cet ordre ne seront pas trop longtemps oubliés ou méconnus. Portée l'année dernière devant le Conseil académique, par le Doyen de la Faculté, la question de l'opportunité de la création d'une chaire de clinique à l'Hôpital-Général de Montpellier fut unanimement approuvée, et un vœu fut émis pour cette création. Ce vœu a d'autant plus d'importance que les premières autorités de la ville et du département font partie de ce Conseil, et que leur opinion ne peut manquer tôt ou tard d'exercer sur le Gouvernement une influence décisive.

Changements dans le personnel de la Faculté. — Dans un corps qui compte autant d'éléments que la Faculté de médecine de Montpellier, l'immobilité et la durée ne sont pas l'état normal et le personnel doit éprouver des modifications. Certains avancent dans les honneurs et les positions. De nouvelles recrues sont acquises, tandis que d'autres éléments disparaissent. C'est le sort commun, l'application de la loi du renouvellement social, dont la fonction de la nutrition nous offre l'image. Ces modifications dans l'état ou l'existence même de notre corps enseignant, forment un trait important de notre histoire annuelle, et c'est en les rappelant que nous terminerons ce Rapport.

Une distinction depuis longtemps attendue par les amis de M. Anglada est venue le trouver à l'occasion de la fête du 15 août. En lui adressant la croix de la Légion d'honneur, M. le Ministre a récompensé de longs et beaux services, et des écrits importants, dont le dernier seul suffirait à rendre notre collègue digne de cette faveur.

M. le professeur Dupré a été appelé, par décision de M. le Préfet de l'Hérault, à faire partie de l'Administration des hospices. L'appel de notre honorable collègue a pour nous un double intérêt : il ne constate pas seulement la haute estime qui lui a donné des droits à s'occuper de la gestion du bien des pauvres ; il résout en faveur du sens le meilleur la question longtemps controversée de la compatibilité des fonctions de professeur de clinique avec celle d'administrateur des hospices. L'introduction d'un nouveau membre de la Faculté dans ce Conseil en fortifie, du reste, l'élément médical, et consolide, entre les deux pouvoirs des hôpitaux, des relations qui ne peuvent que tourner au profit commun de la charité et de l'enseignement.

Un changement important a eu lieu, cette année, dans les attributions des diverses parties de l'enseignement.

Le professeur de clinique chirurgicale, promu au décanat, a demandé et obtenu l'autorisation d'échanger sa chaire contre celle d'opérations et appareils, occupée par M. le professeur Moutet, acceptant. Ces sortes de permutations, qui peuvent être rendues nécessaires par des intérêts de service, et qui doivent d'ailleurs être approuvées par la Faculté, ne peuvent qu'être avantageuses quand il s'agit de chaires appartenant à la même section. L'auteur de ce Rapport, en demandant à reprendre une chaire théorique, après avoir été chargé de la clinique chirurgicale pendant vingt-cinq ans, n'a fait que remplir l'engagement qu'il avait pris spontanément envers ses collègues, de ne pas toujours rester dans une chaire qui, dans sa pensée et en raison même des avantages qu'elle présente, de l'attrait scientifique qu'elle possède au plus haut degré, et de l'activité qu'elle réclame et qui peut s'affaiblir avec l'âge, ne doit pas rester l'apanage indéfini du même titulaire.

Notre Faculté a éprouvé cette année un rajeunissement par la nomination de deux professeurs.

M. Cavalier, agrégé de cette Faculté depuis plusieurs années, médecin en chef de l'Asile des aliénés de Montpellier, auteur d'écrits remarquables à des titres nombreux, a été appelé à la chaire du professeur Jaumes, et va donner une nouvelle et heureuse impulsion à l'enseignement de la pathologie générale, déjà illustrée par ses deux premiers titulaires.

M. Moitessier, qui nous avait aussi appartenu comme agrégé et chef des travaux chimiques, et qui, appelé successivement à l'enseignement de la physique dans les villes de Clermont et de Cluny, y avait laissé les meilleures impressions de son talent comme professeur, avait, en outre, acquis par ses travaux des droits à nos suffrages. Ses titres hautement appréciés le désignaient si bien pour la chaire de physique récemment créée, qu'aucun prétendant ne la lui a disputée.

Mais comment se féliciter de ces acquisitions sans songer en même temps à la perte si regrettable que nous avons faite !

Le professeur Bérard, dont nous rappelions l'année dernière, à pareille époque, la brillante carrière scientifique, n'était séparé de nous que par la retraite. Cette séparation, que la santé de Bérard et l'espérance de le conserver longtemps comme professeur honoraire, rendaient moins amère, est devenue définitive. Le collègue chéri de tous, le savant maître, a subi, il y a quelques mois, l'inexorable loi qui l'a frappé bien peu de temps après le moment où nous célébrions ici ses hautes qualités. Bérard a été pour ainsi dire enseveli dans son dernier triomphe. Les témoignages de nos regrets ne seront pas éphémères. Ce n'est pas vainement que le collaborateur et l'ami des premiers chimistes de notre siècle, le dernier survivant de la célèbre Société d'Arcueil, a marqué ses débuts dans la science par des travaux dont le temps n'a pas effacé la valeur. Ce n'est pas inutilement que, pendant un professorat de cinquante ans, notre collègue a répandu à profusion les trésors de son intelligence nette et ornée, de sa parole lucide et éloquente. Il s'est préparé des droits à l'estime de la postérité, qui l'inscrira avec honneur parmi ses plus chers favoris.

COMPTE RENDU

SUR LES TRAVAUX DE LA FACULTÉ DE MÉDECINE DE MONTPELLIER

PENDANT L'ANNÉE SCOLAIRE 1870-1871

Messieurs ,

L'illustre Cuvier , dont le génie et l'existence laborieuse ont laissé dans la science des traces si profondes, et qui, après avoir tant travaillé , avait plus que tout autre le droit de parler du travail, disait que lui seul attachait véritablement à l'existence, et qu'entre les divers genres de bonheur, le travail avait le privilège de pouvoir tenir lieu de tous les autres. — Cette vérité s'est particulièrement dévoilée à la Faculté de médecine de Montpellier , qui , pendant la durée de nos revers, s'est réfugiée dans le travail, et a précisément consacré les jours les plus douloureux pour notre pays , à reconstituer les conditions matérielles les plus indispensables à son enseignement et à préparer pour l'avenir des éléments de prospérité qui se dessinent déjà d'une manière inconstestable.

C'est, en effet, pour nous le trait distinctif de l'année académique qui vient de s'écouler. Non-seulement Montpellier a échappé, par sa position géographique, aux conditions malheureuses qui ont pesé sur les deux autres cités médicales, Paris et Strasbourg, mais il est devenu pendant quelque temps le seul sanctuaire de l'enseignement, et par des efforts couronnés de succès, il en a élargi et amélioré les bases , principalement sous le rapport pratique.

Qu'on me permette de faire remarquer, au début de ce Rapport, et précisément au sujet de la situation géographique de Montpellier, que la distribution des foyers d'enseignement médical sur des points éloignés de la France ne répond pas seulement à des nécessités évidentes en réservant des services à des groupes naturels de population, mais qu'elle réalise d'autres avantages.

Il faut sans doute placer en première ligne la possibilité de former des praticiens au profit de régions déterminées où les maladies ont des caractères prédominants, et, si je puis ainsi dire, une physionomie commune qui se traduit en indications de thérapeutique basées sur les influences climatériques. C'est de cette vérité que Baglivi était pénétré lorsqu'il qualifiait ses observations en disant : *Scripto in aere Romano*. Mais il résulte aussi de la grande distance placée entre les villes où siègent des Facultés, des avantages dont l'application, quoique plus rare, n'en n'est pas moins réelle. Ainsi, lorsqu'à un moment donné, la fatalité prodigue des obstacles, cet éloignement des cités médicales donne au moins à l'une d'elles l'indépendance nécessaire. Montpellier a pu continuer des services que Strasbourg et Paris ne pouvaient plus rendre pendant la durée des deux sièges. Notre ville a été la seule, à cette époque, à répandre les traditions de l'art, à ouvrir ses portes aux élèves, et à conférer des grades. Cette influence compensatrice n'est pas sans portée, et l'on peut imaginer ce qu'en pareille occurrence eût pu produire le groupement des Facultés de médecine dans une région restreinte, et combien à ce point de vue les idées dont s'entretiennent les faiseurs de projets qui demandent simultanément des Facultés pour Lyon, Nancy, Besançon ou Lille, pourraient entraîner d'inconvénients.

Mesures nouvelles. — L'année scolaire 1870-1871 s'est ouverte pour notre Faculté avec un contingent d'élèves entièrement nouveau pour elle. Dès le commencement du mois de novembre, un décret ministériel, daté de Tours, transférait à Montpellier l'École de santé militaire de Strasbourg. Tout le personnel de cette École, professeurs et élèves, affluait dans nos murs ; près de trois cents auditeurs, composés par les séries des élèves militaires de 2°, 3° et 4° année, demandaient place dans nos hôpitaux, nos salles de cours et nos amphithéâtres. L'École, autrefois si fréquentée par les chirurgiens militaires, qui lui réservaient leurs préférences pour l'obtention du titre de docteur, semblait retrouver les élèves que la loi édictée par M. le ministre d'Hautpoul lui avait brusquement ravis en 1856, et elle ne ménagea envers ses futurs récipiendaires restitués par la force des circonstances, ni les sympathies méritées à tant de titres, ni surtout les mesures propres à augmenter les moyens d'instruction que ce surcroît d'auditeurs rendait nécessaires.

Les rapports de l'École de santé militaire transférée à Montpellier, et placée sous la direction de M. le docteur Bonduelle, médecin principal, furent réglés avec la Faculté de médecine sur les meilleures bases. Les professeurs répétiteurs de l'École de santé reçurent toutes les facilités nécessaires pour assurer la présence des élèves aux cours, et pour compléter par des conférences spéciales l'instruction acquise aux leçons des professeurs de la Faculté. Mais ce qui importait le plus, c'était d'organiser les moyens qui répondaient le mieux au genre d'instruction compris dans les programmes des Écoles militaires de santé, et qui pour nous se résolvaient, non dans une sorte de violence faite à la liberté des professeurs, eu égard au sujet de leurs leçons, mais dans la nécessité d'ajouter aux ressources pratiques ordinaires de notre contingent d'élèves civils, un surcroît d'instruction proportionnel au nombre et aux justes exigences des nouveaux élèves confiés à notre direction.

Hâtons-nous de le dire, les devoirs que s'est imposés la Faculté ont été appréciés dans toutes les sphères, y compris celles du Pouvoir. Si les professeurs et les élèves de l'École militaire de santé étaient prompts à réclamer une extension de nos ressources, la Faculté n'était pas moins ardente à préparer cet accroissement par d'actives démarches auprès des autorités locales et du Gouvernement de Tours. Les circonstances exceptionnelles donnaient non-seulement un nouvel essor, mais ce qui valait mieux encore, une nouvelle puissance à ses efforts pour la réalisation d'un progrès depuis longtemps formulé en faveur de nos élèves civils. Le Gouvernement de la défense nationale, c'est un titre qu'il faut inscrire en son honneur, se montra aussi éclairé que résolu dans l'adoption des mesures nécessaires pour élargir les bases de l'enseignement pratique de la Faculté de Montpellier. Les vieilles lenteurs administratives, qui avaient si longtemps paralysé nos démarches, l'opposition persistante de l'Administration des hospices, retranchée derrière la loi de 1851, furent enfin vaincues, et l'arrêté du 14 décembre 1870, signé par M. le préfet Lisbonne, et approuvé par M. le délégué du Ministère de l'Instruction publique, nous gratifia de mesures d'un caractère essentiellement progressif.

Quelle que soit la durée de l'installation de l'École de santé militaire à Montpellier : que le titre provisoire de cette installation se transforme en titre définitif, ce qu'il nous est permis de désirer ; que l'existence même de cette École soit annulée ou profondément modifiée par la loi qui se prépare sur la réorganisation militaire ; la présence même temporaire de cette École à Montpellier aura été très heureuse, puisqu'en fait elle aura précipité le dénouement des difficultés et suscité les réformes salutaires que nous avions si souvent réclamées.

L'arrêté du 14 décembre nous a doté de nouvelles cliniques à l'Hôpital-Général. Chacun s'étonnait que les éléments d'instruction contenus dans cet asile fussent stériles, ou tout au moins ne fussent livrés qu'avec parcimonie et au prix de formalités incessantes, à un nombre très restreint de nos élèves. Aujourd'hui, l'Hôpital-Général est assimilé de tout point à l'hôpital Saint-Éloi ; des cliniques spéciales de *maladies syphilitiques et cutanées*, de *maladies des enfants et des vieillards*, de *maladies nerveuses et mentales*, y sont organisées sous la direction de MM. les professeurs Combal et Cavalier et de M. l'agrégé Estor. — Les portes sont largement ouvertes aux stagiaires, qui peuvent satisfaire aux prescription règlementaires. — Il est admis en principe que le professeur d'accouchements de la Faculté est en même temps professeur à l'École de la maternité, et que la clinique d'accouchements peut se renforcer avec les éléments de cette dernière École. Il n'y a d'autres restrictions à ces dispositions que celles qui découlent de certains intérêts moraux que protègeront suffisamment des règlements d'administration intérieure. — Les nouvelles institutions, rendues exécutoires par des dispositions sagement préparées par des commissions nommées dans le sein de la Faculté, et dont les rapports ont été approuvés, fonctionnent depuis le mois de janvier dernier, au grand profit de l'instruction des élèves et du progrès de la science.

Les hôpitaux forment, on le sait, le champ principal de l'instruction médicale. Fermés à la jeunesse des Écoles, au moins en France, jusqu'à la fin du dix-septième siècle, ils n'étaient destinés qu'à l'exercice de la bienfaisance, et si on y soignait les indigents malades, on soupçonnait à peine qu'ils pussent devenir, au profit de ces derniers, des foyers d'observation et d'enseignement pour la science médicale. Des préjugés que favorisait l'opinion d'esprits supérieurs, parmi lesquels on a le regret de compter Montesquieu, s'opposaient au rôle nouveau qui se préparait, et dont l'exemple était déjà donné par des Universités étrangères, notamment par celles de Leyde et de Vienne. — Montpellier et Paris presque simultanément et, nous aimons à le dire, Montpellier d'abord, comprirent la nécessité des cliniques. Celles-ci furent instituées dans les hôpitaux de ces villes, sous le Consulat, et l'on a pu juger depuis de l'essor qu'elles ont imprimé à la tradition médicale. La vieille didactique a pâli et s'est effacée ; l'art s'est répandu sous sa forme la plus vivante et la plus féconde ; le niveau des connaissances médicales s'est prodigieusement élevé et la société a profité de ce progrès dont l'histoire de l'art de guérir ne présente d'autre exemple aussi saisissant que celui de l'époque où Mondini à Bologne et Hermondaville à Montpellier, ouvrirent les premiers amphithéâtres d'anatomie et où Vésale, au quinzième siècle, réforma les études anatomiques.

L'affectation des hôpitaux à l'instruction médicale pratique est devenue générale. On peut ajouter toutefois que si cette destination des hôpitaux pour la science médicale s'est généralisée, le type d'une bonne organisation dans ce but doit se retrouver dans les villes où siègent les Facultés de médecine. La création de nouvelles cliniques, dont la nécessité ne saurait trop être affirmée, avait donc chez nous une raison d'être prédominante. Aussi nous attachons-nous à l'espérance que ces créations, soutenues seulement par le consentement et le zèle des professeurs qui ont accepté cette tâche en sus de leur enseignement officiel dans la Faculté, se transformeront en chaires régulières, entièrement assimilables à celles qui figurent dans les cadres de notre organisation universitaire.

Mais ce progrès seul ne suffisait pas. Il y avait non-seulement à étendre à Montpellier le champ des ressources pratiques, il fallait aussi réformer dans le seul hôpital qui leur fût consacré des dispositions qui cessaient d'être en harmonie avec les exigences des diverses sciences. L'année 1871, dont nous traçons

l'histoire médicale pour notre cité, a vu s'accomplir deux faits
importants dont nous avions depuis longtemps réclamé l'accomplissement et indiqué l'urgence dans les comptes rendus publics
imposés annuellement à l'administration décanale. L'organisation de l'hôpital Saint-Éloi de Montpellier a subi, dans le cours
de cette année, ces deux réformes si nécessaires.

La première et la plus importante se rattache au service de
la pharmacie. Ce service était confié à des religieuses de l'ordre
de Saint-Vincent-de-Paul. Ce n'est pas à nous, qui à des titres
divers avons fréquenté pendant quarante ans les services de
l'hôpital Saint-Éloi, qu'il appartient de méconnaître le zèle et le
dévouement apportés dans les travaux de la pharmacie par les
austères dépositaires des fonctions que comporte cette indispensable annexe de l'art médical. Mais si la science autrefois
moins exigeante, si l'ancien caractère des préparations offici-
nales, si des motifs économiques qu'il est facile de comprendre,
avaient permis de confier cette partie du service à des religieuses
dévouées au bien et dont l'habitude et même une certaine étude
ne rendaient pas le zèle improductif, il faut reconnaître qu'à un
autre point de vue cette organisation était insuffisante et qu'elle
pouvait surtout être qualifiée de surannée dans un hôpital d'instruction. Non-seulement cette coutume était une dérogation à la
loi qui, assez sévère dans l'espèce, impose aux pharmaciens l'o-
bligation d'être pourvus de diplômes préparatoires, de justifier
d'un temps assez long d'études spéciales et d'avoir un âge déterminé, qui donne la garantie d'une sérieuse responsabilité ; mais
elle représentait une anomalie véritable au point de vue des intérêts scientifiques et du contrôle régulier que les médecins des
hôpitaux peuvent et doivent exercer sur les préparations médi-
camenteuses qu'ils prescrivent, sur leur distribution, leur mode
d'administration, etc. — Aujourd'hui cette ancienne organisation, vestige du moyen âge, a disparu. Un pharmacien en chef,
des internes en pharmacie en résidence à l'hôpital, et dont la
capacité est attestée par un concours public, sont régulièrement
installés. L'École supérieure de pharmacie a sa part d'influence
dans la nomination de ce personnel, le local de la pharmacie
hospitalière n'est plus un asile à peu près fermé aux médecins
profanes ; c'est un laboratoire, un lieu d'études et de vérifica-

tions expérimentales et un service organisé où le progrès peut encore être prévu et se réalisera certainement.

Une seconde réforme que nécessitaient à la fois les règles de l'hygiène et les besoins de l'enseignement s'est accomplie dans l'hôpital Saint-Éloi. Des mesures fondées sur l'économie administrative et suggérées aussi par la pensée de concentrer à l'hôpital Saint-Éloi tous les éléments de l'enseignement clinique, avaient abouti à l'installation du service de la clinique obstétricale dans une ancienne division des blessés de cet hôpital. Cette mesure, qui date de 1862, pouvait sans doute réaliser l'intention, alors chère à l'Administration des hospices, de libérer l'Hôpital-Général de la présence de cette clinique qui y était installée depuis 1833, sous la direction successive des professeurs Delmas et Dumas ; mais assurément elle n'était pas heureuse au point de vue de l'hygiène. Les femmes en couches étaient établies dans un local du premier étage resserré, d'un accès peu commode, sans possibilité de quitter les salles pour respirer l'air pur du dehors. Cette installation, faite au centre même de l'édifice, dans une enclave cernée par des divisions de femmes blessées et fiévreuses, réalisait une disposition absolument contraire à celle qui prévaut justement aujourd'hui dans la construction des hôpitaux. On adopte maintenant le principe des sections isolées et du groupement limité des malades. On leur réserve la part la plus libérale d'air et de lumière, afin d'écarter autant que possible les effets de l'encombrement et de l'enserrement, dispositions nuisibles entre toutes, et auxquelles on rapporte surtout le développement des maladies nosocomiales, telles que l'infection purulente et les affections analogues. Or, parmi celles-ci se présentent, dans un rang spécial de fréquence et de gravité, les complications dites puerpérales. Il devenait donc nécessaire d'apporter un changement radical dans l'emplacement de la clinique d'accouchements de la Faculté. La rendre à l'Hôpital-Général qui était son siège primitif, la placer à côté de la Maternité proprement dite ou Ecole départementale d'accouchements, sous la direction unique du professeur d'accouchements de la Faculté, était le vœu légitime de celle-ci. Ce vœu a été accepté par l'autorité, et inscrit en principe dans l'arrêté du 14 décembre 1870. — Ce point, que doivent règlementer des dispositions intérieures protectrices des intérêts de tout ordre, n'est pas, il est vrai, encore réalisé, car la clinique est provisoirement installée dans un local spécial d'ailleurs assez vaste, avec des conditions convenables d'aération intérieure. Mais, en supposant que ce provisoire doive se prolonger par l'insuffisance des fonds nécessaires à la réintégration convenable de l'institution obstétricale dans les bâtiments de l'Hôpital-Général, son installation actuelle n'en est pas moins un progrès considérable, dont les malades d'abord, et puis nos élèves, ont déjà retiré un profit certain. Depuis le mois de juin dernier, l'enseignement a fonctionné dans ces nouvelles conditions, sous la direction de M. Dumas, professeur titulaire, et de M. Gayraud, agrégé. Leur témoignage est hautement favorable à la réforme que nous venons de signaler.

Une autre réforme arrêtée en principe, mais non encore accomplie, consiste dans la construction d'un nouvel amphithéâtre d'autopsie dans l'intérieur de l'hôpital Saint-Éloi. L'anatomie pathologique est devenue une science exigeante. Son influence ne s'est pas seulement développée comme élément d'un système complet de pathologie générale ; placée à côté de la physiologie et de la chimie, par la nature des recherches qui sont inhérentes à son caractère scientifique, l'anatomie pathologique n'est plus cultivée comme autrefois. Ce n'est plus la science des apparences extérieures des lésions morbides ; les derniers progrès qu'elle a subis exigent que les modifications histologiques des organes altérés, que la structure des produits nouveaux, que les caractères chimiques de ceux-ci soient bien connus ou établis, et les anciennes salles d'autopsie sont absolument insuffisantes. Celle de l'hôpital Saint-Éloi de Montpellier est surtout un type de ces salles malsaines, presque souterraines, où l'examen des traces matérielles des maladies ne pouvait être poursuivi que d'une manière incomplète, pénible pour le professeur, ingrate pour les assistants, insuffisante pour tous, à peu près inutile surtout pour cette science moderne qui, armée du microscope, des réactifs et des instruments minutieux de dissection, appelle l'espace, l'air, la lumière, et ne peut plus supporter l'étiolement. Jadis notre salle d'autopsie était une cave humide ; sous le professorat de Lallemand, quelques trous grillés d'une muraille intérieure furent transformés en fenêtres : l'eau y afflua ; une table de marbre remplaça une vieille table poreuse, le service spécial de l'amphithéâtre fut régularisé. Mais trente ans écoulés depuis ce premier progrès nous laissent encore en arrière pour les besoins de l'époque, et la construction d'un pavillon spécial s'impose comme une nécessité. L'emplacement est choisi, le plan est dressé et approuvé par la Faculté ; le consentement du Conseil municipal pour l'octroi de fonds spéciaux ne nous paraît pas douteux, car nous sommes modestes dans nos exigences ; et quand nous aurons rappelé que c'est par millions que s'est soldé l'institut anatomo-pathologique de Berlin que dirige le professeur Virchow, on ne saurait refuser quelques milliers de francs pour une construction qu'exigent à la fois la bonne distribution des parties d'un hôpital d'instruction, les études plus faciles et plus fructueuses de nos élèves, enfin la culture et les progrès d'une science qui, nous l'espérons, sera représentée à Montpellier par la création d'une chaire spéciale. La chaire d'anatomie pathologique existe à Paris. Elle n'est pas moins nécessaire à Montpellier, et nous l'avons réclamée, au nom de la Faculté, dans un Rapport spécial, que nous avons adressé à M. le Ministre. Son Excellence en a conseillé l'impression, comme pour affirmer sa sympathie pour les améliorations qui y sont signalées.

Ainsi : Institution de nouveaux enseignements cliniques à l'Hôpital-Général de Montpellier, désormais placé, au même titre que l'hôpital Saint-Éloi, sous la direction médicale de la Faculté ;

Réforme du service pharmaceutique dans les deux hôpitaux ; nomination d'un pharmacien en chef et d'un nombre suffisant d'internes par voie de concours ;

Réunion de la clinique d'accouchements et de l'École de la Maternité sous la direction du même professeur, avec toutes les conséquences qui en découlent ;

Accroissement des ressources anatomiques disponibles dans les deux hôpitaux et perfectionnement spécial de l'enseignement de l'anatomie pathologique par la construction d'un pavillon nouveau au service des cliniques ;

Tels sont les changements qu'on peut qualifier de majeurs,

et que l'année académique 1870-1871 aura vus s'accomplir à Montpellier. Félicitons-nous hautement de ces progrès, qui auront, indépendamment de leurs résultats directs, l'avantage de clore les objections devenues banales dans la bouche des ennemis de notre Faculté, car l'opposition n'a pas manqué à sa gloire ; mais bon nombre de ses ennemis nous dévoilent à la fois les motifs de leur faiblesse et de leur obstination, et tout s'explique quand on songe que les arguments de certains détracteurs ont pour but de décourager nos élèves, afin de les attirer dans des Facultés qu'ils convoitent à leur profit et dont ils demandent la création à l'État, comme si des Facultés de médecine, dont la valeur et le crédit ont le temps pour condition, se créaient efficacement et à volonté par un coup de baguette administrative !

Nous ne saurions terminer cette partie de notre Rapport sans reconnaître l'appui nouveau qui nous a été donné par M. le préfet Limbourg. Chargé par le Gouvernement de donner la formule définitive du règlement qui doit servir à la rédaction du décret portant la double signature de MM. les Ministres de l'Intérieur et de l'Instruction publique, l'honorable et bienveillant magistrat qui dirige aujourd'hui le département de l'Hérault a bien voulu approuver les mesures que la Faculté avait reconnues nécessaires, et nous ne doutons pas que dans un très bref délai la formalité ultime qui légalisera pour l'avenir les dispositions déjà consenties et en cours d'exécution, ne soit accomplie. En l'an VIII, un décret signé par Lucien Bonaparte, ministre de l'Intérieur, mit la Faculté en possession médicale de l'hôpital Saint-Éloi ; en l'an 1871, un décret non moins progressif nous aura donné la possession scientifique de l'Hôpital-Général.

Cours de la Faculté. — L'enseignement règlementaire donné dans le sein de la Faculté, pendant les deux semestres de l'année courante, n'a subi aucune interruption. Les dix-sept cours officiels se sont faits avec une régularité que n'ont point troublée les *ferrea jura insanumque forum.* Toutefois des vides se sont faits pendant un certain temps sur les bancs des auditeurs : le plus grand nombre des élèves civils avaient été appelés par leur âge, les lois et l'honneur à la défense de la patrie ; les élèves de l'École militaire de santé, au moins ceux de troisième et de quatrième année, avaient aussi obéi à un appel qui restreignit l'auditoire habituel des professeurs. La mention de ce démembrement temporaire de notre auditoire, qui a eu lieu surtout en décembre 1870 et janvier 1871, c'est-à-dire à l'époque de la formation des armées de la Loire et de l'Est, nous amène naturellement à rappeler que Montpellier a fourni, à cette époque, un contingent de volontaires parmi les agrégés, les jeunes docteurs de cette École et bon nombre d'élèves que n'atteignaient pas les exigences des décrets. Les ambulances fixes formées à Montpellier et les ambulances mobiles, qui ont porté à nos armées des secours organisés, ont marqué une ère de dévouement et d'activité qu'il serait injuste de passer sous silence. Les souvenirs de ces services sont inscrits dans des relations imprimées, que nous devons à MM. les docteurs Sabatier et Girbal. Nous pourrions mentionner d'autres efforts, d'autres dévouements, d'autres sacrifices. On nous permettra de ne rappeler que les plus douloureux, ceux qui ont coûté la vie à quelques élèves de notre Faculté. Deux d'entre eux, MM. Lassalle et Godard, ont succombé à l'honneur et à la peine. Ils eussent sans doute bien mérité de notre École en vivant, ils ne l'ont pas moins honorée par leur mort devant l'ennemi.

Quant au zèle des professeurs en face de leur devoir universitaire, rien n'a pu le ralentir. Les 1,800 leçons qui forment le contingent annuel de la tradition orale dans les amphithéâtres, se sont données sans trève et sans découragement. Deux suppléances temporaires seulement ont été nécessaires à partir du 8 février dernier. M. Jaumes, agrégé, a remplacé le professeur d'opérations et appareils à partir du 8 février dernier, et pendant le semestre d'été; M. Gayraud, agrégé, a suppléé pendant quelques mois le professeur d'accouchements, occupé à son cours théorique de la Faculté. Par compensation, des cours complémentaires très nombreux ont été le résultat de la division des services dans les hôpitaux.

Les nécessités de la guerre avaient fait diriger vers les hôpitaux du Midi, et spécialement vers ceux de Montpellier, un grand nombre de malades fiévreux et blessés. Tous les locaux disponibles des hôpitaux ont reçu des malades venus de tous les points de la France. Par suite, et dès le mois de décembre dernier, les chiffres des diverses divisions ordinaires étaient dépassés, les salles étaient combles, et il était impossible que les professeurs de clinique pussent suffire à la tâche. Des divisions nouvelles et temporaires ont dû être créées ; des hôpitaux annexes ont été organisés. La Faculté a offert à l'autorité locale tout son personnel, et plusieurs de ses membres ont concouru à desservir les divisions surajoutées ou résultant du démembrement des cliniques. MM. les professeurs René et Fonssagrives et MM. les agrégés Guinier, Espagne, Batlle, Gayraud, Jaumes ont surtout prêté un concours durable et efficace aux professeurs ordinaires de clinique, qui ont prolongé la durée ordinaire de leur service. MM. les membres de l'École militaire de santé ont aussi participé largement à cette tâche éventuelle, à l'importance et même à la grandeur de laquelle rien n'a manqué, chaque participant ayant été à la hauteur de ses devoirs par le zèle non moins que par le talent. Il est résulté de la diversité de ces enseignements et surtout de la multiplicité des sujets d'observation, une véritable exubérance de cas cliniques, qui a permis de condenser pour les élèves les fruits de l'expérience et d'inculquer dans leur esprit les souvenirs les plus profitables. Il nous suffira de dire que l'hôpital Saint-Éloi seul a reçu, dans le cours de cette année, 7,200 malades, c'est-à-dire environ deux fois plus que le nombre ordinaire. Pour quiconque interprète cette donnée statistique, il est facile d'en déduire toutes les connaissances que le talent d'observation du professeur a pu extraire de cette mine féconde, et d'en conclure que le niveau de la valeur pratique de nos élèves a dû s'élever en proportion.

Si l'on ajoute à la valeur substantielle de ces faits cliniques rassemblés à l'hôpital Saint-Éloi, les cas que la nouvelle organisation a permis d'observer et d'interpréter dans la clinique spéciale de l'Hôpital-Général, on reconnaîtra avec nous que l'inauguration des conditions nouvelles, représentées par l'installation de l'École militaire de santé à Montpellier, ne pouvait être faite dans des circonstances plus favorables et que les élèves civils ont dû aussi recueillir une moisson de faits représentant une période mémorable de leur vie médicale.

Travaux scientifiques. — Si la période agitée que nous venons de traverser n'a pas arrêté le travail relatif à l'enseignement, elle était peu favorable aux publications proprement dites. La guerre, les secousses politiques qui ébranlent tant d'intérêts, ne nuisent pas seulement aux intérêts matériels, ils refoulent même l'activité scientifique, s'opposent au recueillement nécessaire aux travaux de cet ordre, ou tout au moins en retardent l'évolution en refroidissant le zèle des auteurs et des éditeurs. Il y a deux ans, nous avons publié le compte rendu des travaux divers et de l'ensemble des publications dus à la Faculté de médecine de Montpellier. Ce tableau du tribut spontané que cette Faculté avait payé à la science dans le cours d'une année était, nous ne reculons pas devant cette assertion, brillant et honorable. Les ouvrages *ex professo*, les mémoires originaux, les communications à l'Institut et aux Académies, étaient nombreux et importants. Professeurs et agrégés avaient cédé à une sorte d'émulation, et les rayons de la bibliothèque spéciale de notre Faculté s'étaient chargés d'une série de publications, dont la voix publique mieux que la mienne pourrait affirmer le mérite. Cette année, les rayons porteront plus facilement le poids des livres publiés. Notre bilan scientifique met toutefois à l'actif de la Faculté quelques excellents travaux.

M. le professeur Fonssagrives, poursuivant le cours de ses publications sur l'hygiène, a fait paraître un livre très intéressant, intitulé *la Maison.* C'est le huitième volume de la série des monographies que la science hygiénique doit à la plume féconde de notre collègue. Cet ouvrage nous en promet un autre, intitulé *la Ville.* Ces titres suffisent pour faire apprécier l'intérêt des problèmes qui doivent y être abordés.

M. le professeur Courty a fait paraître un nouveau fascicule de la seconde édition de son livre sur les *Maladies de l'utérus.* Espérons que l'année actuelle verra se compléter la publication de cet ouvrage si justement estimé.

M. le professeur Martins a publié dans les Mémoires de l'Académie des sciences et lettres de Montpellier des observations fort remarquées sur l'hiver de 1870-1871 et sur les effets que l'abaissement exceptionnel de la température a exercés sur les plantes du Jardin de Montpellier.

L'auteur de ce Rapport a fourni au *Dictionnaire encyclopédique des sciences médicales* les articles *Lèvre* et *Castration*

Enfin MM. les professeurs Boyer, Benoît, Béchamp, Moutet et la rédaction entière du *Montpellier médical* ont continué à donner à cette publication périodique l'intérêt qui la soutient depuis quinze ans. C'est un mérite pour ce Journal d'avoir résisté à des temps aussi ingrats, pendant que le naufrage général du journalisme scientifique engloutissait, à Paris et en province, des publications importantes et d'une date plus ancienne.

Actes administratifs. — La Faculté, comme cela advient dans les périodes difficiles d'une existence nationale, s'est trouvée en présence de problèmes délicats. La situation lui a suggéré des questions à poser et à résoudre, et des devoirs nouveaux à remplir. Il serait d'un intérêt réel de rechercher, en ce qui concerne la Faculté de Montpellier, les principes de sa conduite dans les grandes crises politiques de notre pays. Un chapitre curieux de l'histoire de notre École, pendant la Révolution, la montrerait pénétrée de la grandeur de sa mission sociale, résistant au démembrement des institutions scientifiques de l'époque, affirmant son autonomie, et continuant à recevoir des docteurs sur sa seule autorité, sauf à faire confirmer ces titres dans des jours plus réguliers. M. le doyen René, le père de notre collègue, continuait alors sa tâche, bien que le gouvernement central y restât indifférent, et le professeur Berthe, que les principes de l'époque avaient séduit, couvrait de la puissance que lui donnait son influence politique les actes académiques que la Faculté n'a jamais suspendus.

Notre indépendance n'a pas eu à s'affirmer de la même manière, et, loin d'avoir été séparée du Pouvoir aux jours exceptionnels, notre Faculté, comme nous l'avons déjà indiqué, en a reçu de mémorables services. Elle ne s'est pas moins trouvée en présence de circonstances nouvelles, de questions qui intéressaient son existence dans le présent et dans l'avenir, et elle a dû faire connaître à cet égard sa pensée au Gouvernement et au pays. Deux rapports explicatifs ont été soumis à M. le Ministre de l'Instruction publique, et communiqués au chef de l'État ainsi qu'à l'Assemblée nationale.

L'un a été rédigé par le Doyen de la Faculté, introduit dans cette Assemblée par les élections du 8 février. Il est délicat pour l'auteur de ce Rapport de rappeler une nomination que rien ne l'autorisait à attendre. Mais serait-il permis d'oublier dans l'histoire annuelle de la Faculté un honneur que l'importance de cette Faculté explique seule et que son chef n'a pu refuser, quelque redoutable qu'il fût. Le rapport du Doyen résumait les *desiderata* depuis longtemps exprimés, et les replaçait sous les yeux du chef de l'Université. Ces améliorations forment système avec celles dont il a été question précédemment et n'ont rien perdu de leur actualité. La Faculté demande et, hélas ! attend encore une chaire d'anatomie pathologique, des laboratoires complets de chimie et de physique, une meilleure organisation des travaux anatomiques, des collections d'instruments d'étude modernes pour les cliniques, des ressources plus complètes pour les travaux d'histoire naturelle, des dotations convenables pour les divers services. Nous espérions que les fonds rendus disponibles par le non-fonctionnement temporaire de la Faculté de médecine de Strasbourg rendraient ces améliorations possibles pour Montpellier. Ce résultat n'a pas encore eu lieu, mais nos espérances ne sont pas évanouies : il nous paraît impossible qu'à l'heure où les philosophes deviennent ministres, la Faculté de médecine qui parle le langage philosophique ne soit pas écoutée, et que le chef de l'Université ne soit fléchi par les motifs du Doyen, les obsessions du député, et surtout par les alarmes des travailleurs qui, voulant défricher le sol de la science, n'obtiennent pas les instruments de travail.

Un second rapport a été adressé au mois de juin dernier par la Faculté de médecine de Montpellier, sous la présidence de M. Dumas, premier assesseur. Ce rapport exprimait les préoccupations qui ont surgi au sujet de la création projetée de nouvelles Facultés de médecine. Il concluait, pour des raisons nombreuses et d'un ordre supérieur, à la temporisation. Deux Facultés de médecine, celles de Paris et de Montpellier, peuvent seules satisfaire aux nécessités d'un bon enseignement médical ; elles suffisent aussi bien au recrutement du personnel nécessaire pour l'exercice de l'art dans toute la France. Il vaut mieux, du reste, qu'il y ait deux Facultés bien dotées, grandement établies,

organisées sur le pied des premières Facultés d'Europe, qu'un
nombre plus considérable de Facultés se nuisant par une concurrence réciproque, exigeant un personnel professoral trop
nombreux pour offrir au genre d'enseignement supérieur justement réputé le plus difficile, les garanties d'un talent et d'une
diversité d'aptitudes qu'on ne rencontre qu'avec peine. Enfin,
la situation du pays peut-elle le laisser indifférent à des motifs
d'économie ? et si des créations nouvelles paraissent absolument
nécessaires, n'est-il pas prudent de ne précipiter aucune décision et de laisser au temps le moyen d'apporter, avec les ressources financières qui en seront un résultat, les solutions les
plus logiques pour la détermination du nombre des Facultés et
pour le choix des villes où elles devront être placées? Tels sont
les principaux points de vue formulés à Montpellier. La Faculté
n'a rien négligé pour faire entendre sa pensée et ses vœux aux
pouvoirs compétents. Elle a désigné comme commissaires chargés de défendre son opinion, MM. les professeurs Dupré et
Cavalier, que nous avons vus à Versailles, et dont nous avons
secondé la mission. Dire comment nos collègues ont porté ces
graves questions devant le Ministre de l'Instruction publique,
devant le chef du Pouvoir exécutif, devant la plupart des
membres du cabinet et devant les Commissions de la Chambre
que ces questions pouvaient intéresser, serait rappeler des faits
bien connus. On ne pouvait trop présumer de l'activité, du
dévouement et du talent des commissaires choisis par la Faculté,
et MM. Dupré et Cavalier ont pu rapporter à Montpellier les
réponses les plus favorables et les plus rassurantes. La mission
de nos collègues a été favorisée par le concours le plus actif et le
plus cordial des députés de l'Hérault et de la région du Midi.
Ce serait perdre l'occasion la meilleure que de ne pas leur
réitérer ici la reconnaissance de la Faculté.

Matériel, collections. — Un grand établissement comme la
Faculté de médecine n'a pas seulement des intérêts supérieurs
à surveiller ; son organisation est telle, qu'à côté des sphères
élevées où s'agitent les questions de science, de didactique, de
doctrine et de discipline, il y a aussi des divisions moins ambi-
tieuses, mais toujours utiles : il y a les conditions matérielles

au service du but, et, pour parler plus clairement, le bâtiment,
le mobilier et les collections. Notre compte rendu serait incomplet et infidèle, si nous passions sous silence les changements ou
les améliorations que peut produire dans ces importantes divisions du service administratif une direction qui incombe spécialement au Doyen.

Depuis quelque temps nous avons à entretenir notre public
du pavillon anatomique. Nous avons raconté les motifs qui nous
ont fait désirer sa possession, les mesures administratives qu'il
a fallu provoquer, les votes de fonds dans lesquels l'État et la
Ville se sont engagés, les lentes formalités de l'expropriation des
terrains destinés à la construction, enfin les premiers travaux
qui ne permettent plus de douter du bienfait réclamé et obtenu ;
car, pour quiconque apprécie les vrais intérêts de la Faculté
de Montpellier au point de vue des études anatomiques, ce nouveau pavillon est une acquisition de première importance.
Aujourd'hui de solides murailles s'élèvent au nord de l'édifice
de la Faculté, où elles remplacent une maison qui, par son
caractère trivial, déparait notre palais médical. Des espaces
clos, des distributions heureuses se dessinent ; on voit la destination de ce monument se dévoiler. Nul doute que ce laboratoire,
destiné aux premiers et aux plus utiles exercices de l'initiation
médicale, va être donné à nos élèves. Nous aurons enfin cette
domus anatomica que Thomas Bartholin a dépeinte avec l'amour
du savant. Si notre tâche se continue encore l'année prochaine,
notre compte rendu célèbrera son achèvement, et nous plante-
rons sur sa façade le laurier traditionnel.

Notre attention s'est spécialement portée, cette année, sur les
collections et le local de la Bibliothèque. Qu'on nous permette
de signaler une précaution rétrospective. Le malheur des temps
a voulu que notre prévoyance fît une part à la possibilité du
pillage de nos richesses. Nos précieux manuscrits, notre incom-
parable collection de dessins originaux, trop peu visitée par les
élèves, dont elle formerait le goût, pouvaient tenter la cupidité
d'un ennemi dont la marche envahissante n'était pas arrêtée.
Notre responsabilité eût été engagée, si nous n'avions mis à l'abri
des trésors que les étrangers, et particulièrement les Allemands,
étaient souvent venus visiter. Un artifice dicté par notre défiance

avait mis à l'abri ces restes précieux d'un autre âge, et lorsque
le moment est venu de les rendre à la lumière du jour et à la
curiosité des savants, l'occasion nous a semblé opportune pour
réparer et embellir le local où ces nobles produits sont conservés.
Le Musée artistique annexé à la bibliothèque a acquis une
élégance digne des monochromes qu'il contient, et le cymméliarque dont les sculptures si délicates étaient obscurcies par
une couche poudreuse qui les souillait depuis le temps de
Louis XV, aujourd'hui dégagé de son voile enfumé, rend aux
regards étonnés ces charmants reliefs qu'avait tracés le ciseau
de Dupuy, artiste de province que n'eussent point désavoué
les Pigalle et les Coysevox.

Il nous sera permis aussi de porter l'attention des intéressés,
c'est-à-dire des travailleurs de toute position, depuis les élèves
jusqu'aux professeurs, sur une nouvelle disposition que nous
avons eu l'idée d'appliquer à la Bibliothèque. Une grande moitié
de cette belle collection, c'est-à-dire près de vingt-cinq mille
volumes, était entassée, nous ne dirons pas sans ordre, mais
nous pouvons dire sans dignité, dans des pièces d'un accès difficile, inconnues au public, qui ne pouvait apprécier notre grande
collection que par l'imposante pièce d'entrée, où sont spécialement réunis les livres d'un usage journalier. L'intelligente acti-
tivité de M. l'architecte Bésiné, traduisant notre pensée, a
rendu la grandeur, l'unité et l'harmonie des proportions aux
pièces confusément assemblées où se cachait le complément
de nos collections bibliographiques. Un long corridor, amplement évasé, commence au cymméliarque et court dans l'étendue de 30 mètres le long d'un mur de clôture intérieure, recevant largement l'air et la lumière pour les répandre dans six
vastes pièces latérales où rien ne s'oppose plus aux recherches
promptes et faciles, où les conditions de la surveillance et de la
conservation ne laissent plus rien à désirer. Non-seulement ces
nécessités de premier ordre dans une grande bibliothèque se
trouvent satisfaites, mais des ressources accessoires permettent
de leur associer un agrément inattendu, car un jardin sur une
terrasse, annexé à ce temple de l'étude, y ajoute une sorte de
sérénité et réveille comme un souvenir d'Académus.

Inscriptions, examens, etc. — Terminons ce compte rendu, déjà trop chargé, par l'énoncé des inscriptions, des actes et des concours.

Au début de l'année académique, c'est-à-dire en novembre 1870, le nombre des élèves civils était d'environ 270. Nous devons ajouter au tableau ordinaire du mouvement des élèves pendant cette année, le contingent représenté par les étudiants militaires de l'École de santé de Strasbourg. Ceux-ci, répartis en divisions correspondantes à leurs années d'études, étaient au nombre de 300 environ, lorsque leur translation a été ordonnée à Montpellier. C'étaient des élèves de 2ᵉ, 3ᵉ, 4ᵉ année. Le concours qui sert à leur recrutement annuel n'ayant pas eu lieu en 1870, les élèves de première année se trouvaient supprimés de fait ; depuis cette époque, ceux de quatrième année ont été appelés au Val-de-Grâce, et il ne s'est pas fait de nouveau recrutement.

Le nombre général des élèves, sensiblement réduit par les nécessités de la guerre, pendant la levée en masse qui a été faite et par le départ des volontaires, s'est amplement relevé lorsque les circonstances ont permis la reprise des études, et le chiffre annuel des inscriptions a atteint son niveau ordinaire.

1514 inscriptions ont été portées sur les registres de la Faculté, pour le titre de docteur ; 42 pour le titre d'officier de santé. Il y a eu, en outre, pour le cours de l'année, 807 inscriptions d'élèves militaires.

Les examens, peu nombreux pendant le premier semestre, ont été au contraire très multipliés pendant le second, à cause de la nécessité de réparer le temps perdu et des autorisations exceptionnelles données aux candidats que leur incorporation dans l'armée avait éloignés des centres d'enseignement.

Ont été subis 240 examens de fin d'année pour les aspirants civils au titre de docteur, 4 pour les aspirants au titre d'officier de santé, 185 par les élèves militaires.

Ont été encore subis 528 examens de fin d'études par les aspirants au doctorat, 12 pour les aspirants au titre d'officier de santé, 221 pour les élèves militaires.

La Faculté a délivré 77 diplômes de docteur : 63 aux élèves civils, 14 aux élèves militaires ; 2 certificats de capacité seulement ont été délivrés pour le titre d'officier de santé. C'est un titre démodé que la loi pourra rayer sans effort, car le nombre des médecins de cette catégorie diminue annuellement, soit devant la Faculté, soit devant les jurys médicaux.

La Faculté a délivré aussi 56 certificats de capacité à des élèves sages-femmes, 43 pour la première classe et 13 pour la deuxième.

L'ensemble des examens, nous avons le devoir de le dire, s'est quelque peu ressenti des perturbations qu'une année aussi exceptionnelle a dû introduire dans les études. Mais la Faculté n'a pas cru que, pour un résultat aussi important pour la société que l'exercice de l'art médical, elle dût se départir envers les candidats de ses légitimes exigences. Sa sévérité n'ayant pu fléchir et les épreuves des récipiendaires n'ayant pas atteint leur valeur générale ordinaire, il en est résulté des ajournements qui ont dépassé la proportion moyenne. Pour ne parler que des examens de fin d'études, sur les 528 examens précédemment signalés, il y a eu 114 ajournements, ce qui donne une proportion générale de 1 sur 4 1/2. Trois thèses ont dû être ajournées ; mais un bon nombre ont obtenu, en revanche, des mentions très satisfaisantes.

Le prix Fontaine a été décerné, pendant le cours de l'année, à l'une des thèses de l'exercice 1869-1870 : celle de M. le docteur Arnoux, sur l'*Anagyris fœtida*. Nous ne pouvons évoquer ce souvenir sans une juste émotion. La Faculté vient de perdre cet honorable docteur, qui lui était attaché en qualité de secrétaire-adjoint. M. Arnoux s'était distingué par ses connaissances en botanique ; il n'était pas moins estimable par son caractère et son attachement à ses devoirs. La Faculté a perdu en lui un excellent fonctionnaire, et les élèves à qui il donnait des leçons de botanique regretteront comme nous le professeur particulier aussi capable que modeste.

Les concours annuels ont eu lieu comme dans les circonstances ordinaires.

Sur 25 élèves qui ont pris part au concours pour l'École pratique d'anatomie, d'opérations et de chimie, 15 ont été admis. M. Salze a obtenu le premier rang.

Six candidats ont concouru pour la place d'aide-anatomiste.

M. Marioge a été nommé pour deux ans, après d'excellentes épreuves.

Enfin, les concours pour les prix ont donné les résultats suivants :

1re année, 4 candidats : prix, M. Henneguy ; mention honorable, M. Séguy.

2º année, 4 candidats : prix, M. Chauvet ; mention honorable, M. Martin.

3º année, 4 candidats : prix, M. Antony, élève militaire ; mention honorable, M. Lestage.

Tels sont, Messieurs, les principaux détails que nous avons eu à relever pendant le cours de l'année académique qui finit à cette réunion. Nous osons croire que malgré les perturbations que nous avons signalées dans les études, malgré les incertitudes créées par les projets de réforme de l'enseignement supérieur qui pourraient aboutir à la création de Facultés nouvelles, malgré les impatiences que nous n'avons pas craint d'exprimer itérativement au sujet de certains progrès que l'État pourrait réaliser dans notre Faculté, même sans des sacrifices financiers bien importants, cette année compte parmi les plus favorisées au point de vue des moyens d'études. L'arrêté du 14 décembre dernier ouvre une ère de fécondité pour celles-ci. — Déjà nous en vérifions les effets, et s'il est vrai que les succès d'une École s'affirment surtout par le nombre des élèves qui la fréquentent, nos preuves sont décisives. Je suis assez heureux, puisque la liste des premières inscriptions vient d'être close à Montpellier, pour l'année académique qui s'ouvre actuellement, de constater que notre rentrée est des plus brillantes. Le nombre de nos élèves civils est doublé. La totalité des inscriptions prises au trimestre de novembre s'élève à 610, et en défalquant le contingent militaire, qui n'est présentement que de 77 élèves, le chiffre des élèves ordinaires est de 533. Il y a plus de quarante ans que nos registres n'avaient pas reçu un pareil contingent. Nous pouvons donc espérer avec toute confiance des résultats dignes de nos efforts et voir renaître notre antique prospérité. *O navis, referent in mare te novi fluctus.*

COMPTE RENDU

SUR LES TRAVAUX DE LA FACULTÉ DE MÉDECINE DE MONTPELLIER

PENDANT L'ANNÉE SCOLAIRE 1871-1872

Messieurs,

La Faculté de médecine de Montpellier traverse, en ce moment, une crise importante, grave même, dans sa vie séculaire. Les tristes évènements qui ont éprouvé notre patrie, et qui, au point de vue de l'enseignement médical, ont eu pour résultat la suppression temporaire des travaux de la Faculté de médecine de Strasbourg, ont réveillé, à cette occasion, des idées d'organisation nouvelle et des prétentions diverses, dont la réalisation pourrait atteindre l'influence jusqu'à ce jour dévolue à notre Faculté. Quelques villes, pourvues seulement d'une École préparatoire, ont aspiré à l'héritage médical de notre illustre sœur d'Alsace, et aujourd'hui même que celle-ci est reconstituée à Nancy, ces villes, par l'organe de leurs députés, poursuivent, en faveur de leurs Écoles, des projets de transformation qui leur donneraient rang de Faculté. D'une autre part, les projets relatifs à la liberté de l'enseignement supérieur, qui depuis longtemps occupaient les esprits, ont naturellement surgi avec plus d'ardeur, au moment où la reconstitution de notre pays se poursuit sous tous les aspects, et doit nécessairement faire à l'instruction publique, qui est une des grandes forces de l'avenir, la position qui lui est due.

Ce n'est pas seulement dans les Écoles intéressées que les questions nouvelles se sont posées ; ce n'est pas seulement dans la presse médicale et scientifique que l'important problème de la liberté de l'enseignement supérieur s'est agité, et que des propositions ayant pour but de réorganiser l'enseignement et la pratique de la médecine se sont renouvelées. C'est dans les

régions du Pouvoir que les projets sont à l'étude. Les idées nouvelles, où certains intérêts privés obscurcissent peut-être
quelques points du problème, se donnent ample carrière, tantôt
faisant table rase du passé et donnant à l'action individuelle la
part réservée à l'État, tantôt exigeant le rôle de ce dernier.

Parmi les expressions réitérées et souvent contradictoires de
l'opinion, nous n'avons à signaler, pour le moment, que celles
qui intéressent l'avenir de notre Faculté. Sans entrer dans le
fond de la discussion qui ne peut trouver ici qu'une place
restreinte, nous nous bornons à rappeler que l'attention du
public est fortement sollicitée sur ces divers points, et que, des
projets de loi portant modification de l'enseignement à tous les
degrés étant présentés, nous touchons peut-être au moment où
la loi qui régit la médecine sera définitivement modifiée, si tant
est qu'une période de calme, dans les questions politiques, permette de traiter avec maturité ce grave sujet. On ne saurait
d'ailleurs méconnaître les motifs de la loi du 19 ventose an XI.
Cette révision était déjà dans les vœux du corps médical ; et
l'on n'a pas perdu le souvenir des mémorables discussions auxquelles son examen a donné lieu, dans les assemblées législatives,
sous la Restauration et sous le Gouvernement de Juillet. La réforme fut sur le point d'aboutir, par suite de l'impulsion éclairée
qu'elle avait reçue en 1847, de la part d'un ancien ministre,
qui a laissé les meilleurs souvenirs dans l'Instruction publique,
M. de Salvandy. Mais, pour si légitimes que soient les tentatives
nouvelles, on peut se demander si l'intérêt public a exclusivement inspiré les promoteurs des projets qui se disputent l'attention et le succès : on en jugera par les deux points de vue qui
prédominent.

L'un des projets que les médecins de la Capitale poursuivent
consiste à tout centraliser à Paris, à y réunir du moins les
grands moyens d'instruction, à accaparer toute la force que
peut représenter le personnel médical enseignant, par le choix
des professeurs et la multiplication des chaires, et à faire conférer le droit d'exercice par la seule Faculté de médecine de
Paris.

L'autre, où l'on trouve avec non moins d'évidence la préoccupation d'avantages à répartir au profit de quelques villes,

indique le même but, c'est-à-dire le perfectionnement de l'enseignement ; mais il y tend par un moyen tout opposé, qui consisterait dans la dissémination des foyers d'instruction médicale. Bien que les arguments abondent des deux côtés, ils laissent heureusement la question tout entière. Un examen impartial la dégagera des préoccupations qui l'amoindrissent ou la compliquent ; et le Gouvernement aura, nous l'espérons, la sagesse de la résoudre avec l'indépendance qui éclaire le jugement et le place au vrai point de vue.

Qui ne voit, en effet, que si le haut enseignement médical était exclusivement ramené à Paris, ce nouvel abus de la centralisation intellectuelle serait contraire aux vrais intérêts de la jeunesse engagée dans la carrière médicale, et qui ne pourrait trouver, dans une seule Faculté, quelque forte que fût son organisation, une égale instruction ? Cet abus serait même nuisible au corps enseignant, qui serait sans action directe et suffisante sur les élèves accumulés, aujourd'hui surtout que les études pratiques acquièrent une juste prépondérance et qu'au point de vue de la formation des savants et des praticiens destinés à la dissémination des connaissances et des secours de l'ordre médical, il est reconnu que la division du travail est indispensable. Les laboratoires, où les foules ne peuvent avoir accès et où la leçon s'individualise avec l'exercice, doivent se placer de plus en plus à côté des amphithéâtres, où la masse des élèves reçoit des leçons collectives, et par cela même inutiles à un grand nombre d'assistants ou incomprises par certains d'entre eux. Il est impossible de réunir, avec fruit, dans un seul centre, un nombre trop considérable d'élèves. Les dépenses exigées par le séjour de Paris ne sont pas d'ailleurs à la portée de toutes les familles, et les dangers du séjour des élèves dans une immense cité, où tant d'influences détournent de l'étude et font aux saines ardeurs une concurrence souvent victorieuse, ne sauraient être contestés même par les esprits les plus prévenus.

D'une autre part, la multiplicité des foyers d'enseignement médical ne se prête pas à une meilleure solution des difficultés. On ne crée pas à volonté des Facultés de médecine importantes et viables, car il ne s'agit pas, pour atteindre le but, de signer un décret ou d'affirmer que les fonds sont faits. On peut acheter le terrain d'une Faculté et faire bâtir l'édifice ; mais on n'acquiert pas, à prix d'argent, les collections spéciales qui sont le fruit du temps, du travail et de quelques circonstances heureuses ; on n'acquiert pas surtout, par cela seul qu'on institue des chaires et des traitements à l'appui, des hommes qui puissent remplir d'emblée la mission qu'on leur confie ; et, sans médire du personnel médical de notre pays, on peut affirmer qu'il n'est pas prêt à défrayer l'État de ses sacrifices, et à improviser les hautes fonctions de l'enseignement médical d'une manière conforme aux exigences de la science et aux intérêts des élèves. On éprouve déjà quelque embarras, c'est incontestable (et les difficultés de la science incessamment croissantes l'expliquent suffisamment), à pourvoir les Facultés existantes de professeurs d'un mérite suffisant. Devant quelles difficultés ne se trouverait-on pas si d'emblée on s'avisait de créer de nombreuses Facultés de médecine et de les recruter avec un personnel de valeur incomplète et tout au moins très inégale ! Ces Facultés, nées d'un coup de baguette administrative, ne seraient, en fait, que des Écoles secondaires décorées du titre de Facultés, et il faudrait bien peu connaître les hommes et les institutions pour ne pas prévoir qu'elles chercheraient à attirer les élèves par l'indulgence dans les épreuves autant que par l'enseignement, et qu'elles ne tarderaient pas à s'effondrer dans une concurrence dont les Facultés minuscules établies avant la Révolution nous ont donné l'exemple. Où sont les traces scientifiques des Facultés de médecine d'Orange et de Pont-à-Mousson ?

Il est vrai que les villes qui manifestent aujourd'hui la prétention de posséder des Facultés de médecine appartiennent à une tout autre catégorie ; il serait aussi contraire à la vérité qu'au bon goût de mettre à ce niveau des villes d'un ordre important au point de vue de la population et des ressources du personnel médical. Mais l'abus attaché à la multiplicité des prétentions n'en est pas moins réel ; et lorsqu'on voit un ensemble de villes, dont le nombre s'élève à près de dix, réclamer la possession de Facultés de médecine, sans tenir aucun compte ni de la région où ces établissements siègeraient, ni de la possession des divers éléments propres au succès ; quand on voit les autorités et les députations chargées de la gestion ou de la représentation des intérêts de ces villes engager ces questions en garantissant les ressources financières, comme si l'on dénouait ainsi toutes les difficultés, il est évident que les intérêts de la science ne sont pas les vrais mobiles des démarches qui s'accomplissent. On peut conclure que les intérêts municipaux priment tous les autres, et qu'on veut profiter d'une période où les changements sont à l'ordre du jour et où l'on a plus de chance qu'à des époques plus stables d'obtenir comme apanage des créations de Facultés de médecine, écloses ainsi que dans le royaume des fées.

La Faculté de médecine de Montpellier, placée précisément dans la région où l'amour-propre municipal voudrait échelonner, comme sur le tracé d'une frontière géographique, une série de Facultés depuis Lyon jusqu'à Bordeaux, en passant par Marseille et Toulouse, n'a pas eu une naissance aussi brusque. Espérons qu'elle n'aura pas la mauvaise fortune d'avoir à partager ses élèves avec un grand nombre de voisines transformées nécessairement en rivales. Le cas échéant, elle résisterait à l'action de ces forts détachés, et son évolution scientifique ne sera pas enrayée, nous en avons la certitude, par les concurrences qu'on lui prépare.

Cette Faculté a duré et grandi, parce qu'elle a sa raison d'être. Dans sa première origine, elle répondait à des besoins du temps et de la région; elle était une École de l'Europe méridionale, placée, si je puis ainsi dire, au centre de la grande courbe méditerranéenne qui, de l'ouest de l'Italie, va, en suivant la frontière Gauloise, jusqu'à la côte orientale de l'Espagne, attirant les élèves de tous ces points, subissant des influences politiques auxquelles l'Italie et l'Espagne étaient mêlées, servant de point d'attraction aux étrangers et aux populations actives engagées dans le grand courant commercial dont Montpellier fut longtemps le foyer. Un heureux concours de circonstances, après avoir mis ses débuts sous la tutelle des papes, alors d'une grande puissance, marqua sa place scientifique par des noms illustres et d'importantes découvertes. Guy de Chauliac y créa la chirurgie française; Bernard Gordon y fit faire de grands progrès à la médecine; Arnaud de Villeneuve y découvrit l'alcool. Il n'est pas étonnant qu'après de tels débuts, sa destinée ne soit devenue digne de l'histoire, de la science et du pays. Rabelais brille dans sa légende ; l'époque où elle possède Rondelet est aussi celle où elle rayonne en Europe, par les savants qu'elle forme et qu'elle lui rend. Sylvius et Dulaurens la représentent à Paris, les Bauhin en Suisse ; Henri IV fonde son jardin botanique. Elle traverse les dix-septième et dix-huitième siècles, en possédant une suprématie incontestée ; et pendant que Sauvages, Astruc et Bordeu assurent sa renommée médicale, La Peyronnie crée l'Académie de chirurgie et affranchit cette science. Par cette force occulte qui donne aux institutions une puissance particulière et leur crée une véritable individualité, l'École de Montpellier affirme cette vie propre dont le germe n'a pas cessé de s'épanouir : *Crescit occulto velut arbor ævo.*

Barthez n'a pas cessé, malgré quelques détails surannés qui déparent son œuvre, d'occuper une grande place dans l'histoire des idées. Sa doctrine ample et philosophique ne redoutait pas l'avenir ; et les progrès contemporains sont reçus à Montpellier, non-seulement sans effort, mais avec avantage, dans les larges cadres du vitalisme, en sorte que notre École peut se qualifier de progressiste, sans manquer de fidélité à ses traditions. C'est ce qui fait sa force et son caractère actuel, et c'est cet esprit, à la fois philosophique et pratique, qui la conservera au milieu des influences qui la menacent plus ou moins. Les hommes éminents ne manquent pas à sa vie moderne. Lordat et Bérard ont montré l'élévation de ses théories, pendant que Delpech, Lallemand et Dugès, pour ne parler que des morts, se faisaient un grand nom dans la science nouvelle. L'esprit de suite et la participation du plus grand nombre de ses membres à un même dogme médical font véritablement de la Faculté de Montpellier une École. Elle relève sa mission par de grands principes ; elle attache, depuis longtemps, une sorte de gloire à affirmer l'union de la médecine avec la philosophie morale ; elle se considère comme la dépositaire de ces richesses que les progrès nouveaux doivent accroître, mais auxquels ils ne se substituent pas, et ce caractère devient aujourd'hui pour elle un élément distinct et conservateur. Par un juste retour des choses, les vérités qu'elle a défendues avec conviction protègent aujourd'hui son

existence et confirmeront sa durée avec la position élevée qui lui
est due.

Nous n'avons pas à reproduire, dans ce compte rendu, toutes
les preuves des actes de notre Faculté qui tendent à démontrer
que son rôle se soutient, et que ses succès continuent, même au
milieu des circonstances difficiles qu'elle traverse. Malgré les
attaques dictées par des motifs dont nous avons fait apprécier la
valeur dans les considérations qui précèdent, la Faculté n'a
jamais mieux maintenu sa juste influence. Je ne puis aujour-
d'hui rappeler que ce qui s'est passé dans la Faculté de Montpellier pendant le cours de la présente année académique. C'est
une période bien courte dans nos annales ; mais ce rapide délai
est suffisant pour attester encore le progrès et le succès.

Ces preuves favorables se retrouvent :

Dans l'enseignement scientifique de la Faculté ;

Dans l'augmentation du nombre de nos élèves et dans les actes
de la Faculté ;

Dans les améliorations matérielles accomplies dans notre
édifice médical.

ENSEIGNEMENT.

L'encyclopédie des sciences médicales va successivement en
se chargeant et en se compliquant, et il est nécessaire, pour
répandre avec avantage les connaissances variées qui s'y rapportent, de bien diviser le travail, de perfectionner les méthodes
d'enseignement, et puisque la durée des études se trouve
forcément limitée, d'utiliser sans surcharge tout le temps disponible.

La Faculté de médecine de Montpellier ne comptait, sous l'ancien régime, que huit chaires ; elle en possède aujourd'hui
dix-sept. Ce nombre officiel serait insuffisant, si des cours complémentaires n'étaient faits par des agrégés ou par des chefs de
travaux pratiques. En comptant les nouveaux cours des cliniques
dont nous avons annoncé l'installation dans un de nos précédents Rapports, et les cours bénévoles autorisés par le Ministre,
le nombre total de nos cours, pendant l'année académique qui
vient de s'écouler, s'est élevé à trente, savoir : *dix-neuf* par les

professeurs titulaires [1] ; *quatre* par les divers chefs de travaux pratiques ; *quatre* par les chefs de service de l'Hôpital-Général, qui se font les instruments bénévoles d'une organisation complémentaire dont le but a été de ramener sous la direction médicale de la Faculté un vaste hospice qui était naguère indépendant ; enfin, *trois* cours volontaires rappelant le contingent des *Privat-docenten* des Facultés d'Allemagne. Ajoutons que des maîtres répétiteurs appartenant à l'École de santé militaire ont, en outre, donné un enseignement spécial aux élèves de cette École, qui vient d'être brusquement rappelée à Paris, après avoir fonctionné deux ans auprès de la Faculté de Montpellier. Si l'on réunit encore à cet ensemble les leçons élémentaires que les élèves peuvent recevoir et que certains reçoivent en effet, des internes ou des maîtres particuliers qui fonctionnent au premier échelon du volontariat professoral, on verra qu'il en résulte un ensemble considérable de moyens de tradition scientifique. Calculé sur une moyenne de soixante leçons pour chacun des cours réguliers qui ont lieu dans la Faculté, le nombre des leçons s'est élevé à 1.800. L'année académique n'étant que de dix mois, le chiffre des leçons qui sont données dans ce délai mensuel est de 180, et, par conséquent, le chiffre quotidien est de 6 leçons, ayant chacune une heure de durée.

En poursuivant l'appréciation numérique des leçons, nous trouvons qu'un élève assidu qui voudrait tirer tout le parti résultant de cet enseignement, pourrait, en admettant un séjour de cinq ans dans la Faculté, recueillir le fruit de 9,000 leçons. Mais quel élève peut se flatter de n'avoir pas échappé à un pareil devoir ! Il faudrait, pour que cette obligation ne fût pas illusoire, que sa présence aux leçons fût sérieusement constatée, ou que les Facultés, organisées comme certaines écoles spéciales, réunissent leurs élèves dans un internat effectif. Nous sommes encore loin de ce progrès, qui se trouve lié à beaucoup de questions et qui n'est d'ailleurs exempt ni d'inconvénients ni de difficultés.

---

[1] Deux Professeurs mènent de front deux enseignements : le Professeur de chimie, par exemple, fait simultanément le cours de chimie organique et celui de pharmacie ; le Professeur d'accouchements a pour mission de faire à la fois le cours théorique et le cours de clinique obstétricale.

Puisqu'il est question du nombre des leçons, nous devons, dans le compte rendu de cette année, une mention spéciale au développement des cliniques. Les cliniques ont été plus nombreuses, partant les études ont été meilleures. Les hôpitaux sont des écoles-pratiques de pathologie et de thérapeutique; ils doivent être ouverts, largement et partout, aux maîtres et aux élèves. Toutes les objections faites à ce sujet sont résolues par l'expérience. L'admission convenablement règlementée des élèves dans les hôpitaux est non-seulement indispensable à la science, elle est utile aux malades eux-mêmes; et cette utilité n'est pas indirecte et ne consiste pas uniquement dans le profit éloigné que le traitement des malades obtient du progrès scientifique; elle est directe et immédiate, et résulte simultanément du secours personnel que l'étudiant porte au malade, tout en l'observant, de la conviction qu'il lui donne qu'il est l'objet d'une attention particulière. Enfin, et comme, du fait de l'établissement des cliniques, la publicité est acquise au traitement que subissent les malades des hôpitaux, cette publicité est pour eux une protection efficace et prévient les négligences ou les écarts qui pourraient se rencontrer chez un médecin traitant soustrait à tout contrôle. On s'explique difficilement, en présence de ces faits, la résistance des administrations hospitalières et les préjugés qui règnent encore, même en haut lieu, au sujet de l'organisation des hôpitaux comme foyers d'enseignement.

Il a fallu, à Montpellier, des efforts persévérants pour faire entrer l'Hôpital-Général dans le courant des idées favorables à l'institution des cliniques. Enfin, ce résultat est acquis et quatre cliniques spéciales y sont instituées: la clinique des enfants et des vieillards, celle des maladies mentales, celle des maladies syphilitiques et celle des accouchements sont appelées à développer, à un haut degré, l'instruction pratique de nos élèves. Elles ont déjà porté leurs fruits, et l'avenir est à elles. La clinique d'accouchements surtout a besoin de se développer: provisoirement installée dans un local hors de l'enceinte de l'hôpital, elle est appelée à y recevoir un asile convenable, à y recruter de nouveaux éléments d'observation qu'elle pourra emprunter à l'établissement départemental de la Maternité, où les sages-femmes seules sont admises, et où les ressources pratiques excèdent leurs besoins. La clinique obstétricale devrait, en outre, recevoir de l'État un concours financier plus étendu. Nous appelons sur ce progrès toute l'attention du Conseil académique et du Gouvernement.

MOUVEMENT GÉNÉRAL DE LA FACULTÉ.

Il comprend les *inscriptions*, les *examens* et les *thèses*, les *concours* et le *personnel*.

Inscriptions. — Si l'importance et la prospérité d'une Faculté s'établissent par le nombre de ses élèves, on ne saurait nier que, cette année, la Faculté de Montpellier n'ait été favorisée comme à ses meilleurs jours. Le nombre total des inscriptions qu'elle a délivrées s'élève à 1838. Ces inscriptions sont réparties de la manière suivante : 1538 inscriptions pour le titre de docteur, plus 189 complémentaires; 107 inscriptions pour le titre d'officier de santé, plus 4 inscriptions complémentaires. Le nombre des premières inscriptions a été particulièrement considérable ; il s'est élevé au chiffre de 519 pour toute nature d'inscriptions, au mois de novembre dernier. Il est à remarquer que, sur ce chiffre, figurent 122 élèves appartenant à l'École de santé militaire qui, étant fixée à Montpellier à cette époque, rendait obligatoire l'inscription de ces élèves sur les registres de notre Faculté. Mais il n'en reste pas moins, pour les élèves civils, un chiffre considérable de premières inscriptions, puisque, toute défalcation faite de l'élément éventuel dont il a été question, nos registres ont porté 379 élèves civils présents à l'ouverture des travaux de la Faculté.

Examens. — Ils sont répartis, conformément aux prescriptions règlementaires, en examens de fin d'année et en examens de fin d'études. On jugera des actes de la Faculté par le tableau suivant :

Examens de fin d'Année.

Indication des EXAMENS	POUR LE DOCTORAT (civils) NOMBRE DE CANDIDATS			POUR LE TITRE d'Officier de santé NOMBRE DE CANDIDATS			Observations
	Examinés	Ajournés	Reçus	Examinés	Ajournés	Reçus	
1er	94	28	66	24	9	15	
2e	61	24	37	11	3	8	
3e	114	17	97	»	»	»	
Totaux..	269	69	200	35	12	23	

Examens de fin d'Études.

Indication des EXAMENS	POUR LE DOCTORAT (civils) NOMBRE DE CANDIDATS			POUR LE TITRE d'Officier de santé NOMBRE DE CANDIDATS			Observations
	Examinés	Ajournés	Reçus	Examinés	Ajournés	Reçus	
1er	152	37	115	10	2	8	
2e	134	14	120	11	1	10	
3e	152	37	115	7	»	7	
4e	112	9	103	»	»	»	
5e	116	13	103	»	»	»	
Thèses.	101	2	99	»	»	»	
Totaux..	764	109	655	28	3	25	

Pour les élèves militaires, en particulier, le nombre des examens de fin d'année a été de 102, dont 1 ajournement ; celui des examens de fin d'études a été de 130, dont 20 ajournements.

35 élèves sages-femmes ont subi leurs examens devant la Faculté de médecine : 27 pour obtenir le certificat d'aptitude de 1re classe, 8 pour obtenir celui de 2e classe. Il y a eu 2 ajournements d'élèves sages-femmes de 2e classe.

Le nombre des *Thèses* soutenues pendant l'année scolaire 1870-1871 a été de 101, dont 2 refusées ; un assez grand nombre des dissertations ont offert un véritable intérêt. Celle de M. Mollière (Humbert), sur la *Thrombose* et l'*Embolie*, a été désignée, par la Commission spéciale, à M. le Ministre de l'Instruction publique, comme la meilleure, et a mérité, en conséquence, le prix fondé par M. Fontaine, qui est d'une valeur de 500 francs.

Les *Concours des élèves pour les prix*, à la fin de l'année scolaire, ont donné les résultats suivants :

Première année. — Prix : M. Mossé ; 1re mention honorable : M. Lacroix ; 2e mention honorable : M. Martin-Sauvel.

Deuxième année. — Prix : M. Lannegrasse ; mention honorable : M. Audouard.

Troisième année. — Prix : M. Carrière.

Quatrième année. — Prix : M. Roustan.

Divers concours ont eu lieu à la Faculté et ont fait obtenir : la place d'aide-anatomiste à M. Chiais ; celle d'aide-botaniste à M. Faure ; celle de prosecteur à M. Brimar, qui, à l'occasion de ce concours, a enrichi le Musée anatomique d'excellentes préparations.

Le concours le plus important a eu lieu pour l'agrégation. Les élèves ont puisé dans les épreuves publiques de ce concours une nouvelle source d'instruction, en même temps que le sentiment de l'émulation et de l'amour du travail a pu s'éveiller en eux par l'influence de ces intéressantes luttes scientifiques.

MM. les docteurs Lacassagne et Eustache ont été nommés dans la section de médecine ; le résultat a été négatif dans la section de chirurgie. M. de Girard a été nommé dans la section de physique. Le même candidat a obtenu, dans un autre concours, la place de chef des travaux chimiques.

Personnel. — La Faculté a eu la douleur de perdre, cette année, un de ses agrégés les plus distingués, M. le docteur Gingibre. Élu et martyr du travail, entré tardivement dans une carrière à laquelle il n'avait pas été préparé par des études préliminaires suffisantes, notre ardent et sympathique confrère avait compris les difficultés qui se dressaient devant lui. Il eut assez de talent et d'énergie pour les vaincre, le travail le transforma et le rendit l'égal des supérieurs. Le doctorat et l'agrégation couronnèrent ses efforts. Il avait, comme chef de clinique de la Faculté, acquis une rapide expérience des faits médicaux, et sa plume, aussi facile que sa parole, avait déjà rédigé d'importants travaux sur les effluves marécageux, les accès malins, l'ictère grave, qui faisaient bien augurer de leur auteur. La force physique n'a pas suffi à son ardeur, et son existence s'est brisée prématurément. Son collègue, M. Castan, a heureusement tracé le tableau de cette vie courte mais exemplaire.

AMÉLIORATIONS MATÉRIELLES.

Cette année a été exceptionnellement bonne pour notre Faculté : *albo notanda lapillo.* Ce n'est pas seulement par le zèle et le mérite des professeurs qu'une Faculté devient prospère ; ce n'est pas seulement par le dénombrement des élèves que cette prospérité s'accuse. Il faut que des moyens suffisants soient mis à la disposition des professeurs pour répandre l'instruction, et des élèves pour l'acquérir. Nos réclamations à ce sujet ont été favorablement accueillies au Ministère de l'Instruction publique, et c'est avec une sincère reconnaissance que nous avons reçu du Ministre actuel, M. Jules Simon, un appui vainement réclamé jusqu'à ce jour. Son Excellence a bien voulu ajouter à la somme annuelle consacrée à l'entretien des bâtiments et des collections de nouvelles ressources financières, et a ouvert, en faveur de la Faculté, une série de crédits spéciaux qui nous ont permis d'appliquer à divers perfectionnements ou à de nécessaires réparations environ 30,000 francs.

Physique. — Sur ces crédits, un profit important a été obtenu par le professeur qui, ayant inauguré son enseignement depuis peu d'années et devant fonder un cabinet et un laboratoire de physique, se trouvait dans la nécessité d'acquérir les instruments exigés dans ce double but. Déjà cette partie de nos collections, malgré sa récente origine, commence à faire bonne figure ; mais, pour qui connaît l'étendue de cette science, même exclusivement envisagée dans ses rapports avec la médecine, il reste de nombreux *desiderata*. Le temps et de nouvelles subventions combleront graduellement les lacunes de cette importante division du service scientifique de notre Faculté !

Chimie. — Cet enseignement a reçu, de son côté, une subvention pour l'acquisition de nouveaux instruments. Toutefois, le zèle ardent du professeur est loin d'être satisfait. Il siège dans les locaux de Chaptal, mais il ne dispose que de ressources dont le chiffre, fixé depuis le commencement du siècle, s'est à peine augmenté. Il lui faudrait le laboratoire de Dumas ou de Bunsen et des ressources proportionnelles. Espérons que cette question majeure des laboratoires, qui se pose partout en France, et qui ne peut se résoudre que par des sacrifices majeurs de la part de l'État, aura bientôt son heure favorable, et que des ressources suffisantes et en harmonie avec les progrès de la science seront enfin accordées. Nous tenons directement de M. le Ministre les plus séduisantes promesses. Quand verrons-nous le Ministère de l'Instruction publique être, en France, le premier des ministères, et notre pays tirer sa force et son lustre réel du domaine de l'intelligence ! Quand donc une dotation généreuse rachètera-t-elle les entraves du travail et effacera-t-elle la pénurie qui comprime en tant de points l'essor de l'enseignement supérieur !

Après un pareil vœu, nous osons à peine dire que nous avons cherché à concourir à ce progrès, en agrandissant les locaux destinés, dans le bâtiment de la Faculté, à l'enseignement de la physique et de la chimie ; en attribuant à cette division scientifique une annexe destinée surtout aux travaux sur la lumière et à quelques opérations délicates de chimie ; en restituant au département chimique de l'École une pièce qui lui est nécessaire et qui rompait la continuité des locaux appartenant à cette

division ; enfin, en combinant des réparations qui, destinées
d'abord exclusivement aux travaux de soutènement du plancher
du Conservatoire, serviront aussi à une meilleure distribution
de l'emplacement de l'École pratique de chimie.

Cliniques. — Elles ont obtenu, cette année, des moyens importants d'étude et d'instruction ; l'allocation annuelle qui leur
est accordée, et qui est absolument insuffisante, a du moins été
portée, en 1872, à un taux qui a permis d'acquérir un certain
nombre d'instruments nouveaux, dont la cherté excédait les
ressources habituelles. La clinique médicale de l'hôpital Saint-
Éloi s'est spécialement pourvue des instruments de recherche et
de diagnostic ; la clinique chirurgicale a augmenté son arsenal
dans de grandes proportions, et les deux enseignements ont
acquis, de l'Administration des hospices, des locaux convenables pour la conservation de ces instruments et pour se livrer
aux recherches scientifiques qui forment aujourd'hui le complément nécessaire des leçons que les élèves reçoivent au lit des
malades. Nous adresserions plus librement nos remerciements à
l'Administration des hospices, pour le concours qu'elle nous a
prêté à cette occasion, si, par une triste compensation, nous
n'avions à regretter son opposition à la construction d'une nouvelle salle d'autopsie. Mais nous ne désespérons pas de ce dernier progrès, parce qu'il s'agit de donner satisfaction à un intérêt
réel, et que cet ordre de difficulté n'est pas de nature à éteindre
le zèle de la Faculté pour une heureuse solution.

Les cliniques nouvelles de l'Hôpital-Général ont, de leur côté,
fait l'acquisition d'un matériel instrumental sur les fonds concédés par M. le Ministre. C'est la première pierre de l'édifice.

Les largesses ministérielles ont permis aussi d'améliorer l'état
de nos deux collections les plus importantes : la Bibliothèque et
le Musée anatomique.

Bibliothèque. — Sur les 3,000 francs accordés à la Bibliothèque,
1,000 francs ont été consacrés à l'acquisition de livres nouveaux ;
500 francs ont été destinés pour la reliure de quelques manuscrits ou pour le complément de la nouvelle galerie établie dans

la direction que nous avions proposée, et dont la description a
été faite dans notre Rapport de l'année dernière. Enfin la somme
restée disponible de 1,500 francs a été consacrée à la formation
d'un nouveau catalogue. Cette rénovation était urgente : l'ancien
catalogue, établi seulement par noms d'auteurs, était, par suite
des intercalations et des surcharges nécessitées par les acquisitions incessantes de livres nouveaux, devenu difficile à consulter;
malgré le supplément établi, il y a quelques années, par
M. Kühnholtz-Lordat, bibliothécaire de la Faculté de médecine,
il restait défectueux ou insuffisant et menaçait même, par sa
vétusté, de laisser une partie de ses feuillets entre les mains de
ceux qui le consultaient. Ce n'est donc pas un vain luxe qui
faisait désirer un nouvel inventaire de nos 40,000 volumes et
leur inscription sur un double catalogue par noms d'auteurs et
par ordre de matières. Ce dernier classement est surtout celui
qui se prête à des recherches utiles au point de vue scientifique
et qui, en ménageant le temps des travailleurs, leur désigne des
ressources inattendues d'exploration et de travail. Depuis longtemps, la Faculté désirait voir accomplir cette importante amélioration ; elle est aujourd'hui commencée, et nous avons pu
nous convaincre du zèle avec lequel se poursuit ce travail. Mais
de nouveaux fonds seront nécessaires; espérons qu'on ne les
refusera pas à une œuvre aussi utile, et qu'on nous permettra
de suivre un jour l'exemple donné par l'administration de la
Bibliothèque nationale de Paris, qui fait imprimer son catalogue.
Nous n'avons pas, comme elle, à consigner deux millions de
volumes : la subvention qui nous sera réservée n'engagera pas
l'État dans une entreprise onéreuse.

Musée. — Il commence enfin à posséder un mobilier en
rapport avec sa magnifique architecture et de riches collections,
et il a bénéficié, comme la Bibliothèque, du concours exceptionnel que nous a prêté le Ministère de l'Instruction publique.
500 francs ont été concédés pour l'exécution de réparations
urgentes, consistant notamment à fortifier le plancher de la
grande salle qui, soutenu par des poutres d'une trop longue
portée, avait fléchi et établissait la menace incessante d'accidents
sérieux. Cette réparation, en cours d'exécution, est sur le point

d'être terminée. L'ameublement intérieur touche aussi à son
état complet. La dernière partie qui a été faite consiste en une
magnifique armoire cintrée, qui occupe l'extrémité courbe de la
salle et qui complète la série des galeries vitrées.

Pavillon anatomique. — Mais, pendant le cours de l'année
scolaire dont nous rappelons les traits, c'est surtout l'anatomie
qui a reçu les plus grands perfectionnements matériels. Non-
seulement des fonds spéciaux importants lui ont été concédés, comme aux autres services, mais le jour est arrivé où,
réalisant d'anciens projets, la Faculté a pu ajouter à sa couronne
le plus beau joyau scientifique. Le pavillon anatomique est
enfin construit et livré. Aujourd'hui, pourvue d'un nouveau et
magnifique local, la Faculté de médecine de Montpellier a non-
seulement fermé la bouche à ses détracteurs, en annexant à son
édifice, déjà vaste, un pavillon de dissection où peuvent se livrer
au labeur anatomique un grand nombre d'élèves, mais elle a
fait à cet égard tout ce qu'exige la science la plus scrupuleuse
et la plus progressive.

Elle a franchi, d'un seul effort, toute la distance qui sépare
des ressources insuffisantes et arriérées d'une installation irré-
prochable. Elle a passé de l'état d'infériorité à l'état de modèle ;
et l'on peut affirmer qu'il n'existe en ce moment, en France,
aucun laboratoire anatomique plus grandiose et qui satisfasse
d'une manière plus sûre et plus complète aux conditions de la
science et de l'hygiène. Au dix-septième siècle, Th. Bartholin,
qui avait autorité pour installer les laboratoires de recherches
anatomiques, puisqu'il s'est livré lui-même aux recherches les
plus délicates et qu'il a attaché son nom à la découverte des
vaisseaux lymphatiques, avait décrit avec soin ce qu'il nommait la *domus anatomica*, et longtemps l'amphithéâtre de
Copenhague, édifié par les largesses de Christian IV, fut considéré comme un type des plus heureux de ce genre d'établissements. Aujourd'hui l'Allemagne a installé et à grands frais de
nouveaux laboratoires anatomiques. En France, nous sommes
moins avancés, et à Paris même la science peut beaucoup réclamer sous ce rapport. Si l'on excepte Clamart, où du moins
l'espace et la lumière ne manquent pas, les amphithéâtres de

dissection laissent à désirer ; ils sont non-seulement sans caractère architectural, mais exigus et insalubres. Montpellier portait, nous ne savons pourquoi, le poids des principaux reproches eu égard à l'installation de son École pratique d'anatomie ; ses pavillons n'étaient cependant pas plus défectueux que ceux de Paris. Aujourd'hui, la supériorité de Montpellier ne saurait être contestée.

Notre *domus anatomica* est un palais scientifique : tout a été réglé, prévu et exécuté de manière à satisfaire les esprits les plus difficiles. Placé au nord de la Faculté, annexé à l'ancien bâtiment, mais non enclavé, recevant l'air et la lumière par toutes ses faces, éclairé par la partie supérieure, chauffé et ventilé comme il convient à un établissement de ce genre, abondamment pourvu d'eau qui y arrive à une forte pression, l'édifice anatomique représente, dans sa partie essentielle, une vaste salle de proportions heureuses, où douze tables de dissection, convenablement espacées, les unes en marbre, les autres en chêne doublé de cuivre étamé, sont établies à portée de robinets de lavage et présentent une forme qui permet la facile élimination des eaux. Ces tables consacrent un souvenir du passage de M. Duruy à Montpellier, en 1866 : voulant donner un témoignage de l'intérêt qu'en sa qualité de ministre de l'Instruction publique il portait aux études anatomiques, M. Duruy ouvrit un crédit pour l'acquisition de ce mobilier anatomique que nous nous faisons un devoir de signaler.

Le sol, à l'abri de l'humidité et revêtu, ainsi que la muraille de clôture, jusqu'à une certaine hauteur, d'un ciment hydrofuge, présente des inclinaisons combinées pour le prompt écoulement des eaux, que des tuyaux souterrains reçoivent par des ouvertures pourvues de grilles inodores. Une galerie à hauteur convenable règne dans toute la périphérie de l'intérieur de la salle anatomique, en relie les différentes annexes, en même temps qu'elle permet de donner aux assistants une place très favorable pour suivre les démonstrations que sont chargés de faire les aides-anatomistes; le prosecteur et le chef des travaux anatomiques. Des tableaux noirs pour les démonstrations graphiques, des planches anatomiques coloriées, vernies et encadrées, décorent les murs à la hauteur de la galerie. Aux

extrémités de la salle et sur le double plan du rez-de-chaussée
et de l'étage correspondant à la hauteur de la galerie, existent
huit pièces complémentaires, ayant chacune une destination
spéciale. La salle des études microscopiques sert, en même
temps, de cabinet d'étude au professeur. Le chef des travaux, le
prosecteur et les aides d'anatomie ont aussi leur cabinet de
travail avec le mobilier spécial, et les salles inférieures sont
consacrées à la préparation des injections, au dépôt des corps,
au vestiaire. L'une de ces salles, ayant une ouverture distincte
sur la voie publique et susceptible d'être isolée, peut être con-
vertie en morgue. Un matériel instrumental renouvelé et acquis
d'après les données de la science moderne est au service de
l'établissement anatomique. Enfin, une grande cour-annexe,
cernée de hautes murailles, permet de sortir, de respirer à
certains moments un air pur, et présente des parties où l'on a
pu installer, dans des conditions convenables, le sarcophage, les
auges de macération et tous les accessoires d'un pavillon de
dissection.

Tel est, dans son ensemble, le laboratoire anatomique modèle
dont la construction architecturale extérieure ne trahit pas la
destination. L'édifice se prolonge sur le plan de la façade à la
fois sévère et élégante du conservatoire de la Faculté. Entièrement isolé de toute habitation, cerné par un boulevard, une
place et une grande cour, établi dans son point d'annexion au
voisinage de la grande salle de cours, accessible aux élèves par
l'intérieur de l'École, le nouveau pavillon est, pour Montpellier,
une acquisition de premier ordre. Nos élèves l'apprécient déjà
au double point de vue de la salubrité et de la commodité de
l'étude. Nul doute qu'une installation qui ne laisse aucun prétexte aux craintes de l'insalubrité ou à l'hésitation devant le
travail, ne développe à un plus haut degré, parmi nous, le goût
des études anatomiques, et n'influe, à cet égard, sur l'avenir
scientifique de notre École[1].

_____

[1] Qu'il nous soit permis de rappeler que l'idée de ce progrès nous appartient;
que nous l'avons émise il y a près de quarante ans, pendant que nous remplissions
les fonctions de chef des travaux anatomiques ; que, depuis cette époque, nous
avons incessamment remis notre projet sous les yeux des divers doyens qui se sont
succédé; que nous en avons poursuivi avec persévérance la réalisation auprès de

Création d'une collection d'estampes médicales. — A côté de
ce progrès pratique, par lequel la Faculté de Montpellier entre
plus largement dans une voie préparée par un passé moins ingrat envers la science anatomique qu'on affecte de le croire, on
comprendra que, sans cesser d'être attaché à la partie utile et
positive dé la science, nous puissions signaler un perfectionnement intérieur d'un autre ordre et de nature à prouver que, dans
l'indissoluble lien des connaissances humaines, notre Faculté ne
dédaigne point les rapports de la médecine avec les beaux-arts.
L'observateur complet trouve, dans l'étude de ces rapports, au
profit de la science elle-même, d'heureux sujets de méditation.
C'est un point de vue qui avait frappé l'illustre auteur de l'*Ico-
nologie médicale*, le professeur Lordat, et qui mérite de ne pas
s'absorber ou s'éteindre dans les préoccupations matérielles du
temps, surtout dans un lieu où l'on fait une part légitime à tous
les aspects de la nature humaine.

On sait que la Faculté de médecine de Montpellier possède
une riche collection de dessins originaux, légués par M. Atger, et
qui le dispute, en valeur et en intérêt, à toutes les collections de
ce genre ; qu'elle a fondé pour ses professeurs, comme Florence
pour ses artistes, une pinacothèque spéciale, où son histoire est
résumée par la peinture, et où se pressent les nombreuses effi-
gies des maîtres qu'elle a produits ; que l'une de ces salles, dite
la SALLE DES BUSTES ou *atrium*, est un hommage rendu par la
sculpture à l'histoire générale de la médecine et de la philosophie,
et que cette œuvre réalise un plan de division des connaissances
médicales, déjà entrevu par Galien, sous le nom de *Partitions
médicales ;* que sa vaste bibliothèque possède une division de
manuscrits la plus importante qui existe en France après les collections de la capitale ; que, non moins sympathique à l'acquisition de richesses archéologiques, la Faculté possède, outre le

plusieurs Ministres et auprès du Conseil municipal de Montpellier, auquel nous
avons eu l'honneur d'appartenir ; que , chargé d'un rapport sur cette question,
c'est sur nos conclusions que la Ville et l'État ont contribué pour une part égale,
s'élevant à cent mille francs, à la construction du pavillon ; que nous avons accéléré
par notre intervention, toutes les démarches légales relatives aux enquêtes, à
l'expropriation et autres formalités ; enfin, qu'il nous a été donné d'appuyer et
d'activer, comme doyen, l'exécution définitive du projet.

buste antique d'Hippocrate donné par Napoléon Ier et la chaise curule en marbre destinée au président dans les solennités académiques, des inscriptions lapidaires du moyen âge, des bas-reliefs antiques et divers objets précieux pour l'histoire et les arts, qui sont déposés dans la nouvelle salle des archives.

Il nous a paru qu'une École qui sert d'asile à cet ordre de richesses acquerrait heureusement, et sans préjudice pour les collections scientifiques proprement dites, non moins heureusement installées, une division consacrée aux estampes qui se rapportent à l'art médical. Une décoration de ce genre a pu trouver, dans une salle d'examens, une place convenable. Nous avons formé le noyau de cette collection, qui ne peut que se développer et compléter l'ensemble harmonique dont nous venons de rappeler les principaux éléments et qui donnent à l'édifice de la Faculté de Montpellier une rare distinction [1].

Les premiers monuments de la gravure ne sont pas sans quelques rapports avec la science médicale, et surtout avec l'anatomie. Les étranges compositions d'Holbein, relatives à la *Danse des morts*, dénotent une connaissance remarquablement exacte du squelette et de la mécanique des mouvements, en tant qu'ils sont exprimés par la position et les rapports des pièces osseuses. Albert Durer a étudié les formes extérieures de l'homme et a gravé les dessins qui représentent la théorie des proportions du corps humain.

Je ne fais que signaler les ouvrages de médecine illustrés, publiés pendant les seizième et dix-septième siècles, et où l'art de la xylographie, aujourd'hui si perfectionné, a traité des sujets dont l'exécution n'est dépourvue ni de mérite, ni surtout d'utilité. D'illustres graveurs n'ont pas dédaigné, à des époques plus rapprochées, de mettre leur talent au service de l'art médical. Les planches d'Albinus rappellent la collaboration des premiers

---

[1] Nous nous empressons de dire, pour ceux qui seraient disposés à croire que dans l'École de Montpellier on sacrifie l'essentiel à l'accessoire, que cette acquisition n'a pas été faite sur les fonds que l'État nous accorde pour l'entretien et l'accroissement des collections et du mobilier. La collection des estampes médicales était notre propriété particulière, et nous ne pouvons que remercier la Faculté qui a bien voulu s'associer à notre pensée, en daignant accepter cette modeste collection, destinée à décorer l'une des salles d'examens.

artistes de la Hollande, celles de Cornélius Trivoën sont rehaussées par le nom de Miéris, et Reynholds a collaboré avec J. Hunter. Dans ce siècle même, Anderloni a illustré les œuvres de Scarpa. Mais depuis la découverte d'Aloïs Senefelder, c'est la lithographie qui s'est surtout mise à la disposition de la médecine, pour propager, par des planches économiquement obtenues, les connaissances susceptibles de ce mode d'exhibition qui les popularise mieux que tout autre.

Ce genre de concours prêté par les beaux-arts aurait peu convenu à la décoration que nous avions projetée pour la salle d'examens, que son indigence et ses dégradations désignaient spécialement à notre attention. Pour atteindre notre but, nous avons dû songer plutôt à reproduire, sur les murailles réparées et embellies, les sujets que les plus grands maîtres de l'art ont empruntés à l'histoire de la médecine ou ceux dans lesquels leur génie a rassemblé des emblèmes ou des leçons. Les esprits délicats, qui sont sensibles à ce genre de beauté, retrouveront avec intérêt, dans notre nouvelle salle, les gravures qui reproduisent les conceptions des grands maîtres. Si la science de l'homme est, comme l'a dit Barthez, la première des sciences, qui pourrait être étonné qu'elle ait inspiré le peintre de l'ordre le plus élevé ? On sait qu'ils n'ont pas seulement droit à l'admiration de la postérité par le sentiment exalté de la couleur et de la forme, mais qu'ils ont droit aussi à son respect par l'idée morale, philosophique ou scientifique que l'analyse retrouve dans leurs compositions.

Ceux de nos élèves que la curiosité arrêtera devant des productions de l'art, remarqueront surtout les estampes suivantes :

La grande page écrite par le pinceau de Raphaël sous le nom d'*École d'Athènes*. Cette ferme et vaillante composition, dont l'original orne les murs du Vatican, peut figurer, à bon droit, dans une École de médecine ; car elle met en scène, dans les personnages de Platon et d'Aristote, ces deux aspects de la science : l'observation et la théorie, et rassemble autour des deux illustres philosophes grecs les hommes qui, à d'autres époques, ont contribué aux progrès de la pensée humaine. La médecine y est représentée par Averrhoès.

La leçon de patriotisme que donne Hippocrate, en refusant

les présents d'Artaxercès, est reproduite par la gravure du
tableau de Girodet, dont l'original est à la Faculté de médecine
de Paris.

Une gravure d'après un tableau du Poussin, qui fait pendant
au précédent, nous montre le *Testament d'Eudamidas* : la main
du médecin constate les derniers battements du cœur du guer-
rier, qui ne laisse pour toute fortune que ses armes.

A côté de ces belles compositions se trouve celle de Gérard,
représentant la *Dernière heure de Socrate* : Gérard a peint
Socrate, encore plein de vie et d'espérance, s'apprêtant à boire
la ciguë, et montrant par son geste comme par ses paroles,
comment le philosophe résout le problème de la mort.

Une gravure placée à côté de celle-ci montre le fameux diagnostic d'*Erasistrate découvrant l'amour d'Anthiocus pour Stra-
tonice*, et par suite, trouvant le remède à la consomption qui
menaçait les jours du jeune prince. Notre estampe est reproduite
d'après un artiste peu connu. Mais on sait que ce sujet a tenté le
pinceau de plusieurs peintres célèbres. Ingres est un des derniers qui l'ait traité. Nous regrettons que la gravure n'ait pas
encore popularisé son œuvre, une des mieux réussies de l'illustre auteur de l'*Apothéose d'Homère*.

Quelques gravures médicales, spécialement recherchées par
les amateurs de ces objets d'art, ne pouvaient manquer à notre
collection. Telle est la *Leçon d'anatomie*, où Rembrandt a représenté Tulpius démontrant sur un cadavre les muscles de l'avant-
bras. On ne sait ce qu'il faut le plus admirer dans ce tableau,
ou de l'attitude expressive du démonstrateur, ou de la physionomie des élèves, dont l'attention vivement sollicitée donne au
tableau l'intérêt et l'unité, ou de ce cadavre sur lequel le grand
artiste projette sans hésitation la lumière. On sait qu'une belle
copie de ce tableau, dont l'original est à la Haye, forme l'ornement le plus important de la salle de l'Académie de médecine
de Paris.

L'*Offrande à Esculape*, de Guérin, est un trait de mœurs
antiques et se distingue par la correction du dessin.

Qui n'a remarqué la gravure d'un tableau de Le Sueur, dont
nous ne possédons malheureusement que le petit modèle, et où
le grand peintre dont est fière l'École française représente la

Maladie d'Alexandre? L'auteur a puisé dans Quinte-Curce un trait qui honore le médecin, puisqu'il représente la confiance du grand souverain dans son archiâtre, à qui il remet les lettres accusatrices de Parménion, pendant qu'il boit lui-même le breuvage préparé par le médecin soupçonné de vouloir attenter à sa vie.

Une grande et belle gravure, exécutée d'après une toile de De Troy, reproduit les scènes les plus terribles de la *Peste de Marseille en 1720.* Le chevalier Roze, qui occupe le centre de l'action, dirige l'œuvre lugubre des forçats qui emportent les corps abandonnés sur la voie publique. A Montpellier surtout, cette gravure ne sera pas vue avec indifférence, car la peste de Marseille rappelle le dévouement héroïque de plusieurs de nos médecins, et notamment de Chicoyneau, de Verny et de Soulier.

Pour ne pas quitter ce genre de sujets, signalons immédiatement le tableau des *Pestiférés de Jaffa,* œuvre capitale de Gros, conservé au salon carré du Louvre et gravé par Laugier. En représentant la visite consolatrice que reçoivent les pestiférés, la pensée du peintre n'est pas seulement un hommage au courage de Bonaparte, qui touche les pestiférés pendant que les vieux généraux cherchent à se garantir des émanations contagieuses, il immortalise aussi le courage médical de Desgenettes, qui guide dans sa visite le héros de l'armée d'Orient.

Parmi les autres sujets empruntés à l'histoire, signalons *la Blessure d'Epaminondas,* par B. West, l'un des rares peintres anglais qui aient abordé les grands sujets ; *l'Évanouissement de Sapho,* par Ducis, etc.

Dans notre galerie doivent nécessairement se retrouver quelques tableaux de genre reproduisant des scènes médicales empruntées à la vie intérieure. Les peintres de l'École hollandaise et de l'École française, au dix-huitième siècle, ont surtout excellé dans ces sujets.

Parmi ceux qu'on doit aux peintres hollandais, signalons le fameux tableau de *la Femme hydropique* par Gérard Dow. Rien ne manque à la vérité de cette scène si bien rendue ; mais nos élèves remarqueront surtout l'expression de la malade, l'œdème du bas de la face et celui des membres inférieurs, qui reproduisent des traits de la maladie saisis avec tant d'exactitude

par un peintre dans les œuvres duquel l'amour du réalisme
n'exclut pas le sentiment de la beauté.

À cette même École appartiennent le *Médecin* de Van Ostade,
reproduit par un graveur anglais ; le *Chimiste* de Tréniers,
chauffant ses creusets avec tant d'attention et n'ayant pas
débarrassé son laboratoire des appareils et du grimoire de la
vieille science ; l'*Opération chirurgicale*, d'après le même peintre,
moins séduit, il faut le reconnaître, par le désir de mettre en
lumière un acte chirurgical, que par l'occasion qui lui est offerte
de faire grimacer les personnages et de mêler le comique à
l'expression de la douleur.

L'École française a produit bon nombre de tableaux de genre
puisés dans le domaine de la médecine. On connaît le charmant
tableau du *Médecin clairvoyant*, par Leprince, où le peintre
représente un vieux praticien consulté par une jeune fille, et qui
lui révèle la position due à sa faiblesse, pendant qu'un élève
qui assiste à la consultation ne peut comprimer un sourire
malicieux. Mais c'est surtout Greuze, cet observateur si profond
et qui a poétisé tant de scènes où tout autre n'eût trouvé que
de vulgaires sujets d'étude, qui a franchement abordé le terrain
médical, en y laissant de ravissantes compositions. On peut en
juger par la gravure qui reproduit son tableau du *Paralytique*.
Pour le médecin qui observe ce tableau, une symptomatologie se
révèle, sans déparer les beautés de l'ordre psychologique que
l'auteur a répandues sur la physionomie des divers personnages
rassemblés autour du malade.

Il serait trop long d'analyser les autres estampes médicales
réunies dans la salle d'examens de notre Faculté ; mais nous ne
saurions oublier celle qui réunit au mérite artistique la pensée
la plus profitable : nous voulons parler de la composition ou le
peintre Ménageot a représenté l'*Étude qui veut arrêter le Temps*.
Nulle allégorie ne peut mieux convenir à une Faculté de
médecine. L'Étude, représentée par une figure de femme, entourée de tous les emblèmes de la science, s'efforce en vain de
retenir le vieillard ridé que la Fable nous montre accomplissant
son voyage éternel et détruisant tout ce qui a vécu ; l'ardeur
même du savant ne peut le faire fléchir... Quelles réflexions
sérieuses ne doit pas inspirer l'étendue de ce labeur que le

temps ne permet pas d'accomplir, tant la carrière est vaste, tant les connaissances à acquérir sont nombreuses!... Vraie pour toute carrière intellectuelle, cette réflexion l'est surtout pour la médecine. Cette science ne veut pas de tiédeur chez celui qui l'aborde; elle impose le travail, et tout adepte de l'art médical ne saurait trop méditer les dernières paroles du plus profond des livres hipprocratiques : Ὁ βίος βραχὺς, ἡ δὲ τέχνη μακρή. Ne dirait-on pas que le tableau que nous désignons à l'attention de nos élèves est la traduction de ces majestueuses paroles ?

NOTICE COMPLÉMENTAIRE SUR LES TRAVAUX ET PUBLICATIONS SCIENTIFIQUES DE LA FACULTÉ DE MÉDECINE.

M. le professeur Bouisson, doyen, a publié divers rapports : 1° sur les Travaux de la Faculté ; 2° sur les améliorations à introduire dans diverses parties de son enseignement pratique, et notamment sur la construction d'une salle de nécropsie à l'hôtel-Dieu Saint-Éloi (publiés par le *Montpellier médical*).

On lui doit, en outre : 1° l'*Éloge de Delpech*, prononcé dans la salle des Illustres, au Capitole de Toulouse, à la séance d'inauguration du buste de ce célèbre chirurgien. Cette lecture a été applaudie avec un véritable enthousiasme par l'auditoire d'élite qui se pressait autour de l'orateur ; — 2° l'article *Castration* du *Dictionnaire encyclopédique des sciences médicales*.

M. le professeur Boyer a publié dans le *Dictionnaire encyclopédique des sciences médicales* : 1° un article intitulé : *De l'influence de la médecine et du médecin sur le progrès et la civilisation* ; — 2° *Histoire générale de la médecine*, 198 pages, équivalant à 450 pages in-8° ordinaire.

M. le professeur Ch. Martins a écrit des mémoires : 1° sur l'Origine glacière des tourbières du Jura Neufchâtelois et de leur végétation, 27 pages *(Bulletin de la Société de botanique)* ; — 2° sur la Répartition des pluies dans le département de l'Hérault pendant les années 1870-1871, 10 pages *(Mém. de l'Acad. de Montpellier)*.

M. le professeur Dupré a fait paraître un mémoire avec des

planches, intitulé : *De l'Épanchement pleurétique et des indications de la thoracentèse.*

M. le professeur Courty a publié : 1° l'article *Leucorrhée* dans le *Dictionnaire encyclopédique des sciences médicales ;* — 2° des mémoires sur le *Diagnostic différentiel de la Métrite et des Inflammations péri-utérines,* dans le *Montpellier médical ;* — 3° le dernier fascicule de la 2° édition de son *Traité des maladies de l'utérus, des ovaires et des trompes,* ouvrage qui a reçu de l'Institut de France un prix de 2,500 francs, qui est devenu classique pour les élèves en médecine et les praticiens, et dont la traduction se fait simultanément aux États-Unis, en Espagne et en Italie.

M. le professeur Béchamp a publié, dans les *Comptes rendus de l'Académie des sciences* : En 1871, un mémoire sur une nou-velle méthode d'incinération des matières végétales et animales ; application au dosage des éléments minéraux de la levure.

En 1872, divers mémoires : sur le Développement des ferments alcooliques et autres, dans des milieux fermentescibles, sans l'intervention des substances albuminoïdes ; — sur la Cause de la fermentation alcoolique par la levure de bière, et sur la for-mation de la leucine et de la tyrocine dans cette fermentation ; — sur la Nature essentielle des corpuscules de l'atmosphère, et sur la part qui leur revient dans les phénomènes de la fermen-tation ; — du Rôle des microzymas pendant le développement embryonnaire (en commun avec M. Estor) ; — Recherches sur la théorie physiologique de la fermentation alcoolique par la levure de bière ; — Recherches sur la fonction et la transforma-tion des moisissures ; — Observations relatives à quelques com-munications faites récemment par M. Pasteur, et notamment à ce sujet : « la levure qui fait le vin vient de l'intérieur des grains du raisin. »

Dans les *Annales de chimie et de physique,* en 1871 : Recher-ches sur la nature et l'origine des ferments.

Dans le *Montpellier médical,* en 1872 : les 13°, 14°, 15°, 16° et 17° lettres sur la chimie, adressées à M. le professeur Courty.

En 1872 : Les microzymas et microccas. Lettres adressées à M. Estor sur ces sujets.

Analyse des sources d'Euzet (Gard).

Les 18°, 19° et 20° Lettres sur la chimie, adressées à M. le professeur Courty.

M. le professeur Fonssagrives a donné l'article *Médicament* au *Dictionnaire encyclopédique des sciences médicales* et a continué ses intéressants travaux de journalisme. — Le *Livret maternel* et le *Rôle des mères dans les maladies des enfants*, du même auteur, ont été traduits en anglais et édités à New-York.

M. le professeur Moutet a fait paraître, dans le courant de l'année 1872, un volume de 450 pages, avec planches, contenant plusieurs mémoires, dont un entièrement inédit sur les *Kystes acéphalocystes de la paroi abdominale antérieure.*

M. le professeur Cavalier a publié un long et intéressant rapport médical sur l'Assistance publique des aliénés, qui a été reproduit dans le *Montpellier médical.*

M. le professeur Moitessier a publié un travail résultant de recherches originales et intitulé : *De la chaleur absorbée pendant l'incubation.* (*Comptes rendus de l'Académie des sciences*, janvier 1872).

M. le docteur Castan, agrégé, a publié : 1° la 2° édition du *Traité élémentaire des fièvres*, avec nombreuses additions ; — 2° Du traitement des fièvres intermittentes par l'*Eucalyptus globulus (Montpellier médical)* ; — 3° son travail : *De l'influence de la température sur la mortalité de la ville de Montpellier*, a obtenu de l'Institut une mention honorable ; — 4° Chroniques du *Montpellier médical.*

M. le docteur Estor, agrégé, a envoyé, en collaboration avec M. Béchamp, à l'Académie des sciences, une note sur le Rôle des microsymas pendant le développement embryonnaire. Mais la Faculté lui doit surtout des félicitations pour la création d'un laboratoire particulier de micrographie à l'Hôpital-Général. Elle doit aussi, à cette occasion, renouveler ses remerciements à M. le recteur Donné, qui avait déjà doté de microscopes plusieurs de ses chaires et qui a complété la collection des instruments rassemblés par M. Estor, en y ajoutant trois microscopes à dissection.

M. le docteur Saintpierre, agrégé, a fait paraître les travaux suivants : 1° sur la Décomposition spontanée du bisulfate de potasse. Réponse aux observations de M. Langlois (*Comptes ren-*

dus, Institut, 1871); — 2° sur la Décomposition spontanée de divers bisulfates (*ibid.*, janvier 1872); — 3° Note sur les engrais chimiques appliqués à la culture de la vigne; expériences faites en 1871 (*Messager agricole*, 1872); — 4° Note sur les vins qui résistent au collage et sur les moyens de les clarifier (*Messager agricole*, 1872); — 5° Analyse du gaz du sang; comparaison des principaux procédés nouveaux perfectionnés (*Comptes rendus*, en commun avec M. Estor, 22 janvier 1872); — 6° Notes sur les analyses du gaz du sang; influence de l'eau (*Comptes rendus*, en commun avec M. Estor, 29 janvier 1872); — 7° Étude médico-légale sur un cas de fracture du crâne; en commun avec M. Masse (*Annales d'hygiène*); — 8° Note bibliographique sur le *Traité de physique* du docteur Wundt (*Montpellier médical*); — 9° Recherche du phylloxera sur les racines des vignes sauvages dites *lambrusques* (*Comptes rendus*, janvier 1872); — 10° Expériences comparatives sur les vins de vingt-quatre heures et les vins rouges (*Messager agricole*, janvier 1872); — 11° Analyse du gaz du sang; en commun avec M. Estor (brochure in-8°, Montpellier, Coulet, 1872); — 12° enfin, M. Saintpierre a été nommé professeur de technologie à l'École d'agriculture de Montpellier.

M. le docteur Sicard, agrégé, a été amené, par des recherches sur l'anatomie des mollusques gastéropodes, à faire à l'Académie des sciences les deux communications suivantes : la première sur l'*Appareil respiratoire des Zonites algirus;* la seconde sur la *Connexion qui existe entre le système nerveux et le système musculaire dans les Hélices.*

En outre, il a fait, dans la *Revue des sciences naturelles*, depuis son apparition qui remonte à quelques mois, la *Revue analytique des Travaux botaniques français.*

COMPTE RENDU

SUR LES TRAVAUX DE LA FACULTÉ DE MÉDECINE DE MONTPELLIER

PENDANT L'ANNÉE SCOLAIRE 1875-1876[*]

MESSIEURS ,

J'ai l'honneur de vous soumettre annuellement un Rapport
sur les travaux de la Faculté de médecine, sur son rôle didactique et scientifique, sur le mouvement général de son personnel, et sur les résultats administratifs qui paraissent dignes de
vous être signalés. Cette année, il me paraît convenable, sans
négliger les détails ordinaires du compte rendu académique, de
donner à ce sujet d'autres proportions, et de vous montrer ce
qu'est réellement, à l'heure présente, la Faculté de médecine de
Montpellier. Cette tâche me semble imposée par les préoccupations qui se manifestent chez tous ceux qui ont le souci des
grands intérêts de notre pays. Les améliorations à introduire
dans les conditions de l'Enseignement supérieur, les mesures
accomplies, les mesures à l'étude, la multiplicité des projets qui
s'agitent, prouvent à la fois que la nécessité d'un grand progrès
s'impose à notre temps, et qu'on apprécie généralement les
résultats qui découleraient d'une organisation bien comprise et
sagement exécutée du matériel, du personnel et du fonctionnement de nos Facultés. La forte constitution de quelques foyers
d'enseignement à l'étranger a fini par nous impressionner, et la
France a reconnu, qu'ayant été longtemps à la tête des institutions
universitaires aussi bien que du mouvement littéraire et scientifique, elle ne devait pas s'exposer à déchoir, en s'immobilisant

---

[*] Le compte rendu de l'année 1872-73 a été fait par M. le professeur Dupré ;
celui de l'année 1873-74, par M. le professeur Béchamp, et celui de l'année
1874-75, par M. le professeur Boyer.

dans son passé. De là l'ardeur avec laquelle toutes les questions d'organisation de l'enseignement ont surgi et ont occupé les meilleurs esprits. Les projets de création de centres universitaires sont au nombre de ceux qui, en ce moment, impressionnent le plus l'opinion publique. Je ne veux envisager l'agitation qui se fait aujourd'hui autour de ces projets que par le côté qui honore et les projets eux-mêmes et ceux qui s'y intéressent, et ne voir dans les efforts des villes qui aspirent au privilège de devenir le siège de ces foyers universitaires, que le témoignage de sympathie que mérite une œuvre grande et utile. Mais, l'un des moyens d'arriver le plus sûrement à la vraie solution des difficultés de ce grave problème, n'est-il pas de bien connaître le lieu qui peut assumer le rôle de Centre universitaire, les traditions, les ressources qui y sont accumulées, les conditions générales qui peuvent être, dans l'avenir, des éléments de prospérité comme elles l'ont été dans le passé ? C'est à cette fin que je crois devoir présenter un tableau abrégé, mais fidèle, de la situation actuelle de notre Faculté de médecine, considérée dans son ensemble et dans ses divisions scientifiques. Je suis convaincu qu'un essai de même nature, tracé dans le but de faire connaître le véritable état de chacune de nos Facultés, jetterait une vive lumière sur des points qu'il est essentiel d'apprécier. La notion exacte de ce qui existe permettrait de déterminer ce qui reste à faire.

Permettez-moi, en conséquence, d'élargir, pour cette année, le plan habituellement suivi dans nos comptes rendus, et de vous entretenir, non-seulement des travaux et du mouvement général de la Faculté pendant le cours de la dernière année académique, mais de vous exposer sa situation présente au point de vue de l'installation matérielle et des ressources qui en sont la conséquence. Nous aurons à examiner successivement l'ensemble et les divisions de l'édifice dans leurs rapports avec leur destination, qui est de servir à l'enseignement médical.

Bâtiment de la Faculté. — La Faculté de Médecine occupe un espace considérable, ayant la forme d'un quadrilatère de 94 mètres de côté. L'édifice est solidement construit et formé de parties harmoniques, bien que leur adaptation à l'ensemble du monument n'ait pas été faite à la même époque. Son périmètre est défini, rien n'est à acquérir pour le compléter, en sorte que le bâtiment peut être considéré comme terminé. L'État n'aura par conséquent aucune nouvelle dépense à faire pour des locaux à ajouter au bâtiment principal ; son intervention ne tendra qu'à utiliser des locaux encore disponibles dans son enceinte, circonstance qui ne se retrouve pour aucune autre Faculté de médecine en France, et qui restreindra la proportion des concessions à faire pour l'amélioration des divers services dont se compose le service général de notre enseignement scientifique.

L'édifice fut bâti dans le style florentin, peu de temps après l'église cathédrale, à laquelle il se rallie par une de ses faces, et qui fut elle-même construite du temps du pape Urbain V. Cet édifice n'était autre qu'un monastère de Bénédictins, et porta longtemps le nom de Prieuré de Saint-Germain. En 1536, il devint évêché par le transfert à Montpellier de la résidence des évêques de Maguelone.

Ce n'est que sous la Révolution, que l'École de Médecine, qui siégeait rue Saint-Matthieu, dans l'emplacement aujourd'hui occupé par l'École de Pharmacie, fut transférée dans le local de l'Évêché. Cette translation s'opéra en exécution d'un décret du 3 floréal an III. Le matériel de l'École était alors peu considérable, et se réduisait à une bibliothèque fondée par Haguenot, à une collection de portraits commencée par Ranchin, et à la formation d'archives importantes par leur caractère et leur ancienneté. A la même époque, le Collège de chirurgie qui siégeait à l'hôtel Saint-Côme, fondé par les libéralités de Lapeyronie, fut aussi transféré dans le nouveau local ; ses archives furent déposées à l'Hôtel-de-Ville, plus tard à la Préfecture, et ont été récemment restituées à la Faculté. Quant à l'hôtel Saint-Côme, sa destination fut changée : il est aujourd'hui le siège de la Chambre et du Tribunal de Commerce.

L'appropriation de l'ancien Évêché à sa nouvelle destination se fit d'une manière successive. La première pierre de l'amphithéâtre des cours, construit sur les plans du célèbre architecte Lagardette, fut posée le 16 février 1802. Chaptal, alors ministre de l'intérieur, contribua par sa haute influence et par sa fortune personnelle à la construction de cette partie de l'édifice. La Faculté, en reconnaissance, lui a érigé un monument en 1806.

C'est aussi au commencement de ce siècle qu'ont été appropriés les locaux de la salle des actes, inaugurée par Barthez, ceux de la Bibliothèque, et les pièces qui devaient servir à l'enseignement et à l'étude de la chimie. Les locaux destinés aux études anatomiques étaient insuffissants ou nuls, les dissections s'opéraient même hors de l'enceinte de la Faculté.

Des changements et des accroissements dans les constructions de l'ancien édifice se sont successivement opérés. Sous le décanat de M. Lordat, les pièces du rez-de-chaussée ont été utilisées et ont reçu une forme décorative : la pièce qui a pris le nom d'*Atrium* date de cette époque. En 1845, sous le ministère de M. de Salvandy, une somme d'environ 200,000 francs fut concédée à la Faculté, pour la construction de son Musée, qui forme aujourd'hui une grande division de l'édifice, faisant angle et retour sur le boulevard Henri IV, qui le sépare du Jardin des plantes. A la même époque, un escalier monumental fut construit dans la grande cour, pour faciliter la communication du vestibule avec le grand amphithéâtre.

Plus récemment, et sous l'impulsion du Doyen actuel, une somme de 125,000 francs a été affectée à la construction d'un Pavillon anatomique, placé au nord de l'édifice et construit dans d'excellentes conditions.

La Bibliothèque a été agrandie par l'annexion à son local de l'ancien appartement du Doyen, appartement inoccupé depuis 1843.

Divers locaux, d'abord sans destination déterminée, ont été concédés aux professeurs de physiologie, de chimie et de physique médicale, d'anatomie pathologique, de médecine légale, pour l'installation de cabinets d'étude, de collections ou de laboratoires.

Le Secrétariat, la salle des archives et les salles d'examens ont été réparés et mieux appropriés à leur destination ; un cabinet pour le Doyen a été construit, il est pourvu d'une bibliothèque spéciale. Ajoutons qu'en 1866 les statues en bronze de Lapeyronie et de Barthez, obtenues par souscription publique, sur la proposition de M. Bouisson, ont été placées sur le pont qui précède la porte d'entrée de la Faculté.

Quartier de la ville où se trouve l'édifice. — Il eût été difficile de trouver un emplacement plus convenable pour y établir une École de médecine. Cet édifice est effectivement placé dans un quartier qui, sans être central, n'est pas éloigné du foyer d'activité de la ville. Il occupe un vaste emplacement, bordé par une large rue, des jardins, une place et un boulevard. Par une de ses faces seulement, il touche à la Cathédrale, avec laquelle il fait système, au point de vue de l'architecture. L'édifice est par conséquent entièrement libre, il n'exerce ni ne subit de servitude onéreuse. Il n'a point de voisins, ce qui est un avantage très apprécié pour un établissement où on se livre à des études anatomiques. Le quartier n'est point populeux, on n'y exerce aucune profession bruyante. L'École de médecine est au voisinage du Jardin des plantes, des deux Hôpitaux de Montpellier, de la Faculté des sciences et de l'École de pharmacie. Il est donc avantageusement situé au point de vue de la facilité des études. Les étudiants peuvent se loger à bon marché dans les rues les plus rapprochées de l'École. Les cafés, les théâtres et autres lieux de distraction sont dans la partie de la ville la plus éloignée, en sorte que leur attrait ne détourne que ceux qui veulent absolument y céder. Ajoutons que depuis qu'on ne dissèque plus dans les anciens locaux, et que les travaux s'exécutent dans le nouveau pavillon anatomique, au nord de l'édifice, celui-ci est devenu parfaitement salubre.

Question de propriété. — L'édifice appartient à l'État. La Ville n'élève aucune prétention sur la possesssion du terrain ou de l'édifice lui-même. Les Évêques de Montpellier, au temps du premier Empire et de la Restauration, avaient verbalement émis la prétention d'être réintégrés dans l'ancien local de l'évêché ; mais leur droit n'a été ni reconnu, ni même admis comme sujet de sérieuse contestation. Parmi les constructions nouvelles qui ont changé et complété l'ancien édifice, l'une (l'amphithéâtre des cours) a été exécutée aux frais de l'État et avec les libéralités personnelles du professeur Chaptal, devenu ministre de l'Intérieur ; l'autre (le musée) a été édifiée aux frais de l'État ; enfin la troisième (le pavillon anatomique) a été élevée à frais égaux par la Ville et par l'État, sans que la Ville ait stipulé aucun droit à la possession de la partie construite. Une portion de terrain, disponible au delà du pavillon, a été rétrocédée à la Ville et fait partie de la place de l'Évêché ou de la Tour des Pins.

Distribution des locaux. — L'édifice ayant été construit sur un terrain incliné, et dans un emplacement primitivement resserré entre la Cathédrale et les remparts de la ville, on a fait, à différentes époques, des déblais ou des démolitions qui, en agrandissant le local, ont rendu nécessaire la construction des différentes parties de l'édifice sur plusieurs plans. Ainsi, le bâtiment se compose d'un rez-de-chaussée en contre-bas du sol de la rue ; à ce niveau, sont établis et distribués, autour d'une grande cour centrale, l'amphithéâtre et ses dépendances, les laboratoires d'anatomie pathologique et de médecine légale, le petit amphithéâtre, les annexes des laboratoires de physiologie et de chimie, une cour de service, les anciens locaux anatomiques destinés à être convertis en laboratoire de thérapeutique, l'atrium, des salles pour le service des cours, et le nouveau pavillon anatomique avec ses dépendances au nord de l'édifice. Ce même rez-de-chaussée comprend les caves, le bûcher et différentes pièces affectées au service général. Au plan qui correspond au niveau de la rue, et auquel donne accès le pont orné de statues, se trouve un grand vestibule, par lequel on arrive à la salle des actes, à la salle d'assemblée, au vestiaire et au secrétariat qui sont en série. De deux grands escaliers s'ouvrant dans le vestibule, l'un conduit à la Bibliothèque, l'autre conduit à la cour centrale, et par la plate-forme du perron à un large corridor intérieur qui dessert les salles d'examens, l'amphithéâtre de chimie, le secrétariat, le musée, l'ancienne salle des archives, le laboratoire de physiologie, le cabinet de physique et l'école pratique de chimie. Le second étage, à partir du rez-de-chaussée, qui n'est que le premier étage à partir de la rue, est consacré en totalité à la Bibliothèque, à la collection des dessins originaux ou Musée Atger, et au Conservatoire ou Musée anatomique. Enfin, à l'étage supérieur, correspondent les logements du secrétaire agent-comptable et des employés. Le logement du concierge n'est pas compris dans cette division du bâtiment, il correspond au vestibule d'entrée.

Cette distribution générale étant indiquée, nous la complétons

par les détails suivants, qui donneront une notion plus précise
des divisions de la Faculté ayant une destination spéciale.

A. *Amphithéâtres pour les leçons publiques.* — Ils sont au nombre de deux : le grand amphithéâtre, sous l'inscription de *Theatrum anatomicum*, et l'amphithéâtre de chimie. Le premier est
un édifice particulier dans le monument général. Remarquablement construit, recevant un jour vertical, d'un accès facile pour
le professeur et pour les élèves, il peut contenir 500 auditeurs
sur les gradins, et un certain nombre dans l'enceinte. Cette
enceinte renferme une table en marbre, des supports mobiles
pour les démonstrations, des tableaux noirs pour le dessin linéaire improvisé pendant les leçons, etc. Elle est ornée du buste de
Chaptal ; le siège du président, dans les solennités, est représenté par une chaise curule donnée par Ranchin et provenant
des marbres antiques de Nîmes.

L'amphithéâtre de chimie, construit au commencement du
siècle, vaste salle voûtée, avec éclairage latéral, parfois insuffisant, peut recevoir de 250 à 300 élèves. L'enceinte présente une
grande table, telle qu'elle convient à l'enseignement de la chimie,
une cuve à mercure, des armoires vitrées, contenant des produits et des instruments usuels ; dans les embrasures des
fenêtres sont établies des balances, ou d'autres appareils employés
suivant les cas. Dans le fond est une vaste cheminée avec ustensiles divers, alambics, fourneaux portatifs, appareils de chauffage et d'éclairage au gaz pour divers usages, etc. Cet aménagement était naguère loin de correspondre aux exigences de
l'enseignement de la chimie ; mais les améliorations récentes,
dues à l'application des fonds votés par l'Assemblée nationale,
ont accru notablement ses avantages et son importance, et nulle
installation en province ne peut, croyons-nous, pouvoir lui être
comparée. A l'amphithéâtre de chimie aboutissent des pièces
destinées au cabinet d'étude du professeur, et au laboratoire
dont il sera question plus tard.

B. *Salle des conférences ou Amphithéâtre des cours particuliers.*
— Cette salle a son entrée sur la cour centrale, à côté du grand
escalier. L'amphithéâtre a été construit sous le décanat de
M. Dubrueil, en 1836 ; il est destiné spécialement aux cours
bénévoles des Agrégés, aux conférences, aux leçons du Prosec-

teur, et il peut être mis à la disposition des Docteurs qui deman-
deraient l'autorisation d'ouvrir des cours particuliers sur des
matières déterminées. 150 élèves environ peuvent trouver place
sur ses gradins. Cet amphithéâtre est parfaitement éclairé, et le
local peut servir avantageusement pour les démonstrations et
les exercices au microscope. Plusieurs Agrégés ont, à diverses
époques, demandé et obtenu l'autorisation de faire à cet amphithéâtre des conférences et des cours particuliers. Les premiers
résultats n'avaient pas acquis une grande importance; les Agrégés
avaient eu plus de succès dans les cours officiels dont ils ont été
chargés que dans les cours volontaires qu'ils ont entrepris.
Aujourd'hui les enseignements bénévoles acquièrent de l'extension et s'affirment par le succès.

Aux trois amphithéâtres qui viennent d'être indiqués, on peut
joindre la salle des actes, dite salle d'Hippocrate, à cause du
buste en bronze dont elle est décorée, et qui fut donné par
Napoléon Ier. Bien qu'elle soit habituellement réservée pour les
examens ou pour la soutenance des thèses, cette salle pourrait
être affectée à des cours, dans le cas où ces derniers, devenus
plus nombreux, devraient se faire à la même heure. La salle des
actes sert habituellement aux concours, et se trouve heureusement disposée pour le placement des juges, des concurrents et
du public dans ces sortes d'épreuves.

C. Salles d'examens. — Elles sont au nombre de deux, savoir:
la grande salle des actes dont nous venons de parler, et une salle
spéciale établie dans l'emplacement de l'ancien Conservatoire.
Ces salles sont très heureusement disposées; elles sont décorées avec une sévère élégance et présentent l'une et l'autre le
buste d'Hippocrate, devant lequel les docteurs de Montpellier
prêtent le serment traditionnel. Ces deux salles seraient insuffisantes à certains moments où les examens sont nombreux; mais
on peut faire subir les épreuves dans d'autres locaux, tels que
le grand amphithéâtre, la salle dite des archives, celle des cours
de chimie, et au besoin la salle d'assemblée des professeurs,
qui réglementairement n'a que cette dernière destination.

D. Collections. — Les Collections de la Faculté sont de diverse
nature et sont recueillies dans trois locaux différents: le Musée ou
Conservatoire, les locaux du Jardin des plantes, la Bibliothèque.

Musée. — Cette vaste et superbe salle, la plus belle assurément de celles qui appartiennent aux établissements scientifiques de province, occupe une étendue de 65 mètres en longueur, de 12 mètres en largeur, de 15 mètres en hauteur. Elle est divisée en quatre compartiments séparés par des colonnes d'ordre dorique, mais communiquant largement ensemble.

Dans ce musée sont réunis tous les objets se rapportant à l'enseignement médical : collections d'anatomie humaine normale, pathologique et d'anatomie comparée ; collection spéciale de crânes, ayant une importance très grande au point de vue anatomique et ethnographique ; collection de médicaments ; arsenal de chirurgie ; appareils pour les pansements ; machines spéciales ; objets de démonstration pour les accouchements ; pièces en cire, carton et plâtre ; tableaux et dessins ; objets variés. La provenance de la plupart de ces objets d'étude est due au zèle des préparateurs ; elle est due surtout à la conservation des pièces exigées des candidats dans les concours pour les places de chef des travaux anatomiques, de prosecteur et d'aide-anatomiste. Un certain nombre provient des donations du Ministère de l'Instruction publique, ou de donations particulières, auxquelles s'attachent surtout les noms d'Auguste Broussonnet, de Delpech, de Dubrucil, des professeurs Martins et Bouisson.

Le Conservatoire possède les collections en cire de Fontana, Laumonier et Delmas ; la collection Dupont sur les maladies syphilitiques, la collection Thibert sur les maladies cutanées, le mannequin d'Auzoux, l'écorché de Lamy et un nombre considérable d'objets dont le détail ne saurait être indiqué ici. Un inventaire général de ces objets a été dressé par M. le docteur Quissac.

Le mobilier du Musée est aujourd'hui à peu près complet ; il se compose d'une série d'armoires vitrées disposées autour de la salle, de vitrines mobiles placées au centre, de tables de support, de tables d'étude et d'un nombre suffisant de chaises. Une galerie peut être établie à hauteur convenable. Elle nuirait toutefois au style décoratif de la salle, qui est ornée de bustes, de portraits et de peintures murales dues à plusieurs artistes distingués, parmi lesquels il faut citer M. Monceret.

Au Conservatoire correspondent deux annexes, l'une consacrée au cabinet du Conservateur, l'autre à un cabinet d'étude pour les élèves à qui on remet les pièces de la collection, et qui peuvent ainsi être plus facilement surveillés.

L'accès du Conservatoire est facile, on y arrive par un escalier spécial. Les élèves y sont admis pendant quatre heures par jour, sous la surveillance et la direction du Conservateur.

Le public n'y est admis qu'avec autorisation spéciale. Un règlement imprimé et délibéré par la Faculté est placé à l'entrée du Conservatoire.

Il existait naguère des lacunes regrettables : le mobilier était insuffisant, le plancher manquait de solidité. Des crédits spéciaux ont été accordés pour le complément ou les réparations nécessaires. Aujourd'hui le Conservatoire est en état ; mais son entretien est devenu plus exigeant, et il serait nécessaire d'augmenter le crédit général relatif au mobilier de la Faculté, pour l'appliquer dans une proportion convenable à l'entretien du Conservatoire.

Jardin des Plantes. — Le Jardin des plantes de Montpellier, fondé par Henri IV, en 1596, est un grand établissement très connu dans le monde scientifique, mais qui n'a pas suivi, dans une proportion suffisante, les progrès généraux de ces sortes d'établissements, faute de fonds suffisants. Il occupe quatre hectares et demi de superficie et renferme une grande serre de 50 mètres de long sur 8 mètres de haut, une petite serre hollandaise de même longueur et de 4 mètres de haut, une grande orangerie et des bâches à multiplication. Une bâche modèle vient d'y être récemment installée.

Il existe aussi un local spécial, désigné sous le nom de Conservatoire de botanique, où sont renfermées les collections de cet ordre. Dans ce local sont conservées, non-seulement les plantes qui composent la flore méridionale, mais des spécimens nombreux et bien classés de la flore générale et des herbiers spéciaux ayant appartenu à de savants botanistes qui en ont fait hommage à la Faculté ou qu'on a acquis par des achats. L'ensemble des plantes conservées s'élève à 45,000 espèces. A cet herbier, qui vient de s'accroître par le don généreux que M. Barrandon, conservateur actuel, vient de faire de son important herbier, s'ajoutent une bibliothèque botanique et une série de produits, bois, collection carpologique, organes floraux, etc., servant aux démonstrations. Ce local, récemment agrandi par les soins de M. le professeur Martins et destiné à recevoir un laboratoire d'histoire naturelle, s'est développé surtout du côté de l'École forestière, dont les beaux arbres, choisis et plantés par De Candolle, ont merveilleusement prospéré.

Un logement spécial est occupé par le Professeur de botanique.

La partie cultivée du Jardin des plantes se compose d'une École botanique de 3,500 espèces, d'une École de plantes offici-cinales de 400 espèces, et d'une École forestière. Les plantes renfermées dans les serres et l'Orangerie, pendant l'hiver, sont au nombre de 1,500, et leur valeur approximative est de 20,000 fr.

Le budget annuel du Jardin, arrêté en 1810, est de 7,800 francs, dont 4,000 sur le budget de la Faculté de médecine, et 3,800 sur celui de la Faculté des sciences. Le jardinier en chef et le jardinier des serres sont payés par l'État; les cinq autres jardiniers sont payés sur le budget de 7,800 francs. Depuis 1810, tout a plus que doublé de prix à Montpellier. Le budget annuel de 7,800 francs est devenu d'autant plus insuffisant que le Jardin s'est accru d'un hectare et d'une grande serre. L'allocation annuelle devrait, pour parer aux nécessités les plus urgentes, être portée à 15,000 francs au moins. Sans cette augmentation, la grande serre ne peut être utilisée que comme serre froide; on ne peut que difficilement acquérir des plantes nouvelles, le nombre des jardiniers n'est pas suffisant, et l'établissement reste stationnaire au lieu de s'améliorer. Nous avons lieu d'espérer toutefois que les améliorations déjà obtenues ne tarderont pas à être suivies d'une réforme fondamentale dans les ressources financières, et que le jardin historique, qui a si longtemps servi de modèle, sera de nouveau placé au rang qu'il mérite parmi les plus beaux jardins scientifiques de l'Europe.

Bibliothèque. — La Bibliothèque de la Faculté de médecine, fondée vers 1750 par Haguenot, l'un de ses professeurs, s'est accrue successivement par l'adjonction des bibliothèques d'Uffroy et de Barthez, par des achats annuels prélevés sur le budget et par des dons particuliers.

Elle est située au premier étage de la Faculté de médecine, dont elle occupe la majeure partie. Elle se compose de quatorze grandes pièces. — La communication de ces pièces a été régularisée récemment, et leur nombre a été accru par l'adoption et l'exécution d'un nouveau plan proposé par le Doyen actuel. Son mobilier est encore très modeste et n'est pas en rapport avec l'importance de la Bibliothèque. Si l'on excepte les armoires de la première salle, celles de la division des manuscrits, trois vitrines du cabinet Atger et les pupitres pour les atlas, le reste, étagères, tables, chaises, échelles, etc., est d'un genre vulgaire ou dans un état regrettable de vétusté. Cet ameublement fait contraste avec l'ensemble de cette partie de l'édifice, qui est ornée de bustes en marbre, de tableaux et de décorations en bas-relief.

Le personnel de cet établissement se compose de deux fonctionnaires : le bibliothécaire, M. Kühnholtz-Lordat, agrégé, le bibliothécaire-adjoint, M. le docteur Gordon, et deux employés.

Le nombre de volumes existants est d'environ 40.000. Ils sont relatifs à la médecine et à la chirurgie, aux sciences physiques et naturelles, droit, lettres, philosophie, histoire, géographie, etc., c'est-à-dire que la Bibliothèque est encyclopédique. — Dans l'état actuel et avec l'obligation indispensable de subir l'exigence de classifications qui ne sauraient être parfaitement rigoureuses, voici ce que nous pouvons indiquer :

Médecine et chirurgie....................	20,000
Mathématiques, chimie, physique.........	928
Histoire naturelle.......................	1,027
Géographie et voyages......	445
Droit............................... .	189
Belles-lettres........................	1,467
Philosophie et théologie................	552
Histoire ancienne, histoire sacrée........	435
Histoire moderne......................	656
Histoire littéraire et scientifique	1,114
Archéologie..........................	643
Collections médicales. — Thèses et journaux divers, mémoires académiques, mélanges, etc......................	3,745

Manuscrits 578
Incunables, éditions princeps, Aldes, etc. . . . 313
Atlas 194
Belles éditions 107
Beaux-arts 123

Journaux et Recueils français. — Annales médico-psychologiques, Archives générales de médecine, Archives de physiologie normale et pathologique, Annales d'hygiène et de médecine légale, Bulletin de l'Académie de Médecine, Bulletin de la Société anatomique, Bulletin de thérapeutique, Mémoires de la Société de biologie, Bulletin et mémoires de la Société de chirurgie, Gazette hebdomadaire de médecine, Gazette des hôpitaux, Gazette médicale de Lyon, Gazette médicale de Paris, Journal de l'anatomie et de la physiologie (Robin), Journal des connaissances médicales, Union médicale, Annales de chimie et de physique, Annales des sciences naturelles, Journal des savants, l'Institut, Revue des cours scientifiques et littéraires, le Journal officiel, Montpellier médical, Archives de médecine navale, Bordeaux médical, Recueil de mémoires de médecine et de chirurgie militaires, Annales scientifiques de l'École normale supérieure, Comptes rendus de l'Académie des sciences, Archives des missions scientifiques, Journal asiatique, Bulletin de la Société de géographie, Revue des sociétés savantes, Revue médicale de Hayem.

Journaux et Recueils étrangers. — Annali universali di medicina, Archiv für anatomie, Wirchow Jahresbericht, Edimburgh medical and surgical journal, Zeitrchrift für wissenschaftlische zoologie, Annalen der chemie und pharmacie, Archiv für ginœkologie, Wirchow–Archiv für pathologische anatomie.

Les collections suivantes sont envoyées en échange des collections de thèses de la Faculté : Transactions de la Société royale de Londres, Mémoires et Bulletins de l'Académie des sciences de Saint-Pétersbourg, Transactions de la Société médico-chirurgicale de Londres, Publications de l'Institut Smithsonien. Un certain nombre de journaux et de recueils français et étrangers sont reçus gratuitement.

Manuscrits. — Cette collection est composée de 578 numéros, qui, presque tous, ont été énumérés et soigneusement décrits dans le tome Ier du *Catalogue général des manuscrits des Bibliothèques publiques des départements*, publié sous les auspices du Ministre de l'Instruction publique.

L'importance de cette collection ne saurait être méconnue par l'Autorité universitaire. Ce n'est pas seulement par le nombre que la collection se distingue, c'est surtout par la rareté, la beauté et la valeur d'un grand nombre de pièces que les savants viennent consulter de tous les points de l'Europe. Nous ne pouvons donc que profiter de cette occasion pour rappeler à M. le Ministre l'état regrettable des reliures et du texte même de quelques manuscrits. Les reliures de plusieurs d'entre eux sont tellement altérées, que lorsqu'on les communique aux curieux qui viennent les visiter, on s'expose à voir le texte se détacher des couvertures. Les plaintes du Bibliothécaire ont été itérativement adressées à cet égard, et il est indispensable, sous peine de voir la dégradation complète de ces précieux monuments d'une autre époque, d'accorder un crédit convenable pour leur réparation.

Ouvrages hors d'usage. — Ces ouvrages sont surtout les manuels, les traités élémentaires de tout genre, plus les atlas usuels d'anatomie, tels que ceux de Cloquet, Bonamy et Beau, Bourgery et Jacob, etc. ; ces ouvrages et d'autres analogues sont particulièrement demandés par les élèves. Il serait utile que la Bibliothèque possédât plusieurs exemplaires de chacun d'eux.

Les ouvrages reliés ou cartonnés sont au nombre de 28,000 ; les brochés sont au nombre de 12,000.

Nous devons rappeler dans le présent Rapport, que la Bibliothèque de la Faculté de médecine de Montpellier comprend deux annexes, savoir : le musée Atger et la division des archives.

Le *Musée Atger* est une collection de dessins originaux, qui avait été primitivement formée par M. Atger, de Montpellier, et qui fut léguée par lui à la Faculté de médecine, en 1828, sous le décanat de M. Lordat. Cette collection, qui s'est accrue par des donations ultérieures, et qui comprend, en outre, d'autres objets d'art (tableaux, bustes en marbre et en terre cuite), occupe trois salles. Elle est très remarquable, ajoute au lustre de la Bibliothèque, et est visitée par tous les artistes qui séjournent à Montpellier. Sa conservation est l'objet du plus grand soin.

Division des Archives. Bibliothèque spéciale. — Les Archives de la Faculté ont été longtemps négligées. Les registres gisaient ignorés et se détérioraient dans une pièce obscure, attenant au Secrétariat de la Faculté. Un des premiers actes de mon administration a été de remédier à cet état de choses, non-seulement en faisant réparer le Secrétariat, qui était dans un état déplorable, mais en créant une salle spéciale pour les archives. Cette salle fut occupée à la fois par les registres de la Faculté et par une collection d'ouvrages que j'avais formée, en vue de l'histoire scientifique de la Faculté de médecine, et que j'ai eu l'honneur d'offrir à la Faculté. Cette bibliothèque spéciale, indépendante de la grande Bibliothèque dont il a été déjà question, étant exclusivement formée des ouvrages composés par les professeurs ou docteurs de Montpellier, m'avait paru d'abord ne pouvoir être séparée des Archives proprement dites. Elle comprend environ 1200 volumes inscrits sur un catalogue spécial, et est destinée à s'accroître. A l'époque de la création de la salle des archives, des démarches furent faites auprès de M. le Préfet de l'Hérault, à l'effet d'obtenir la récupération des archives du Collège de chirurgie, qui, au lieu d'être réunies aux archives de la Faculté de médecine après la Révolution, avaient été déposées dans les locaux de la Préfecture. Ces démarches, après maintes contestations dont M. le Ministre a été le juge, ont abouti à la réintégration définitive des registres du Collège de chirurgie dans les locaux de la Faculté de médecine, mais à la condition d'être placés dans la grande Bibliothèque. Cette mesure a été exécutée conformément à l'ordre donné par M. le Ministre, et c'est le motif pour lequel il est fait mention de ce dépôt dans le chapitre actuel de ce Rapport.

L'ancienne salle des Archives, où avaient été transportés des bas-reliefs et des inscriptions lapidaires précédemment encastrés dans un mur extérieur, est devenue exclusivement une salle d'examens. Quant à la Bibliothèque spéciale, elle a été définitivement installée dans le cabinet du Doyen.

Catalogue. — Les richesses de notre Bibliothèque ne seraient ni suffisamment garanties ni suffisamment utilisées si, comme dans tous les établissements de ce genre, il n'existait un registre de prêt, un inventaire sur cartes mobiles et un catalogue général.

Ce dernier n'existait qu'à l'état de manuscrit et un long usage l'avait détérioré. On réclamait depuis longtemps des fonds spéciaux pour l'impression d'un catalogue soigneusement revu, distribué, coordonné d'après les règles adoptées de la bibliographie. Cet important travail est exécuté, il fait honneur au zèle et au savoir de nos Bibliothécaires. Quant au crédit nécessaire pour l'impression, il a été généreusement ouvert, cette année même, par M. le Ministre. Une somme de 5,000 francs environ sera consacrée à cet important travail ; un traité passé entre le Doyen et M. Martel, ancien imprimeur de la Faculté, en garantit l'exécution, qui s'achèvera dans le cours même de l'année 1877. Je n'ai pas besoin d'insister pour démontrer les ressources nouvelles, créées par cette heureuse mesure, à nos élèves et aux amis des sciences.

Jours et heures ; nombre de lecteurs. — La Bibliothèque de la Faculté de médecine est ouverte tous les jours, excepté le dimanche et le mercredi (ce dernier jour est consacré aux soins divers que réclament les locaux et les livres). Les séances de lecture ont lieu deux fois par jour : dans la journée, de midi à quatre heures, et le soir, de 7 heures et demie à 9 heures et demie.

Le nombre moyen des étudiants qui fréquentent quotidiennement la Bibliothèque est de 80.

Nécessité de conserver la Bibliothèque dans son local actuel. — On avait songé, sous l'Empire, à fonder à Montpellier une grande Bibliothèque académique et à comprendre dans ce nouveau dépôt notre bibliothèque. La Faculté a obtenu, par exception à l'arrêté du 18 mars 1855, qu'elle conserverait sa collection dans son local actuel. Nous persistons à considérer comme juste et nécessaire le maintien de cette mesure, qui fut reconnue fondée de tout point, non-seulement à cause de l'origine de la Bibliothèque, qui a été créée et augmentée par des professeurs de la Faculté, à cause de l'importance et du caractère spécial des livres ou manuscrits qui lui appartiennent et dont on ne saurait lui ravir la possession exclusive, mais aussi à cause de la notoriété scientifique et littéraire de cette collection, qui ajoute à la gloire propre de la Faculté. Il faut ajouter à ces considérations que l'installation générale de cette bibliothèque est excellente ;

qu'il n'y a pas, à Montpellier, d'édifice académique où les bibliothèques spéciales puissent être réunies, et que dans l'intérêt des
études, et pour éviter toute perte de temps, il est nécessaire
que les étudiants trouvent dans l'enceinte même de la Faculté de
médecine les livres qui leur sont nécessaires.

Desiderata. — Le crédit général inscrit au budget pour le
service des bibliothèques n'ayant été accordé qu'en échange
d'un nouveau droit annuel de 10 francs imposé aux étudiants
au profit du trésor, il est nécessaire d'appliquer des ressources
nouvelles à diverses améliorations, parmi lesquelles nous signalons surtout les suivantes : chauffage de la Bibliothèque, réparations du mobilier, complément du personnel.

A. — Le chauffage de la Bibliothèque, tel qu'il existe actuellement, est absolument illusoire ; il a lieu par quatre bouches de
chaleur qui fonctionnent mal, et qui doivent servir pour quatorze salles. Sur ce nombre, il n'y a que deux pièces qui soient
censées recevoir de l'air chaud ; mais le calorifère est si défectueux, que le plus souvent c'est de l'air froid qui s'échappe de
l'orifice des tuyaux. Les douze salles non chauffées, contenant
nos collections (thèses, mémoires académiques, journaux, mé-
langes, etc.), sont tellement froides en hiver, qu'on ne peut y
travailler sans courir le risque d'être indisposé. Les deux salles
chauffées et le cabinet Alger doivent une meilleure température
à leur exposition bien plus qu'au chauffage artificiel. La correction de ces imperfections est absolument nécessaire et pourrait
exiger une dépense de 1.200 francs.

B. — La mise en état du mobilier comporterait l'acquisition ou
la réparation d'un nombre suffisant de chaises, tables, pupitres
et échelles, représentant au plus bas une valeur de 600 francs.

C. — L'augmentation du personnel serait aussi d'une urgence
indispensable. Le service de chacune des deux séances est fait
par trois personnes, pour toute l'étendue de l'établissement. Avec
l'obligation que la prudence et la responsabilité imposent aux
conservateurs de ne pas perdre de vue un seul instant les éditions princeps, les incunables, les atlas scientifiques ou des
beaux-arts, les manuscrits, les albums de dessins originaux et les
ouvrages précieux à divers titres, les personnes chargées du
service seraient dans l'impossibilité absolue d'exercer la sur-

veillance de rigueur, si les communications des monuments
littéraires ou scientifiques se faisaient avec toute la libéralité
désirable, surtout lorsque le nombre des lecteurs est éventuellement considérable. Il s'est élevé à 120, dans ces derniers temps.

Nous aurions donc besoin, pour ce service, de deux employés
de plus, qui seraient en outre chargés de divers travaux de la
Bibliothèque, tels que copies de pages dégradées du catalogue,
copies de cartes, de tables de matières des collections, etc., etc.,
quand leur devoir de surveillance leur en laisserait le loisir.
L'ouvrage si remarquable de MM. Lalaune et Bordier nous
dispensera de prouver ici combien les soustractions ou les dom-
mages sont faciles dans les bibliothèques publiques, lorsque la
surveillance est insuffisante.

D. Entretien, achat de livres, etc. — Un dernier desideratum,
destiné à mettre notre Bibliothèque dans les conditions exigées
par sa valeur exceptionnelle, consisterait à accroître les ressources par une allocation plus élevée, destinée à couvrir les
frais d'entretien, à donner plus de latitude pour l'achat des
livres, pour les abonnements aux journaux et aux collections
scientifiques, pour l'exécution des reliures. Nous pensons que
le rappel de ces défectuosités suscitera de l'État les ressources
nécessaires pour les effacer. Il suffira d'appliquer à ces améliorations la mesure qui a permis de réaliser tant de progrès
partiels dans notre établissement, et qui consiste à prélever sur
les reliquats des divers exercices une partie des fonds qui deviennent disponibles, et à comprendre notre Bibliothèque dans
leur répartition. Signalons comme une preuve de bienveillance
la promesse qui nous a été récemment faite par M. le Ministre
de l'Instruction publique, de comprendre régulièrement la
Bibliothèque de la Faculté de médecine de Montpellier parmi
les établissements auxquels sont distribués les ouvrages publiés
sur les fonds du Ministère.

Cabinet de Physique. — Aux collections déjà citées, nous
devons ajouter le Cabinet de physique et ses dépendances. C'est
une acquisition nouvelle et déjà brillante qui est venue compléter le matériel scientifique de la Faculté. Il y a dix ans, il n'existait que de nom et formait à peine une dépendance ignorée du

laboratoire de chimie. Le zèle ingénieux du professeur Moitessier a rapidement groupé autour du noyau de la collection, des instruments modernes, déjà nombreux, et l'on peut dire actuellement du Cabinet de physique, non-seulement qu'il existe, mais qu'il nous fait honneur.

La chaire de physique a été fondée en 1869. Rien n'était préparé pour l'inauguration de cet enseignement. Une première subvention, prélevée sur le budget de l'instruction publique, et un crédit de 15,000 francs, voté en 1873, sur ma demande, par l'Assemblée nationale, ont assuré l'organisation matérielle du nouvel enseignement, dont la prospérité n'a cessé de s'affirmer.

Les locaux affectés au fonctionnement de la chaire de physique se composent du Cabinet de physique proprement dit, d'un Laboratoire et d'un Atelier.

Le *Cabinet de physique* est installé dans une pièce carrée, dont les murs sont garnis d'armoires vitrées qui faisaient partie de l'ancien mobilier du Conservatoire et qui ont été utilisées. Elles sont propres à la conservation d'instruments délicats. Quant au local lui-même, il suffit au nombre actuel d'instruments ou d'appareils que l'on possède ; mais n'étant pas susceptible d'extension, à cause de l'adaptation des pièces voisines à un usage déterminé, on peut prévoir qu'il cessera d'être assez grand, dès que la collection prendra des proportions plus considérables ; aussi avons-nous, par anticipation, cédé au professeur de physique une annexe placée de l'autre côté de la cour à laquelle correspond le Cabinet. Cette annexe, composée de cinq pièces à l'entresol, sert déjà d'entrepôt, et la manière dont elle est éclairée se prête à des expériences d'optique. Ce local annexe sera prochainement mis en rapport avec le Cabinet de physique, par la construction d'une passerelle sur la cour. D'autres aménagements déjà établis ou en cours d'exécution sont destinés à effacer les imperfections d'une rapide installation. Placé au rez-de-chaussée sur la ligne du boulevard extérieur, le Cabinet de physique n'était pas exempt d'un certain degré d'humidité. Un parquetage a déjà remédié à cet inconvénient ; mais on pourrait l'annuler complètement plus tard, en établissant des caves, ce que la disposition des lieux rend possible.

Les *Instruments*, qui composent le Cabinet de physique,

peuvent être divisés en plusieurs groupes ; les uns sont spéciale-
lement affectés aux expériences des cours, les autres sont
destinés à des recherches, quelques-uns servent à l'histoire de
la science. Parmi ces derniers figure une collection offerte à la
Faculté par M. Kühnholtz-Lordat. Les instruments de démonstration les plus indispensables ont été d'abord acquis ; beaucoup
ont été construits à peu de frais dans l'atelier même de la
Faculté, les autres sont le produit des libéralités de l'État ou
des particuliers. Leur inventaire, qu'il serait inutile de reproduire ici, figure dans le devis établi à l'occasion des dernières
acquisitions soumises à M. le Ministre, et approuvées par Son
Excellence. — Parmi ces instruments de démonstration, quelques-uns n'appartiennent pas en propre au Cabinet de physique :
ils servent temporairement, par suite de prêts réciproques et
bénévoles que se font entre elles, dans l'intérêt des études, la
Faculté de médecine, la Faculté des sciences et l'École supérieure de pharmacie.

L'enseignement de la physique comportait nécessairement ce
complément d'installation. Bien que dans des proportions un
peu exiguës, ces pièces annexes ont été bientôt utilisées. Le
professeur s'y livre à ses recherches scientifiques et à la préparation de son enseignement. Fourneaux, table, étaux, instruments de travail, matière première, distribution d'eau et de gaz,
tout a obéi à l'activité organisatrice du Professeur, qui pendant
longtemps a suffi à tout et n'a pas dédaigné d'unir le travail du
savant à celui du mécanicien.

Personnel. — C'est dans l'institution d'un personnel suffisant
que les difficultés devaient trouver leur solution. Depuis la
création de la chaire de physique, le Professeur réclamait avec
insistance la création d'une place de préparateur. Cette demande,
toujours appuyée par le Doyen, le Recteur, et plus récemment
par le Comité des Doyens, avait été ajournée, malgré son importance. Le Professeur, n'ayant sous ses ordres aucun employé,
était forcé de préparer lui-même la partie matérielle du cours,
d'entretenir le Cabinet, de construire certains appareils. C'est à
peine si le garçon de laboratoire de chimie consacrait quelques
minutes par jour au balayage des locaux. La création de deux
places d'employés devenait de plus en plus nécessaire pour

remédier à cette situation anormale. Cette lacune a cessé d'exister. Une place de préparateur de physique a été créée, un garçon de service a été placé sous les ordres du Professeur. On n'a plus à désirer qu'une augmentation dans les ressources annuelles, et l'on peut être assuré que l'évolution du nouvel enseignement, qui porte déjà ses fruits, se complètera et rendra de nouveaux services.

Laboratoires — On avait souvent reproché à la Faculté de médecine de Montpellier de se perdre dans les nuages d'un enseignement théorique, de faire de la métaphysique faute de sujets d'observation et d'instruments de travail, et ce reproche, propagé par une polémique routinière et une dénigration systématique, est encore répété par quelques échos de la presse. Or, c'est précisément le contraire qui est vrai. Montpellier se trouve la ville médicale la plus avancée au point de vue de la possession, de l'organisation et du fonctionnement des laboratoires. Nous ne pouvons qu'engager nos détracteurs à venir s'en convaincre. Ces divisions de l'ensemble des moyens nécessaires à l'enseignement médical occupent aujourd'hui une place très importante qui s'explique par les derniers progrès de la science. La nécessité des laboratoires a été surtout comprise dans les Universités étrangères, et s'est affirmée par la création d'établissements, dont quelques-uns ont un caractère grandiose. M. Wurtz, ancien doyen de la Faculté de médecine de Paris, a mis le fait en évidence dans un Rapport officiel, publié il y a quelques années. Ces installations ne sont pas encore suffisamment généralisées en France ; elles ne sont pas surtout suffisamment dotées. Mais, comme elles sont l'objet d'une juste sollicitude de la part du Gouvernement, qui s'est livré à ce sujet à des enquêtes sérieuses, et qui manifeste l'intention de relever la vie scientifique du pays, nous ne doutons pas de la réalisation de progrès très prochains, qui puissent effacer toute cause d'infériorité vis-à-vis des nations voisines, et spécialement de l'Allemagne. Affirmons de nouveau que la Faculté de médecine de Montpellier s'est distinguée entre toutes par l'ardeur avec laquelle elle a poursuivi, dans l'intérêt de son enseignement, la fondation et l'installation de ses laboratoires d'études. Les immenses locaux dont elle dispose ont notamment favorisé ce genre de progrès.

Les laboratoires déjà établis pour le service de la Faculté de médecine de Montpellier sont au nombre de six, savoir : un laboratoire d'anatomie normale (pavillon de dissection, etc.), un laboratoire de physiologie, un laboratoire de chimie, un laboratoire d'anatomie pathologique, un laboratoire de médecine légale et un laboratoire de clinique.

1° *Laboratoire d'Anatomie.* — Longtemps dans les conditions les plus défectueuses, ce laboratoire était situé dans les anciennes caves du bâtiment de la Faculté. Les salles de dissection, assez vastes du reste, étaient mal éclairées, humides, malsaines. — Ces locaux ont été abandonnés, et à l'aide de ressources concédées, sur notre demande, par la Ville et par l'État, on a installé le laboratoire anatomique dans un magnifique pavillon, au nord du bâtiment de la Faculté, et dans des conditions excellentes d'étendue, de distribution, d'accès, de salubrité et d'isolement par rapport au reste de l'édifice et des habitations voisines. Ce progrès majeur est récent ; les locaux ont été livrés aux dissections en 1872.

Auprès du laboratoire est instituée une École pratique d'anatomie et d'opérations chirurgicales. L'ensemble fonctionne ; en ce qui concerne l'anatomie, sous la direction du Professeur d'anatomie ; en ce qui concerne la médecine opératoire, sous la direction du Professeur d'opérations et appareils, avec le concours du Chef des travaux anatomiques, d'un prosecteur et de deux aides-anatomistes. Un garçon d'amphithéâtre est attaché à ce service.

Les élèves de l'École pratique, nommés par concours tous les ans, sont au nombre de 30 ; ils disssèquent et opèrent gratuitement. Les autres élèves, pris surtout parmi ceux de 2° et de 3° année, sont admis aux exercices anatomiques ou opératoires à titre onéreux ; leur nombre ordinaire est de 150 à 180.

Les cadavres destinés aux autopsies, aux dissections et aux exercices opératoires, proviennent de l'hôpital Saint-Éloi, de la Maison centrale de femmes de Montpellier, et des Maisons centrales d'hommes de Nîmes et d'Aniane. Un service spécial de transport est organisé pour ces dernières provenances. Les sujets destinés aux autopsies sont suffisants pour les études

d'anatomie pathologique et le complément des études cliniques.
Ceux qui sont réservés pour les dissections ou pour les opérations
sont moins nombreux. 80 cadavres en moyenne sont portés,
tous les ans, dans les pavillons de la Faculté. 100 avaient été
livrés pendant l'année académique de 1874-1875; 70 seulement
ont été livrés pendant l'année courante. Nous ne reculons pas
devant l'obligation de déclarer que ce chiffre doit être augmenté.
Mais il nous sera permis d'affirmer que nous sommes en progrès;
que ce funèbre recrutement est normal, c'est-à-dire qu'il n'est
pas contesté dans sa provenance, puisque ce sont surtout les
Maisons centrales qui nous fournissent les sujets anatomiques,
alors que ces sujets manquent à bon nombre d'écoles, et qu'une
pénurie analogue se fait ressentir à la Faculté de Paris elle-
même, par suite des réclamations des familles ou des Sociétés
ouvrières.

Ajoutons que, par rapport au nombre des élèves admis aux
dissections dans nos amphithéâtres, le chiffre indiqué corres-
pondrait aux besoins du service, si l'introduction des sujets
anatomiques provenait de sources assez variées pour qu'il
n'existât pas de lacunes dans les travaux. C'est surtout pour
parer à cette inégalité, qui est telle que tantôt les cadavres sont
en excès, et que d'autres fois ils manquent, qu'il importerait de
régulariser le pourvoi de nos salles. Pour le fonctionnement
régulier d'une Faculté de médecine, il est indispensable que,
dans les conditions exigées par l'hygiène, la morale, les convenances de toute sorte, et sous l'action d'une bonne administration, il y ait un approvisionnement soutenu de matière anatomique, et que le pourvoi dépasse pour ainsi dire le degré
rigoureusement nécessaire, afin qu'il n'y ait pas chômage dans
les travaux, ou obligation de s'y livrer sur des sujets déjà trop
avancés dans leur décomposition.

La Faculté de médecine de Paris l'a ainsi compris; car indépendamment des sujets qui lui sont fournis par les hôpitaux, et
dont le nombre se restreint chaque jour, elle a obtenu des
autorités compétentes le privilège de puiser un contingent de
sujets dans les établissements pénitentiaires rapprochés de Paris.
La Faculté de médecine de Montpellier avait déjà donné l'exemple ; mais son recrutement étant insuffisant, il serait convenable

qu'elle fût autorisée à se pourvoir à Marseille, et mise financièrement en état d'organiser ce lugubre service que la science et
l'intérêt de la société rendent également nécessaire. En conséquence, nous demandons à M. le Ministre, non-seulement de
faciliter ce genre de ressources en obtenant le concours des
administrations intéressées, mais en appliquant au service anatomique, pour le transport des sujets de Marseille à Montpellier,
les subventions ci-après :

Pour frais d'organisation du service...... F.   2000
Pour dépense annuelle (avec probabilité d'un
    dégrèvement par les contributions des élèves).   2000
Redevance annuelle aux pompes funèbres pour
    l'inhumation des restes.................   1000

Réparations complémentaires au Pavillon anatomique. —
Lorsque le pavillon dont la construction a été faite à frais communs, par la Ville et l'État, fut livré à la Faculté par l'architecte
de la ville, quelques réclamations furent faites vainement pour
l'exécution de travaux complémentaires. C'était en novembre,
l'heure des travaux pressait, et l'architecte, au nom de la Ville,
déclarait les crédits épuisés ; il fallut accepter le bâtiment.
Quelques défectuosités, au sujet de l'éclairage, doivent et peuvent être facilement corrigées. Quelques travaux complémentaires
et financièrement peu onéreux n'étaient pas moins indispensables.
Nous signalions particulièrement les suivants :

Nécessité d'un éclairage vertical par une lanterne vitrée à
    substituer à une lanterne recouverte en bois (estimations
    de l'architecte)..................... F.   500
Construction d'une marquise au-dessus du passage qui relie le pavillon au reste du bâtiment, et vitrage de fenêtres laissées libres.   1000
Travaux pour l'éclairage au gaz, frais d'installation   2700

Je me hâte de dire que deux de ces réparations sont accomplies ou sur le point de l'être. Le dessus du passage est occupé
aujourd'hui par une pièce éclairée par un jour exceptionnel ; le
Professeur d'anatomie, qui, de concert avec le Doyen, en a réglé
l'aménagement, la destine aux recherches et aux exercices
microscopiques. Des fonds rendus disponibles sur ce dernier
exercice ont permis cette importante amélioration, et M. le

Ministre, à son dernier passage à Montpellier, a voulu compléter l'œuvre en concédant les fonds nécessaires pour l'éclairage au gaz de cette division des locaux de la Faculté. Le crédit promis de 2700 francs vient d'être ordonnancé. Nos élèves pourront travailler deux heures de plus par jour à une science qui se place au premier rang parmi celles qui préparent la connaissance de l'art de guérir.

2° *Laboratoire de Physiologie.* — La création de ce laboratoire remonte à 1860, époque de la nomination du Professeur actuel. L'état de cette science réclamait impérieusement des moyens de démonstration et d'expérimentation qui n'avaient, à Montpellier, qu'une organisation très incomplète, et se réduisaient à un petit local mal pourvu et situé au rez-de-chaussée, pour des expériences sur les animaux vivants. On appropria pour le nouveau professeur un local pris parmi les pièces qui sont au-dessous du Conservatoire, à droite du corridor qui y conduit et dans la direction du boulevard extérieur. Bien que mieux placé et mieux éclairé, ce local était insuffisant; il fallait tout organiser, il n'y avait, à la disposition du professeur, ni mobilier scientifique, ni personnel. Un crédit de 3,000 francs et une attribution annuelle de 600 francs pour frais de cours permirent de remédier aux besoins les plus immédiats. En 1869, un changement important se produisit; M. Duruy, ministre de l'Instruction publique, institua d'une manière générale l'*École pratique des hautes études,* et décida que le laboratoire de physiologie de la Faculté de médecine de Montpellier serait compris dans cette organisation, destinée à répandre le goût des sciences expérimentales. A cette occasion, M. le professeur Rouget fut nommé directeur du laboratoire des hautes études, et fut chargé de l'application d'un crédit annuel de 4,100 francs, sur lesquels 1,000 francs étaient affectés au traitement d'un préparateur, 800 francs à celui d'un garçon de laboratoire, et le reste aux frais généraux et à des acquisitions d'instruments. Une partie de cette attribution financière a été réduite, en 1870; mais elle a été partiellement remplacée par des allocations de crédits destinés à l'achat d'instruments pour l'étude et l'enseignement de la physiologie. Nous espérons que le crédit primitif sera restitué; nous en avons fait l'objet d'une proposition à M. le Ministre.

Le laboratoire actuel de physiologie laisse peu à désirer aujourd'hui, sous le rapport de l'étendue. Il a été accru par l'adjonction d'une cour spéciale, de l'ancienne pièce de la *Zoostasia* au rez-de-chaussée, et de quelques pièces complémentaires prises sur l'ancien local des travaux anatomiques, offertes par le Doyen au Professeur de physiologie.

Il suffisait, pour que ces derniers locaux pussent être commodément utilisés, qu'un escalier de communication fût construit pour relier le niveau du laboratoire avec le sol du rez-de-chaussée de la cour. Une demande spéciale de crédit, qui avait été faite pour cette amélioration, vient d'être accueillie. Les travaux vont commencer incessamment. Le laboratoire exigerait un meilleur éclairage ; mais l'emplacement qu'il occupe se prête malheureusement peu à cette amélioration. Une autre condition, à laquelle il n'importe pas moins de remédier, est l'humidité du sol, qui se communique au contenu des armoires, et expose à des détériorations les instruments délicats qui composent la collection. Nous devons signaler enfin la nécessité d'accroître le nombre de ces instruments, surtout en songeant qu'il s'agit d'un laboratoire à destination spéciale, ayant pour but, non-seulement de former des élèves aux notions ordinaires de la physiologie, mais d'inspirer et de répandre le goût des hautes études. L'institution du laboratoire de physiologie n'en représente pas moins un immense progrès, et il a servi à répandre, à Montpellier, le goût de la science moderne.

3° *Laboratoire de Chimie.* — Ce laboratoire est le plus important par son étendue, et le plus anciennement construit de la Faculté de médecine. Il remonte à Chaptal, c'est-à-dire au commencement de ce siècle. A cette époque, il représentait un établissement de ce genre de premier ordre, mais il était resté à peu près stationnaire, à l'exception de l'adjonction du local de l'École pratique. Pour quiconque apprécie les progrès de la chimie et le développement immense des moyens que cette science exige pour être cultivée, il est évident qu'un laboratoire qui était un modèle, il y a soixante-dix ans, devait être aujourd'hui bien déchu de cette qualification. Aussi a-t-il été l'objet, dans ces derniers temps, de toute la sollicitude du Doyen de la Faculté, qui a obtenu en sa faveur, outre plusieurs crédits partiels, une somme de 15,000 francs votée par l'Assemblée nationale et applicable à l'acquisition de divers instruments, ainsi qu'à l'aménagement intérieur.

Le laboratoire de chimie comprend, indépendamment de son amphithéâtre spécial, qui a été déjà signalé et décrit dans ce Rapport, un local placé en arrière de la salle des cours et où se trouvent une série d'armoires vitrées contenant des produits chimiques, divers instruments d'expérimentation et de démonstration, des tables, des fourneaux, etc., etc. Cette salle communique à droite avec le cabinet du professeur, et contient les instruments généraux de travail ainsi que les appareils délicats ou de précision que le professeur a pour ainsi dire sous sa garde spéciale. La même salle communique à gauche avec une série de pièces peu étendues où est installée la verrerie, et où se font les opérations de lavage, le dépôt de la houille et autres matériaux encombrants. Cette division, évidemment trop exiguë, vient d'être augmentée par l'adjonction d'une cour et d'une cave déjà mises par l'Administration à la disposition du professeur, mais auxquelles on n'arrive pas directement. Nous avons proposé et obtenu, comme pour le laboratoire de physiologie, d'établir un escalier spécial de service, pour régulariser la communication entre ces diverses parties.

La salle de l'amphithéâtre s'ouvre encore, par une porte donnant vers la cour dont il vient d'être question, et sur une plate-forme qui conduit à la grande salle de l'École pratique de chimie. Cette salle existe depuis vingt ans environ et a été construite sous le décanat de M. Bérard. En somme, les locaux proprement dits sont assez vastes et laissent peu à désirer. Le contenu de ces locaux comprend des objets de nature différente.

Produits chimiques et objets de collection. — La tâche du professeur ne consistant pas uniquement dans l'enseignement de la chimie, mais aussi dans celui de la pharmacie, les produits chimiques ou les substances qui servent à la démonstration des deux sciences doivent former le fonds de la collection. Il est nécessaire que ces objets soient réunis en proportion plus considérable. Il importerait d'augmenter la collection des minéraux, des substances premières, des produits pharmaceutiques. Quant aux produits chimiques proprement dits, il n'en existait presque pas avant la nomination du dernier titulaire de la chaire. C'est au zèle de M. Béchamp, qui depuis.... mais alors il était dévoué à la Faculté, c'est, dis-je, aux travaux de ce professeur et de ses élèves que nous devons l'accroissement du nombre des produits fabriqués. La collection de ceux qui se rapportent à la chimie organique s'est particulièrement augmentée et offre un véritable intérêt.

Le mobilier se compose de tables, d'une série d'armoires vitrées, de casiers, de cuves diverses et d'accessoires tels que tableaux et chevalets, chaises, bancs, etc. Cet ensemble est très ordinaire, mais il suffit. La collection des instruments et appareils a subi de récentes et heureuses transformations. Grand nombre d'appareils anciens étaient détériorés ou incomplets ; les instruments modernes manquaient ; les installations d'appareils à gaz ou de chauffage étaient imparfaits ; le service de l'eau laissait à désirer, sinon pour la quantité, au moins pour la disposition des tuyaux de distribution. C'est à la correction de ces défectuosités qu'a été consacrée la somme de 15,000 francs récemment concédée au laboratoire de chimie.

Mais ces changements ne sont encore qu'un commencement de richesse, et nous espérons que le successeur de M. Béchamp apportera, avec des idées nouvelles, le feu sacré qui fait éclore la prospérité scientifique. Les approvisionnements de diverse nature, tels que la houille, le bois, les vases en verre et en terre, les fourneaux, etc., et toutes ces matières fragiles qui se consomment en si grande quantité dans un laboratoire de chimie, sont en quantité égale, sinon supérieure, à ce qui existe d'analogue dans les divers laboratoires des Facultés des sciences instituées en France. Mais cela se nommerait disette dans les laboratoires d'outre-Rhin. Cette pénurie est due elle-même à l'exiguïté des frais de cours, dont le chiffre actuel est de 500 francs, et qui devrait être porté au taux annuel à 1,500 francs. Signalons la nécessité d'un meilleur outillage pour les travaux de l'École pratique de chimie, dont la dotation, qui est de 1,000 francs, devrait être portée aussi à 1,500 francs par an.

L'ensemble des travaux du laboratoire et de l'École pratique de chimie est sous la direction du professeur et du chef des travaux chimiques, assistés d'un aide de chimie et d'un garçon de laboratoire. L'École pratique de chimie comprend 30 élèves, nommés au concours, 15 par an. Les exercices pratiques de chimie ont lieu trois fois par semaine ; leur durée est de quatre heures. Le chef des travaux chimiques est chargé de suivre ces exercices, de faire des répétitions et des interrogations. Le professeur de chimie lui-même fait des conférences à l'École pratique et prend la haute direction des travaux.

En résumé, le département chimique de la Faculté de médecine de Montpellier est entré largement dans la voie des améliorations ; nous n'hésitons pas à lui attribuer le premier rang parmi les laboratoires de province. Mais c'est Chaptal qui l'a fondé, et il faut qu'il soit digne du nom du professeur-ministre qui fut l'un des plus grands promoteurs de la science et de l'industrie françaises.

Laboratoires de cliniques. — Ces laboratoires doivent être au nombre de trois, savoir : deux à l'hôpital Saint-Éloi, un à l'Hôpital-Général. Leur institution ne date que de l'année 1872, et a été permise par l'attribution d'une somme annuelle de 6,000 francs, votée sur notre demande par l'Assemblée nationale. La Faculté s'est occupée d'abord de la répartition de cette somme pour le fonctionnement des diverses cliniques, et a adopté après discussion les conclusions d'un Rapport présenté par M. le professeur Courty, tendant à faciliter l'organisation et le service d'un laboratoire attribué à chaque clinique. Le principe de l'importance supérieure des cliniques générales ayant été adopté, on a admis qu'il serait attribué une somme de 1,500 francs à la clinique médicale, une somme de 1,500 francs à la clinique chirurgicale, et une somme moitié moindre, c'est-à-dire de 750 francs, à chaque clinique spéciale, savoir : à la clinique obstétricale, à la clinique des enfants et des vieillards, à la clinique des maladies mentales et nerveuses, et à la clinique des maladies vénériennes et cutanées.

La distribution de cette somme a d'abord abouti à l'acquisition d'instruments d'observation et de travail. Le laboratoire de clinique chirurgicale à l'hôpital Saint-Éloi et celui de l'Hôpital-Général en sont encore à cette période préparatoire ; mais le laboratoire de clinique médicale de l'hôpital Saint-Éloi est véritablement fondé ; il est destiné, jusqu'à meilleure organisation des autres ateliers de travail, à servir aux recherches qui intéresseraient les autres enseignements cliniques.

Laboratoire de clinique médicale. — Dirigé par MM. les professeurs Dupré et Combal, ce laboratoire est installé au sein même de l'hôpital et près des salles de clinique, dans une vaste pièce du premier étage. La salle a été fournie par l'Administration des Hospices, qui a livré en même temps quelques meubles, auxquels s'ajoute le mobilier propre de la clinique. Ce mobilier comprend une grande armoire vitrée, diverses tables, dont une servant de support à des balances, de nombreux instruments d'observation médicale, des étagères formant un placard dans une embrasure, un tableau noir pour les démonstrations, etc. — Le service de l'eau et du gaz est installé ; des instruments nouveaux ont été acquis sur la dotation annuelle du laboratoire. Nous signalerons spécialement les instruments ou appareils suivants : balances (divers types), microscopes, appareils d'enregistrement, saccharimètres, spectroscopes, appareil-Carré avec ses accessoires, appareils électriques, thermomètres, densimètres, appareils de détermination météorologique, laryngoscopes, ophthalmoscopes, modèles variés de spéculum, spiromètres, cystomètre de Woillez, trocarts et appareils aspirateurs, plessimètres et stéthoscopes, trousse d'otologie, œsthesimètre, seringues à injection, etc. — A ce premier fonds d'instruments s'ajoutent bon nombre d'articles de verrerie, une boîte à réactifs et quelques livres relatifs aux analyses.

Cette situation établit d'une manière évidente l'utilité de la création de ce laboratoire et l'heureux emploi de ces fonds. Mais l'établissement est trop récent pour avoir encore atteint son but, et, sur l'avis des professeurs de clinique, nous avons dû signaler à M. le Ministre les défectuosités suivantes et les moyens d'y remédier.

1° Une seule place est affectée à l'emplacement du laboratoire, et quoique vaste, elle est insuffisante. Une fontaine, un grand fourneau, des réactifs représentent un voisinage compromettant pour des machines et des instruments délicats. L'humidité, les vapeurs provenant des matières combustibles, des manipulations chimiques peuvent altérer ces derniers et nuire à leur mécanisme, quelque soin qu'on prenne pour les préserver. Il est indispensable, urgent même de les déplacer et de les installer dans un autre local. L'Administration des hospices, qui a déjà cédé à la Faculté, à titre gracieux, le laboratoire actuel, n'hésiterait pas sans doute à étendre sa concession, si le désir lui en était exprimé par l'Autorité supérieure. L'adjonction d'une pièce voisine suffirait à tous les besoins du laboratoire.

2° La nécessité d'une autre amélioration se faisait surtout sentir. Jusqu'ici, aucun personnel spécial n'avait été attaché au laboratoire. Son organisation et son fonctionnement auraient été gravement compromis, si M. Hamelin, agrégé et ancien chef de clinique médicale, n'avait consacré spontanément au service de cette clinique, son temps, son zèle et son habileté dans les recherches pathologiques et histologiques. Mais, dans cette situation, il a été difficile de faire bénéficier des avantages du laboratoire tous les élèves qui y avaient droit. — Une pareille situation, au point de vue des travaux des élèves, de la conservation des instruments du laboratoire, et sous le rapport des recherches scientifiques, exigeait la création de places de chef et de garçon de laboratoire, comme dans les institutions analogues de la Faculté.

Cette demande vient de recevoir entière satisfaction. M. le Ministre, dans sa récente visite à Montpellier, avait apprécié l'importance d'un laboratoire affecté à la clinique médicale, et compris qu'il ne pouvait fonctionner à la condition d'être pourvu d'un personnel spécial. Par arrêté du 19 novembre courant, une place de chef de laboratoire a été créée, aux appointements annuels de 1,500 francs, ainsi qu'une place d'aide de laboratoire, aux appointements de 800 francs. Le premier fonctionnaire sera en même temps chargé de la conservation des instruments d'observation. La dépêche ministérielle, qui nous informe de cette création, comble à ce point de vue les vœux de la Faculté ; elle nous fait présumer, qu'à un moment plus opportun, les autres cliniques seront dotées des mêmes avantages. Quoi qu'on puisse en augurer, la mesure actuelle marque une ère de progrès pour la Faculté de Montpellier.

Laboratoire d'anatomie pathologique. — Il s'agit d'une chaire créée, d'un enseignement nouveau. Tout était à faire. Disons immédiatement que tout est fait. L'administration de la Faculté a mis à la disposition du professeur deux grandes pièces situées au rez-de-chaussée, donnant d'une part sur la grande cour, de l'autre sur la petite cour de l'ancienne École pratique. Ce local, qui servait autrefois de cabinet au chef des travaux anatomiques, et qui est pris sur la partie la plus éclairée et la moins humide des anciennes salles de dissection, présente les conditions d'une excellente installation, digne de la science dont l'enseignement a été, il y a deux ans, inauguré dans la Faculté. L'une des deux pièces est un cabinet d'étude pour le professeur, l'autre est le laboratoire proprement dit où sont admis les élèves. Un troisième compartiment destiné à la réception et à la conservation des cadavres, aux travaux nécropsiques les moins délicats, a été annexé aux pièces précédentes, sur la demande du professeur. La mise en état de ce local est aujourd'hui complète. Traitée sur le pied des plus favorisées, la nouvelle chaire a été dotée de tout ce qui développe les études d'anatomie pathologique. Les frais de premier établissement ont été largement faits : une dotation annuelle de 1,200 francs, pour l'entretien du laboratoire et pour les acquisitions nécessaires, a été concédée. Une place de préparateur et une place de garçon de laboratoire ont été créées. Déjà cette rapide et heureuse organisation a porté ses fruits. Une collection histologique intéressante est commencée, les exercices d'anatomie de structure intéressent nos élèves, ils prennent goût aux révélations de ces microscopes braqués en série pour leur faire connaître un monde nouveau. Le travail est continu dans le laboratoire, si longtemps et si ardemment désiré, et des thèses intéressantes, rédigées sur des sujets d'anatomie pathologique, ont été soutenues devant la Faculté.

Il nous sera pardonné de nous réjouir de cet avènement d'une science non encore enseignée à Montpellier, en rappelant que la création de cette chaire avait fait partie de notre programme en acceptant le décanat, et qu'il nous a été permis de contribuer à sa fondation en la réclamant auprès de l'Assemblée nationale.

Laboratoire de médecine légale. — Ce laboratoire, de création récente et l'un des premiers institués en France, est en voie de construction. Son achèvement peut être considéré comme prochain. Cinq vastes pièces parfaitement distribuées, dont les principales reçoivent un jour splendide, composent ce labora-

toire placé près du petit amphithéâtre des cours, et vont permettre la vie scientifique dans un local naguère sans destination.
Nous avons été heureux de l'exhumer des substructions de
notre édifice et de l'offrir à notre nouveau collègue. Le professeur Jaumes en a dirigé la distribution et l'aménagement avec
une parfaite sagacité. Le nouveau laboratoire, aussi étendu que
commode, d'un accès facile, pourvu de tout ce qui est nécessaire
aux travaux de toxicologie et aux diverses recherches que
comporte la médecine légale, fera honneur à la Faculté de
Montpellier ; il marque une ère nouvelle, celle de l'expérimentation, pour une science dont l'enseignement, à Montpellier, a
eu une période d'éclat, puisqu'on en doit l'inauguration à
Prunelle et qu'elle a inspiré à Joseph Anglada l'occasion de
publier son beau traité de toxicologie générale.

Nous n'insisterons pas plus longuement sur la situation matérielle de la Faculté de Médecine. Pour quiconque n'a ni intérêt
à obscurcir son jugement, ni prévention suggérée par des divergences doctrinales, il paraîtra évident que cet antique foyer
d'enseignement médical entre dans une phase nouvelle et heureuse. L'attrait et le caractère de l'étude résidaient autrefois, à
Montpellier, dans l'enseignement oral et dans la méditation des
ouvrages classiques. Le goût de l'observation n'était que le lot
du petit nombre, mais du moins ce goût s'exprimait avec succès
chez ceux qui s'y livraient, car Montpellier a eu ses anatomistes
éminents, ses naturalistes de premier ordre, ses praticiens
attachés à l'étude des faits, ses expérimentateurs éclairés.
Aujourd'hui cette tendance s'est généralisée. La création des
collections, l'ouverture des amphithéâtres, l'installation des
laboratoires a modifié les idées, changé la direction des travaux
et fait entrer Montpellier dans le courant des idées nouvelles ;
espérons que la science n'y perdra rien. Nous sommes même
convaincu qu'elle y gagnera, si cette philosophie baconienne,
dont notre École a tant vanté les principes, est sévèrement appliquée à l'observation et à l'expérimentation. Car si la vérité naît
de ces deux sources, la lumière qui en jaillit rend à son tour
l'expérience plus sûre : *Verus enim experientiæ ordo lumen
accendit et per lumen iter demonstrat.*

Il nous reste actuellement à apprécier le mouvement général des travaux didactiques, et celui du personnel de la Faculté, élèves et maîtres. Ce tableau ressemble beaucoup à celui des années précédentes ; on nous permettra de le réduire à ses points principaux et de le résumer dans une forme statistique.

Note des Inscriptions prises , des Examens passés et des Concours subis à la Faculté de Médecine de Montpellier, pendant l'année scolaire 1875-1876.

INSCRIPTIONS.

Docteurs...............................	1,059
Officiers de santé......................	121
Militaires..............................	57
TOTAL....	1,237

EXAMENS DE FIN D'ANNÉE.

Docteurs :	1er Examen	69	16 ajournés	53 admis.			
»	2e »	74	22 »	52 »			
»	3e »	99	15 »	84 »			
		242	53 »	189 »			
Off. de santé :	1er Examen	34	25 »	9 »			
»	2e »	11	7 »	4 »			
		45	32 »	13 »			
Militaires :	1er Examen	2	» »	2 »			
»	2e »	6	3 »	3 »			
»	3e »	12	» »	12 »			
		20	3 »	17 »			
		307	88 »	219 »			

EXAMENS DE FIN D'ÉTUDES.

Doctorat :	1er Examen	120	32 ajournés	88 admis.	
»	2e »	98	24 »	74 »	
»	3e »	99	23 »	76 »	
»	4e »	92	7 »	85 »	
»	5e »	95	2 »	93 »	
		504	88 »	416 »	
Thèses...............		92	2 »	90 »	
		596	90 »	506 »	

Off. de santé :	1er	Examen	2	» ajournés.	2 admis.
»	2e	»	5	» »	5 »
»	3e	»	5	» »	5 »
			12	» »	12 »
Sages-femmes :	1re cl. 1er Ex.		53	2 »	51 »
»	2e		51	» »	51 »
Sages-femmes :	2e cl......		22	6 »	16 »

DIPLÔMES ACCORDÉS.

Docteurs............................. 90
Officiers de santé..................... 5
Sages-femmes, 1re classe.............. 51
Sages-femmes, 2e classe.............. 16
                                162

Concours pour la place de chef des travaux anatomiques (ouvert le 2 août 1875 et terminé le 30 octobre). — 2 candidats : MM. Bimar et Eustache ; M. Bimar est nommé chef des travaux anatomiques.

École pratique d'anatomie. — 16 élèves inscrits, 14 admis dans l'ordre suivant : 1er Rifki ; 2e Sévène ; 3e Boyer Joseph ; 4e Paraire ; 5e Saussol ; 6e Allary ; 7e Lacombe ; 8e Soulayrac ; 9e Riu ; 10e Delarbre ; 11e Mouly ; 12e Janicot ; 13e Metaxas ; 14e Zolotowitz.

École pratique de chimie. — 4 élèves inscrits. Admis tous les quatre dans l'ordre suivant : 1er Urpar ; 2e Boisson ; 3e Romestan ; 4e Rifki.

Concours pour une place d'aide-anatomiste. — 2 candidats inscrits : MM. Paulopoulo, Jouillé ; M. Jouillé est nommé aide-anatomiste.

Concours pour une place de chef de clinique médicale. — Un seul candidat inscrit et nommé : M. Carrieu.

Concours pour les prix de fin d'année. — 1re année : 4 élèves inscrits ; lauréat, M. Dumouly.

2e année : 4 élèves inscrits ; lauréat, M. Marangos ; mention honorable, M. Brousse.

3e année : 2 élèves inscrits ; lauréat, M. Caizergues ; mention honorable, M. Vignol.

4e année : 2 élèves inscrits ; lauréat, M. Barralis.

Prix Fontaine (année scolaire 1874-1875). — Commission composée de MM. Martins, Benoît, Cavalier, Moitessier, Dubrueil, rapporteur.

Cinq thèses ainsi classées : 1° M. Henneguy ; 2° M. Bimar ; 3° M. Arnaud ; 4° M. Mallet ; 5° M. Béchamp.

Enseignement.

SEMESTRE D'HIVER. — COURS OFFICIELS.

Pathologie chirurgicale. — M. Boyer, professeur, a traité des Maladies chirurgicales : 1° des Organes génitaux de la Femme ; 2° des Organes urinaires dans les deux sexes ; 3° du Système vasculaire (Artériel, Veineux, Lymphatique).

Anatomie. — M. Benoit, professeur, a successivement enseigné les diverses branches de l'Anatomie humaine.

Pathologie médicale. — M. Anglada, professeur, a divisé ce cours en deux parties : dans la première, il a étudié les Phlegmasies aiguës et chroniques ; dans la seconde, il a fait l'histoire des Névroses ou Maladies nerveuses proprement dites.

Chimie médicale et Pharmacie. — M. Béchamp, professeur, a pris pour objet de ses leçons la première partie du Cours de Chimie organique et du Cours de Pharmacie.

Deux leçons par semaine ont été consacrées au premier enseignement, et une leçon au second.

Physiologie. — M. Rouget, professeur, a pris pour objet de son cours : Physiologie de la Génération : Développement des Éléments générateurs ; Fécondation ; Copulation ; Développement de l'Œuf fécondé ; Développement de l'Embryon ; Parturition ; Développement de l'Espèce ; Races humaines ; Physiologie de la Circulation.

Anatomie pathologique et histologique. — M. Estor, professeur, après avoir terminé l'étude de l'Anatomie pathologique générale, s'est occupé successivement de l'Histologie anormale et de l'Anatomie pathologique des Tissus.

Opérations et Appareils. — M. Bouisson, professeur. — M. Grynfeltt, agrégé-suppléant, a traité des Opérations qui se pratiquent sur les Organes génito-urinaires de l'Homme.

Cours complémentaires ou bénévoles.

Ophthalmologie. — M. Jacquemet, professeur-agrégé, a spécialement insisté sur la démonstration des Instruments et des Manœuvres opératoires qu'on applique au diagnostic et au traitement des diverses Maladies des Yeux.

Semestre d'été. — Cours officiels.

Accouchements. — M. Dumas, professeur, a fait l'étude de la Grossesse.

Botanique et Histoire naturelle médicale. — M. Martins, professeur, a consacré son cours à la Botanique. Il a traité successivement de l'Anatomie des Plantes, de leur Organographie, de leurs Classifications, et a fait ensuite connaître les familles naturelles qui donnent des produits à l'Économie domestique, à la Matière médicale et à la Toxicologie.

Hygiène. — M. Fonssagrives, professeur, a consacré la première partie de ce trimestre à l'Hygiène thérapeutique, et la seconde à l'étude des rapports du Physique et du Moral.

Pathologie et Thérapeutique générales. — M. Cavalier, professeur, a pris pour objet principal de son cours, l'étude de la Thérapeutique générale. Les bases de cette branche de la science médicale ont d'abord été exposées ; il a traité ensuite des principes de la Séméiologie, de la source et de la valeur des Indications et des Méthodes thérapeutiques, et a examiné enfin à un point de vue général les moyens à l'aide desquels le but thérapeutique est poursuivi.

Physique médicale. — M. Moitessier, professeur, a consacré la première partie du cours à l'étude de l'Acoustique, et la seconde à l'Optique. — Ces deux branches de la Physique ont été spécialement étudiées au point de vue de leurs applications à la Physiologie et à la Médecine.

Médecine légale et Toxicologie. — M. Jaumes, professeur, s'est occupé des Attentats contre la santé et la vie : blessures par les divers instruments piquants, tranchants, contondants, blessures par armes à feu ; pendaison, strangulation, suffocation, submersion, etc., etc.

Thérapeutique et Matière médicales. — M. Fuster, professeur, a traité de l'Air et de l'Électricité comme Agents thérapeutiques. — M. Eustache, agrégé-suppléant, a été chargé de la suite du cours, et s'est occupé des matières ci-après : Électricité appliquée sous ses trois formes principales : Statique, Galvanique, Induite, associée à l'Hydrothérapie (Hydro-Électrothérapie), aux divers traitements balnéaires, à l'influence de l'air : Émigration, séjour dans divers climats, à différentes altitudes, etc., etc.

Histoire de la Médecine. — M. Castan, agrégé, chargé du cours, a terminé, cette année, l'étude de l'Histoire des Sciences médicales depuis la Renaissance jusqu'à la fin du xviii° siècle.

Ce cours a eu pour objet l'étude des maladies observées pendant cette période.

Cours complémentaires ou bénévoles.

Maladies chroniques des articulations. — M. Masse, agrégé, a pris surtout pour objet de son cours l'étude des Maladies chroniques des articulations.

Médecine opératoire. — M. Grynfeltt, agrégé, a terminé dans le dernier semestre le programme du cours du Semestre d'Hiver. — La Pierre dans la Vessie.

Chirurgie d'urgence. — M. Bimar, chef des Travaux anatomiques, s'est occupé de la Chirurgie d'urgence.

Maladies des Enfants. — M. Espagne, agrégé libre, a fait une série de leçons sur les Maladies des organes respiratoires chez les Enfants.

COURS ANNUELS.

Cliniques à l'Hôpital Saint-Éloi.

Clinique interne : MM. Dupré et Combal, professeurs.

Clinique externe : MM. Courty et Dubrueil, professeurs.

Clinique d'accouchements : M. Dumas, professeur.

MM. les Élèves sont admis par série aux Accouchements qui ont lieu dans la division obstétricale de l'Hôpital.

Clinique des Maladies syphilitiques et cutanées : MM. Benoit et Jaumes, professeurs.

Cliniques spéciales de l'Hôpital-Général.

Clinique des Maladies des Vieillards et des Enfants : MM. Fonssagrives et Estor, professeurs.

Clinique des Maladies syphilitiques et cutanées : M. Estor, professeur.

Clinique des Maladies nerveuses et mentales : M. Cavalier, professeur.

Comme on peut le voir par la reproduction des programmes de l'enseignement médical, une grande partie des matières qui doivent former le fond de l'instruction que les élèves viennent demander à une Faculté, a été exposée. Certaines sciences sont toujours enseignées d'une manière complète; telle est en particulier l'anatomie, qu'il faut incessamment replacer sous les yeux des élèves, parce que c'est un genre d'étude auquel on se livre peu au-delà du terme de la scolarité. Son acquisition doit être faite avec un soin spécial pendant qu'on fréquente les Écoles ou les Facultés, et il faut pour ainsi dire y faire provision de cette science pour la vie entière. D'autres sciences exigent deux ou trois ans, d'autres encore un délai beaucoup plus long pour être complètement développées devant les élèves. Les divisions de l'enseignement et la variété des cas qui se présentent dans les cliniques, permettent aux élèves laborieux de parcourir le cercle à peu près entier des faits médicaux, sauf à consacrer le reste de leur vie à étudier encore et à observer ; car tout médecin doit se résigner à ne jamais atteindre les connaissances qu'exige une science aussi étendue, et, comme l'avait dit Hippocrate, le vieillard est encore élève en présence de la nature.

Les divers enseignements de la Faculté ont été donnés, soit avec la forme orale, soit sous forme d'exercices pratiques. Six mois de dissection, deux mois d'exercices opératoires font partie de cet ordre d'études ; les exercices au microscope dans le cabinet d'histologie, les herborisations, les études dans le musée de la Faculté sur les pièces en collection, enfin les exercices cliniques répondent à cette dernière forme d'enseignement. Les cliniques surtout, avec les nouveaux procédés de médecine exacte, les pansements exigés des élèves, leur présence aux accouchements, à l'exécution des opérations chirurgicales, aux vérifications nécropsiques, habituent l'esprit à l'observation , à l'amour du vrai, à l'esprit de contrôle et de critique éclairée. L'enseignement par les examens, par la discussion des thèses, constitue aussi un mode d'inculquer dans l'esprit les vérités médicales sous une forme qui porte à la réflexion. Il n'est pas jusqu'aux discussions scientifiques entre élèves constitués en sociétés médicales, et aux conférences tenues dans ces réunions par les professeurs, qui ne laissent des traces utiles dans l'enseignement. Montaigne connaissait déjà la valeur de ce moyen de s'instruire, et disait que la conférence valait, à son gré, mieux que toute autre méthode.

La Faculté a pu présenter à l'observation et aux études pratiques des élèves, pendant l'année, un mouvement général d'environ 4,000 malades, dans l'ensemble des cliniques. Nous avons fait relever, à un moment donné, le nombre des malades présents dans les différents services. Notre honorable confrère, M. le docteur Testelin, de Lille, membre du Sénat, nous avait fait demander le chiffre des malades en traitement dans nos hôpitaux, pour servir de base au nombre des malades qu'il pouvait paraître nécessaire de posséder dans l'hôpital de Lille, affecté à la nouvelle Faculté de médecine de l'État. Voici le relevé qui fut établi à la date du 6 septembre dernier :

Hôpital Saint-Éloi.

Clinique chirurgicale.	Malades civils Hommes............	70
	id. Militaires...................	45
	id. Femmes...................	35
Clinique médicale...	Malades civils Hommes...........	50
	id. Militaires................	80
	id. Femmes................	30
Clinique des maladies syphilitiques et cutanées.	Malades Militaires...............	45
	id. Civils...................	25
Clinique obstétricale.	id. Femmes................	20

Hôpital Général.

Division des vieillards.	Hommes.....................	50
	Femmes.....................	50
	Enfants.....................	10
Dépôt de police.	Femmes vénériennes	40
Aliénés.	Hommes.....................	270
	Femmes	200
		1,030

Ce chiffre de 1,030 malades était aussi, à quelques différences près, suivant les services, celui que contenaient nos hôpitaux, lorsque M. le Ministre de l'Instruction publique, accompagné de M. Dumesnil, chef de division de l'enseignement supérieur, est venu visiter Montpellier. Son Excellence a paru éprouver quelque surprise de voir nos cliniques si convenablement pourvues, ce qui ne nous empêche pas de désirer qu'elles le soient davantage.

Ouvrages publiés. — La tâche des professeurs ne se borne pas exclusivement à l'enseignement officiel. Chaque année permet d'exhiber un bilan scientifique de valeur variable, mais qui prouve, qu'à Montpellier, on ne s'endort pas dans le silence de la contemplation.

Voici la liste des travaux publiés en 1876 par les Professeurs et Agrégés de la Faculté de médecine, et qui, sur notre demande, ont été portés à notre connaissance :

M. le professeur Martins a publié les travaux suivants : deuxième édition des *Éléments de botanique d'Achille Richard, avec notes complémentaires*, in-8°. — *Valeur et concordance des preuves sur lesquelles repose la théorie de l'évolution* (Revue des Deux-Mondes). — *La Théorie de l'évolution et la méthode naturelle* (Revue des Deux-Mondes). — *La forteresse de Mont-Louis dans les Pyrénées-Orientales* (Annuaire du club Alpin).

M. le professeur Moitessier a publié, pour la collection Hachette, un volume ayant pour titre : *la Lumière*, in-12.

Nous devons à M. le professeur Foussagrives un ouvrage très étendu : *le Dictionnaire de la santé ou Répertoire d'hygiène pratique à l'usage des familles et des écoles*, gr. in-8° à deux colonnes ; — à M. le professeur Boyer, une *Histoire de la chirurgie* ; — à M. le professeur Courty, un mémoire sur *l'Arthrite dans ses rapports avec la taille et la lithotritie*, lu à l'Académie de médecine. — L'auteur de ce compte rendu a publié, de son côté, deux *Mémoires de chirurgie* et un rapport sur la *Nécessité de comprendre la ville de Montpellier parmi les centres universitaires*.

Les Agrégés de la Faculté ont donné des preuves d'ardeur scientifique, non-seulement par leur collaboration régulière au *Montpellier médical*, dont le 37ᵉ volume est en cours de publication, mais par la participation d'un grand nombre d'entre eux à l'un des ouvrages qui laisseront une forte trace dans la littérature médicale du dix-neuvième siècle : je veux parler du *Dictionnaire encyclopédique des sciences médicales*.

Nous devons à M. Gayraud un mémoire sur *l'Infiltration urinaire* ; à M. Grynfeltt, une étude sur un *Sarcome des fosses nasales* ; à M. Bertin les articles *Colon* et *Coma* du *Dictionnaire encyclopédique* ; à M. Hamelin, les articles *Rue* et *Régime* du même dictionnaire ; à M. Jacquemet, l'article *Emphysème* du même recueil ; à M. Masse, des *Recherches sur la ladrerie du bœuf et le tœnia inerne*, communiquées à l'Académie des sciences, et un *Compte rendu du Congrès de Nantes*. — M. de Girard a présenté à l'Académie des sciences une note ayant pour titre : *D'une cause de l'altération spontanée de l'acide cyanhy-drique anhydre, et d'un cas nouveau de transformation totale de cet acide.*

Enfin, en dehors du cadre de l'Agrégation, mais toujours dans le sein de la Faculté, nous retrouvons des traces de participation au mouvement scientifique, que nous sommes d'autant plus heureux d'enregistrer qu'elles nous donnent lieu de signaler d'importantes publications. Dans ce nombre nous comprenons : le livre de M. Gordon, bibliothécaire-adjoint de la Faculté, intitulé : *Rabelais à la Faculté de médecine de Montpellier,* in-4°, avec portrait et fac-simile ; — la *traduction,* faite par le même auteur, du livre de Ch. Darwin, sur le *Mouvement et les habitudes des plantes grimpantes,* in-8°.

La Flore de Montpellier, par MM. Loret et Barrandon, 2 volumes in-8°

Il suffira, je l'espère, à l'auteur de ce compte rendu d'avoir énuméré, sans y ajouter une appréciation qui ne lui incombe pas, la série des publications faites par les membres de la Faculté de médecine de Montpellier, pendant le cours de l'année académique 1875-1876, pour prouver que le zèle qui les anime n'a pas été stérile, et que le contingent apporté à la science n'est pas inférieur à celui des années précédentes. Ce faisceau de publications, sur des sujets aussi variés qu'importants, désigne encore Montpellier comme la ville de province où le mouvement médico-scientifique est le plus fécond.

L'exposé de la situation et des travaux de la Faculté de médecine de Montpellier, pendant l'année académique qui vient de s'écouler, nous fournit la douloureuse occasion d'enregistrer les pertes que nous avons faites.

Le professeur Fuster, dont la santé était malheureusement défaillante depuis plusieurs années, a succombé, le 15 octobre dernier, dans sa propriété d'Ogen-les-Bains. Il appartenait à notre Faculté depuis 1848, et y était entré par concours, en qualité de professeur de clinique médicale. Il portait déjà le titre d'agrégé, et avait rempli pendant sa scolarité les fonctions de chef de clinique médicale. M. Fuster s'était éloigné de Montpellier vers 1830, et avait résidé à Paris, où il s'était fait un nom très estimé, par la part qu'il prenait aux travaux de la presse médicale. C'est aussi pendant cette époque qu'il a publié les deux grands ouvrages qui l'avaient hautement classé dans le monde savant : le *Traité des Maladies de la France*, couronné par l'Institut, et le livre sur le *Climat de la France*. — Ces importants travaux, non moins que les épreuves du concours auquel il prit part, l'avaient désigné au choix de la Faculté. Il y a occupé successivement les chaires de clinique interne et de thérapeutique et de matière médicales. Son passage dans la première chaire n'est pas resté obscur : il a contribué, l'un des premiers, à faire apprécier les avantages de la médication arsenicale dans le traitement de plusieurs maladies, et il a abordé avec fermeté certains points de pratique controversés, notamment le traitement de quelques maladies aiguës par les bains froids. — Pendant le cours de son professorat, M. Fuster a publié un *Traité de l'affection catarrhale*, et le premier volume de sa *Clinique médicale*. La mort et les infirmités qui la précèdent l'ont surpris pendant qu'il s'occupait de ce dernier ouvrage. Il nous a quittés en laissant l'exemple d'une vie laborieuse et utile, et en emportant la légitime affection de ses collègues. — M. Fuster était âgé de 76 ans. M. le docteur Hamelin, son élève et son ami, lui a consacré un article biographique, dicté à la fois par le cœur et le talent, et qui a récemment paru dans le *Montpellier médical*. Nous y renvoyons ceux qui voudraient connaître plus amplement la carrière parcourue par ce Professeur.

La mort nous a aussi enlevé, cette année, un des vétérans de l'Agrégation, M. le docteur Touchy, conservateur des collections de la Faculté de médecine au Jardin des plantes. M. Touchy était âgé de 84 ans, il avait rempli pendant 37 ans les fonctions de conservateur. Élève de Gouan et de De Candolle, M. Touchy était très versé dans la connaissance de la flore locale.

Enfin, la Faculté a cessé de compter parmi ses collaborateurs l'un de ses professeurs, M. Béchamp, et l'un de ses agrégés, M. Eustaché, appelés tous les deux à la Faculté libre de Lille. Leur retraite ayant été volontaire, nous n'avons qu'à exprimer l'espoir de les voir bientôt remplacés par des hommes au moins égaux par le talent, et supérieurs par le sentiment de fidélité envers l'Université.

L'année académique dont nous venons de résumer l'histoire, s'est terminée par un évènement important, qui est en même temps pour nous un honneur et un précieux souvenir. Une Commission s'était formée, au mois de juillet dernier, dans le but de poursuivre le vœu émis par le Conseil académique de Montpellier, de voir attribuer à notre ville le titre de Centre universitaire. Cette Commission pensa que l'un des moyens d'atteindre ce but serait de prier M. le Ministre de l'Instruction publique de venir à Montpellier et de se rendre compte par lui-même de la véritable situation des établissements d'enseignement supérieur que possède notre ville. La Commission était convaincue qu'une inspection personnelle du Chef de l'Université, en mettant sous ses yeux nos richesses matérielles, et en lui permettant d'apprécier plus directement et plus sûrement la valeur du personnel enseignant, lui donnerait la certitude que Montpellier est prêt pour son nouveau rôle, et que si l'État persiste dans le projet de créer des centres universitaires, la condition majeure de cette création, celle de l'existence d'une grande Faculté de médecine, est tout au moins remplie à Montpellier dans la mesure exigée par la science, l'enseignement et les intérêts du pays. L'auteur de ce Rapport avait été chargé, en qualité de président de la Commission universitaire et de membre d'une Commission mixte formée de professeurs et de conseillers généraux et municipaux, de prier Son Excellence de ne rien conclure sans avoir visité personnellement Montpellier. M. le Ministre fit bon accueil à cette prière, et pour établir une comparaison plus large et plus décisive, résolut de visiter Bordeaux, Toulouse et Montpellier.

Nous restons fidèle aux obligations de notre compte rendu, c'est-à-dire au devoir de reproduire des faits et non des impressions, en affirmant que la présence de M. Waddington à Montpellier a pris les proportions d'un heureux évènement. Reçu à la Faculté de médecine par le corps tout entier des Professeurs et des Agrégés, M. le Ministre de l'Instruction publique, accompagné de M. le Directeur de l'Enseignement supérieur et de M. le Recteur de l'Académie de Montpellier, n'a pas consacré moins de quatre heures à parcourir toutes les divisions de notre établissement. Il a été évident pour tous que M. le Ministre avait

tracé d'avance son plan d'observation. Ses questions ont été
précises et révélatrices d'un but. Ses vérifications ont visé tout
ce qui avait un caractère d'utilité. L'intérêt spécial que M. le
Ministre a porté à la visite du Musée, de la Bibliothèque, du
Pavillon d'anatomie, des Laboratoires, des Hôpitaux, des Collections de toute nature, du Jardin des plantes, etc.; son attention soutenue, ses investigations minutieuses, ses informations
empreintes d'une connaissance approfondie de tout ce qu'exige
la science médicale, ont prouvé combien était sérieuse et combien pouvait être féconde en résultats importants l'inspection
de notre éminent visiteur. Son étonnement et sa satisfaction
étaient visibles à travers la retenue que lui imposait une œuvre
d'information, et lorsque nous avons vu M. le Ministre signaler
sa tournée dans les diverses parties de notre édifice médical, par
des décisions immédiates, suggérées par l'appréciation des faits,
prendre l'initiative d'améliorations et d'installations nouvelles,
annoncer un projet de création d'une chaire de maladies mentales et nerveuses, nous indiquer l'ouverture de crédits
pour divers services de la Faculté, et terminer sa visite aux
hôpitaux en accordant spontanément les fonds nécessaires pour
la salle de nécropsie et pour l'institution définitive d'un laboratoire de clinique, avec dotation des employés nécessaires à son
fonctionnement, il a été facile de conclure que le Chef de l'Université voulait assurer la prospérité de l'antique foyer médical
de Montpellier. Aussi la joie et la confiance ont été grandes dans
le monde universitaire ; et ce sentiment a redoublé quand on a
vu M. le Ministre exciter et recevoir les promesses positives du
Conseil général de l'Hérault et du Conseil municipal de Montpellier, destinées à assurer la résurrection de notre ancienne
Faculté de Droit et le développement scientifique des autres
Facultés.

Nous sommes heureux, en terminant ce compte rendu, non-
seulement de remercier M. le Ministre, mais de rapporter à
l'influence du Conseil académique de Montpellier, et au vote
qu'il a émis dans sa précédente session, la juste part qui leur
revient dans ce réveil de nos espérances.

COMPTE RENDU

SUR LES TRAVAUX DE LA FACULTÉ DE MÉDECINE DE MONTPELLIER

PENDANT L'ANNÉE SCOLAIRE 1876-1877

MESSIEURS ,

J'ai été chargé douze fois de faire le compte rendu des travaux de la Faculté de médecine pendant le cours d'une année académique. Si l'on exigeait du narrateur de ces travaux de nouveaux documents pour chaque essai de ce genre, je pourrais, à bon droit, déclarer la tâche difficile, et je m'excuserais auprès de cette honorable assemblée de ne pouvoir l'intéresser, et d'être enfermé dans l'obligation de lui redire les mêmes choses à peu près de la même manière.

Heureusement, l'année académique qui vient de s'écouler me permet d'inscrire, à côté du mouvement habituel de la Faculté, de nombreux témoignages de sympathie donnés par l'Autorité supérieure. Leur énoncé, en faisant apprécier l'opportunité avec laquelle de grandes améliorations ont été concédées et les ressources financières qui en ont été la condition et le prix, suffira peut-être pour éveiller parmi vous un intérêt qui aurait assurément faibli s'il n'avait eu pour moteur que l'artifice de mon exposition. Je me permettrai, du reste, d'abréger le compte rendu dont j'ai été chargé. Les détails nombreux de mon précédent Rapport, sur la situation matérielle de la Faculté de médecine, me dispensent de revenir sur des points déjà traités.

Nombre des élèves. — Le nombre des élèves qui ont suivi pendant l'année 1876-1877 les travaux de la Faculté de médecine de Montpellier, a été de 400 environ, parmi lesquels 243 ont affirmé leur présence par les inscriptions prises sur les registres. Les autres assistants sont représentés par les élèves déjà pourvus d'inscriptions dans d'autres Facultés ou Écoles, et par ceux qui suivent les travaux sans figurer régulièrement sur les registres officiels.

Pendant la durée de l'année scolaire 1876-1877, il a été pris, pour les quatre trimestres, 972 inscriptions, réparties de la manière suivante :

Pour le doctorat en médecine.............. 857
Pour l'officiat.......................... 115

Comparé à l'année précédente, ce chiffre se trouve réduit : la différence des premières inscriptions est de 25 en faveur de l'année 1875. Ce fait s'explique, soit par la fluctuation qui peut se trouver dans des quantités de cet ordre, soit par le fonctionnement des Écoles de plein exercice, qui ont pu retenir des élèves que Montpellier avait l'habitude d'attirer. Hâtons-nous d'ajouter que ce déchet présente d'autant moins d'importance que le chiffre des premières inscriptions, prises cette année, s'est relevé, et que 30 inscriptions de plus peuvent être reportées à l'actif de l'année académique ouverte le 1er novembre courant. On nous permettra de faire remarquer que ce mouvement ascensionnel a lieu précisément à l'heure même où la Faculté de médecine de Lyon, définitivement constituée, vient d'inaugurer solennellement ses travaux, sous la présidence de M. l'Inspecteur général Chauffard. Nous y puisons l'espérance que notre savante coopératrice, à qui nous souhaitons la bienvenue, sans avoir désiré sa naissance, pourra développer les ressources que lui assurent la densité de la population lyonnaise et l'importance de ses hôpitaux, sans amoindrir la légitime influence dévolue à l'ancienne Faculté du Midi. Une honorable émulation entre les deux Facultés leur créera des titres d'estime mutuelle, et ravivera d'anciennes relations scientifiques. On n'oubliera pas, qu'à Lyon même, un grand nombre de médecins éminents s'étaient formés dans nos murs, que des échanges réciproques avaient fortifié nos relations, et que si la grande cité nous a fourni jadis Dumas et Prunelle, nous lui avons donné Gilibert, Montain, Laprade, Viricel, Nichet, Devay, Colrat, et, qu'aujourd'hui même, trois des éminents professeurs de la Faculté nouvelle, MM. Ollier, Gayet et Paulet, ont fait à Montpellier leurs armes médicales.

Examens. — Les examens de *fin d'année* ont donné les résultats suivants :

Docteurs civils.

1er Examen	60 examinés	21 ajournés	39 admis.
2e »	80 »	17 »	63 »
3e »	62 »	11 »	51 »
	202	49	153

Militaires.

1er Examen	1 examinés	» ajournés	1 admis.
2e »	6 »	» »	6 »
2e »	13 »	» »	13 »
	20	»	20

Officiers de santé.

1er Examen	43 examinés	15 ajournés	28 admis.
2e »	14 »	6 »	8 »
	57	21	36

Il résulte de ce tableau que, pour les examens de fin d'année, le chiffre général des aspirants au doctorat ou à l'officiat comporte un grand nombre d'ajournements. Le quart des candidats de la première catégorie a échoué, et le nombre des refus s'élève presque à la moitié, pour les aspirants à l'officiat. Ce résultat prouve trop ou trop peu. Il permet de croire, ou que les candidats sont trop faibles, ou que les examens sont trop sévères. Or, ni l'une ni l'autre de ces conclusions ne sont exactes. La vérité est que la nature de ces examens n'est pas suffisamment probatoire. Leur but était surtout d'assurer la présence des élèves aux cours et de permettre la vérification des effets de l'enseignement. Or, il arrivait souvent que les candidats venus des Écoles préparatoires étaient interrogés sur des matières à l'exposition desquelles ils n'avaient point assisté, ou que les élèves, ne prenant pas suffisamment au sérieux un examen non suivi d'un résultat définitif, au point de vue des degrés du doctorat, ne préparaient pas cette épreuve avec le soin nécessaire. Aussi une défaveur s'est-elle attachée à cet ordre d'examen, même dans les hautes régions administratives, et un projet de décret, élaboré en Conseil supérieur de l'Instruction publique, menace-t-il une institution que trente ans d'application n'ont pas suffisamment accréditée. Tout permet d'espérer que la suppression des examens de *fin d'année*, en redonnant aux examens de *réception* une importance exclusive et nouvelle, augmentera le caractère probatoire des épreuves du doctorat.

EXAMENS DE FIN DÉTUDES.

Doctorat :	1ᵉʳ Examen	110	examinés	18	ajournés	92	admis.
»	2ᵉ »	132	»	23	»	109	»
»	3ᵉ »	125	»	24	»	101	»
»	4ᵉ »	105	»	14	»	91	»
»	5ᵉ »	90	»	3	»	87	»
Thèses		86	»	1	»	85	»
		648		83		565	
Officiat :	1ᵉʳ Examen	8	examinés	3	ajournés	5	admis.
»	2ᵉ »	7	»	2	»	5	»
»	3ᵉ »	7	»	2	»	5	»
		22		7		15	
Sages-fem. : 1ʳᵉ cl. 1ᵉʳ Ex.		90	»	9	»	81	
»	2ᵉ »	81	»	»	»	81	
» 2ᵉ cl. ex. uniq.		14	»	5	»	9	

Nous nous bornerons à faire remarquer, au sujet des examens relatifs au doctorat, que le plus grand nombre des ajournements a porté sur le deuxième examen, lequel est relatif à la pathologie interne ou externe et à la médecine opératoire, et sur le troisième examen, qui a trait aux sciences physico-chimiques et naturelles. Qu'une sévérité plus prononcée arrête les élèves au deuxième examen, lequel roule sur les connaissances les plus importantes du médecin, rien de plus légitime. Un tel examen est véritablement d'une importance majeure dans une Faculté de médecine, et il est nécessaire que pour être admis l'élève ait fait preuve d'une instruction réelle. Mais on remarquera que le nombre des ajournements n'a pas été moins considérable pour les candidats au troisième examen. Or, ici, l'insuffisance de l'instruction des candidats n'a rien qui doive surprendre. Comment en serait-il autrement? Au terme de leurs études, et lorsque la culture des sciences physiques et naturelles est déjà abandonnée depuis quatre ans, les élèves sont obligés d'interrompre leurs occupations médicales et de revenir sur des matières qui ne les intéressent que d'une manière accessoire, et pour lesquelles ils ont même perdu une certaine aptitude. On comprend la surprise et l'arrêt des candidats en face d'obstacles qu'ils n'étaient plus aptes à surmonter.

Ces résultats appelaient une réforme. Tout ajournement, à cette période des études médicales, jetait une véritable perturbation dans les efforts ultimes des élèves déjà arrivés aux portes du doctorat. Il fallait revenir aux sciences accessoires; les sciences médicales en souffraient. Le découragement s'emparait de certains récipiendaires, qui étaient refoulés vers l'officiat ou qui abandonnaient même leur carrière. L'évidence des faits nous autorise à dire que les difficultés de cet examen se sont trouvées plus grandes à Montpellier que partout ailleurs. Nous avons eu le regret de voir des élèves quitter notre ville et tenter la fortune à Paris, où, disait-on, le jury du troisième examen se montrait débonnaire. On nous a souvent affirmé que les chirurgiens de la marine, préoccupés des difficultés de cet examen, avaient déserté une Faculté qui, autrefois, était l'objet de leur prédilection. Quoi qu'il en soit, les divers Corps enseignants qui ont eu à se prononcer sur la convenance de faire subir un tel examen en pleines études médicales, se sont trouvés d'accord pour affirmer qu'il était mal agencé entre l'examen de pathologie et celui de thérapeutique. Les Facultés de Paris, de Montpellier et de Nancy ont opiné pour le déplacement de cet acte probatoire et pour sa réintégration à son ancien rang, qui n'était autre que le numéro 1 dans l'ordre des examens. C'est à cette disposition qu'est revenu aussi le Conseil supérieur de l'Instruction publique, approuvant une proposition ministérielle, et il est à présumer que l'année 1878 verra s'accomplir une réforme aussi utile que vivement désirée.

Collation des grades. — La Faculté de médecine de Montpellier a délivré, pendant le cours de l'année scolaire, 85 diplômes de docteur et 15 certificats d'aptitude à des officiers de santé. C'est donc un contingent de 100 praticiens qu'elle a fourni à divers points de la France. Il faut ajouter qu'elle a conféré le brevet de capacité à 90 sages-femmes.

Parmi les thèses soutenues, 2 ont mérité la mention *très-bien*, 13 la mention *bien*, 34 la mention *assez-bien*, 38 la mention *médiocre;* une a été ajournée. Les thèses qui ont obtenu les meilleures notes ont été signalées à M. le Ministre. Ce sont: la thèse de M. Servel, intitulée : *Recherches sur la physiologie de la Rate ;* celle de M. Mairet sur l'*Illusion en général et les sensations visuelles comme cause d'illusion ;* celle de M. Pallot sur le *Pneumothorax ;* de M. Krüger sur les *Modifications de température dans la fièvre typhoïde traitée par les bains froids ;* de M. Leprovost sur l'*Affection calculeuse des voies biliaires.* Les docteurs Servel et Mairet ont été félicités par M. le Ministre ; les docteurs Pallot et Krüger l'ont été par M. le Recteur.

On ne peut s'empêcher de remarquer le nombre restreint des thèses qui méritent d'être qualifiées comme des œuvres méritoires. Il est à présumer que lorsque les travaux des laboratoires seront entrés plus profondément dans les habitudes des élèves, les compositions originales deviendront plus nombreuses. Déjà cette tendance commence à s'accuser ; mais il est facile de s'expliquer que dans une Faculté de médecine le nombre des thèses originales ou constituant des œuvres d'une valeur élevée, n'atteigne pas la valeur ordinaire des thèses présentées aux Facultés des sciences ou des lettres. Le dernier acte probatoire d'un simple praticien ne comporte pas le mérite exigible d'une œuvre qui doit servir de titre pour le haut enseignement. Il suffit aux exigences légitimes d'une Faculté de médecine, que l'œuvre imprimée qui couronne les études d'un aspirant au doctorat soit correcte, exempte d'erreurs préjudiciables, empreinte de bons principes, et exhibe des preuves d'un esprit éclairé et méthodique, pour qu'elle soit admissible. Si, dépassant ces modestes mais encore difficiles conditions, l'œuvre prend la proportion d'un essai véritablement scientifique, consacre des vues originales ou inscrit des observations nouvelles, le but est plus heureusement atteint. Ce résultat n'est pas si rare qu'on pourrait le croire, et sous ce rapport la Faculté de Montpellier n'a rien à envier à ses rivales. Il suffit de parcourir ses longues annales pour s'en convaincre.

Pour en revenir aux réceptions qui ont eu lieu cette année, elles s'expriment par un chiffre assez élevé. Ce chiffre représente le quart ou le cinquième des réceptions doctorales qui ont lieu habituellement à Paris. Elles révèlent donc, pour le compte de Montpellier, une part proportionnelle encore grande dans le service médical du pays, et affirment, par suite, l'importance de l'enseignement qui est annuellement donné aux élèves de la Faculté, en même temps qu'elles expliquent le concours efficace de l'État pour porter les moyens d'étude au niveau des exigences de notre temps.

Enseignement. — Donné par dix-huit professeurs, un chargé de cours, un certain nombre d'agrégés appelés aux suppléances ou professant volontairement avec l'autorisation du Ministre; complété par des chefs de service, tels que les conservateurs du Musée et du Jardin des plantes, le chef des travaux anatomiques et le prosecteur, l'enseignement de la Faculté est réparti aux élèves sous les formes les plus variées. Dans l'enceinte même de l'École fonctionnent quatorze chaires magistrales, se partageant les différentes branches des sciences médicales; quatre chaires de clinique fonctionnent à l'hôpital Saint-Éloi; une clinique d'accouchement, une clinique spéciale des maladies syphilitiques et cutanées les complètent dans le même hôpital. Quatre cliniques spéciales, fondées à l'Hôpital-Général, réunissent aussi les élèves qui veulent compléter leur instruction pratique. Un enseignement d'histoire de la médecine, confié à M. le docteur Castan, s'ajoute au tableau sus-indiqué. Enfin, nous devons rappeler que, pour la présente année, M. le docteur Jacquemet, agrégé, a fait un cours supplémentaire d'ophtalmologie, que M. Grasset s'est chargé d'un cours de pathologie interne, et que M. le docteur Espagne a exposé les maladies des enfants. En tenant compte, cette année, des obligations remplies par les divers membres du corps enseignant, professeurs, agrégés ou fonctionnaires, nous avons pu constater que 1670 leçons ont été faites pendant les deux semestres d'hiver et d'été aux élèves de notre Faculté, sans tenir compte du temps qui leur est consacré dans les laboratoires et écoles pratiques de l'enseignement inhérent aux actes mêmes de la Faculté, ou des épreuves orales imposées aux candidats dans les concours et qui se transforment en véritables leçons que les élèves, stimulés par l'attrait de ces luttes, ne manquent pas de suivre avec assiduité.

Pour rendre plus fructueuses ces leçons, qui en raison de leur nombre ont dû porter sur tous les points utiles de la science médicale, et qui certainement, dans les quatre années consacrées à la scolarité médicale, ne laissent dans l'ombre aucune des questions qu'il est nécessaire d'exposer aux élèves, des moyens sérieux d'étude ont été mis à la disposition de la Faculté. Quatre-vingt-dix sujets anatomiques ont servi aux dissections ou ont été utilisés dans les leçons ou dans les concours. Quatre mille malades ont passé sous les yeux des élèves dans nos divers hôpitaux ; et dans l'un de ces asiles, l'hôtel-Dieu Saint-Éloi, ont été réalisées, au point de vue de l'enseignement, des dispositions essentielles.

Cet hôpital a vu installer officiellement dans ses murs, à partir de janvier 1877, le nouveau laboratoire de clinique. Grâce aux fonds spéciaux alloués par M. le Ministre, et à la largesse éclairée de la Commission administrative des hospices, le local déjà préparé a été définitivement installé et agrandi. Son ameublement a été perfectionné et son armement instrumental sensiblement accru. Le chef de ce laboratoire nous a particulièrement signalé l'acquisition d'une grande balance de précision, sortie des ateliers de M. Sagnier, de Montpellier, et qui, renouvelant sous une forme plus scientifique et moins incommode les résultats recherchés par Sanctorius, permet de constater, chez les malades pesés avec cet appareil, les plus faibles variations de poids survenues dans le cours des maladies, et résultant des modifications sécrétoires ou de la plus faible déperdition organique.

Dans le même hôpital s'est accomplie, cette année, une amélioration plus importante encore. La salle d'autopsie a été, non-seulement développée et convenablement pourvue d'eau, d'air et de lumière, mais elle a été presque reconstruite. On se rappelle avec quelle persévérance la réalisation de ce progrès était poursuivie. On promettait les fonds, mais leur provenance devait être divisée : la Ville ne voulait pas devancer l'État dans les sacrifices à faire, l'État pressait la Ville d'entrer en première et plus large part. L'Administration des hospices soulevait des conflits pour des motifs d'hygiène et d'ordre hospitalier ; le Doyen de la Faculté demandait que dans l'exécution des travaux les considérations d'ordre scientifique primassent les autres, et le temps s'écoulait au milieu des réclamations, sans que l'exécution couronnât une œuvre embarrassée par des divergences d'opinion et par la pénurie des fonds. La visite ministérielle dont la Faculté a été honorée, l'année dernière, a mis fin aux causes de retard et d'indécision. M. Waddington, conduit dans la salle même d'autopsie, a personnellement apprécié l'urgence de sa transformation, et il a été le *Deus ex machinâ* qui a fourni la solution. Il a, sur place, concédé le contingent des fonds nécessaires. M. le Maire de Montpellier, présent à la même visite, a promis un égal concours financier ; les Administrations charitable et scientifique se sont serré la main, et l'architecte s'est mis à l'œuvre pour la réalisation d'un plan rendu exécutoire par de mutuelles concessions. Aujourd'hui cette salle, complètement terminée, est large, spacieuse, ventilée, réconciliée avec le soleil dont elle n'avait jamais connu les rayons, pourvue de tables de marbre, de fontaines, d'auges, de tuyaux d'écoulement, et de tout ce qui convient à une telle destination ; on peut même ajouter que son emplacement, qui ne se révèle aux habitants de l'hôpital par aucun caractère apparent, est une qualité de plus pour un monument où la science aime à la fois à se développer et à se dissimuler.

Un dernier changement s'est opéré et se poursuit au profit de l'enseignement. La division obstétricale des cliniques, insuffisamment organisée et non encore pourvue comme il convient à un grand établissement médical tel que la Faculté de Montpellier, est en voie d'heureuse évolution. Quatre-vingts accouchements environ peuvent annuellement servir à l'instruction des élèves : c'est à peu près la moitié de ce qui serait nécessaire pour alimenter une clinique. Mais il est possible d'augmenter le nombre de femmes destinées à ce service. L'Administration favorise ce résultat, en agrandissant les locaux. L'État a prêté un concours financier qui a permis de faire, en instruments d'action et d'étude, toutes les acquisitions nécessaires. On a créé une place de chef de clinique obstétricale, pour que la direction des élèves soit plus complète, plus individuelle, et en somme plus féconde. Il reste à accroître les ressources propres à permettre l'entrée d'un plus grand nombre de femmes. Le problème n'est pas insoluble : c'est encore une question d'argent. Espérons qu'on ne reculera pas devant l'urgence d'un pareil progrès, la pratique de l'art exigeant au plus haut degré que le médecin soit pourvu de connaissances sérieuses en matière obstétricale.

Améliorations diverses. — Les Facultés de médecine, autrement exigeantes que les Facultés de théologie, de droit et des lettres, n'atteindraient pas leur but si les efforts de leurs membres se bornaient à donner à l'enseignement la solidité, l'éclat et la variété qui lui sont nécessaires. Sans doute, la *viva vox* du professeur laisse la plus forte empreinte dans l'esprit des élèves ; mais les paroles, les semences ailées de l'enseignement, ne germeraient pas suffisamment dans un terrain intellectuel qui ne serait pas remué, amendé et fécondé par d'autres artifices. Pour former des médecins, il ne s'agit pas seulement de meubler leur mémoire et d'exercer leur esprit aux choses médicales. Il faut ouvrir toutes les portes à l'instruction, varier les moyens d'étude, placer sous les yeux des adeptes des spécimens et des démonstrations de tout genre, leur donner des instruments de travail, les appeler à manipuler, les éclairer et les convaincre par l'expérimentation, les faire disséquer et opérer, leur faire déterminer des plantes et des médicaments, les attirer dans des hôpitaux, les former à l'observation auprès des malades, leur rendre possible et utile cette observation, sous tous les aspects qu'exige la connaissance si difficile d'une maladie ; en un mot, il faut joindre à l'enseignement oral, qui sans cela serait stérile, tout un ensemble de conditions matérielles représentées par des collections, des bibliothèques, des jardins botaniques et zoologiques, des hôpitaux avec cliniques générales et spéciales, salles de nécropsie, etc. Or, cette organisation multiple et dont la complexité augmente avec le temps et sous l'impulsion des progrès qui s'accomplissent partout, ne peut prospérer qu'avec des ressources financières appliquées à la création, à l'achèvement ou à l'entretien de ces conditions matérielles.

Redisons-le, parce que la chose est vraie, et parce qu'il est utile de le faire constater, la Faculté de Montpellier est au premier plan sous le rapport du plus grand nombre de ces conditions. Si ses hôpitaux réclament un plus ample développement, progrès qu'il faut poursuivre et qui s'accomplira, nous l'espérons, sa Bibliothèque est la première bibliothèque médicale de France ; son Musée étonne par sa splendeur ; il tient à peu de chose que son Jardin des plantes ne soit au premier rang. Ses laboratoires sont plus nombreux et plus complets qu'à Paris même. Si son École pratique d'anatomie n'est pas la mieux pourvue, elle est du moins la mieux installée, parmi tous les établissements de ce genre. Avec cet armement, Montpellier pourra soutenir et poursuivre honorablement sa longue et noble mission, au milieu des difficultés qu'on lui a créées, en groupant autour d'elle d'autres foyers d'enseignement médical. Mais cette obligation ne peut se transformer en fait qu'à la condition de développer de plus en plus toutes ses ressources. Le Gouvernement l'a compris, et depuis quelques années il a généreusement octroyé à Montpellier des crédits qui ont largement favorisé les progrès que nous venons d'affirmer. Les concessions de l'État n'ont pas été moindres cette année ; on en jugera par la mention ci-après :

Par décision ministérielle du 13 novembre 1876, il a été alloué, pour dépenses variées, la somme de 5,700 fr., répartie comme suit :

Pour installation d'appareil d'éclairage au gaz. Fr. 2.700

Pour construction de deux escaliers conduisant au laboratoire de physiologie et d'anatomie pathologique, et d'une passerelle reliant aux divisions du Cabinet de physique...................................... 1.000

Pour agrandissement et aménagement de la salle d'autopsie (cette somme a été doublée par une concession de la Ville)............................ 2.000

A reporter .... F. 5.700

Report..... F. 5.700

Par décision ministérielle du 12 décembre 1876, un crédit de 15.000 francs a été alloué pour les divers services de la Faculté, et réparti de la manière suivante :

Arsenal de chirurgie... .... 3.000
Bibliothèque............................... 3.000
Jardin des plantes........................... 3.000

Chaire de thérapeutique, de médecine légale, d'anatomie pathologique, de physiologie, d'anatomie, de pathologie externe, pour chaque, 1,000 francs...... 6.000

Par décision ministérielle du 28 février 1877, un crédit de 6,000 francs a été alloué au laboratoire de chimie, soit.................................. 6.000

Par décision ministérielle du 24 mars, un crédit spécial de 2,000 francs a été alloué au Jardin des plantes, soit................................. 2.000

Par décision ministérielle du 3 juillet 1877, un crédit de 1,000 francs a été alloué à la Bibliothèque pour subvenir aux frais d'un inventaire, soit 1.000

Par décision ministérielle du 3 juillet 1877, un crédit de 3,700 francs a été encore accordé à la Bibliothèque, à décomposer ainsi qu'il suit : 1.000 francs pour le nouveau catalogue, 1,000 francs pour une armoire à rayons, 500 francs pour l'installation d'un cabinet, 1.200 francs pour réparation au calorifère, soit.... 3.700

Fr. 33.400

Travaux publics. — Nous avons signalé, l'an passé, une longue série de publications qui honorent notre École. Ce mouvement continue.

Nous devons à M. le professeur Martins une série d'intéressants travaux, dont voici les titres, dans l'ordre de publication :

1° *Sur l'origine paléontologique des arbres, arbustes et arbrisseaux indigènes du midi de la France.* (Mémoires de l'Académie des science de Montpellier.)

2° *Les plantes insectivores*, par Ch. Darwin. (Introduction biographique.)

3° *Des moraines contenant des coquilles, considérées comme moraines sous-marines.* (Session à Bâle de la Société helvétique des sciences naturelles, septembre 1876.)

4° *L'arbre de Judée du Jardin des plantes de Montpellier.* (Mag. pitt., juillet 1877.)

5°. *Le Mont-Blanc,* par M. Viollet-le-Duc. (Analyse dans l'Annuaire du Club Alpin.)

M. le professeur Fonssagrives, poursuivant ses travaux avec une exemplaire persévérance, nous a donné, cette année, bon nombre d'articles de thérapeutique et de matière médicale dans le *Répertoire encyclopédique des sciences médicales,* et une nouvelle édition de son *Hygiène navale,* ouvrage sorti le premier de sa plume féconde, et qui fut accueilli avec la plus légitime faveur.

Au nom de M. Moitessier, nous rattachons la publication d'un excellent livre sur l'*Air atmosphérique,* compris dans cette intéressante collection que l'éditeur Hachette répand dans le monde sous le nom de *Bibliothèque des merveilles.*

M. Engel, en entrant dans la Faculté, nous donne les premières livraisons d'un *Manuel de chimie.*

M. le professeur Bertin, récemment promu à la chaire d'hygiène, a ajouté à la liste déjà longue de ses publications un travail où est exposé le caractère de cette science.

À ce premier contingent, ajoutons un mémoire de M. le professur Benoît sur l'*Hypertrophie des mamelles;* une dissertation de l'auteur de ce Rapport sur l'*Influence que l'état social des malades peut exercer sur les déterminations du chirurgien;* une introduction du professeur Courty à l'ouvrage d'Allingham sur les *Maladies du rectum,* et une série de publications répandues dans les journaux périodiques et que nous ne pouvons reproduire en entier dans ce tableau.

Mais nous devons reprendre cette exposition si démonstrative de l'activité intellectuelle dont Montpellier est le foyer, en tant que ville médicale, en accordant la mention la plus élogieuse aux travaux spéciaux de notre jeune Agrégation.

MM. les docteurs Jacquemet, Gayraud et Hamelin ont publié, chacun de leur côté, une nombreuse série d'articles de journaux ou de dictionnaires.

M. le docteur Masse a publié une intéressante monographie sur *l'Influence de l'attitude des membres sur leurs articulations*, 1 vol. in-8°. Ce travail, fruit de plusieurs années de recherches, a été présenté de la manière la plus honorable à l'Académie de médecine de Paris, par un juge exceptionnellement compétent, M. le docteur Jules Guérin, qui l'a recommandé pour le prix Barbier.

M. le docteur Grasset, qui s'était déjà fait connaître par des publications isolées sur les *Maladies nerveuses*, a réuni en corps d'ouvrage les leçons qu'il a professées pendant l'année, et a publié sur cette matière controversée un volume étendu, où il a courageusement abordé les difficultés, en combinant les données de l'observation moderne avec les idées doctrinales de l'ancienne École de Montpellier.

Opérations de laboratoire. — Les travaux spontanés des membres de la Faculté de médecine ou de l'Agrégation ne se sont pas bornés à des publications. Nous savons de bonne source que nos laboratoires, si heureusement installés, sont un vrai foyer d'activité ; que le laboratoire de médecine légale, notamment, a servi à des études et à des recherches pratiques propres à éclairer des questions judiciaires litigieuses ; que le laboratoire d'anatomie pathologique prend assez d'importance pour que le professeur réclame son extension dans le but de faire participer un plus grand nombre d'élèves aux exercices micrographiques ; que le laboratoire de clinique, sous la direction de M. Hamelin, a déjà fonctionné avantageusement et a servi pour des recherches expérimentales de M. Ausilloux, interne des hôpitaux, sur le *cancer du foie;* que le laboratoire d'anatomie normale, ou l'École pratique proprement dite, très bien pourvue de sujets anatomiques pendant le dernier exercice, a formé de bons élèves, dont l'instruction s'est heureusement révélée dans deux concours successifs pour la place d'aide-anatomiste ; que les laboratoires de physique et de chimie se développent de plus en plus et vont enfin porter d'excellents résultats sous la direction de leurs chefs respectifs, qui préparent en ce moment une organisation nouvelle en faveur des élèves. Mais nous regrettons de ne pouvoir insister avec plus de détails sur les résultats particuliers de

chacun de ces nouveaux foyers d'enseignement pratique, et
d'avoir vainement demandé à nos collègues un rapport sur la
nature des travaux entrepris et exécutés dans les laboratoires.
Ce résumé, dont l'importance a été appréciée par le Comité de
perfectionnement qui siège à l'Académie, et qui est appelé à
devenir règlementaire, n'a pu encore entrer dans les habitudes
des professeurs. Espérons que son utilité sera comprise, et que
la publicité donnée aux résultats obtenus fera valoir de plus en
plus un progrès longtemps réclamé, aujourd'hui accompli, et
auquel il ne manque que le contrôle qui résulterait des comptes
rendus annuels pour prouver ce que peut le travail quand il est
rendu facile et fécond par une bonne installation et des instruments de recherche généreusement accordés par l'État.

Mouvement dans le personnel de la Faculté. — L'année
1876-1877 sera remarquée par les changements nombreux qui
ont eu lieu dans le personnel de la Faculté, et qui, en ce qui
touche spécialement à l'enseignement, promettent de si heureux
résultats.

Deux chaires vacantes ont été pourvues. La chaire de chimie
était libre par la démission de M. le professeur Béchamp. La
Faculté, voulant élargir sa base de recrutement, n'a pas hésité
à demander à l'Agrégation de Nancy un de ses membres les plus
distingués et les plus connus. Après les brillantes épreuves
subies dans le concours qui avait eu lieu à Paris en 1875,
M. Engel, présenté en première ligne par la Faculté et le Conseil
académique, a été désigné par M. le Ministre comme professeur
de chimie médicale et pharmacie. Il a inauguré son enseignement
de la manière la plus heureuse pendant le semestre d'été de
l'année dernière.

La mort de M. Fuster avait laissé vacante la chaire de thérapeutique et de matière médicale. La remise de cet enseignement
si important a été faite à un membre de notre Faculté, qui
présentait des titres vraiment supérieurs pour l'occupation de
cette chaire. Sur sa demande, M. le professeur Fonssagrives a
été admis à permuter sa chaire d'hygiène contre celle de thérapeutique et de matière médicale, où ses hautes qualités de professeur et d'écrivain spécial vont se donner carrière au profit

d'un enseignement que notre collègue se propose de transformer, et qu'il tient à revêtir d'un caractère pratique et expérimental. M. Fonssagrives est en instance pour obtenir un laboratoire de thérapeutique, servant d'annexe et de complément au matériel attaché à sa chaire. Nous n'hésitons pas à signaler ce progrès au Conseil, comme entièrement digne de sa sollicitude et de son appui. Certaines parties disponibles des locaux de la Faculté se prêtent à cette amélioration incontestablement utile et conforme à l'esprit scientifique de notre temps, considéré sous son meilleur aspect.

La promotion de M. Fonssagrives à la chaire de thérapeutique a établi la vacance de la chaire d'hygiène. De nombreuses compétitions se sont produites. Les suffrages se sont répartis entre MM. Bertin, Pécholier et Lacassagne, qui nous apportaient tous des titres à la fois dignes des prétendants et dignes de la Faculté. L'auteur du *Traité de l'embolie*, M. Émile Bertin, a fixé le choix de la Faculté et du Conseil académique. Ce professeur fournissait les plus sûres garanties pour la prospérité d'un enseignement qui, plus que tout autre, exige l'association d'un esprit cultivé et d'une valeur littéraire avec la possession des sciences médicales dans leurs applications les plus variées. Notre collègue avait annoncé dans ses écrits cette aptitude complexe, et portera dignement la charge que lui lègue le souvenir de ses éminents devanciers.

Ce ne sont pas seulement quelques chaires magistrales de la Faculté qui ont dû être pourvues. L'une des directions les plus importantes de notre établissement scientifique avait perdu son chef. M. le docteur Kühnholtz-Lordat, bibliothécaire de la Faculté de médecine depuis 1834, avait fait valoir ses droits à la retraite, et venait à peine de l'obtenir, qu'une mort subite l'a frappé et a rendu plus douloureuse une séparation qui datait à peine de quelques jours. Ce n'est pas vainement que M. le docteur Kühnholtz avait passé sa vie dans un foyer littéraire et scientifique comme la bibliothèque de la Faculté de médecine. Déjà initié aux recherches d'érudition et aux plaisirs délicats des beaux-arts et de la bibliophilie par le professeur illustre dont il devint le fils adoptif, M. Kühnholtz-Lordat avait contracté le goût de ce genre d'étude. Nous ne le suivrons pas dans tous les détails de sa carrière, dans ses combats en faveur de la doctrine Barthézienne, dans ses conceptions quelquefois exagérées ou excentriques. Nous n'avons aujourd'hui qu'à justifier nos regrets, en rappelant sa constance dans le travail, l'étendue et la variété de ses connaissances, et le bon exemple qu'il a donné en consacrant sa vie entière à la science. Sa *Physiologie appliquée à la Pathologie*, son *Histoire de la Médecine*, et une série de publications dont la réunion ne formerait pas moins de dix à douze volumes, disent assez combien la longue existence de notre ancien bibliothécaire a été honorablement remplie. Il a succombé à l'âge de 82 ans.

Le successeur de M. Kühnholtz-Lordat était naturellement désigné : c'était M. le docteur Gordon, qui remplissait déjà depuis quinze ans les fonctions de bibliothécaire-adjoint et qui s'était créé, pendant leur durée, des titres à cette succession. Préparé par un long exercice à la direction d'une bibliothèque, particulièrement versé dans la connaissance de notre importante collection par la part qu'il avait prise au classement des livres qui la composent, heureux possesseur de plusieurs langues étrangères, M. le docteur Gordon venait, en outre, d'acquérir de nouveaux droits à sa nomination par la publication d'une intéressante étude intitulée : *Rabelais à Montpellier*. Ce travail, établi sur les documents originaux que possède notre Faculté, et accompagné de la reproduction photographique des traces écrites laissées par Rabelais sur nos registres, a été très favorablement accueilli dans le monde littéraire, et nous permet d'espérer d'autres études non moins intéressantes de notre nouveau bibliothécaire.

Nous avons fait pressentir, au début de ce compte rendu, que l'organisation des divers services de la Faculté portait les traces d'une active intervention de l'Administration supérieure. Il serait difficile, en jetant un coup d'œil rétrospectif sur nos annales, d'en retrouver des preuves aussi multipliées pour le cours d'une seule année. Nous signalons, en conséquence, comme la plus heureuse démonstration d'une forte organisation du personnel de notre Faculté, les nominations suivantes, parmi lesquelles plusieurs concernent des emplois nouvellement créés, et que nous nous bornons à enregistrer dans l'ordre de leur date :

Par décret du 30 novembre 1876, M. Fonssagrives, professeur d'hygiène, a été transféré dans la chaire de thérapeutique.

Par décret du 11 janvier 1877, M. Engel, docteur en médecine et docteur ès sciences, a été nommé professeur de chimie médicale, en remplacement de M. Béchamp, démissionnaire.

Par arrêté du 12 janvier 1877, M. Grasset, agrégé stagiaire, a été appelé à l'activité, en remplacement de M. Eustache, démissionnaire.

Par arrêté du 15 janvier 1877, M. Roustan, agrégé stagiaire, a été appelé à l'activité.

Par arrêté du 28 janvier 1877, M. le docteur Gordon a été nommé bibliothécaire, en remplacement de M. Kühnholtz-Lordat, admis à la retraite.

Par arrêté du 30 janvier 1877, M. Hamelin, agrégé, a été nommé préparateur du laboratoire de clinique médicale, et le sieur Dedieu a été nommé garçon dudit laboratoire (emplois nouveaux).

Par décret du 15 février 1877, M. Bertin (Émile), agrégé, a été nommé professeur d'hygiène, en remplacement de M. Fonssagrives, appelé à d'autres fonctions.

Par décision rectorale du 21 février 1877, M. Urpart a été délégué, à titre temporaire, dans les fonctions de préparateur de chimie, en remplacement de M. Béchamp fils, démissionnaire.

Par décision rectorale du 27 février 1877, le sieur Roudié a été nommé concierge du Jardin des plantes, en remplacement du sieur Azéma, admis à la retraite.

Par arrêté du 17 mars 1877, M. le docteur Coste a été nommé bibliothécaire-adjoint, en remplacement de M. Gordon, nommé bibliothécaire.

Par décision rectorale du 16 avril 1877, le sieur Froment (Auguste) a été nommé garçon du conservatoire, en remplacement du sieur Grasset, démissionnaire.

Par arrêté du 24 avril 1877, le sieur Campa a été nommé garçon du laboratoire de chimie (emploi nouveau).

Par arrêté ministériel du 18 mai 1877, M. Planas a été nommé préparateur de médecine légale (emploi nouveau). Le même arrêté nomme le sieur Audemet garçon du laboratoire institué près de la même chaire (emploi nouveau).

Par décision rectorale du 10 mai 1877, le sieur Goudal a été nommé garçon du laboratoire de physique, en remplacement du sieur Campa, appelé à un autre emploi.

Par arrêté du 8 juin 1877, M. Debarry a été nommé commis au secrétariat, en remplacement de M. Charpenel, appelé à d'autres fonctions.

Par arrêté du 14 juin 1877, M. le docteur Chalot a été nommé chef de clinique chirurgicale.

Par arrêté du 10 août 1877, M. le docteur Dumas a été nommé chef de clinique obstétricale (emploi nouveau).

Prix et Concours. — Je terminerai ce compte rendu par la mention des témoignages spontanés de zèle ou d'instruction donnés par nos élèves. On sait qu'indépendamment du contrôle règlementaire des études, représenté par les examens de fin d'année et par les examens de réception, on a institué des prix destinés à exciter l'émulation, et à faire connaître le niveau auquel ont pu s'élever les meilleurs élèves. Ceux qui, cédant à ce genre d'excitation, portent dans leurs études une énergie exceptionnelle, ne sont pas, hélas! les plus nombreux; mais du moins, les moyens par lesquels les appelés et les élus pourraient se multiplier ne manquent pas. L'institution des prix porterait peut-être de meilleurs résultats si, moins distraits de leurs études par certaines obligations règlementaires, telles que le volontariat, ou moins détournés par tant de causes hostiles au travail, dans les établissements d'instruction supérieure où il n'existe pas d'internat, les élèves ne cherchaient, à la fin de leur scolarité, à réparer le temps perdu par un surcroît d'occupations exclusivement consacrées à obtenir le diplôme professionnel, sans se soucier d'orner le chemin parcouru par quelques exploits d'intelligence. Il en est toutefois qui cèdent à cette noble tentation et qui obéissent à l'attrait des prix fondés en leur faveur. Mentionnons ces élèves qui se laissent éclairer par la flamme de l'émulation.

La Faculté de Montpellier distribue quatre prix institués par l'État, et un prix institué par M. le docteur Fontaine (de Nîmes), en faveur de la meilleure Thèse.

Voici les noms des lauréats :

Pour le prix décerné à la fin de la 1re année d'études : 9 concurrents ; prix, M. Artigalas ; mention honorable, M. Buis.

Prix de fin de 2e année : 4 concurrents ; prix M. Falzis.

Prix de fin de 3e année : 3 concurrents ; le jury n'a pas décerné de prix.

Prix de fin de 4e année : concurrent unique ; prix, M. Caizergues.

Le *Prix Fontaine* a été décerné à M. le docteur Servel.

Concours pour diverses places. — Indépendamment des concours pour les prix et du concours annuel pour l'École pratique, la Faculté a ouvert trois concours pour les places d'aide-anatomiste, de chef de clinique chirurgicale et de chef de clinique obstétricale.

Le concours pour la place d'aide d'anatomie a été troublé par quelques circonstances insolites. Il avait commencé entre trois candidats qui, s'étant réciproquement créé des difficultés pendant la durée de l'épreuve extemporanée, ont introduit des irrégularités non acceptables. Les opérations de ce concours ont dû être annulées, et les épreuves ont recommencé après un certain délai. Les premiers candidats s'étant retirés, la lutte s'est produite entre de nouveaux compétiteurs ; M. Lemoyne a été nommé.

Le concours pour la place de chef de clinique chirurgicale avait attiré deux compétiteurs : MM. les docteurs Bloc et Chalot. Ce dernier seul a répondu à l'appel. Le Jury a accordé la place vacante à ce candidat, et a fait connaître, par voie d'affiche, dans l'enceinte de la Faculté, que les épreuves avaient été excellentes.

Le concours pour la place de chef de clinique obstétricale avait réuni aussi deux candidats : MM. les docteurs Dumas et Baumel. M. Dumas a été nommé ; M. Baumel a obtenu une mention honorable.

Je me fais un devoir d'inscrire ici, comme complément de ce Rapport, les noms d'un certain nombre d'élèves qui ont obtenu un autre genre de prix, celui qui était dû à l'abnégation et au dévouement. Ces lauréats de la médecine pratique entrent dignement dans la voie où doit se dérouler leur existence, et méritent

que cette première preuve de l'honorabilité professionnelle soit
signalée aux autorités qui siègent au Conseil académique.

Je ne saurais mieux faire que de reproduire la lettre qui m'est
adressée par mon honorable collègue, M. le professeur Dumas,
médecin des épidémies pour le département de l'Hérault :

« Monsieur le Doyen,

» J'ai l'honneur et la satisfaction de vous informer que je
viens de recevoir, pour les délivrer à leurs destinataires, cinq
médailles, dont trois en argent et deux en bronze, que, par
décision du 11 août dernier, M. le Ministre de l'Agriculture et
du Commerce a décernées à MM. Aube, Lamarche, Lautrain,
Courderot et Montguillem, tous élèves de notre Faculté, pour
le dévouement dont ils ont fait preuve en 1877, pendant l'épidémie de variole qui a sévi dans les communes de Servian et
de Vias.

» Il me semble, Monsieur le Doyen, et je serais heureux de
vous voir partager ma manière de voir, qu'il y a lieu de consigner ces faits dans le Compte rendu des travaux de l'année
scolaire 1876-1877, car ils témoignent de l'empressement et du
dévouement dont fait preuve la jeunesse de nos Écoles toutes les
fois qu'il y a quelque danger à courir, quelques secours à
donner à ceux qui sont en souffrance. »

Suivent les attestations de MM. les Maires des communes de
Servian et de Vias.

COMPTE RENDU

SUR LES TRAVAUX DE LA FACULTÉ DE MÉDECINE DE MONTPELLIER

PENDANT L'ANNÉE SCOLAIRE 1877-1878.

MESSIEURS,

Chargé de présenter un Rapport au Conseil académique sur la situation et les travaux de la Faculté de médecine de Montpellier, pendant l'année scolaire 1877-1878, j'ai l'honneur d'appeler votre attention sur les points suivants.

1. *Inscriptions.* — Le nombre des inscriptions, pendant l'année 1877-1878, s'est élevé au chiffre de 1064. Il excède la moyenne des bonnes années, et dépasse même de 93 celui de l'année précédente. Cette augmentation a son importance au moment où nous sommes. Les 1,064 inscriptions sont réparties de la manière suivante :

Doctorat.......................... 827   ⎫
Officiat........................... 237   ⎬ 1,064

Ces inscriptions ont été prises par 325 élèves et sont distribuées inégalement par rapport au temps de leurs études :

Étudiants de 1re année.......... 108 ⎫
   »   de 2e année.......... 72 ⎪
   »   de 3e année.......... 74 ⎬ 325
   »   de 4e année.......... 71 ⎭

Chaque étudiant, comme on le voit, est loin de prendre quatre inscriptions pendant l'année : les causes d'empêchement sont très variées. On peut remarquer que le nombre des élèves en cours d'études et d'inscriptions diminue pendant la quatrième année : plusieurs d'entre eux se font admettre dans la chirurgie militaire, ou vont terminer leurs études à Paris. Le maintien des élèves de la Faculté de Montpellier n'en reste pas moins important ; car, si l'on ajoute aux 325 élèves sus-désignés, 220 candidats au doctorat qui ont subi des examens de fin d'études et qui avaient pris ailleurs une partie des inscriptions nécessaires, on trouve que 545 étudiants ont passé à la Faculté pendant l'année scolaire 1877-1878, en ont suivi les actes et les cours, et ont contribué à son mouvement général.

II. *Examens.* — Le nombre des examens de fin d'année a été de 231, répartis comme suit :

Doctorat : 1ᵣᵉ année   55 examinés   34 reçus   21 ajournés.
    2ᵉ » 49 »   36 » 13 »
    3ᵉ » 69 »   55 » 14 »
         173   125   48

Ce chiffre de 48 ajournements sur 173 examens nous donne la proportion de 28 pour 100, proportion qui témoigne de la juste sévérité des professeurs. On remarquera que cette sévérité n'a point fléchi en présence des institutions qui pourraient porter atteinte à notre Faculté, et que le désir de retenir nos élèves ne s'exprime pas par des concessions faites à ceux qui sont le moins laborieux. Le meilleur moyen d'assurer la continuation de l'estime due à un établissement d'instruction supérieure dont la France s'honore, n'est pas de retenir dans l'École beaucoup d'assistants pour aligner des chiffres trompeurs, mais de former un nombre, au besoin moins considérable, d'élèves sérieux et capables, qui fassent honneur à leur mission et à la source scientifique où ils sont venus puiser leurs connaissances. Une sévérité convenable est d'ailleurs d'autant plus légitime que les moyens d'instruction ayant augmenté dans la Faculté, le niveau des études et la valeur des étudiants doivent s'élever.

Officiat : 1ᵣᵉ année   41 examinés   18 reçus   23 ajournés
    2ᵉ » 17 » 9 » 8 »
        58   27   31

Ici les ajournements atteignent presque le chiffre de 54 pour 100. Cette proportion, qui ne peut manquer de frapper l'attention, ne s'explique pas seulement par les justes exigences des examinateurs, mais par la faiblesse réelle d'un grand nombre de candidats qui ont le désir ou la prétention de commencer leurs études médicales avec un seul baccalauréat. En préparant divers examens à la fois, ils finissent par ne réussir à aucun, et il n'était que temps que l'autorité supérieure mît un terme à cette possibilité si contraire aux bonnes études, en exigeant les deux diplômes pour les débuts de la scolarité médicale.

Les examens de fin d'études se sont élevés, cette année, au chiffre de 550 et se divisent comme il suit :

Doctorat : 1er examen 102 examinés 82 admis 20 ajournés.

2^e	»	94	»	76	»	18	»
3^e	»	99	»	62	»	37	»
4^e	»	81	»	74	»	7	»
5^e	»	84	»	80	»	4	»
Thèses		80	»	79	»	1	»

540   453   87

Officiat : 1er examen 2 examinés 2 admis.

2^e	»	4	»	2	»	2 ajournés.
3^e	»	4	»	4	»	»	»

10   8   2

Ce tableau nous permet de faire remarquer que la proportion des ajournements, pour les examens de fin d'études, est moindre que pour les examens de fin d'année. On s'en rend compte par la plus grande importance attribuée par les récipiendaires à des examens qui les rapprochent du but désiré et dont ils préparent le succès par des études plus sérieuses. Le même tableau nous permet aussi de constater que les examens de pathologie, et plus encore ceux de clinique, qui sont afférents au but professionnel, sont ceux où l'on compte le moins d'ajournements et où les candidats obtiennent les meilleures notes. C'est le contraire pour le troisième examen, lequel est relatif aux sciences les plus éloignées de la médecine pratique, je veux parler de la physique, de la chimie et de l'histoire naturelle. Cet examen est, au reste, enclavé au milieu des épreuves de la médecine proprement dite ; il force les candidats à interrompre leur préparation aux connaissances médicales par un retour à des matières qui ont été étudiées pendant la première année et dont le souvenir est déjà en partie effacé ; aussi les candidats se montrent-ils souvent insuffisants sur les sujets de cet ordre. Il en résulte une notable différence entre les résultats comparés du troisième et du cinquième examen. On compte 37 ajournements sur 99 examens sur les sciences physico-cliniques, et 7 ajournements seulement sur 81 examens relatifs à la clinique. Peut-être y a-t-il une part à faire aux exigences respectives des examinateurs ; mais le résultat est trop sensible pour ne pas l'attribuer d'une manière prédominante à la différence de capacité des élèves sur ces diverses matières. Un résultat analogue s'observe, à quelques différences près, dans toutes les Facultés. Aussi a-t-il pris auprès de l'Administration supérieure les proportions d'un motif dominant pour introduire des changements dans l'ordre et l'époque des examens, et le projet de loi dont l'application doit prochainement s'effectuer, contient-il une mesure qui reporte l'examen relatif aux sciences physiques et naturelles à la fin de la première année d'études, et qui laisse le cinquième examen, c'est-à-dire l'examen de clinique, à la fin de la scolarité médicale. On ne saurait contester que cette réforme ne soit excellente.

Complétons le tableau des examens de cette année, en rappelant que 163 élèves sages-femmes ont subi leurs épreuves devant un jury de la Faculté de médecine, savoir : 89 aspirantes au titre de première classe, sur lesquelles 74 ont été reçues et 15 ajournées, et 74 aspirantes au titre de deuxième classe, qui toutes ont été admises.

III. *Collation des grades.* — La Faculté a délivré, pendant le cours de l'année scolaire, 70 diplômes de docteur et 4 certificats d'aptitude pour l'officiat. Parmi les premiers, il faut signaler un diplôme de docteur en chirurgie, titre assez rarement demandé, parce que celui de docteur en médecine confère tous les droits. Au nombre des docteurs admis figure, pour la première fois à Montpellier, un récipiendaire du sexe féminin. Miss Mac-Laren, élève de l'Université d'Édimbourg, après avoir fait reconnaître l'équivalence de ses titres préparatoires et de son temps d'études, a subi avec succès ses examens et sa thèse à Montpellier. Bien qu'elle eût à répondre sur toutes les questions règlementaires, on n'a pu méconnaître, dans ses épreuves, la prédominance des connaissances gynécologiques, et l'intention d'un exercice médical dans cette spécialité, avec un titre académique d'ordre supérieur. C'est, à notre avis, avec des restrictions de ce genre, qu'on peut se montrer favorable à des succès obtenus par des femmes dans l'étude et l'exercice de la médecine.

Parmi les thèses soutenues, 4 ont obtenu la mention *très bien*, 10 la mention *bien*. Nous ne pouvons que constater le nombre relativement peu considérable de thèses ayant une valeur digne d'être signalée. Ce fait s'explique par le but différent que poursuivent les récipiendaires. Ceux qui visent uniquement à devenir praticiens se contentent de présenter à la Faculté des thèses simplement admissibles, et qui mériteraient le nom de *thèses professionnelles*. Ceux qui veulent suivre la carrière de l'enseignement, ou qu'une ardeur naturelle et le goût de l'étude soutiennent dans leurs efforts, composent des thèses ayant un caractère *scientifique*. Espérons qu'avec le développement de nos laboratoires, les recherches originales s'accroîtront, et que, par suite, le nombre des bonnes thèses augmentera. Nous espérons que parmi les 14 thèses *bien* notées cette année et sur lesquelles devra statuer une commission spéciale, on en distinguera un certain nombre faisant réellement honneur à leurs auteurs et à la Faculté. En attendant l'appréciation qui en sera faite en haut lieu, empressons-nous de dire que parmi les dissertations que M. le Ministre a cru devoir honorer d'une récompense, et qui figurent sur le tableau de l'année précédente, se trouvent la thèse de M. le docteur Chalot sur *le Pied-plat et le Pied-creux vulgus accidentels*, celle de M. Chiais sur *le Système artériel articulaire et péri-articulaire des membres*, la thèse de M. Verdier sur *le Traitement du Panaris*, et celle de M. Gaillard sur la maladie appelée : *Oreillons ; sa nature, ses expressions et ses rapports*. Les auteurs de ces travaux ont obtenu des médailles, et, en outre, les deux premiers ont été directement félicités par M. le Ministre, et les deux autres par M. le Recteur.

IV. *Enseignement.* — C'est une tâche très complexe dans une Faculté de médecine, que de répandre par cette voie les notions comprises dans le cadre des quinze sciences distinctes qui constituent l'encyclopédie médicale. Ces sciences sont exposées,

dans la Faculté de médecine de Montpellier, par 18 professeurs
titulaires, et par un chargé de cours. Il en résulte que le nombre de chaires est supérieur à celui des sciences qui forment la
matière de l'enseignement. Une telle différence tient à la nécessité de diviser certains enseignements trop étendus pour former
le lot d'un seul professeur, même en y consacrant tout le temps
légal correspondant au séjour des élèves dans la Faculté ; elle
tient aussi à la convenance de faire reproduire le même enseignement par des professeurs différents, ainsi que cela a lieu pour
la clinique. Non-seulement la permanence des cliniques exige le
repos, et par suite l'intermittence d'action des titulaires ; mais
il est bon que dans un genre de tradition didactique, où l'action,
la personnalité et une foule de qualités, distinctes de l'instruction du professeur, exercent une influence sur les élèves, il y ait
des types variés à leur présenter et que la diversité des fruits
que porte l'expérience réveille chez eux un intérêt spécial, et
excite leur ardeur par un attrait de curiosité et de sympathie
qui a surtout sa force et son utilité quand il s'agit de répandre
des connaissances pratiques. C'est pour cela, non moins que
pour utiliser tous les matériaux de l'enseignement clinique, qu'il
est nécessaire que les professeurs de cet ordre soient nombreux
dans une même Faculté. Montpellier compte cinq chaires magistrales de clinique ; Paris, et aujourd'hui Lyon, en possèdent un
plus grand nombre, et il est à désirer que la division de l'enseignement porte principalement sur cette partie, sans s'émietter
cependant dans une division excessive, qui finirait par restreindre inopportunément les matériaux d'observation et par tarir les
sources mêmes des exercices cliniques.

Les cours officiels et annuels faits dans la Faculté, énoncés
dans des programmes approuvés par le Pouvoir et rendus publics, forment un vaste ensemble qui s'exprime par une moyenne
de huit cours d'une heure, donnés chaque jour pendant dix mois
de l'année, et répartis en deux semestres, auxquels apparticn-
nent d'une manière élective les sciences dont la saison favorise
le mieux la culture. Ainsi, les travaux anatomiques en hiver, les
travaux d'histoire naturelle en été, accompagnés des exercices
pratiques qui leur sont propres, ont été poursuivis avec une
constante activité. La science anatomique en particulier est

exposée de manière à ce que, tous les ans, chaque division soit représentée dans l'enseignement. Aussi le professeur est-il aidé dans son cours par le chef des travaux anatomiques et par le prosecteur, auxquels il remet, comme sujet d'un cours complémentaire, les parties qu'il ne peut exposer lui-même.

Pareil progrès a été tenté et doit l'être pour la plupart des sciences ; car on peut dire qu'aujourd'hui, par le fait du développement incessant des connaissances humaines, les branches de ce grand arbre encyclopédique nécessitent des divisions nouvelles. Il est impossible que, dans un cours annuel, pour si méthodique et si substantiel qu'il soit, l'ensemble des sujets qui lui appartiennent puisse être complètement exposé. La pathologie interne exige au moins trois ans pour être entièrement développée ; il faut plus de temps pour la pathologie externe et la médecine opératoire. La thérapeutique est dans le même cas ; les sciences médicales complémentaires, telles que l'hygiène, la médecine légale, etc., ne font pas exception, et la même remarque n'est pas moins juste si elle est reportée sur la physiologie et sur les sciences physiques et naturelles. Il serait donc convenable, si la durée du jour n'était elle-même bornée, et si l'attention épuisée des élèves ne stérilisait de telles dispositions, qu'on établît auprès des diverses chaires des enseignements complémentaires, comme il en existe, par exemple, pour l'anatomie, la matière médicale, la botanique et la clinique. On a, du moins, dans la limite du possible, recherché des progrès de ce genre, qui ne sont encore qu'à leurs premiers essais.

Cette tâche additionnelle et complémentaire est le lot de l'Agrégation, et son concours a été cette année largement prodigué à la Faculté de médecine. Soit par la participation bénévole, soit par une charge honorable directement imposée par M. le Ministre, des cours nombreux ont été faits, dans le sein de la Faculté, par MM. les Agrégés. M. Jaquemet a continué son enseignement spécial d'ophtalmologie. M. Grasset a poursuivi ses leçons bénévoles sur la pathologie du système nerveux, déjà commencées l'année dernière. M. Espagne a fait des leçons sur la pathologie infantile. M. Grynfellt a prêté son concours au professeur de clinique obstétricale, et a fait, en outre, à l'Hôpital, le cours des maladies syphilitiques et cutanées. M. Vignal a été chargé du cours du professeur Anglada, que nous avons eu le malheur de perdre. M. Serre a commencé et poursuit encore des leçons de clinique à l'Hôpital Général. La suppléance temporaire des professeurs de clinique empêchés a été confiée à divers agrégés. Si l'on ajoute à ce précieux concours celui qui nous a été donné par les chefs de laboratoire, par les chefs des diverses cliniques médicale, chirurgicale et obstétricale, par les chefs des travaux pratiques d'anatomie et de chimie, par les conservateurs des collections, enfin par les maîtres de conférences, dont un heureux essai a commencé, cette année même, à Montpellier, on comprendra ce qu'a pu produire cet appoint fourni à l'enseignement de la Faculté, dont les professeurs seuls avaient autrefois le privilège, et ce qu'on peut attendre d'un élément jeune et actif, varié, mêlé, si je puis ainsi dire, au rôle plus solennel des professeurs, dont il achève, sous diverses formes, l'œuvre sérieuse et prédominante.

V. *Améliorations diverses pendant la durée de l'année scolaire.* — Nos précédents rapports accordent une mention suffisante aux changements avantageux qui se sont produits dans les ressources matérielles de la Faculté, représentées par nos trois grandes collections. La Bibliothèque, le Musée, le Conservatoire de botanique et d'histoire naturelle, ont continué à s'accroître, cette année, dans de notables proportions. A la bibliothèque, l'inventaire général des livres a été achevé. Dans le musée, nous signalerons spécialement l'accroissement de l'arsenal chirurgical, auquel je prépare une installation en rapport avec son utilité, et les changements avantageux qui, sous la direction de M. le professeur Fonssagrives, se sont produits dans la collection des médicaments; aujourd'hui nombreux, bien classés et formés d'échantillons heureusement choisis. Au Jardin des plantes, une amélioration depuis longtemps désirée s'est accomplie. Son budget annuel s'est accru de 5,000 francs. Nous devons ces améliorations successives, qui ont déjà pris des proportions très importantes, à la généreuse intervention du Pouvoir universitaire, qui, depuis quelques années, a fait preuve, à l'égard de notre Faculté, de dispositions bienveillantes, et auxquelles notre reconnaissance ne saurait manquer.

Mentionnons les crédits accordés cette année et qui s'ajoutent aux dépenses budgétaires ordinaires.

Le plus important de ces crédits consiste en une somme de 35,796 fr. 09 c. se décomposant ainsi :

Pour le développement de divers services, y compris la Bibliothèque (13 décembre 1877) .... F.	28.936 50
Pour les laboratoires d'histoire naturelle, de physique et de chimie (15 janvier 1878)	2.200
Spécialement pour la chaire de botanique (7 février 1878)	1.150
Pour l'acquisition de livres demandés par les professeurs de chimie et de clinique chirurgicale (10 avril 1878)	2.190
Pour couvrir l'insuffisance des frais de bureau (12 mai 1878)	845 57
Pour réparations diverses	444 02
	F. 35.796 09

Indépendamment de cette somme, M. le Ministre a accordé, à titre d'indemnité de traitement ou pour diverses destinations, des crédits dont le montant s'élève à 12,404 fr. 17 c., ce qui porte l'ensemble des allocations exceptionnelles à la somme générale de 48,190 fr. 26 c. N'omettons pas de signaler que, parmi les derniers crédits, figure une augmentation de traitement accordée à plusieurs professeurs. Bien que cette faveur n'ait pas encore été généralisée, on constate qu'elle se reproduit tous les ans, en élargissant le cadre du personnel appelé à en bénéficier, en sorte qu'il est facile de prévoir que cette habitude prend de plus en plus la force d'un principe, et qu'elle exprime, à sa manière, l'intention de fortifier l'enseignement, en rémunérant les efforts et reconnaissant les droits du personnel enseignant.

La démonstration de ce témoignage d'intérêt donné aux membres de l'enseignement résulte d'ailleurs de la création d'emplois nouveaux dans la Faculté de médecine. Notre première satisfaction à ce sujet date de la création de la chaire d'histologie et d'anatomie pathologique, que nous avons nous-même provoquée, de la création d'un enseignement de l'histoire de la médecine, à laquelle se rattache aussi notre initiative, et qui bientôt, nous l'espérons, donnera lieu à l'institution d'une chaire magistrale.

Tout nous annonce d'autres progrès, et à l'heure où la création d'une Faculté de droit à Monpellier remplit de joie les amis de l'Université, à l'heure où notre Faculté des lettres se voit comblée peut-être au-delà de sa première aspiration, nous sommes fondé à penser qu'on nous accordera une faveur aussi légitime, en nous dotant de deux chaires nouvelles, que M. Waddington fit reluire à nos regards, lorsqu'il visita Montpellier, il y a deux ans : je veux parler d'une clinique des maladies mentales, et d'un enseignement d'ophtalmologie.

VI. *Institutions nouvelles.* — En attendant ces progrès, que les ressources budgétaires du département de l'Instruction publique rendront désormais possibles, nous avons à enregistrer, au bénéfice de l'année dont nous traçons l'histoire académique, pour notre Faculté, deux institutions nouvelles, dont l'une au moins était depuis longtemps poursuivie avec persévérance.

Cours complémentaires de clinique à l'Hôpital-Général. — Lorsqu'au commencement de février 1868, je fus installé dans mes fonctions de doyen, j'eus l'honneur de développer devant la Faculté un programme où figurait, parmi nos désirs les plus ardents, celui de la création de cours officiels de clinique à l'Hôpital-Général de notre ville. Faire rentrer cet hôpital sous la direction médicale de la Faculté, et utiliser régulièrement, et en vertu de décisions supérieures, le personnel des malades de cet asile, que l'Administration ne livrait qu'avec réserve et en laissant craindre le retrait de ses faveurs, tel était le but que nous désirions tous atteindre. Ce but, des circonstances particulières m'ont permis de le préparer, de le poursuivre, de le tenir incessamment à l'ordre du jour. Un coin de la mémoire de M. Jules Simon, de M. Batbie et de M. de Fourtou, doit garder l'impression de mes démarches, j'ai presque dit de mes obsessions. Je ne recueillais que des promesses ; mais l'insistance a cela de bon qu'elle prépare les solutions et les rend plus faciles l'heure venue. Cette heure a sonné sous le ministère de M. Bardoux, et nous possédons aujourd'hui un décret en forme, signé par le Président de la République, homologué par les Ministres de l'Intérieur et de l'Instruction publique, et qui nous octroie enfin trois cours complémentaires de clinique à l'Hôpital-Général, savoir : *un cours de maladies des vieillards, un cours de maladies syphilitiques et cutanées, et un cours de maladies des enfants.* Une des conditions du succès des demandes et des propositions de la Faculté, était la démission préalable des anciens titulaires des services où il était possible d'installer les nouveaux enseignements. Hâtons-nous de dire que ces titulaires étaient des professeurs de la Faculté et que ces professeurs, voulant qu'aucune cause n'entravât le succès, ont généreusement donné leur démission en faveur des agrégés auxquels les nouveaux enseignements pouvaient être attribués. Les titres de nombreux candidats ont été appréciés par la Faculté et ont motivé la présentation de trois d'entre eux, qui ont été agréés par M. le Ministre. Ce sont MM. les agrégés Grasset, Gayraud et Battle; leur entrée en exercice ne peut être que prochaine, mais elle subit un retard légal, par le fait de la nécessité d'un règlement d'administration publique, qui doit rendre le décret exécutoire. Le décret seul nous importait; le règlement d'administration publique ne saurait être qu'une question de forme et de temps. Il appartient à M. le Ministre d'en presser l'exécution. Un vœu que j'aurai l'honneur de solliciter du Conseil académique activera peut-être la disparition du dernier obstacle.

Création d'emplois de Maîtres de conférences. — L'idée d'appliquer le système des conférences dans l'enseignement est loin d'être nouvelle, au moins à Montpellier. Fouquet l'avait appliquée à la clinique, et l'on doit à Lordat un remarquable écrit sur le *Dialogisme oral*, où il fait l'apologie de la conférence. En général, l'enseignement supérieur est monologue; les lettres, les sciences, la médecine sont enseignées *ex cathedrâ*. Le professeur parle seul et ne contrôle pas lui-même l'impression qu'il a produite sur les auditeurs qui retiennent ce qu'ils peuvent. Ce système ne manque assurément ni de grandeur, ni d'utilité; mais on sent qu'il a des côtés faibles, et à diverses reprises on s'est demandé si un autre système ne mériterait pas de prévaloir. Déjà, aux origines de la philosophie, Platon et Xénophon ont rapporté à Socrate un mode d'enseignement qui consiste en une conférence entre le maître et le disciple. A la Renaissance, Montaigne ne dissimulait pas ses préférences pour ce mode de tradition didactique : « le meilleur moyen d'instruire est, à mon gré, la conférence », disait-il avec conviction. L'enseignement secondaire repose tout entier sur l'adoption de ce mode. Faut-il introduire la conférence dans l'enseignement supérieur moderne ? La question se pose aujourd'hui pour la médecine ; elle se résout même par la nomination de divers conférenciers. Dans le cours de cette année, on a créé deux emplois de ce genre : l'un a été confié à M. Guillaud, pour l'*histoire naturelle ;* l'autre a été donné à M. le docteur Masse, pour *l'anatomie et la médecine opératoire.* Les choix étaient excellents, les deux élus ont parfaitement réussi. Ils étaient, d'ailleurs, doués d'un talent d'enseignement qui les a fait appeler comme professeurs à Bordeaux. Leurs successeurs, MM. Amagat et Grynfeltt, ne réussiront pas moins bien dans cette tâche, et le même résultat est assuré par M. de Girard, récemment nommé maître de conférence pour la *physique et la chimie.* On peut donc augurer que le système des conférences sera très goûté par nos élèves.

Toutefois, nous pensons qu'il ne faut pas se presser pour la généralisation de ce mode d'enseignement. Il est trop élémentaire, trop facile ; il prépare le succès des examens et non la possession de la science ; il parle trop aux sens et pas assez à l'esprit ; en abrégeant le temps, il expose à l'infidélité de la mémoire, ce qui arrive aux candidats dont on martèle le cerveau pour la préparation au baccalauréat. Et puis, n'y a-t-il pas un autre inconvénient ? Cette intercalation de l'enseignement secondaire dans l'enseignement supérieur ne prépare-t-elle pas, dans l'avenir, l'abaissement réel de l'instruction médicale, la réduction des sujets enseignés aux formes simples et au terre à terre de la conversation, au lieu de retenir la pensée dans les régions élevées dont l'enseignement magistral possède seul le privilège ?

VII. *Exercices de laboratoires.* — Les laboratoires de la Faculté de médecine de Montpellier sont au nombre de six ; quelques mots sur chacun.

1° Le laboratoire d'*anatomie*, le premier en date, est le plus

important, celui auprès duquel fonctionne encore l'ancienne
École pratique ; il est sous la direction de M. le professeur Benoît,
et après l'époque des travaux anatomiques, sous la direction du
professeur de médecine opératoire. Ce foyer de travail médical
est très fréquenté par les élèves, mais on nous accuserait
d'optimisme, si nous voulions prouver que le progrès y est
complet. Assurément son installation est excellente ; le local est
heureusement disposé. Il est sain, aéré, éclairé, mais le travail
anatomique y languit parfois, et il n'obtient que le nombre de
cadavres strictement nécessaire. Le chiffre des sujets qui, cette
année, ont pu servir aux dissections ou aux exercices de
chirurgie, n'a pas dépassé 80 ; le nombre de nos élèves réclame
de plus amples ressources.

2° Le laboratoire de *physiologie*, sous la direction de M. le
professeur Rouget. — Il porte aussi le titre de laboratoire des
hautes études, qui lui fut concédé par M. Duruy, et mérite son
nom par le caractère sérieux des travaux qui s'y exécutent.

Voici le sommaire de ces travaux pendant l'année : les expériences relatives à la physiologie de la circulation et de la
respiration ont été préparées pour le cours du professeur, avec
l'assistance de MM. François, aide de physiologie, Faivre, aide
naturaliste, Chiais et Barralis, internes de l'Hôpital, et Delord,
élève de troisième année. Les démonstrations expérimentales
ont eu lieu à la suite de la leçon théorique. L'un de ces collaborateurs, M. Chiais, a poursuivi des recherches sur le système
artériel articulaire et péri-articulaire, qui l'ont amené à conclure
que toutes les articulations qui possèdent les deux genres de
mouvements présentent des artères circonflexes. Les articulations qui ne possèdent que les mouvements autour d'un axe
perpendiculaire à celui de l'os mobile, ont des artères parallèles
à l'axe de l'os. Aux articulations dont les surfaces sont dérivées
du plan correspondent des branches artérielles à direction
indifférente. M. Lidky se livre, dans le même laboratoire, à des
recherches sur la terminaison des nerfs olfactifs ; M. François
poursuit, sous la direction du professeur, la reproduction photographique des différents tissus. — M. le Directeur du laboratoire
de physiologie s'est livré personnellement à des recherches sur
l'appareil électrique des torpilles, sur le développement et la

structure des globules du sang des vertébrés, et sur le développement de l'ovaire des mammifères. Ses premières recherches ont été communiquées à l'Académie des sciences, et s'appuyent sur plus de cent photographies, dont un certain nombre, déjà reproduites par la photoglyptie, seront prochainement publiées. — Ses observations recueillies sur les globules du sang lui ont permis de mettre en évidence le contenu et l'enveloppe séparés et distincts l'un de l'autre ; de démontrer, en outre, que l'hématoglobuline seule forme le contenu, qu'il n'existe pas de protoplasma autour du noyau chez les vertébrés inférieurs, et que le photoplasma et le noyau décrits et figurés par Bottcher dans les globules rouges de l'homme et des mammifères n'existe pas davantage. Les recherches récentes de M. Rouget sur le développement de l'ovaire des mammifères lui ont démontré l'identité morphologique complète de l'ovaire et du testicule à partir du premier tiers de la vie embryonnaire : l'ovaire étant dès cette époque entièrement constitué par des cordons ovulaires contournés et anastomosés dans la couche corticale, plus droite et à direction rayonnée dans le noyau médullaire, pressés partout les uns contre les autres et séparés seulement par de minces cloisons de tissu conjonctif et les vaisseaux contenus dans ces cloisons. Immédiatement contigus à l'épithélium germinatif dont ils sont parfaitement distincts, les ovules des cordons contournés de la substance corticale sont pressés les uns contre les autres, nus, dépourvus de tout épithélium, aussi bien que de membrane d'enveloppe autre que le tissu conjonctif intersticiel : ce n'est que dans le noyau central, que l'épithélium commence à apparaître, comme gaîne commune des cordons ovulaires. Ces observations ont été faites sur des embryons appartenant à l'espèce humaine et à diverses espèces de mammifères.

3° Le laboratoire d'*anatomie pathologique*, sous la direction de M. le professeur Estor. — Ce laboratoire est très bien installé, il est propre et luisant ; mais son chef n'a pas fait connaître au doyen ce qui se passe *in domo anatomicâ*.

4° Le laboratoire de *médecine légale*, sous la direction de M. le professeur Jaumes. — Ce laboratoire, le premier de ce genre installé en France, est parfaitement aménagé et présente, croyons-nous, un grand avenir. Le professeur, ayant traité, dans son cours de cette année, les questions médico-légales que suggère l'étude des empoisonnements, a exécuté dans son laboratoire toutes les opérations, autopsies des animaux, recherches chimiques des poisons et expériences physiologiques afférentes au sujet.

5° Laboratoire de *physique* et de *chimie*. — Bien que les professeurs possèdent chacun un cabinet de travail, un laboratoire spécialement destiné aux élèves est installé dans le local de l'ancienne École pratique de chimie. Il est organisé d'après les données modernes de la science et possède déjà des ressources très importantes. MM. les professeurs Moitessier et Engel y ont fait exécuter des dispositions qui permettent aux élèves d'y manœuvrer à l'aise, sous la direction et la surveillance du personnel de cette division de l'enseignement, et aujourd'hui ces ressources sont assez complètes pour qu'en exécution d'un nouveau règlement, approuvé par la Faculté de médecine et par l'Autorité supérieure, les exercices de physique et de chimie aient pu être déclarés obligatoires pour tous les élèves. Cette partie de l'enseignement médical de Montpellier est donc en progrès réel, et nous espérons qu'elle influera sur les habitudes de travail qu'il importe d'imprimer aux élèves. On ne saurait trop engager ces derniers à aborder les laboratoires institués à grands frais par l'État, pour répandre l'instruction pratique et faciliter l'exécution des recherches originales.

6° Le laboratoire de *clinique*, institué depuis deux ans dans les locaux de la clinique médicale, est affecté aux enseignements de toute nature qui sont donnés à l'hôpital Saint-Éloi. Il a pour chef de travaux M. le docteur Hamelin, qui, sous l'autorité et la direction de divers professeurs, exécute les recherches demandées par ces derniers, et qui dirige lui-même les études dans les travaux que la connaissance approfondie des maladies peut exiger. Dans le cours de la présente année, outre ce qu'on peut appeler les exercices courants, quelques recherches plus sérieuses ont été poursuivies. M. le docteur Carrieu a étudié l'action du salycilate de soude dans le rhumatisme, et est parvenu à constater dans l'urine la diminution de la quantité proportionnelle de l'urée et de l'acide urique. M. le docteur Ausilloux a exécuté une série d'expériences sur la valeur de la pectoriloquie aphone,

considérée comme moyen de déterminer la nature des épanchements pleuraux et intra-pulmonaires. — Ces résultats sont
consignés dans sa thèse inaugurale.

Deux laboratoires sont encore en projet : celui de *thérapeutique* et celui d'*hygiène*. Le bâtiment de la Faculté subit en ce
moment un remaniement dans une partie de ses locaux, pour
leur trouver une place.

VIII. *Travaux publiés*. — Nos Rapports annuels ont constaté
une permanence d'ardeur qui porte les professeurs et agrégés de
la Faculté, ainsi que les docteurs qui lui appartiennent à d'autres
titres, à compléter la tâche que leur impose l'État, par des
travaux volontairement entrepris dans le but de remplir les
lacunes de la science et de contribuer à ses progrès. Nul exemple
de fécondité intellectuelle n'est donné ailleurs à un plus haut
degré, en tenant compte du personnel des travailleurs et des
ressources qui sont offertes à leur activité. Cette habitude, qui
fait de Montpellier une ville scientifique, et qui nous explique
pourquoi elle a rempli et va peut-être jouer plus que jamais le
rôle de centre universitaire, que ce titre lui soit ou non officiellement concédé, tient certainement à une influence traditionnelle.
La force impulsive et séculaire qui depuis longtemps entretient à
Montpellier le goût de la science et en multiplie les produits,
mérite d'être signalée comme un des éléments de sa prospérité ;
et cet élément n'est pas illusoire, comme il peut l'être dans quelques nouveaux foyers d'instruction médicale, où manque la *vis à
tergo* du passé, et où, quoi qu'on fasse, l'organisation que l'on y
introduit ne saurait dépasser les proportions d'un essai.

Voici les principaux travaux qui nous ont été communiqués
et que nous avons à porter cette année à l'actif scientifique de la
Faculté de médecine. Nous les inscrivons en suivant l'ordre du
tableau.

M. le professeur Boyer a publié les premières leçons de son
cours, sous le titre de *Génie de la médecine*. Cette étude, d'une
portée très élevée, fait suite à une série de travaux de philosophie médicale, de pathologie générale et d'histoire de la médecine, que notre collègue poursuit avec un zèle incessant, et qu'il
réunira, nous l'espérons, en un corps d'ouvrage complet.

M. le professeur Dumas a fait paraître le compte rendu des travaux du Conseil d'hygiène du département de l'Hérault pour l'année 1876. Ce Rapport fait suite à des publications du même genre, éditées les années précédentes, et qui représentent une série déjà importante. M. le Ministre de l'Agriculture et du Commerce, déférant à l'avis du Conseil d'hygiène de Paris, a félicité l'auteur en lui adressant une médaille d'argent. Aux travaux de M. Dumas il faut ajouter, pour cette année, un recueil d'intéressantes observations relatives aux accouchements, prises dans son service à l'hôpital Saint-Éloi, et publiées par M. Léon Dumas, chef de clinique obstétricale.

M. le professeur Courty a fourni, cette année, une large contribution scientifique. Nous avons à signaler spécialement : 1° la première partie du *Traité pratique des maladies de l'utérus, de l'ovaire et des trompes :* cette seule partie de l'ouvrage présente déjà sept cents pages de texte et environ trois cents figures. Il suffit de dire, pour attester le succès de ce remarquable ouvrage, qu'il a atteint sa troisième édition en quelques années : note rare pour les travaux de cette nature. 2° Un mémoire sur la réduction spontanée d'une inversion utérine. 3° Un mémoire sur *l'emploi des anesthésiques dans l'accouchement naturel*, lu à la réunion du Congrès médical international de Genève, et reproduit dans plusieurs journaux. 4° Un article intitulé : *Trousse gynécologique*, contenant la description, les usages et l'appréciation des instruments nécessaires au médecin dans la pratique de la gynécologie. Plusieurs des instruments décrits ont été proposés et imaginés par l'auteur de ce travail. M. Courty est l'un des collaborateurs les plus assidus des *Annales de gynécologie*, qu'il publie de concert avec le professeur Pajot et le docteur Galland de Paris; publication très estimée, par laquelle la France a affirmé devant l'étranger son active intervention dans des travaux jusqu'ici négligés dans notre pays.

M. le professeur Fonssagrives a enrichi la science d'un *Traité de thérapeutique appliquée*, basé sur les indications ; deux forts volumes in-8°. — Ce remarquable ouvrage, édifié sur un plan nouveau, remplit une lacune généralement reconnue, et a mis entre les mains des praticiens un inventaire aussi exact que possible des ressources dont l'art de guérir dispose à notre époque.

L'auteur avait déjà excité les espérances de ses lecteurs par la publication de ses *Principes de thérapeutique générale*, édités l'année dernière. Il applique dans celui-ci les principes émis dans le premier ouvrage. La méthode d'exposition de son sujet est véritablement neuve, et ramène constamment à l'esprit le rôle dominant des indications en thérapeutique. D'après ces indications, l'homme de l'art s'applique à modifier les fonctions ou à neutraliser la cause morbide par des moyens variés, que l'auteur décrit successivement. Les divers actes thérapeutiques, dont les provocations par les médicaments ne sont qu'une des formes, deviennent des modificateurs de l'organisme, et c'est l'exposé de ces modifications qui, sous la plume de M. Fonssagrives, représente la véritable thérapeutique appliquée. On apprécie immédiatement la différence qui existe entre cette vue élevée et logique, et l'ancien point de vue d'après lequel un médicament, ou un moyen curateur, de quelque nature qu'il fût, était décrit plus ou moins minutieusement, et adressé sans ordre, et avec toutes les chances de stériles adaptations, à tous les états morbides qu'il pouvait atteindre de près ou de loin. Cette méthode ancienne, plus appréciée du naturaliste que du médecin, et dont on trouve par cela même les origines dans Dioscoride et dans Matthiole, n'avait pas changé, même dans les mains des thérapeutistes, qui avaient senti le besoin d'un nouveau criterium, sans en excepter Murray, Cullen, Venel, Mérat et Delens, Barbier, ni même Trousseau et Pidoux, bien qu'ils laissent percer l'embarras suscité par leur plan défectueux. La réforme est complète dans l'ouvrage de notre collègue, et elle inaugure une conception aussi vraie que hardie du sujet où elle fait prédominer l'idée médicale, tout en lui conservant la précision scientifique dérivée de sa source la plus élevée. Le *Traité de thérapeutique appliquée* a été un évènement dans la médecine contemporaine, il a reçu dans la presse médicale l'accueil le plus sympathique et le plus mérité. Nous nous félicitons, pour notre École, d'avoir vu sortir de son sein une publication de cet ordre.

M. le professeur Moitessier a fait paraître, cette année, le premier volume d'un ouvrage intitulé : *Éléments de physique appliqués à la médecine et à la physiologie*; in-8° de 600 pages. —

Ce volume est relatif à l'*Optique*; il est accompagné de figures, qui sont le complément nécessaire de ce genre de travaux. Cette première partie fait vivement désirer l'achèvement d'un ouvrage qui, par son titre et son but, semble annoncer un de ces livres élémentaires qui attachent spécialement les élèves aux foyers scientifiques où ils ont paru.

Nous devons à M. le professeur Engel un travail sur une nouvelle classe de corps provenant de la combinaison de la *Ducyansoliamide avec les Glycocolles*. Notre collègue a publié aussi, de concert avec M. Moitessier, des *Recherches sur la dissociation de l'hydrate de chloral*, qui ont été communiquées à l'Académie des sciences, et qui ont paru dans ses comptes rendus.

M. le professeur E. Bertin, l'un des collaborateurs les plus assidus du *Dictionnaire encyclopédique des sciences médicales*, vaste publication où figurent un grand nombre de rédacteurs appartenant à notre Faculté, a fourni, cette année, à ce recueil, les articles *Saignée, Sangsues, Sommeil* et *Syncope*. Le premier de ces articles est fort étendu et représente une monographie conçue d'après les idées les plus modernes.

Enfin, permettez à l'auteur de ce compte rendu de rappeler qu'il prépare le troisième volume d'un ouvrage ayant pour titre : *Tribut à la chirurgie*, in-4° avec planches, et qu'il a publié, cette année, une étude sous le titre de *Tableau historique de l'anatomie chirurgicale*, qui a servi d'introduction à l'ouvrage de M. le docteur Chavernac sur *les Régions classiques du corps humain*

Les agrégés de notre Faculté ont apporté aussi un ample contingent aux publications qui honorent l'année académique dont j'esquisse le tableau. Nous retrouvons parmi les publications dues à cette partie si intéressante de notre personnel : 1° Deux mémoires de M. le docteur Castan, chargé du cours d'histoire de la médecine. L'un de ces mémoires est relatif à un point de l'histoire médicale de Montpellier, et a pour titre : *Une réception de docteur à Montpellier au XVI° siècle;* l'autre concerne un point très intéressant de pratique médicale ; M. Castan a eu pour but de prouver l'*identité de la variole et de la varicelle*. Il a paru dans le *Montpellier Médical*. 2° Deux mémoires de M. le docteur

Gayraud ; l'un est relatif à la *gangrène du fourreau de la verge par suite d'une piqûre de scorpion;* l'autre est une étude sur les maladies les plus communes dans la capitale de la République de l'Équateur. On sait que deux de nos jeunes docteurs, MM. Gayraud et Domec, furent appelés, il y a cinq ans, par le chef de ce gouvernement, pour prendre part à l'enseignement de la médecine à peine ébauché dans ce pays. M. Gayraud se rendit à cet honorable appel, avec la mission d'organiser la Faculté de médecine de Quito, et obtint le titre de doyen de cette Faculté. L'assassinat du Président de la République équatoriale, qui avait attiré M. Gayraud dans ce lointain climat, ne permit pas à notre confrère de continuer sa mission dans les conditions sur lesquelles il avait pu compter, et il est revenu à Montpellier reprendre ses fonctions d'agrégé, après une absence de trois ans. Félicitons-le d'avoir utilisé son séjour à Quito pour en étudier la topographie médicale, et de nous avoir fourni d'intéressants renseignements sur les affections morbides dont l'altitude de la capitale de l'Équateur favorise ou restreint le développement. Les recherches de M. le docteur Gayraud, faites de concert avec M. le docteur Domec, portent sur la phthisie, le rhumatisme, la goutte et la lithiase urinaire.

Un autre ouvrage d'un intérêt réel a été publié cette année par M. le docteur Masse. Nous avons déjà signalé dans nos comptes rendus précédents la première partie du travail de M. Masse, qui la même année s'est vu comprendre dans les promotions qui l'ont fait successivement maître de conférences à Montpellier et professeur à Bordeaux. L'ouvrage de M. Masse a pour titre : *De l'influence de l'attitude des membres sur leurs articulations.* Cette étude, consciencieusement faite, indique les rapports qui, dans cette question, lient les connaissances physiologiques, pathologiques et thérapeutiques. C'est le propre d'un esprit sagace que de saisir les rapports, d'y retrouver les influences de cause à effet et de baser la thérapeutique sur la notion de cette filiation. Des expériences bien conduites pour établir la vérité, et des figures bien présentées pour les démontrer, donnent à cet ouvrage un caractère méritoire.

Nous avons enfin à signaler, au compte d'un de nos plus jeunes et de nos plus laborieux agrégés, M. le docteur Grasset, un

ouvrage majeur, non moins intéressant par le choix du sujet que
par la manière dont il est traité. *Maladies du système nerveux*,
tel est le titre de la publication que j'ai à signaler ; il s'agit d'un
ouvrage en deux forts volumes in-8°, avec figures intercalées
dans le texte. C'est un remarquable exposé d'un des sujets les
plus obscurs et les plus difficiles de la pathologie. Il n'était pas
au-dessus des forces de l'auteur d'affronter ces questions, dans
lesquelles les travaux modernes ont porté des clartés inattendues. L'auteur de l'ouvrage que nous nous plaisons à signaler à
votre attention, a traité avec méthode une matière dont il avait
déjà fait apprécier l'importance aux élèves dans des leçons orales
qui ont obtenu à Montpellier un légitime succès. L'intérêt de
l'exposition verbale se soutient dans le livre, qui est empreint
d'un esprit large, où l'ancienne doctrine de Montpellier vit en
paix avec les données scientifiques les plus récentes. M. Grasset
dit, dans sa préface, qu'il n'a eu pour but que d'exposer simplement et aussi clairement que possible l'état actuel de nos connaissances sur les maladies du système nerveux. Il se pourrait
que la prétention de l'auteur fût empreinte d'une grande modestie, et que, dans tous les cas, l'exposition claire d'un sujet
obscur fût un mérite assez réel pour donner à l'ouvrage une
valeur classique. Il est du moins juste de reconnaître que le
traité de maladies nerveuses de notre jeune confrère reçoit le
meilleur accueil dans la littérature médicale.

IX. *Concours*. — Cette institution, qui occupe dans les
Facultés de médecine une place si importante, et qu'à notre
avis il serait digne d'un gouvernement libéral de généraliser le
plus possible, en la perfectionnant et en l'entourant de garanties,
persiste du moins pour le recrutement de l'Agrégation et pour la
nomination d'un certain nombre de fonctionnaires. Nous la
retrouvons aussi au seuil de certaines études pour les élèves ;
et enfin elle est appliquée aux prix de fin d'année, à l'obtention
de bourses, etc. Voyons ce qu'a produit, cette année, dans notre
Faculté, cet exercice recherché par les hommes jeunes et ardents,
et qu'animent à la fois l'amour du travail et l'idée de la justice,
sous la garantie des épreuves publiques.

Les concours les plus importants ont eu lieu dans le but de

pourvoir les trois sections de l'Agrégation. On sait qu'une mesure réglementaire, datant de quelques années, a transféré à Paris le siège de ces concours, qui donnaient autrefois tant d'éclat à notre Faculté, en même temps qu'ils étaient une source d'émulation. Nous avons exprimé ailleurs les justes regrets que nous inspire cette translation si préjudiciable aux candidats sans fortune, et qui constitue pour les candidats de province une situation si inégale vis-à-vis des candidats formés à Paris, et subissant leurs épreuves devant des juges connus et sympathiques. Nous voulons croire, qu'après l'essai qui se poursuit encore, on reviendra à nous laisser nos candidats et notre autonomie, surtout lorsqu'on aura reconnu que les concurrents de province, malgré les influences dépressives et décourageantes qui pèsent sur eux, font bonne figure dans l'arène où ils luttent contre leurs rivaux de Paris, et qu'on se sera assuré que le niveau atteint par nos sujets les rend dignes de sympathie, et que les études faites à Montpellier ne le cèdent pas en force à celles qu'on poursuit ailleurs. Ce genre de démonstration n'a pas failli, cette année, à ceux qui ne mettent pas de mauvaise volonté à se laisser convaincre. Les rapports faits par les Présidents des différents Jurys des concours d'agrégation portent, nous sommes heureux de le reconnaître, bon témoignage en faveur de nos candidats.

La Faculté de Montpellier a été représentée, cette année, au Concours d'agrégation ouvert à Paris par cinq candidats, savoir :

MM. Carrieu et Mairet, pour la section de médecine ;

Chalot, pour la section de chirurgie et d'accouchement ;

Bimar et Lannegrace pour la section d'anatomie et de physiologie.

Ces candidats sont tous sortis victorieux de longues et difficiles épreuves, et, par le fait de la suppression du stage, ils sont inscrits aujourd'hui sur le tableau des agrégés en activité. La seule trace durable qui reste de ce concours est la thèse exigée de chaque candidat. Cette trace est honorable pour les élus, car les thèses des concurrents de Montpellier sont remarquables par des mérites divers, et certaines constituent des monographies, destinées à être longtemps consultées par ceux qui s'occuperont des matières qu'elles traitent. Nous les signalons comme des travaux dignes de notre Faculté, et comme pouvant compléter la mention que nous avons faite des travaux publiés dans l'année courante. La thèse de M. Carrieu a pour titre : *De la fatigue et de son influence pathologique ;* celle de M. Mairet : *Des formes cliniques de la tuberculose des poumons ;* celle de M. Chalot : *Comparer entre eux les divers moyens de diérèse ;* celle de M. Bimar : *Sur la structure des ganglions nerveux ;* enfin, celle M. Lanne-grace : *Terminaisons nerveuses dans les muscles de la langue et dans sa membrane muqueuse.*

Durant le concours d'agrégation qui s'est prolongé pendant près d'un an, la place d'agrégé de botanique et d'histoire natu-relle est devenue vacante, par suite de la nomination de M. Guillaud à Bordeaux. M. le docteur Amagat, inscrit à Paris pour les sciences accessoires, a été nommé pour remplacer M. Guillaud à Montpellier. Il a dû à la spécialité de ses connais-sances de pouvoir lui succéder à tous égards, car il a été immé-diatement promu au titre de maître de conférences pour l'his-toire naturelle.

Ajoutons qu'en exécution règlementaire des conditions du concours d'agrégation, MM. les professeurs Dupré et Courty ont été appelés, en qualité de juges, à Paris, où ils ont dû siéger plusieurs mois.

Concours pour le prosectorat. — M. Grimaldi, seul inscrit, a été désigné par le jury pour remplir ces fonctions, pendant un an.

Concours pour l'adjuvat. — M. Cauquil a été nommé.

Concours pour les prix de fin d'année. — Les concurrents ont été peu nombreux ; cependant les jurys ont été satisfaits des candidats, et ont réparti les prix de la manière suivante :

1re *année :* Prix, M. Rouch ; mention honorable, M. Griou.

2e *année :* Prix, M. Artigalas.

3e *année :* Prix, M. Lemoine ; mention honorable, M. Galzin.

4e *année :* Prix, M. Brousse.

Le prix institué par M. le docteur Fontaine, de Nîmes, en faveur de l'auteur de la meilleure thèse, a été donné à M. le docteur Chalot, dont la dissertation a été déjà mentionnée dans ce Rapport.

M. le Ministre ayant institué des bourses en faveur des élèves de la Faculté, et ayant décidé que, cette année, les bourses seraient distribuées à la suite d'un concours, la Faculté a ouvert les épreuves le 25 octobre dernier. Les lauréats recommandés à M. le Ministre sont MM. Jouillé et Rouch.

X. *Mouvement du Personnel.* — Terminons ce compte rendu, déjà bien long, par quelques indications sur le mouvement du personnel.

Administration. — M. Etiévant, secrétaire agent-comptable, ayant obtenu, sur sa demande, un changement d'Académie, a été remplacé par M. Blaise, ancien secrétaire agent-comptable de la Faculté de médecine de Strasbourg. Les états de service de ce nouveau fonctionnaire nous promettaient une gestion expérimentée. Successivement chargé de fonctions analogues près la Faculté de droit de Grenoble et près la nouvelle Faculté de médecine de Lyon, M. Blaise a rempli ces fonctions avec distinction ; aussi sa nouvelle promotion à Montpellier a-t-elle coïncidé avec une augmentation d'émoluments.

Agrégation. — Cette fraction du corps universitaire, qui rend de si réels services aux Facultés de médecine, n'ayant qu'une durée temporaire, donne ordinairement lieu à d'importantes modifications dans le personnel. Dans le cours de l'année académique, MM. les docteurs Penière et Balestre, qui devaient entrer en exercice le 1er novembre 1877, ayant renoncé à la position qu'ils avaient acquise par le concours, ont dû être remplacés immédiatement, pour assurer la régularité du service. M. Gayraud a été rappelé à l'activité en remplacement de M. Penière ; M. Carrieu, qui ne devait entrer en fonctions qu'au 1er novembre, a été appelé à l'activité dès le mois de juillet dernier en remplacement de M. Balestre. MM. Masse et Guillaud, dont le choix pour l'organisation de la Faculté de médecine de Bordeaux est un témoignage de haute estime rendu au corps des Agrégés de Montpellier, ont aussi laissé des vides dans le tableau. Toutefois nos cadres ont pu être remplis par les recrues du concours qui a eu lieu cette année à Paris.

Nous avons le douloureux devoir de clore cette mention dans l'état du personnel, en signalant une perte profondément regrettable subie par notre Faculté.

M. le professeur Charles Anglada, dont l'activité était depuis longtemps enrayée par une douloureuse maladie, a succombé en avril dernier. C'était un des représentants les plus distingués de l'ancienne École. Esprit orné, pénétrant et délicat, sagacité philosophique, parole élégante et originale, instruction profonde, qualités littéraires rares et justement remarquées; voilà assurément de quoi exciter des regrets qu'un caractère sûr et honorable aurait suffi pour justifier. M. Anglada portait un nom cher à notre Faculté. Son père y avait enseigné longtemps la médecine légale et s'y était distingué par des travaux importants sur la toxicologie. Ces recherches ont été publiées par M. Charles Anglada, dans un ouvrage qui parut, en 1834, sous le titre de *Toxicologie générale*, et qui faisait doublement honneur à ses auteurs. Notre regretté collègue avait été successivement sous-bibliothécaire et agrégé de la Faculté. Détourné par sa santé des occupations de la clientèle et concentré par ses goûts dans les études de cabinet, M. Anglada put satisfaire librement sa passion pour les travaux d'érudition. Les résultats en sont reconnaissables dans les beaux ouvrages qu'il a laissés sur *la Contagion* et sur *les Maladies nouvelles et les Maladies éteintes*. Ces sujets se prêtaient à l'exhibition des qualités qui le distinguaient le plus, l'érudition et la dialectique. Assaisonnés d'une critique fine et démonstrative, ces écrits provoquent et fixent le lecteur. Ils resteront comme un témoignage de la haute valeur du Professeur que nous avons perdu et qui occupait depuis vingt ans la chaire de pathologie interne. — M. Anglada était âgé de 67 ans.

DISCOURS ET ALLOCUTIONS

ASSOCIATION DE PRÉVOYANCE ET DE SECOURS MUTUELS

DES

MÉDECINS DE L'HÉRAULT

DISCOURS

prononcé à la Séance annuelle du 28 juillet 1864

Messieurs ,

Mon premier soin, dans cette réunion confraternelle, doit être de vous remercier de l'honneur que vous m'avez fait en me déférant la présidence de nos assemblées. Ce choix, auquel je m'efforcerai de répondre par mon entier dévouement, me fournit aujourd'hui l'occasion et m'impose presque le devoir de vous soumettre quelques réflexions, où je serais heureux de me faire l'écho de vos propres pensées.

Nous pouvons enfin considérer comme fondée cette Association de médecins, dans une ville où l'art de guérir est cultivé depuis bien longtemps, mais qui n'avait vu naître et fleurir sur le sol fécond qui lui appartient que des réunions scientifiques, sans aucun souci des intérêts professionnels. C'était une lacune à combler, un progrès d'un nouveau genre à accomplir. Nous en attendons d'heureux résultats : empressons-nous, en consé- quence, de reporter l'expression de notre vive gratitude vers celui qui les a assurés d'une manière conforme à nos vœux. Je sais, Messieurs, que je suis l'interprète de vos sentiments, en adressant à M. le Préfet de l'Hérault les remercîments de l'Asso-

ciation tout entière, pour l'appui que ce bienveillant administrateur nous a prêté auprès du Gouvernement, et qui nous a
valu une organisation indépendante.

Après cette satisfaction exceptionnelle donnée au corps médical
du département de l'Hérault, nous devenons les meilleurs juges
de notre position, et nous pourrons opter librement entre une
existence isolée ou une annexion au grand et généreux mouvement qui tend à réunir en un seul corps les médecins de la France
entière. Ce mouvement est, du moins, digne de toute notre sympathie, parce qu'il est l'expression d'une alliance cordiale qui
se substitue à de fâcheuses rivalités, et qu'il marque une ère
nouvelle dans nos relations et peut-être dans notre prospérité.

Chaque époque, Messieurs, sous l'influence du progrès des
mœurs et des idées, a une manière propre d'apprécier et de
sentir des intérêts d'un certain ordre, et d'en activer le développement par des moyens spéciaux. Depuis quelques années, de
nouvelles aspirations se produisent dans la famille médicale, de
nouveaux liens en rapprochent les membres. Entraînés, nous
aussi, par les mêmes sentiments, nous cédons à la pression de
l'exemple et nous allons bientôt, je l'espère, trouver dans notre
association médicale des avantages qui en assureront la durée,
qui grossiront nos rangs, et qui nous dédommageront sans doute
de n'avoir pas été les premiers à organiser le succès des intérêts
professionnels les plus dignes de notre sollicitude. Pour en
apprécier l'importance, il suffira de rappeler qu'ils se traduisent
par cette courte et expressive formule : *Assistance, Protection,
Moralisation.*

A l'exemple de toutes les sociétés récemment fondées, nous
avons inscrit dans nos Statuts cette devise, que je vous demande
la permission de développer en quelques mots.

Le corps médical veut non-seulement grandir, mais surtout
ne pas déchoir, même dans les individualités qui le composent.
L'assistance mutuelle qui, ne froissant aucun amour-propre, se
fait mieux accepter que la charité et la bienfaisance publique,
peut atteindre ce but, et représente en conséquence le premier
mobile de l'association.

Il est toutefois un certain nombre de médecins à qui cette

assistance répugne, précisément parce qu'elle a pour condition l'association. On redoute de s'engager dans une voie inconnue, en s'adressant aux ressources de la mutualité ; on craint de réorganiser sous une autre forme les anciennes corporations, ou de s'amoindrir en face de la société, et de lui témoigner une sorte de défiance par le fait même des précautions que l'on prend contre son oubli ou son indifférence. Cette dernière crainte nous toucherait peu ; car, si l'on ne peut reprocher au milieu social dans lequel nous vivons d'être absolument indifférent à la position et à l'avenir de la plus estimable et de la plus utile des professions, il faut convenir cependant qu'il ne prodigue pas toujours les témoignages d'une sympathie efficace et que, dans tous les cas, il reconnaît d'une manière très inégale les services des médecins. Quoi de plus légitime alors qu'une organisation spéciale et protectrice des intérêts professionnels, qui tend à soustraire le médecin ou sa famille aux conséquences de malheurs imprévus ou immérités, que la société ne sait pas soulager ou qu'elle méconnaît complètement ?

Quant à la crainte de s'engager dans une voie inconnue ou douteuse, dans laquelle la dignité individuelle aurait à perdre, elle doit s'évanouir en présence de nos règlements qui, avant tout, prennent souci de cette dignité, et considèrent précisément comme le meilleur moyen de la respecter, la prévision des cas où elle serait menacée, en créant pour l'avenir des ressources qui ne sauraient plus être considérées comme un secours humiliant, mais comme une véritable propriété collective dont on aurait droit à tirer parti.

Enfin, l'appréhension quelquefois exprimée de retourner par une autre voie aux pratiques ou aux règles surannées qui régissaient les anciennes corporations, n'est pas moins chimérique. Les corporations d'arts et métiers, c'est-à-dire la réunion en un seul corps d'individus exerçant la même profession, et qui étaient astreints aux mêmes devoirs, avait un but peu avantageux pour la société elle-même. Cette organisation était une des formes les plus accentuées du système protecteur accordé au travail isolé, au commerce restreint, à l'industrie particulière. Elle créait par les maîtrises, et défendait par les jurandes, des privilèges injustes que le génie de Turgot voulut abroger, que la Révolution

frappa radicalement, et que répudie encore avec énergie l'esprit
libéral de notre époque. Mais les associations médicales de secours
mutuels sont fondées dans un but qui n'est pas, qui ne peut pas
être l'égoïsme professionnel. Il ne s'agit pour elles de défendre
aucun privilège, car les avantages de la profession médicale sont
accessibles pour tous aux mêmes conditions, c'est-à-dire, à la
charge par chaque médecin d'obtenir de l'État un diplôme qui
certifie la capacité, après des épreuves publiques, égales et
suffisantes. Quant à une liberté plus générale, que quelques
publicistes peu pratiques réclament aujourd'hui pour l'exercice
de la médecine, elle ne saurait être donnée indifféremment, non
à cause des médecins eux-mêmes, mais à cause de la société
que protège une loi restrictive, dont l'absence ou l'inexécution
la livrerait à toutes les imprudences de l'ignorance ou à toutes
les audaces du charlatanisme. La prévoyance la plus vulgaire,
en dépit du prétexte d'indépendance absolue, s'attache donc à
la loi qui interdit l'exercice de la profession médicale à des personnes non titrées. Les meilleures intentions, dans cette libre
pratique, ne seraient pas un droit suffisant, car il faut qu'en
pareille matière la vertu elle-même soit éclairée et doublée de
science régulièrement constatée.

En conséquence, ni la profession médicale, ni les associations
qui se forment dans son sein, ne sauraient être assimilées aux
anciennes professions, qui s'efforçaient non-seulement de garder,
mais d'assurer et d'accroître leurs profits par divers artifices,
dont l'un des plus importants était assurément la constitution de
leurs membres en corporations privilégiées. Celles-ci avaient
pour but d'augmenter leurs bénéfices par des moyens hostiles
à la liberté de l'industrie, ainsi qu'à l'intérêt public qui était à
la merci du monopole. Mais notre association, Messieurs, et l'on
peut appliquer la même affirmation à toutes les sociétés de
secours mutuels, loin d'avoir pour mobile un pareil dessein,
loin d'être inspirée par l'âpreté de l'intérêt ni par l'amour du
privilège, ne tire son origine que de l'ambition avouable de
maintenir ses membres à un niveau honorable. Elle veut éloigner
d'eux les chances de l'infortune, et aura atteint son but si elle
parvient à fortifier le sentiment du devoir et de l'honnêteté, par
la création de ressources qui ne sont pas empruntées au milieu

social, mais exclusivement aux médecins eux-mêmes, qui se tendent réciproquement la main et metttent en communauté une
partie de leurs épargnes, c'est-à-dire le fruit du travail et du
dévouement.

Quel peut être, Messieurs, le meilleur moyen d'arriver à ce
résultat avantageux ? C'est l'utilisation d'une des forces vives des
temps modernes, la mutualité. Soyons de notre époque, et puisque les essais qui sont faits de toutes parts attestent le succès
pour chacun des efforts de tous, entrons dans cette organisation
heureuse qui procurera certainement à chacun d'entre nous le
bonheur d'accomplir une action louable, et qui profitera peut-
être (qui peut calculer les chances de l'inconstante fortune ?) à
l'un des associés tombé dans la détresse. S'il était donné aux
professions supérieures où les labeurs de la pensée servent à
produire une existence honorable, d'assurer ce résultat et de
maintenir spécialement le médecin au niveau exigé par les habitudes et les obligations que lui impose son rôle dans le monde,
il n'y aurait pas lieu de rechercher le soutien mutuel que nous
nous promettons. Mais il n'en est pas partout et toujours ainsi,
et les circonstances peuvent être telles que le vrai moyen de
sauvegarder la dignité de notre profession, ainsi que la position
de nos confrères, est précisément d'engager le corps médical
dans la voie des fondations qui ont produit de si heureux résultats
dans d'autres classes de la société.

Nous ne voulons rien exagérer, et nous ne venons pas défendre
l'assertion que les professions libérales, que la nôtre en particulier, ont des motifs aussi décisifs que les professions manuelles,
de subir l'entraînement qui dirige aujourd'hui les classes
ouvrières dans l'organisation de sociétés de secours mutuels.
Nous constatons seulement que les motifs de prendre des précautions analogues sont suffisants. Nous ne devons pas d'ailleurs
répudier toute assimilation avec l'élément laborieux de la société.
Nous appartenons à la classe des ouvriers de la pensée ; les
médecins sont les organes d'un dévouement dont profite le
public, ils sont un des instruments de la science et de la charité
réunies pour assurer le bien général. Or, ceux mêmes qui font
le bonheur d'autrui, ne le possèdent pas toujours pour eux-
mêmes. L'ouvrier qui vit du travail de la pensée peut chômer

comme celui qui vit du travail de ses bras, il n'est pas à l'abri
des vicissitudes du sort, et il ne lui est pas interdit d'assurer
son avenir ou celui de ses enfants, par des moyens qui réussis-
sent aux fractions de la société qui prétendraient à tort être les
seules laborieuses. Est-il une carrière qui mérite plus cette
qualification que la nôtre, et où généralement le travail profite
moins à celui par qui il est accompli ? Nous représentons peut-
être la seule profession dans l'exercice de laquelle le Gouvernement, se faisant d'ailleurs l'interprète de nos sentiments, ait
organisé la gratuité des services. Ne nous plaignons pas de ce
qui honore, mais reconnaissons que si les médecins ont conquis
quelques biens dans la société, ce sont surtout des biens moraux.
La masse participe faiblement à ces avantages matériels, à cette
richesse tant désirée, et si activement poursuivie par les passions
avides de notre époque.

Puisqu'à un degré encore moins heureusement partagé que
celui que nous occupons, nous voyons l'instinct du besoin, l'hor-
reur du paupérisme, cette épidémie de la misère que la science
de l'économie politique veut éteindre, et que la charité chrétienne antérieure à la science a seule combattue jusqu'à ce
moment; lorsque nous voyons, dis-je, ces sentiments faire
naître chaque jour des associations de secours mutuels ; lorsque
la France entière, devancée à cet égard par l'Angleterre, se
couvre d'institutions de ce genre déjà florissantes, pourquoi
hésiterions-nous à nous resserrer en un faisceau où nous ver-
rons germer et se développer de bons sentiments réciproques,
fortifiés par des conventions bien établies et des ressources mises
en commun ? Oui, la pensée tutélaire d'une association destinée
à couvrir des malheurs éventuels d'autant plus intéressants que
des convenances respectables obligent à les dissimuler, doit
d'autant plus vivifier les professions libérales, que les hommes
qui cultivent ces professions sont précisément ceux dont l'intelligence leur donne la notion la plus précise du principe de
sociabilité.

Mais n'insistons pas outre mesure sur les avantages de l'assistance mutuelle. Pour être majeur, ce but, qui nous fait mettre
en commun des épargnes modestes que le temps accroîtra, n'est
pas le seul qui nous attire. Les associations médicales ont d'au-

tres motifs qui légitiment aussi leur fondation. La défense de quelques droits et l'affermissement de tous nos devoirs, en d'autres termes la protection et la moralisation, sont des mobiles bien autrement puissants pour engager les médecins à rompre leur isolement, et pour réunir en un centre régénérateur toutes les activités divergentes.

La protection réciproque que se doivent les médecins pourrait, si elle était bien comprise, aboutir, par la puissance morale de l'association, à faire mieux apprécier quelques-uns de leurs droits. Ces droits, Messieurs, sont peu nombreux et modestes par leur nature ; mais tel est leur caractère que le médecin isolé est incapable de les faire valoir.

Je ne parle pas des droits mal définis qu'on a surtout agités à d'autres époques, et qui concernent des intérêts politiques ou sociaux ; il ne saurait être non plus question de ces droits moraux à l'estime ou à la reconnaissance publique, que le médecin conquiert dans tant d'occasions, soit dans les luttes obscures contre les maladies épidémiques, soit dans les efforts plus obscurs encore que le praticien accomplit chaque jour au chevet du lit du pauvre ou dans les hôpitaux, ou même sur les champs de bataille sous la livrée du chirurgien militaire. Que la récompense morale méritée par ces luttes soit accordée ou non, les grands dévouements n'en recommenceront pas moins, parce qu'ils tiennent aux racines de l'honneur professionnel, et qu'ils sont suffisamment encouragés par la satisfaction que donne le sentiment du devoir accompli.

Mais il est quelques *desiderata* de la profession sur lesquels l'opinion d'une Association médicale peut, suivant les cas, exercer directement une heureuse influence ou qu'elle peut amener à une solution avantageuse, en y attirant l'attention de l'autorité avec plus d'efficacité que ne le ferait l'activité individuelle de chacun de nous. Les sociétés qui nous ont précédés et qui peuvent nous servir de modèle ont déjà examiné bon nombre de ces questions où les intérêts des médecins sont engagés, et où leurs droits ne sont pas toujours appréciés, ou du moins leur position et leurs services ne sont pas reconnus d'une manière conforme à leur dignité et à leur valeur.

Faudrait-il, Messieurs, vous rappeler la délicate question des honoraires, si difficile à décider dans quelques circonstances par le praticien isolé, et qui peut recevoir sa solution lorsqu'elle est soumise à l'appréciation officieuse et indépendante d'une Association médicale? Le médecin ne retire que le prix moral d'une bonne action, quand il prodigue ses soins et ses conseils à l'indigence ; mais quelle n'est pas sa déception lorsqu'il voit son dévouement contesté ou déprécié par l'ingratitude des favoris de la fortune? Ne vaudrait-il pas mieux que, dans ces cas, un jugement formulé par des confrères empêchât le recours aux tribunaux?

L'Association ne serait-elle pas compétente pour faire entendre sa voix en faveur de nos confrères requis pour des expertises médico-légales? Le médecin qui devient un auxiliaire si utile de la Justice, et dont les renseignements sont souvent décisifs, ne doit-il pas être traité avec plus d'égards que les témoins ordinaires? Le rôle qu'on lui décerne en même temps qu'on fait appel à sa science, ne mérite-t-il pas qu'on le dégage des obligations exigées des témoins non experts, avec lesquels on le confond, sans songer à la différence radicale qui les sépare, et à la perte de temps qui, pour le médecin, devient spécialement onéreuse en même temps qu'elle est préjudiciable à ses malades? Les déplacements qu'on lui impose, le séjour rendu obligatoire loin de sa résidence, les opérations médico-légales, chimiques ou anatomiques, les rapports en justice, ne sont-ils pas l'objet d'une rémunération dérisoire, à laquelle le médecin préférerait la gratuité, s'il n'était de son devoir de faire reconnaître avec convenance le caractère supérieur des services qu'il rend?

L'obligation du secret qu'il jure de garder en digne et loyal dépositaire des confidences les plus intimes des familles, ne lui crée-t-elle pas le droit absolu du silence qu'on a souvent contesté en matière d'instruction criminelle?

Le droit de ne relever que de sa conscience lorsqu'il s'agit de responsabilité médicale, si souvent méconnue par des malades ignorants et si outrageusement dénaturée par des demandes d'indemnités où le médecin est exposé à être exploité par celui qui n'a pas eu le bonheur de guérir, est aussi une de ces questions que peut résoudre l'assentiment d'une société médicale.

Ici l'opinion de tous peut équivaloir à la démonstration d'une vérité qui s'éclipserait, si elle n'avait pour être éclairée que la faible lumière apportée par un seul, sous le coup d'une inculpation d'autant plus mal appréciée que l'intérêt aveugle l'accusateur.

N'est-ce pas surtout dans les Associations médicales qu'on peut trouver une force suffisante pour demander énergiquement la répression de l'exercice illégal de la médecine ? Depuis le congrès médical de 1847 jusqu'à la fondation récente d'un grand nombre d'associations médicales, il n'y a eu qu'une voix pour réclamer contre ces abus qu'on voudrait voir détruire, moins dans l'intérêt du médecin que dans celui de la société. Partout on s'accorde à reconnaître qu'une grande tolérance des parquets encourage ces illégalités, dont les conséquences peuvent être graves et aboutir à des malheurs irréparables. Des personnes honorables d'ailleurs, parfois même revêtues d'un caractère digne de respect, se croient en possession de moyens souverains de guérison et les appliquent sans discernement ; la crédulité publique grossit et dénature le succès, les médecins seuls apprécient les revers et voudraient qu'une loi ferme et vigilante renversât ces idoles de l'ignorance, auxquelles on sacrifie des victimes humaines.

Nous élèverons notre voix, Messieurs, pour avertir l'autorité, influer sur les délinquants par nos avis, et demander, s'il le faut, de justes répressions. Mais, si nous sommes autorisés à combattre dans la mesure de notre influence l'exercice irrégulier de la médecine, si nous poussons les scrupules de l'honneur professionnel jusqu'à frapper d'un blâme collectif de simples illégalités couvertes au moins par de généreux sentiments, combien nous devrons surtout mettre de l'énergie à réprimer le honteux tribut que le charlatanisme prélève encore sur l'ignorance et la sotte crédulité. Ne faut-il pas maintenir une vigilance tutélaire pour cette partie du public qui juge si mal les adeptes de l'art de guérir, qui se laisse séduire par de pompeuses promesses, et qui se démet pour ainsi dire du sentiment raisonné de sa conservation entre des mains indignes ? L'appréciation des faits médicaux échappe nécessairement à cette crédule fraction du public ; aussi mérite-t-elle toute sollicitude, car elle représente un mineur incapable, dont l'œil vigilant de la justice devrait éloigner le péril. Mais on est loin du but, et s'il y a lieu de respecter chez les malades la liberté de leur choix à l'égard de ceux qui prétendent les guérir, ne pourrait-on pas éloigner d'eux avec plus d'efficacité les chances de devenir victimes d'une odieuse exploitation ? Les Associations médicales ont au moins le désir d'être le remède de ce mal et de travailler activement à extirper ce honteux parasite de la médecine. Reconnaissons, Messieurs, que toutes les sociétés médicales de la France, depuis celles de Paris jusqu'à celles des arrondissements restreints, ont fait à cet égard une même profession de foi : il n'y a eu qu'une voix pour flétrir le charlatanisme, sous quelle forme qu'il s'affiche ou qu'il se déguise. Nous aussi, Messieurs, nous prêterons notre appui à ces efforts, qui tendent à replacer la vraie médecine sur le terrain de la franchise, de la dignité, et nous affirmerons notre droit au respect en déclarant la guerre à cette fausse médecine qui n'a droit qu'au mépris.

Les Associations médicales ont un autre avantage. Après avoir organisé la protection des droits, elles tendent à fortifier le sentiment du devoir. Nos Statuts ont prévu toutes les possibilités, et l'article 7 de notre règlement porte que quiconque aura failli, soit aux devoirs professionnels, soit à des devoirs plus généraux, cessera de faire partie de l'Association. C'est assurer, Messieurs, notre durée dans les meilleures conditions, celles d'une estime réciproque. Un médecin vénéré à Montpellier, en raison de l'accord de ses principes avec ceux de notre École, et qui a été pendant sa longue carrière une haute personnification de la déontologie médicale, Hufeland, traçait ainsi l'essence de notre profession : « A son but suprême, celui de sauver la vie et la santé des autres, le médecin doit sacrifier non-seulement son repos, son avantage personnel, les commodités et les agréments de la vie, mais dans bien des cas son existence et quelquefois même sa réputation ». Nous nous retracerons souvent dans nos réunions cet idéal de l'art médical, pour en approcher le plus que nous pourrons. Ce sera du moins la règle de nos devoirs envers les malades et la société. Mais n'aurons-nous pas aussi, Messieurs, l'occasion de mieux établir les devoirs envers nous-mêmes et de les fortifier par des relations plus suivies dans lesquelles grandira une estime réciproque, et où disparaîtront ces rivalités si funestes à tous et que le public interprète à notre détriment? Ne mettons pas seulement en commun nos épargnes pour l'avenir, associons surtout nos bons sentiments. Eux aussi porteront intérêt, et leur premier fruit sera de rendre notre vie moins pénible, et de forcer le public à nous juger favorablement et à rendre à la fois justice à la science médicale et à ceux qui l'exercent.

Depuis longtemps le langage reçu a consacré, pour désigner nos relations, le nom de Confrères. Cette expression d'un lien moral, d'une sorte de parenté indiquée par le but identique que nous nous proposons, ne serait, il faut bien le reconnaître, qu'une formule un peu banale de politesse, si nous ne nous efforcions de trouver dans la grandeur et l'utilité de notre mission une nouvelle force de cohésion, et si nous négligions de constituer une vraie famille médicale. Travaillons donc à atteindre ce but dans notre Association. Ce sera la plus noble manière de réaliser toutes les conséquences de la mutualité. Ce n'est pas assez, Messieurs, qu'il y ait à Montpellier des Académies médicales et scientifiques où l'on fasse échange et profit des travaux de l'intelligence : il manquait à notre ville, à notre département, une Société médicale où l'on mît en commun les qualités du cœur, le dévouement réciproque, les inspirations de l'amitié. Nous aurions fondé une œuvre véritablement grande, si nous pouvions réaliser une pareille intention. Portons-y du moins une volonté ardente, et nous recueillerons un jour ce que nous aurons semé.

Lettre à M. le Docteur Aug. Lafosse, trésorier de l'Association.

_____

Montpellier, 19 janvier 1865.

MONSIEUR LE TRÉSORIER ET CHER CONFRÈRE,

Ayant le désir d'accroître les ressources de notre Association, et persuadé que le nombre des adhérents deviendra d'autant plus considérable que notre situation financière sera plus prospère, j'ai l'honneur de vous informer, qu'indépendamment de ma cotisation règlementaire, je donne à l'Association de prévoyance et de secours mutuels des Médecins de l'Hérault la somme de 500 francs. Vous pourrez faire encaisser cette somme quand vous le jugerez convenable.

J'ai reçu de M. le Maire divers tableaux imprimés concernant la situation morale et financière de l'Association pendant l'année 1864. Je ne saurais remplir ces feuilles sans posséder les documents officiels qui sont entre vos mains. S'il vous était loisible de vous rendre chez moi, demain à 9 heures, nous pourrions faire ce travail ensemble.

Agréez, mon cher Confrère, l'assurance de mes sentiments très dévoués.

F. BOUISSON,
Président de l'Association des médecins de l'Hérault.

Réponse au toast de M. le docteur Bertin.

(16 Janvier 1866).

MESSIEURS ET CHERS CONFRÈRES,

Permettez – moi, après avoir remercié mon honorable et trop bienveillant ami M. Bertin, des paroles non moins cordiales que délicatement exprimées qu'il vient de prononcer, de vous soumettre quelques réflexions.

Si notre présence à cette fête de famille peut joindre quelque enseignement utile au plaisir de nous trouver réunis et d'échanger des souhaits mutuels de bonheur, c'est surtout en nous fournissant l'occasion de rappeler ce que nous faisons pour la société et ce que nous devons faire pour nous-mêmes. Voués par notre profession au spectacle de la douleur, toujours en face du sombre tableau où la misère et la souffrance se multiplient avec une malheureuse fécondité, les médecins sont partout affermis, dans leur noble et utile mission, par une règle morale qui n'est pas inscrite dans la loi, que la société ne nous a pas tracée, mais qui, éclose spontanément comme le point d'honneur, s'est imposée à nous avec une grande puissance et s'est appelée le *devoir*. A tous les exemples qui consacrent cette vérité, et qui font de l'exercice médical un des grands moyens de la bienfaisance publique, de récentes et douloureuses circonstances ont ajouté une preuve nouvelle. A l'occasion de l'épidémie cholérique qui a désolé plusieurs contrées de la France, l'ardeur pour le bien, le courage et l'abnégation devant le danger, ont brillé chez les médecins; aucune défection n'est venue ternir les belles traditions de notre profession : traditions si inhérentes à l'essence même de la mission que nous avons à remplir, qu'on les retrouve dans toute leur force au seuil même de la carrière, comme l'ont prouvé nos jeunes élèves en courant au-devant de l'épidémie. Ce dévouement envers nos semblables n'est pas un fait exceptionnel ; il n'attend pas, Messieurs, pour se montrer, l'apparition accidentelle d'une calamité publique. Il est de tous les jours, c'est la manifestation habituelle de notre rôle social. Partout, dans ses visites, dans son cabinet, dans les dispensaires, dans les hôpitaux, le médecin prodigue son temps, ses conseils, des secours de tout genre, sans attendre souvent d'autre rémunération que la satisfaction morale.

Je crois être, Messieurs, l'organe de vos convictions, en proclamant que les devoirs que nous nous imposons envers la société sont remplis avec profusion et spontanéité, et qu'une première passion, l'amour de la science, aboutit à une passion non moins élevée, l'amour du bien. S'il est vrai qu'en puisant à la source intarissable du devoir un dévouement généreux à l'égard des malades, nous y trouvons assez d'énergie pour soutenir ce rôle pendant toute notre existence, serait-il juste que notre cœur ne battît que pour ceux qui souffrent, et qu'il fût de glace pour ceux qui apaisent ou guérissent les souffrances ? Non, Messieurs, les médecins ont des devoirs non moins légitimes à remplir envers eux-mêmes, et ont le droit de participer à cette sympathie qu'ils prodiguent sans mesure à ceux qui réclament leurs soins. L'estime et l'attachement réciproques ne sauraient être pour nous une simple convenance ou un entraînement personnel et isolé, ils font partie de nos obligations générales, et nous ne devons rien négliger pour les affermir. Les grandes causes ont le privilège de réunir des adhérents qui s'aiment et se soutiennent. Quelle cause plus grande que celle que les médecins représentent dans le milieu tourmenté de l'existence humaine, et qui se résume en ces mots : consoler, soulager ou guérir ?

Cette devise doit rallier les médecins dans une vraie confraternité. Qu'ils y puisent donc les motifs d'une sympathie mutuelle, qu'ils soient le premier objet de ces sentiments qu'ils manifestent à tous les hommes. L'Association que nous avons formée doit tendre vers ce but. Resserrer nos liens, fortifier notre cordialité, défendre nos intérêts communs, accroître notre pouvoir pour le bien social, épurer la carrière professionnelle, nous maintenir à la hauteur exigée par notre rôle, effacer des rivalités malséantes, réparer autant que possible les malheurs immérités qui pourraient nous atteindre, concentrer dans la

considération et, s'il se peut, dans une amitié réelle, tous les
bons sentiments qui sont dans nos cœurs : tel doit être, tel est,
Messieurs, le but de notre Association. Comment ne serais-je pas
fier d'affirmer en ce jour de pareilles espérances ? et combien je
suis heureux, en formulant ce contrat, d'en retracer en finissant
la pensée dominante : — A vous tous, mes chers Confrères, à la
prospérité de notre Association et à votre prospérité personnelle !

Toast porté par M. Bouisson, président.

(22 janvier 1867).

MESSIEURS ET CHERS CONFRÈRES,

C'est pour la troisième fois que j'ai le plaisir et l'honneur
d'affirmer ici, au nom de l'Association des médecins de l'Hérault, les nobles liens qui nous unissent et que le temps ne fera
que rendre plus solides. Permettez-moi cette année, après avoir
remercié bien sincèrement l'honorable M. Kühnholtz pour ses
paroles trop bienveillantes et empreintes de l'éloquence du
cœur, d'étendre mes vœux au delà de notre cercle, car nous
serions tous heureux de voir grandir son rayon. Tout en portant
la santé des membres de l'Asssociation, j'ose croire que je
n'affaiblirai pas la force et la sincérité de mes souhaits de bonheur, en les étendant autour de nous, en m'inspirant du souvenir de notre commune patrie médicale. Pour nous, fils d'Hippocrate, comme pour les citoyens d'un même pays, la patrie est
le souvenir des lieux où s'est fondée une sorte de famille, dont ce
banquet réunit les membres, des lieux où pendant notre jeunesse nous avons sondé, sous la même direction et avec la même
ardeur, les mystères de notre art. C'est la mémoire de la meilleure part de notre vie. Ici nous avons tous reçu des principes
semblables, nous avons entendu les mêmes maîtres, nous avons
accompagné des mêmes regrets ceux que la mort nous ravissait ;

nous avons souri à ceux de nos jeunes confrères que le cours des
années venait placer à côté de nous ; nous portons tous avec
fierté le titre de docteur de Montpellier ; nous avons enfin une
vie commune ; nous répandons dans la société le même genre
de bienfaits et, dans cette coopération où nous avons tous été
égaux par le dévouement, par l'amour de notre art, la rivalité
scientifique n'a pas exclu l'estime et nous nous trouvons à l'unis-
son quand il s'agit de l'honneur professionnel et de l'influence
de notre chère patrie médicale.

Sachons donc nous honorer d'appartenir à ce corps des médecins de Montpellier, dont l'antique origine consacre la valeur, à
ce corps dont le nom rayonne, dont l'influence attire les étrangers, dont l'enseignement et les travaux répandent la science et
dotent la France d'un tiers de son personnel médical.

Messieurs, associons par la pensée à cette fête ceux de nos
confrères qui y manquent. Buvons au corps médical de Montpellier, à cet ensemble sérieux, dévoué, producteur, à cette
réunion d'hommes pour qui la médecine n'est pas seulement
une profession, mais une haute science ; pour qui elle n'est pas
seulement un art, mais un dogme moral, un instrument de
progrès social ; à ce corps d'élite qui, dans le sein de l'École qui
nous a nourris, et hors de son sein, a compté des praticiens
éminents, des écrivains supérieurs, des professeurs célèbres et
qui comptera toujours des confrères généreux.

Toast à M. Vailhé, vice-président.

(28 janvier 1868).

MESSIEURS,

Une vieille légende de l'histoire de notre pays dit que celui
qui a été le premier à la peine doit être le premier aux honneurs. — Ce souvenir doit s'appliquer aujourd'hui à M. Vailhé,
qui, en sa qualité de vice-président, a bien voulu porter la

parole au début de notre séance annuelle. — L'Association ne
pouvait avoir un meilleur interprète. C'est un devoir pour moi
de faire connaître ici avec quelle ardeur et quelle lucidité
M. Vailhé discute les intérêts médicaux dans les séances particulières que les membres du bureau consacrent aux affaires de
l'Association. M. Vailhé, dont le talent souple et les connaissances administratives savent faire valoir une parole autorisée
dans diverses assemblées, y a toujours laissé les traces d'un
caractère ferme et d'un esprit convaincu. La Faculté de médecine, à laquelle il a appartenu comme agrégé, conserve le souvenir de son passage; l'institution libérale des concours, si
justement chère à la jeunesse et si harmonique avec le caractère
français, l'a compté parmi ses plus vigoureux champions : c'est
un ancien adversaire qui le témoigne. Les conseils de la cité
connaissent depuis longtemps son influence et ses services. Comment cette ardeur encore juvénile, que les obstacles n'affaiblis-
sent pas, ne se ferait-elle pas apprécier dans le sein de notre
Association ? Le zèle et le dévouement de M. Vailhé ne lui sont
pas seulement promis, ils lui sont démontrés. Aussi, suis-je
certain d'exprimer les meilleurs sentiments de mes collègues en
portant un toast à M. Vailhé, à notre honorable vice-président.

ALLOCUTION

SUR

L'ORIGINE ET LE CARACTÈRE DES SOCIÉTÉS DE SECOURS MUTUELS

(25 Janvier 1870).

MESSIEURS,

Nous entrons dans la septième année de la vie commune créée par nos Statuts et, nous pouvons l'affirmer, l'Association que nous avons organisée, loin d'avoir fait naître le moindre regret, n'a pas même subi l'atteinte de l'indifférence. Le sentiment qui a réuni ses membres est vivace comme au premier jour. La carrière que nous avons parcourue n'est pas, il est vrai, bien longue, et l'on pourrait objecter que les épreuves du noviciat ne sont pas terminées. Reconnaissons du moins qu'elles sont jusqu'à ce jour encourageantes, et qu'elles doivent éloigner ce doute dissolvant qui arrête quelquefois l'essor des bonnes institutions. Ni les idées, ni les hommes n'ont changé, et notre recrutement surpasse de beaucoup les pertes que nous avons subies. Comptons sur de nouveaux adhérents. Nos ressources matérielles, en devenant de plus en plus sérieuses, doivent ajouter un argument de *great attraction* aux premiers motifs qui nous ont inspiré la noble idée d'association mutuelle.

Le but complexe qui se résume dans les mots : *protection, assistance* et *moralité*, devise générale des Associations médicales, n'est pas atteint dans tous ses aspects, d'une manière également rapide. Si l'influence collective qui élève et garantit la moralité porte immédiatement ses fruits, parce que le fonds primitif existe, et que chacun de nous fournit d'emblée un capital d'honneur que l'association ne peut que fortifier, il ne saurait y avoir d'aussi prompts résultats sous les deux autres rapports. La garantie donnée par la mutualité à la protection des intérêts et à l'assistance des personnes, est nécessairement tardive ; elle est le fruit du temps, qui ne peut accumuler les ressources que d'une manière graduelle. Toutefois, ce bénéfice, quoique tardif, est heureusement croissant, et les résultats en sont assurés par une bonne gestion financière et par une loi spéciale, protectrice des fonds sociaux. M. le Trésorier vous dira tout à l'heure que nos progrès sont réels sous ce rapport, et vous concluerez avec nous que, pour si modeste que soit encore notre fortune, son état actuel et la perspective d'un accroissement certain la transformeront de plus en plus en élément conservateur pour l'Association elle-même.

Cet avenir se réalisera d'autant mieux que les conditions qui doivent l'assurer prendront elles-mêmes plus d'extension. Or ces conditions sont, dans toutes les Sociétés de secours mutuels, le temps et le nombre. Remarquez combien ces deux éléments ont déjà agi puissamment dans les lieux où leur influence pouvait être facilement exercée. L'Association médicale de la Seine, qui est la plus ancienne de ce genre, et dont on doit la formation à l'heureuse initiative d'Orfila, a pris aujourd'hui, par l'accumulation de ses ressources, une importance qui réagit sur sa propre existence et assure la durée de ses services. Aux premiers moments d'une institution de ce genre, le succès est purement rationnel ; il n'est soutenu que par le zèle et la foi. Mais lorsque le nombre des sociétaires et la durée de l'œuvre ont fondé la fortune collective, chaque participant s'attache d'autant plus à la prospérité de l'œuvre qu'il y voit à la fois l'utilité et la récompense de ses premiers sacrifices. La stérilité des efforts, possible dès le début, se neutralise par les accessions et ne saurait désormais être redoutée. Ainsi l'Association de la Seine, dans son existence collective, est devenue un gros financier. Elle organise aujourd'hui ses ressources, répartit largement ses secours ; elle en force l'acceptation par le droit des sociétaires, que n'amoindrit pas la pensée de devoir ces ressources à la charité ou à la bienfaisance publique, mais que relève au contraire le souvenir d'avoir contribué, par la prévoyance et l'épargne, à une création qui devient une fortune. Heureuse combinaison, aboutissant à une richesse commune, où le sociétaire nécessiteux ne consomme que son propre bien !

Nous sommes encore loin, Messieurs, de cette prospérité. Mais elle doit être notre idéal, et dans tous les cas c'est un exemple à imiter. Je ne dois pas ici vous citer des preuves nominales de l'intervention efficace de cette grande Association des médecins de la Seine, pour apporter des soulagements au sein d'intéressantes familles, dont les chefs étaient sociétaires. Un des beaux côtés de cette organisation protectrice, c'est précisément d'éloigner toute divulgation, c'est de rendre secrètement leur bien aux sociétaires ou à leurs enfants tombés en déchéance ; mais malgré l'honorable mystère dont on entoure l'exercice d'un droit protecteur, les preuves de la puissance et de l'efficacité des ressources de l'Association sont multipliées et suffisent pour encourager les Sociétés qui marchent dans la même voie ! Déjà nous pouvons goûter notre part de satisfaction. Bien qu'exercée sur une échelle restreinte, notre intervention secourable s'est heureusement exprimée ; et avant même d'être riches, nous avons pu faire un digne usage de nos premières épargnes. Que le nombre des sociétaires s'accroisse, et le temps apportera de lui-même son influence féconde.

Cet espoir ne saurait être vain dans un département qui compte plus de trois cents communes et environ quatre cents médecins. Quel est le nombre des sociétaires ? cent huit. Quel devrait-il être ? quatre fois plus grand. Pourquoi ne l'est-il pas ? sans doute parce que la publicité n'a pas assez porté sur ses ailes les avantages de notre Association médicale, et probablement aussi parce que, malgré la multiplicité des Sociétés de Secours mutuels, on n'apprécie pas encore assez le caractère et l'utilité de ce genre d'institutions.

Permettez-moi, en conséquence, de vous entretenir de l'*Origine et du Développement général de ces Associations*, en y ajoutant quelques réflexions sur *le caractère propre des Associations médicales*.

Le principe de la mutualité et la notion de la force qui s'y trouve en germe et qui se développe par une bonne organisation, sont loin d'être des idées modernes et dont l'épreuve soit à faire. On trouve des traces de l'existence de Sociétés de secours mutuels dans l'ancienne civilisation orientale ; mais je ne remonterai pas aussi haut. Des preuves moins douteuses peuvent être recueillies dans les sociétés grecque et romaine. — Les communautés grecques étaient connues sous le nom d'*Hétairies*.

Elles agissaient comme corps de métier, possédaient des fonds, prenaient des résolutions et garantissaient des secours. Un passage de Théophraste, relevé par Casaubon, ne laisse aucun doute sur l'assimilation qu'on peut établir entre elles et nos Sociétés de Secours mutuels, Il en résulte que chez les Athéniens et dans les autres États de la Grèce, il existait des Associations ayant une bourse commune, que leurs membres alimentaient par le payement d'une cotisation mensuelle. Le produit de ces cotisations était destiné à donner des secours à ceux d'entre eux qui avaient été atteints par une adversité quelconque. — Des études récentes constatent des institutions analogues dans les mœurs romaines. Les *Collegia* ou *Corpora* de Rome étaient des Sociétés de ce genre. Elles avaient pour chef un Syndic, qui portait le titre de *Prior* et qui, nommé pour cinq ans par la corporation entière, coutume très libérale comme vous voyez, était chargé de l'administration générale de la Société. Ces corporations une fois constituées avaient des fonds communs et des biens dotaux, *dotalia funda*, et s'enrichissaient des héritages de ceux qui mouraient *intestats*. Ces institutions traversèrent plusieurs siècles, depuis les origines presque légendaires de Rome, sous les rois, jusqu'à l'époque impériale, où Constantin les organisa au nom de l'État, en leur enlevant leur liberté. Mais leur constitution était de nature à les rendre véritablement protectrices. Les jurandes romaines étaient, selon les expressions de M. Laurent, comme autant de tontines dans lesquelles les derniers vivants profitaient des dépouilles des premiers morts. Leur nombre était d'ailleurs fort considérable; elles comprenaient les professions manuelles, ainsi que les professions libérales, sans en excepter les médecins.

Si une origine aussi ancienne a de quoi nous intéresser, une revue rapide de notre propre histoire nous prouverait que l'esprit de nos devanciers et l'influence de l'idée chrétienne ont entretenu et fortifié le même esprit fécond d'association devenu protecteur d'intérêts très variés. L'auteur des *Récits des temps mérovingiens*, A. Thierry, explique, avec les lumineux aperçus qui écartent les difficultés de l'histoire, comment le principe des municipes ou des collèges romains reçut l'empreinte des institutions germaniques après la conquête, et comment la *ghilde*

scandinave, d'abord païenne, plus tard chrétienne, se forma sur
notre sol, dans un but indéfini de secours et de charité réciproques. Vieille et glorieuse création, dit M. Laurent, la ghilde
germanique est la source incontestable de nos Sociétés de secours
mutuels. Les Sociétés d'amitié d'Angleterre *(Friendship society)*
qui en sont l'équivalent, relèvent aussi de la même origine.

Au moyen âge, et spécialement à dater de saint Louis, s'organisèrent en France ces nombreuses corporations de métiers,
dans lesquelles le principe d'association se fortifiait par un
besoin de résistance, de la part des ouvriers et des bourgeois,
contre les exactions des seigneurs. *Vivit concordia fratrum :*
telle était la devise de ces Associations, qui devenaient fidèles à
leur bannière comme le soldat à son drapeau. Notre profession,
encore mal dégagée d'une fâcheuse promiscuité, y était représentée par la corporation des chirurgiens. Un grand nombre de
ces corps pratiquaient la mutualité et l'assistance réciproque ;
mais c'était surtout l'idée des intérêts professionnels qui vivait
en eux, comme l'attestent leurs statuts, si laborieusement com-
pulsés aujourd'hui, et où l'historien découvre de si curieux
détails. A côté des corporations se plaçaient les confréries, où
l'élément religieux occupait la place dominante, et où vivait
aussi l'idée d'assistance mutuelle. Une grande puissance de vie
animait ces corporations dont certaines ont poursuivi leur existence jusqu'à la fin du dernier siècle, et qui, condamnées alors
par les économistes, en tête desquels était le chirurgien Quesnay,
qui fut en économie politique le maître de Turgot, devaient
disparaître devant les tempêtes de la Révolution. Il a été démontré depuis, par la science économique moderne, que ces anciennes corporations, que l'organisation des jurandes, que les
protections limitées qui en résultaient, constituaient des conditions fâcheuses, au point de vue du résultat du travail, dont
elles n'augmentaient ni la quantité ni les produits ; qu'elles
n'éteignaient ni le chômage ni la misère, et que les privilèges
dont elles étaient la garantie immobilisaient la routine. Notre
époque se montre trop justement favorable à la libre concurrence dans la production et le travail ainsi que la diffusion de
leurs résultats, pour appeler la réintégration des vieux usages ;
mais on a pu faire revivre ce qui, dans le principe d'association,

n'était pas contraire à la liberté du travail ; et ce point de vue dégagé des institutions du passé, fécondé par l'esprit moderne, s'est traduit par les fondations contemporaines des Sociétés de secours mutuels, aujourd'hui si nombreuses et si prospères.

Il n'est pas de ville en France, même d'un ordre secondaire, qui n'en possède une ou plusieurs. Ces Sociétés se répandent en résolvant un des problèmes économiques les plus importants de notre époque, celui qui consiste à remplacer avantageusement l'assistance publique par la prévoyance réciproque, et à combiner celle-ci avec les produits du travail, qui est l'élément moralisateur par excellence. Le travail crée la première assise de la fortune ; la prévoyance et la mutualité, organisées et garanties, la développent et l'appliquent au profit de tous et de chacun. Dans l'ensemble des moyens conservateurs, les Sociétés de secours mutuels se placent à côté des Caisses d'épargne, dont elles surpassent les avantages par le fait même de la mutualité. L'auteur du livre de la *Bienfaisance publique*, M. de Gerando, que les médecins connaissent parce qu'il a porté aussi ses investigations sur des questions médicales, fait très bien apprécier cette supériorité de l'épargne confiée à une Société de prévoyance, sur celle de l'épargne confiée aux caisses ordinaires.

Dans ce dernier cas, le déposant n'est pas lié pour l'avenir, il peut à volonté retirer la somme déposée et perdre ainsi le fruit de ses premières réserves. Le sociétaire mutualiste assure nécessairement et pour l'avenir ses économies annuelles, qu'il affranchit, par ses engagements, de l'influence du caprice et de l'inconstance. Avec l'épargne ordinaire, on n'arrive que lentement à la garantie contre les malheurs imprévus ou l'incapacité prématurée ; avec la cotisation de quelques années, on peut se mettre à l'abri de chances désastreuses, et le contrat d'assurance réciproque permet d'envisager l'avenir avec plus de sécurité.

Faut-il ajouter que la Société de prévoyance, et cela est surtout vrai pour nous, Messieurs, est aussi une confraternité ? Elle joint aux combinaisons de la prudence le mérite d'une bonne action ; car l'épargne qui n'est pas recueillie par le sociétaire exempt du besoin, constitue pour lui une satisfaction lorsqu'elle est appliquée au sociétaire devenu nécessiteux. Merveilleuse combinaison, qui sert l'un, satisfait l'autre, et fait honneur à tous.

Il n'y a pas lieu de s'étonner qu'en présence d'avantages de cette nature, *exemplo monstrante viam*, les Sociétés de prévoyance se soient si fortement étendues et généralisées, et qu'elles soient entrées dans une voie réelle de prospérité, comme le constatent les rapports annuels émanés du Ministère de l'Intérieur, où se concentrent tous les documents liés à cette importante question. D'après l'un des derniers rapports de ce genre (1866), le nombre des Sociétés approuvées de secours mutuels en France était de 5,614. Le nombre des sociétaires à la même époque était de 837,155, tant honoraires que participants, et la somme totale représentée par l'épargne était de 43,063,253 francs. L'augmentation dans une seule année avait été de 3,232,580 francs. Calculez le grossissement de cette nouvelle et indélébile forme de la fortune publique, par le cumul des intérêts lorsqu'ils restent supérieurs aux distributions de fonds affectés aux secours qui sont le but de ces utiles fondations, par les donations, les legs et les acquisitions de toute nature qui peuvent grossir le fonds social, et vous vous convaincrez des proportions bientôt gigantesques qu'est destinée à prendre, dans notre pays, cette force vive de la mutualité, qui a trouvé sa formule matérielle dans une richesse déjà si considérable.

Ne faut-il pas espérer, en présence de ces bons résultats croissants, que le nombre des Associations de prévoyance et de secours mutuels se multipliera de plus en plus, et que les différents motifs qui appellent naturellement les associations prendront aussi plus de force ? Les Sociétés qui se fondent obéissent à diverses influences attractives. Le plus souvent, c'est la communauté de la profession ou du travail qui représente la force unissante. C'est là sans doute la cause de la prédominance numérique des Sociétés ouvrières, dont les membres sont aussi entraînés dans cette direction par le fait du mode rémunératoire ordinaire de leur travail. Le solde étant quotidien et pouvant être interrompu par la maladie, le chômage et la vieillesse, rend plus spécialement nécessaires la prévoyance et l'épargne. A côté de ces influences se retrouve l'idée religieuse, qui peut féconder les avantages de la mutualité. On y retrouve aussi d'autres points de vue doués également d'une puissance attractive suffisante. Ainsi, les travailleurs d'une même usine, bien qu'exer-

çant des professions manuelles différentes, les agents d'un même
service public, les anciens militaires d'une même circonscription,
les étrangers d'une même nationalité, les personnes qui suivent
une même carrière libérale, tous les groupes de citoyens, enfin,
qui ont à faire la part de prévisions communes, qui ont à
défendre des intérêts du même ordre, cèdent à la puissance de
l'attraction sociale.

C'est avec la certitude de la puissance de l'épargne collective
comme prophylaxie du paupérisme, que se sont fondés des
milliers d'Associations qui couvrent aujourd'hui le sol de notre
pays, et auxquelles le décret organique du 26 mars 1852 est
venu donner une existence officielle, et une sorte de patronage
de l'État, destiné à les empêcher de perdre leur caractère primitif, et de couvrir sous un titre trompeur d'autres tendances et
d'autres espérances. La politique est exclue des Sociétés de
secours mutuels. Le travail seul, par son origine, sa moralité
et ses résultats, représente le pivot de l'association dont la prévoyance et la mutualité réalisent les avantages dans le présent
et l'avenir. Pour les Associations plus encore que pour les individus, la richesse, c'est le travail transformé.

C'est sous l'empire du décret précité que nous sommes organisés. Mais malgré l'assimilation que la loi établit entre les
Sociétés de secours mutuels de tout ordre, elle ne peut les confondre absolument dans leur esprit et leur caractère, et il y a
heureusement place pour une certaine indépendance d'idées et
pour une forme propre.

Sous ce rapport, l'Association que nous avons établie, et qui
ne réunit que des membres exerçant la plus libérale des professions, conserve son cachet spécial et répond à un but plus
complexe que celui qui se traduit par la prévoyance et l'épargne.

Les savants, les gens de lettres, les artistes ont leurs associations; le barreau a ses conseils de discipline; d'autres professions
libérales ont leurs chambres syndicales. Les médecins ne pouvaient méconnaître la force du principe qui crée ces liens. Ainsi,
la pensée tutélaire du système corporatif qui, dégagé de son
exclusivisme et de ses abus, réunit aujourd'hui dans de si vastes
proportions les classes ouvrières, ne pouvait laisser indifférentes
les professions auxquelles appartiennent les hommes éclairés, et

chez lesquels l'entraînement vers l'association n'est pas le fruit d'une vague conception de ces avantages, mais qui, possédant la notion précise du principe de la sociabilité, y obéissent surtout avec connaissance de cause. A l'abri et sous l'impulsion de ce principe, se sont fondées, en France, de nombreuses Associations médicales urbaines, cantonnales ou départementales. On fait, vous le savez, de puissants efforts pour réduire à l'unité ces Associations, en les annexant à l'Association générale, dont le siège est à Paris et dont M. Rayer a été l'organisateur. Guidé par cette considération, vraie en elle-même, que le nombre des associés est une garantie de la puissance et des effets heureux de l'association, j'avais moi-même pensé, dès le début de notre fonctionnement, que notre annexion au grand centre médical serait un attrait pour beaucoup de nos confrères et nous aiderait à vivre d'une manière plus sûre et plus durable. Le désir de constituer une Société indépendante, justifié du reste par l'importance du renom médical de Montpellier, qui pouvait joindre à son rôle scientifique celui de centre d'intérêts professionnels, a fait prévaloir dans cette Assemblée la pensée de rester en dehors d'un mouvement de concentration qui aurait pu nous absorber et nous effacer. Je n'ai pas hésité à me ranger à cette opinion, qui était celle de la grande majorité de cette Assemblée, et d'où se dégageaient avec netteté le désir d'une existence autonome et la possibilité d'une gestion plus sûre et plus directe de nos intérêts.

Les années qui se sont écoulées nous autorisent à compter sur le succès définitif de l'Association des médecins de l'Hérault. La confraternité a été réelle jusqu'à ce jour : pas de conflit, pas de discussions dissolvantes ; une même uniformité de vue rallie tous les membres de la ville et du département. Nous sentons de plus en plus la grandeur et la portée de ce sentiment qui unit les membres d'une famille ; et le désir d'accomplir notre œuvre se traduit par l'adoption de projets complémentaires destinés à réaliser précisément le caractère utilitaire, inhérent aux Associations de membres appartenant aux professions libérales.

Nous ne saurions avoir la pensée de déprimer les Associations ouvrières, ni d'enlever à notre propre Association le caractère démocratique, qui est dans l'esprit du temps aussi bien que dans celui de l'institution. Mais il serait impossible de méconnaître que les assises de notre Société et les obligations que peuvent lui inspirer ses membres, ne sont ni aussi étendues ni aussi nombreuses que celles des Associations ouvrières, et qu'en conséquence elles ne peuvent avoir un caractère identique. Alors que, pour cette dernière catégorie, la prévoyance et l'épargne sont le fait essentiel, et que leurs produits s'appliquent à préparer des caisses de retraite, à combler les vides du chômage, à organiser des services pour les malades, à varier les secours de manière à leur donner un caractère collectif, parce que les sociétaires sont presque tous dans le cas de recourir aux ressources de l'Association à un moment donné, les Sociétés formées au sein des professions libérales ne se proposent qu'un but moins compliqué. Chez nous, ce n'est pas la masse des sociétaires qui doit bénéficier de l'Association. Il serait par trop malheureux que la médecine exercée honorablement n'affranchît pas le plus grand nombre des praticiens des atteintes de la misère. Nous avons prévu seulement que des malheurs immérités, que des coups du sort exceptionnels pouvaient atteindre des confrères honorables, exposer leur famille aux conséquences de ces surprises malheureuses de la fortune, et nous avons voulu mettre en commun un impôt volontaire prélevé sur le travail médical, pour couvrir des ressources qu'il représente une partie d'entre nous qui, je suis heureux de l'espérer, restera toujours la grande exception.

Cette situation relativement heureuse, Messieurs, peut nous permettre de porter nos vues au-delà de la constitution et de la gestion d'un capital collectif.

Il me paraît notamment qu'une Association médicale à Montpellier risquerait de s'amoindrir et de s'étioler, et dans tous les cas atténuerait singulièrement son rôle, si elle le restreignait à une question financière et à des secours matériels. Toutes nos ressources ne sont pas au fond de notre caisse : j'en atteste la richesse intellectuelle des confrères qui m'entourent ; j'invoque la présence des praticiens éminents, des savants bien connus, des professeurs à la parole autorisée. De pareils sociétaires ne voudront pas se borner à ne créer du travail qu'à leur honorable trésorier ; ils voudront une part d'occupation et mettre aussi en

commun l'épargne du talent. Au lieu de le consacrer en entier
à leurs travaux personnels, ils daigneront concourir à une œuvre
scientifique collective, et le secours mutuel qu'ils se prêteront
pourra aboutir à un résultat utile au public.

Il y a deux ans, Messieurs, j'eus l'honneur de proposer à mes
collègues de s'occuper d'une grande *Topographie médicale de
l'Hérault*, et d'en réunir graduellement les éléments. Cet appel
fut entendu avec quelque sympathie, et donna lieu à des communications que l'Association a écoutées avec le plus grand
intérêt. Une Commission a été nommée pour diriger le travail
d'ensemble où se trouvent les éléments d'un succès public et
d'un service à rendre. Permettez-moi de renouveler ici le vœu
que cette ardeur ne s'éteigne pas. Marchons, s'il se peut, un peu
plus vite dans cette direction. Nous n'avons pas l'orgueil de faire
une œuvre parfaite, comme le *Dictionnaire de l'Académie
française*, et si nous restions un siècle à la lettre A de notre
Dictionnaire topographique, nous n'aurions pas l'excuse de nos
quarante immortels.

Présumerions-nous trop, Messieurs, du rôle qui peut nous
incomber, en allant plus loin, en considérant nos assemblées
comme représentant celles des Conseils généraux de la profession, discutant des questions relatives à certains intérêts qui
nous sont communs, et émettant des vœux pour des améliorations directes ou indirectes sur les questions qui touchent à
notre présent ou à notre avenir? Déjà l'exemple peut être considéré comme donné, eu égard à la discussion des intérêts professionnels. Les côtés litigieux de la position sociale du médecin,
toutes les questions relatives à ses droits ou à ses devoirs, ont
trouvé place dans des assemblées de ce genre. Il suffit de parcourir les comptes rendus des séances générales de diverses
Associations médicales, pour voir avec quelle insistance et souvent avec quel intérêt et quelle sagacité on a traité des sujets
de cet ordre. Ici même nous n'avons pas craint de les aborder.
Il y a deux ans, M. le Vice-Président élucidait la question controversée de la responsabilité médicale. Vous m'avez permis,
dans d'autres circonstances, de vous entretenir moi-même du
dévouement médical, du salaire médical, etc. Le Secrétaire de
cette Assemblée touche aussi dans ses Rapports à des questions

de cet ordre, et si on réunissait tous les matériaux de même nature perdus dans les archives des Associations analogues à la nôtre, on obtiendrait, j'en suis certain, un nouveau traité des droits et des devoirs médicaux, sujets auxquels la science doit d'intéressantes monographies, notamment l'ouvrage de M. Max Simon.

Quant aux vœux à émettre, et dont on puiserait l'opportunité dans les conditions de notre temps, combien n'y en a-t-il pas qui seraient dignes de nos préoccupations et de notre adhésion ! La liberté de l'enseignement supérieur, ardemment désirée par les uns, contestée par les autres, serait de nature à exciter notre examen. Nous n'avons mission de rien résoudre, c'est vrai, et nous ne voulons usurper aucune immixtion directe. Mais nous représentons une fraction compétente du public qui s'intéresse à ces questions, et ne serait-il pas salutaire que l'opinion médicale eût son expression particulière et ajoutât sa force vive au courant de l'opinion générale qui pèse si fortement sur les solutions ? Pour ma part, et avec la réserve de la collation des grades par les Facultés de l'État, je verrais sans déplaisir un enseignement médical libre à côté du nôtre, le stimulant par la rivalité, et au besoin faisant éclore des talents qui élargiraient plus tard les bases de notre choix pour le recrutement professoral.

Des manifestations de cette nature, ou d'autres propositions de l'ordre médical émanant de l'initiative des membres, pourvu qu'elles fussent dictées, bien entendu, par l'idée de progrès et de bien public, auraient une portée majeure. Que Montpellier ne reste pas en arrière sous ce rapport. « Notre ville, disait Poitevin, jouit d'un avantage inestimable dans le talent distingué de ses praticiens. Cette ressource rassurante, réunie à celle du climat, a contribué à fixer la vraie médecine dans ses murs ». Les praticiens de Montpellier ou du département qui complètent l'influence de l'École et qui se groupent dans notre Association, pourraient, tout en atteignant leur but primitif, le relever par des travaux scientifiques. Non-seulement ils continueraient ainsi des traditions honorables, mais ils grandiraient dans l'opinion en élucidant, en vue de nos séances générales et de nos futures publications, des questions relatives au progrès médical, et feraient encore redire le propos relevé par l'historien d'Aigrefeuille : *Quid est illud Monspelium ad quod omnes accurrunt tanquam ad arborem vitæ ?*

Toast prononcé au Banquet du 26 Janvier 1870.

***

MESSIEURS,

Horace, dont la lyre joyeuse a si bien célébré les vins de la vieille Italie, avait, même en présence de son verre plein, des pensées mélancoliques :

> *Eheu! fugaces posthumi, posthume,*
> *Labuntur anni.....*

Pourquoi faut-il que les bienveillantes paroles de mon très honoré confrère et excellent ami, M. Quissac, reveillent aussi, devant ce champagne léger et pétillant, le souvenir des années écoulées. Mais, comment oublier que nous nous connaissons depuis quarante ans, qu'assis ensemble sur les bancs de l'École qui nous est restée chère, nous nous serrâmes la main, en goûtant les premiers charmes de l'étude, que nous avons débuté ensemble dans la carrière du concours, que le toit d'un même hôpital a abrité notre internat, enfin que notre longue amitié n'a jamais faibli. Permettez-moi de m'inspirer de ce souvenir, pour le reporter aussi vers nos anciens confrères, membres de cette Association. L'année dernière, à pareil jour, M. le Recteur portait un toast aux nouveaux venus de l'art médical et vantait chez nos jeunes confrères l'ardeur et l'espérance. Nous aussi, nous aimons à dire à la jeunesse : marchons ! Mais cette sympathie si légitime ne doit pas nous faire oublier nos contemporains ou nos aînés. C'est aux vétérans de la profession que j'adresse aujourd'hui mes vœux. Engagés dans l'épineuse carrière de la médecine, ils l'ont parcourue en y laissant les traces de l'honneur, de leurs travaux et de leurs services. Qu'il me soit donc permis de m'adresser ici aux membres les plus âgés de l'Association, de leur porter un toast au nom de tous, de leur souhaiter santé et prospérité. Nous voulons jouir longtemps encore des qualités qui les distinguent et que nous avons si bien appréciées. Messieurs, à nos Aînés !

DE L'IMPORTANCE

DE

L'ÉTUDE DES LANGUES ANCIENNES

DANS L'ENSEIGNEMENT SECONDAIRE

Discours prononcé à la Distribution des Prix
du Lycée de Montpellier

(7 Août 1873).

MESSIEURS ET CHERS ÉLÈVES,

La solennité qui nous réunit est une de celles qui offrent à l'esprit les sources d'impressions les plus variées et les plus émouvantes. Les idées d'émulation, de mérite, de justice, de progrès, d'affectueuse tendresse, de reconnaissance, s'y pressent et s'y confondent. L'indifférence, cette sorte de paralysie de l'âme, en est exclue. Tout est bonheur pour ceux que le travail a fait ses élus ; tout est excitation salutaire pour ceux qui, sans atteindre le but, ont du moins dirigé vers lui tous leurs efforts. Les élèves sont saisis, en présence de cette consécration officielle de leur mérite, de ce sentiment généreux qui s'est d'abord appelé l'émulation, et qui s'affirme par une déclaration publique de distinction ou de supériorité. Les maîtres sont heureux d'assister au dénouement de ce qui a été pour eux, non-seulement une tâche laborieuse, mais l'application d'un grand devoir ; car ils ont mission de diriger vers le vrai, le juste et le beau, ce jeune âge dont Horace peignait le caractère en le déclarant *cereus in vitium flecti*, et ils viennent vérifier les résultats de leurs efforts. D'une autre part, l'administration de ce magnifique atelier d'intelligence, auquel un souvenir aristotélique a fait donner le nom de Lycée, et qui est, en fait, la famille agrandie, gérée d'après les principes pédagogiques les mieux éprouvés, éclairée par l'enseignement littéraire et scientifique, fortifiée par l'enseignement religieux, assiste aussi, avec toutes les préoccupations de sa haute responsabilité, à cette solennelle consécration de ses labeurs.

Tous ces résultats, ennoblis, transformés par la pompe d'une fête que viennent égayer le sourire maternel et la joie du père de famille, et où se mêlent, de la part de l'élève, je ne sais quelle intuition nouvelle du monde qui lui ouvre ses portes, et une vague aspiration vers une liberté dont l'inconnu, les dangers même ne sont pas sans attraits, toutes ces impressions composent une scène sans pareille, unique dans la vie, une de ces cérémonies qui sont une étape mémorable de l'existence, comme celle où les Romains prenaient la robe virile, comme celle où nos lois chrétiennes nous convient pour la première fois au banquet divin.

Comment ne serais-je pas moi-même heureux et fier d'être ici l'expression de la Volonté supérieure, qui ne peut pas être absente de vos cœurs, jeunes Élèves, et dont le souvenir vivifie cette première fête de l'intelligence ! M. le Ministre de l'Instruction publique et des Cultes, en me chargeant de présider la Distribution des prix dans une ville universitaire où plusieurs d'entre vous viendront sans doute assister encore aux cours du haut enseignement, et dans un Lycée où pendant vingt-cinq ans j'ai exercé le sacerdoce médical, m'a déféré une tâche dont j'aurais moins redouté l'honneur, si je ne savais combien vous avez le droit de regretter la voix aimée du Chef de cette Académie qui, tous les ans, à cette place même, encourage et récompense vos efforts.

Des circonstances particulières vous expliquent cette dérogation à une habitude traditionnelle. Le Conseil supérieur de l'Instruction publique, où le choix de Son Excellence a daigné réserver une place à un membre de l'Académie de Montpellier, a repris des fonctions qui, sous l'action de circonstances politiques majeures, étaient suspendues depuis près de trois ans. Formé par une loi plus libérale qu'aucune de celles qui avaient précédé notre temps, retrempé dans une élection saine, l'élection par les pairs, fort de la qualité plus que de la quantité des suffrages, organe compétent d'intérêts si chers et si intimes qu'il a mérité le nom de Conseil de la grande famille française, le nouveau Conseil supérieur a débuté par une décision qui est un acte réparateur. Il a proposé de rendre à vos études les conditions de solidité attestées par une expérience séculaire. Il a fait acte de fidélité aux lettres grecques et latines ; et, sans méconnaître les nécessités qui s'imposent à la société moderne (quel esprit soucieux des intérêts de son pays pourrait les méconnaître ?), il n'a pas voulu que l'étude de l'antiquité fût trop affaiblie par l'influence parallèle donnée à d'autres exercices prématurément imposés à l'intelligence. Il a compris qu'il ne fallait pas dénoncer ce traité vivifiant qui lie l'esprit français aux chefs-d'œuvre d'un autre âge ; car on peut dire de l'antiquité qu'elle est encore jeune, parce que ses immortelles productions littéraires et philosophiques se gravent avec une facilité spéciale dans les jeunes âmes dont elles sont le pain et le lait intellectuels.

Ces vérités de fait, premières assises de l'éducation, ayant été contestées, amoindries, battues en brèche et déjà ébranlées par des dispositions administratives que des vues supérieures n'exonéraient pas de certains dangers, nous devons tenter de réintégrer dans vos esprits et de raffermir à leur sujet vos convictions troublées. Le souci de votre avenir, de vos intérêts et de votre bonheur a frappé, dès le premier jour, le nouveau chef de l'Université, ainsi que le Conseil dont il est entouré, et l'éducation littéraire maintenue dans la faveur qui a donné à notre pays ses grands hommes, à notre histoire sa force et son originalité, aux temps modernes eux-mêmes leurs ressources et leurs progrès, restera intacte dans les conditions d'enseignement qui en assurent les bienfaits.

Il est bien téméraire à moi, qui depuis si longtemps ai quitté le sanctuaire des lettres auxquelles me rattache seulement l'humble et lointain souvenir d'avoir obtenu les prix de thème grec et de vers latins, d'assumer aujourd'hui la défense d'un genre d'éducation dont vos maîtres ici présents sont à la fois les plus parfaits modèles et les champions les plus autorisés ; mais à propos du sentiment qui nous attache aux lettres, peut-on dire : Ai-je passé le temps d'aimer ? Il faudrait être bien déshérité du sort pour avoir perdu le souvenir de tant de chefs-d'œuvre si pleins de grâce, de vie, de vérité, si riches de beaux exemples et de maximes salutaires énoncées et comme incrustées dans cette forme souverainement belle qui les conserve.

Bacon disait de la religion qu'elle est l'aromate qui empêche la science de se corrompre ; on peut dire de la forme littéraire qu'elle est aussi l'aromate qui empêche la vérité de périr, et cela est surtout vrai des œuvres latines et grecques qui, venues les premières, ont trouvé un sol vierge, ont rencontré la vérité élémentaire et éternelle, les formes les plus originales dont la nouveauté ne s'est pas effacée. Dans une mémoire tant soit peu ornée, elles se représentent par traits isolés, mais puissants, révélateurs d'une pensée qui fût restée confuse, et qui, sous le patronage des grands écrivains devenus les tuteurs de notre intelligence, reparaissent avec éclat pour donner de la force à la pensée et de la grâce au discours.

Vous me pardonneriez, j'en suis certain, car je m'en rapporte à notre commune ardeur pour les lettres, de revoir avec vous les caractères, les traits dominants, les qualités inimitables de ces auteurs sur lesquels se sont exercées vos facultés, ouvertes pour la première fois aux douces impressions de la poésie et aux illuminations de l'histoire. Les difficultés mêmes que vous avez pu rencontrer dans la traduction, les efforts presque douloureux pour rendre dans une autre langue le mérite du modèle, ont fini par vous attacher par des nœuds secrets et durables à ces athlètes de la pensée avec lesquels on vous a forcés de vous mesurer. Quel est celui d'entre vous qui, après avoir lutté avec Ovide, Virgile ou Horace, n'a pas été frappé du génie descriptif du premier, de la poésie harmonieuse et profondément empreinte de sensibilité du chantre de Mantoue, et de la grâce alliée à un sens profond chez l'ami d'Auguste et de Mécène ? Fénelon a exprimé mieux que tout autre ce charme sympathique, et il était tenté de plaindre celui qui ne s'attendrissait pas en entendant rappeler les *flumina nota et fontes sacros* et le *frigus opacum*. Les réflexions des historiens grecs et latins ne sont-elles pas empreintes en traits de feu dans vos souvenirs ? On peut prédire à ceux qui ont traduit Tacite, qui se sont exercés sérieusement sur

ce grand maître en philosophie historique, que dans le cours de
leur vie, ils trouveront dans leur mémoire des jugements tout
faits, tout formulés, avec l'expression la plus saisissante, la plus
concise, la plus terrible peut-être, à appliquer aux hommes
qu'ils connaîtront et dont ils apprécieront les actions.

Dans tous les genres qu'elle a abordés, la littérature antique,
grecque et latine, depuis l'épopée jusqu'à la fable, depuis la
satire jusqu'au panégyrique, depuis le discours étudié jusqu'à
l'épître familière, vous fournirait des leçons et des exemples
incessamment applicables aux divers actes de la vie ; et déjà
ceux qui touchent au terme de leurs études littéraires se sont
promis sans doute de revenir à leurs auteurs favoris. Cette
promesse doit avoir été faite à Cicéron, qu'ils n'ont pu traduire
en entier, et qui sait plaire sous tant d'aspects. Il a bien droit à
nos souvenirs particuliers, ce maître en éloquence, qui, l'un des
premiers, a fait sentir la valeur de cette heureuse émulation
dont nous allons couronner les produits ! *Honos alit artes et
corda incenduntur gloriâ.*

Sans parcourir méthodiquement les sujets que l'économie de
ce discours me permettrait à peine d'effleurer, et dans le désordre
même qui réunit sous ma plume des preuves d'un culte littéraire
qui naît doucement, se développe, prend de l'empire et nous
attache au domaine des lettres avec un sentiment qui est semblable à celui de la propriété, constatons que les deux aspects
du travail se révèlent dans le rapport signalé par Horace :
Omne tulit punctum qui miscuit utile dulci. Comment vous expli-
queriez-vous, sans cet attrait, que des commentateurs aient
passé leur vie à revoir et à épurer des textes, à nous rendre
dans leur vérité et dans leur intégrité les grands maîtres mutilés
ou altérés par les copistes ? Comment comprendriez-vous qu'à
ce travail ingrat et secondaire on a pu encore s'élever et se rendre
digne de la postérité ? Scaliger, Juste-Lipse et Casaubon ont
ouvert, au xvi° siècle, cette œuvre laborieuse que les siècles
suivants n'ont pas dédaigné de continuer et qui, de nos jours
encore, attache d'excellents esprits. Comment vous expliqueriez-
vous le nombre véritablement immense d'amants des lettres
anciennes qu'il a fallu satisfaire par des éditions châtiées, élé-
gantes, où de simples imprimeurs ont trouvé à s'immortaliser,

depuis les Alde et les Junte, jusqu'aux Étienne et aux Elzévier, aux Baskerville, aux Barbou, aux Bodoni et aux Didot?

D'autres arts se sont même créés à l'occasion des beaux ouvrages qui marquent les grandes périodes littéraires. Les œuvres du siècle de Périclès, du siècle d'Auguste et du siècle complémentaire de Louis XIV auquel s'attache déjà un parfum d'antiquité, sont conservées par l'art du relieur, devenu un art luxueux, et l'un des mobiles d'une passion que quelques-uns d'entre vous connaîtront peut-être, sans que j'aie le courage de les plaindre, celle du bibliophile. Vous ne vous étonnerez pas que j'en sois venu, à propos des lettres anciennes, à vous parler d'une passion excusable. Ne sommes-nous pas dans notre sujet? Il s'agit d'une distribution de prix, et le souvenir matériel des récompenses qui vont être décernées ne consiste-t-il pas dans le choix d'un auteur, dans la remise d'un livre qui restera le signe palpable de votre triomphe? Qui sait! ce livre sera peut-être le noyau d'une de ces bibliothèques qui suffisent au bonheur. N'est-ce pas encore l'auteur des *Tusculanes* qui a dit : *Si hortum cum bibliothecâ habes, nihil deerit?*

Le domaine des lettres est si étendu, si attrayant, si fertile, il y a tant de charme à le parcourir, qu'on est tenté de faire comme Anacharsis sur le parvis d'Euclide, et de dire : C'en est fait, je ne sors plus d'ici. Mais ce n'est pas seulement par le sentiment exquis de la forme que les lettres anciennes sont et doivent être notre première conquête dans le champ intellectuel que la vie entière sera consacrée à défricher. La connaissance et l'étude des langues latine et grecque, la gymnastique intellectuelle à laquelle leur étude nous oblige, en nous initiant simultanément aux secrets de l'étymologie et à l'évolution de notre propre langue, sont des avantages de premier ordre que confirme l'insuccès même des efforts tentés dans un sens différent pour développer les facultés du jeune âge et lui créer ses premières réserves. Si l'on veut réellement arriver à tirer parti de cette éducation qui agrandit et fortifie l'esprit, développe toutes ses aptitudes et le rend propre à aborder avec plus de succès l'étude ultérieure des sciences, la culture initiale des langues anciennes, j'entends la culture sérieuse, n'a pas de méthode qui lui soit comparable en efficacité. Elle a été la source à laquelle nous devons les grands hommes, dans tous les genres, qui ont illustré notre pays jusqu'au commencement de ce siècle, et le système universitaire qui l'a introduite dans le plan de l'éducation publique, doit sa principale force à une heureuse coordination des sujets d'enseignement. Les méthodes rivales qui, en sapant la connaissance des langues anciennes, ont éparpillé les premiers efforts de l'enfance, n'ont rien recueilli de sérieux ou de durable, et celles qui, en conservant ce genre d'études, l'ont embarrassé d'exigences nouvelles, ont dépassé les limites de la réceptivité intellectuelle.

Il paraît donc convenable de ne pas multiplier sans y bien regarder les essais qui, imprudemment tentés sur la jeunesse, égarent ou annullent l'exercice de ses facultés. Les systèmes d'éducation fondés sur la manie de l'innovation sont parfois des idoles auxquelles on sacrifie des victimes humaines. L'expérience manque-t-elle pour connaître sur ce point la vérité? Est-ce donc une question neuve que celle de l'éducation? Les plus grands esprits ne l'ont-ils pas abordée et résolue? En ce qui concerne les langues anciennes, en particulier, la preuve de leur utilité n'est-elle pas doublement sanctionnée par la raison et par le temps? Relisez le *Traité des études* de Rollin, et vous y trouverez accumulées, en faveur de la thèse que nous soutenons, des démonstrations fortifiantes et qui vous paraîtront presque neuves, en regard du dédaigneux oubli qui a fait méconnaître ce livre aussi sérieux que fécond en arguments décisifs, et si digne du sujet qu'il expose, par les préceptes qu'il renferme sur l'art de bien étudier, de bien penser et de bien dire.

A Dieu ne plaise que vous puissiez voir dans ce retour à de saines traditions du passé, ni une méfiance de l'avenir, ni un dédain des efforts tentés pour l'amélioration des études! Le progrès nous touche, nous émeut, nous enflamme plus que personne. Nous savons qu'il tient à l'essence de la nature humaine; nous savons qu'il triomphe de ses détracteurs, qu'il s'impose par ses bienfaits, et qu'il faut le poursuivre avec ardeur dans toutes les directions. Mais il convient de le juger sainement et, pour cette appréciation, il n'est pas toujours nécessaire de diriger vers l'avenir des regards inquiets et incertains. Une revue rétrospective est quelquefois révélatrice de vérités inaperçues par les impatients. Rappelez-vous cette fable orientale, mise en vers par notre illustre ami De Candolle, un homme de progrès assurément, et que la nature prodigue avait simultanément doué de l'esprit de science et de l'aptitude poétique. Il s'agit d'un souverain d'Asie qui avait promis une brillante récompense à celui qui, un matin, apercevrait et annoncerait le premier les rayons du soleil. Les prétendants réunis avant l'aurore dirigeaient leurs yeux vers l'Orient pour surprendre les premières vibrations lumineuses. Un seul, mieux avisé, tournait le dos au lieu où naît l'aurore, pour regarder les hautes montagnes du côté opposé. Ce fut lui qui, le premier, aperçut les cimes dorées par le soleil, et annonça les rayons de l'astre. Il faut quelquefois chercher le progrès ailleurs que dans les routes aventureuses. Les chemins tracés, parcourus par nos devanciers, n'ont pas fait obstacle à l'évolution de leur mérite littéraire. Ce n'est point calomnier notre époque que de déclarer qu'elle n'a point surpassé sous ce rapport la gloire des xvie, xviie et xviiie siècles. Les œuvres d'esprit de cette longue période, jalonnée par tant de beaux génies, sont si profondément pénétrées de la connaissance des langues mères, qu'on peut sans crainte affirmer que de cette tradition dérive une belle part de notre littérature nationale. L'imitation n'a point détruit l'originalité, car on peut conserver ce mérite en s'appropriant des richesses étrangères. L'écrivain original, a dit Chateaubriand, n'est pas celui qui n'imite personne, mais celui qu'on imite le plus difficilement. Qui pourrait dénier le caractère original de la littérature latine ? Elle dérive pourtant de la littérature grecque, et Horace ne croyait pas devoir donner de meilleurs conseils à ceux de ses contemporains qui suivaient les routes épineuses du bel esprit, que de les engager à méditer, sans cesse, les écrits des auteurs grecs :

> ...... *Vos exemplaria græca*
> *Nocturnâ versate manu, versate diurnâ.*

Nous pouvons faire nos profits du même précepte ; chantons encore, comme Pétrarque, le laurier de Virgile ; écrions-nous encore comme Lebrun : Vive Homère ! ayons enfin, dans l'application du système d'éducation le plus éprouvé, le courage d'être du temps passé, pour les progrès accomplis, et de ne pas priver la jeunesse de cet aliment qui a nourri nos devanciers. Maintenons dans nos études les langues anciennes avec tous les moyens qui peuvent le mieux assurer leur acquisition, et nous aurons conservé aux travaux de l'esprit leur excitant le plus fécond ; nous aurons réservé aux premiers efforts de l'enfance et de la jeunesse les exercices les plus naturels et les mieux tolérés ; nous aurons livré à la mémoire les produits les plus beaux et au jugement ses bases les plus solides.

Votre appréciation anticipée ne nous fait pas, j'ose le croire, dès à présent, le reproche secret de restreindre le cercle de l'instruction qui se prépare pour vous dans les Lycées. Un élève est loin d'être complet s'il n'est qu'un bon latiniste, et la société aurait le droit de se plaindre si on ne lui rendait, après huit ans de travail et de sacrifices, qu'un familier de l'antiquité jeté dans un monde nouveau après le sommeil d'Épiménide. Ai-je besoin de dire que nous ne voulons que maintenir dans l'ordre d'une légitime influence et dans une proportion convenable les exercices de l'esprit qui s'opèrent par l'étude des langues anciennes ; qu'il s'agit seulement de les mettre à leur place pour concourir au développement plus sûr des facultés de l'esprit, et que nous tendons moins, dans ce vœu de réhabilitation, à les substituer à d'autres connaissances qu'à les classer dans l'ordre qui leur convient et avec la part de temps qu'elles comportent ?

Mais la pensée d'exclure l'étude d'une ou plusieurs langues modernes ne saurait résulter pour nous de l'importance que nous attachons à la préparation des progrès de l'esprit par les langues anciennes.

Il y a d'abord une part majeure à faire à l'enseignement de notre propre langue, et ce devoir de l'éducation publique est si évident, que je ne saurais y insister. Il y a lieu aussi de ne pas exclure systématiquement l'enseignement des langues étrangères ; mais ici la part restrictive s'impose parce que le temps est un élément avec lequel il faut compter et que la capacité de l'esprit a aussi ses limites et ses exigences. J'ai quelquefois formé le vœu qu'une sorte de congrès international, régulateur de l'instruction publique chez les peuples civilisés, favorisât la connaissance d'une langue unique et prédominante, pour régler les rapports commerciaux et utiliser, à ce point de vue, tous ces éléments nouveaux que les temps modernes ont vu éclore à profusion et qui influent à un aussi haut degré sur le mélange des nations. La vapeur, l'électricité, les chemins de fer nous transportent en quelques heures chez des peuples dont nous ignorons les langues ou au moins l'idiome. Faut-il conseiller aux jeunes gens d'apprendre toutes les langues vivantes ? Je n'ignore pas que telle est la direction prônée par des esprits sérieux et encouragée par quelques gouvernements. Mais ces essais n'ont donné que des succès douteux, et ce sont précisément ces résultats imparfaits qui nous reportent vers une meilleure part à faire aux langues anciennes. Y aurait-il espoir d'en faire revivre une, la langue latine, par exemple, qu'on retrouve si brillante et si favorisée à certaines époques, qui est encore la langue universelle de l'Église, qui a été la langue scientifique, et qui épargnerait bien du temps aux hommes laborieux s'ils pouvaient encore lire sous cette forme tous les travaux importants qui voient le jour dans différentes nations? La langue française, qui est encore la langue diplomatique, et dont Rivarol avait prôné l'universalité, pourrait-elle prétendre à devenir la langue des affaires et des relations de tout ordre? Ce rôle conviendrait-il mieux à la langue anglaise, déjà si répandue sur le globe? Reconnaissons qu'une convention qui attribuerait à une langue un pareil rôle, rendrait un service de premier ordre et simplifierait assurément l'enseignement public. Mais sachons voir aussi que les tendances ne sont pas de ce côté, que non-seulement les rivalités nationales sont hostiles à ce courant d'idées, mais qu'abstraction faite de ce genre d'obstacle, la réalisation en serait bien difficile. Il faut donc se résigner et se contenter de faire apprendre dans les Lycées telle langue vivante au choix de l'élève ou de sa famille, mais sans préjudice du temps exigé par les langues anciennes et par la langue française, et avec la réserve de compléter cette étude étrangère suivant la direction et les occupations de la vie, après avoir franchi l'enceinte des Lycées.

Je reconnais, au reste, que c'est un grave sujet de méditations. Combien ces questions, qui dépassent les limites de l'allocution qu'il m'a été permis de vous adresser, seraient de nature à vous intéresser, si elles étaient traitées avec la compétence qui me manque! Leur exposé prouverait du moins, jeunes élèves,

combien est grande la préoccupation affectueuse dont votre éducation est l'objet ; et faisant un retour non-seulement sur les
connaissances que vous avez acquises, mais sur la méthode qui
a pu les rendre fécondes, vous comprendriez le dessein profond
que poursuivent ceux qui ont charge de vous former pour le
monde ; vous verriez qu'au-delà même du profit personnel que
vous pouvez tirer des soins dont on vous entoure, il y a des
préoccupations non moins chères ; qu'on veut vous restituer à
vos familles pourvus, ornés de ce qui doit rendre vos mères
contentes, vos pères fiers ; vous reconnaîtriez aussi que les projets s'étendent plus loin : qu'on songe à cette aïeule commune
qui s'appelle la Patrie, qui conserve sa grandeur et sa noblesse,
même quand elle est mutilée, et à laquelle nous devons nous
livrer avec toutes les forces de l'intelligence et du corps.

Aussi, Messieurs, ce n'est pas seulement la connaissance des
langues qui fait l'objet de vos études ; le plan de l'éducation
classique porte un caractère encyclopédique. J'aurais quelque
peine à parcourir convenablement l'entier domaine sur lequel
on ne vous convie pas seulement à glaner, mais qu'on veut vous
contraindre à moissonner. La supposition de la paresse n'est pas
entrée dans l'esprit de ceux qui ont organisé votre plan d'études.
Tout sollicite votre ardeur : histoire, philosophie, mathématiques, sciences physiques et naturelles.

Ne vous plaignez pas de la part faite à l'histoire et à son complément nécessaire : la géographie. Quoi qu'on ait pu dire contre
l'abus d'une étude aussi absorbante et aussi étendue, la place
en est faite dans un système élevé d'enseignement, et une place
digne du but qu'on se propose. Quelles leçons plus grandes
pourrait-on vous donner que celles que renferme le tableau de
l'activité humaine dans la succession des âges ? Si l'histoire
vous est présentée *ad narrandum*, elle vous intéresse ; si elle est
exposée *ad probandum*, elle vous instruit jusque dans ses écarts.
Notre histoire nationale surtout est l'école la plus féconde en
évènements les plus variés, les plus instructifs, tantôt douloureux, tantôt glorieux, toujours émouvants.

Vous y reconnaîtrez les *gesta Dei per Francos*. Vous verrez
la vitalité de la grande nation exaltée par son heureuse fortune
et toujours supérieure à ses malheurs. Incessamment mêlée aux

évènements généraux de l'Europe, elle l'étonne par son courage,
son esprit, son caractère chevaleresque et la croyance en ses
destinées. Vous vous expliquerez ce rôle par sa position géographique, déjà signalée par Strabon comme lui marquant une
place dans les évènements européens. A quel degré s'est réalisé
ce pronostic du géographe grec ! L'empreinte gauloise est sur le
sol de toutes les nations, depuis la sandale de Charlemagne
jusqu'à l'éperon de Napoléon. Étudiez notre histoire, vous n'en
serez que plus Français.

Quant à la géographie, elle n'est pas moins digne de votre
ardente curiosité. On nous reproche de ne pas assez la connaître :
ce reproche ne saurait être accepté dans sa plénitude, ni surtout
être durable. Les moyens d'étude se sont notablement perfectionnés ; cette science est d'ailleurs celle que la jeunesse peut
s'assimiler avec le moins d'efforts ; elle est le lot de la mémoire,
cette faculté que Mme de Satël disait être la plus physique de
nos facultés intellectuelles et la plus intellectuelle de nos facultés
physiques. La géographie, malgré son apparente simplicité, est
une science pour laquelle on se passionne. On peut oublier ses
plaisirs pour l'apprendre, quand on voit les voyageurs sacrifier
leur vie pour contribuer à ses progrès ; elle provoque l'enthousiasme à l'égal de l'histoire, car si celle-ci a ses docteurs, la
géographie a ses martyrs.

Dans l'ordre des études qualifiées de littéraires, la philosophie
occupe l'échelon supérieur. C'est la science des principes qui
doit à la dignité et à l'excellence de son objet le remarquable
privilège de dominer toutes les autres. On a varié sur l'ordre et
sur le titre même des sujets élevés qui sont de son domaine.
Mais ne suffira-t-il pas, pour la désigner à vos plus ardentes
méditations, de vous rappeler qu'elle comprend la psychologie
ou l'étude des facultés de l'âme, la logique ou l'étude de ces
facultés dans leurs rapports avec la vérité, c'est-à-dire l'art de
penser ; la théodicée ou la connaissance de Dieu et de ses attributs, et la morale ou la science du devoir ? Dans quel temps une
pareille connaissance fut-elle plus indispensable ? Jamais la nécessité des études philosophiques ne fut plus grande pour résister
à la tempête, et proclamer par la science Celui qui, selon
l'expression de J.-J. Rousseau, a donné à l'homme la conscience

pour aimer le bien, la raison pour le connaître, la liberté pour le choisir.

C'est à la classe de philosophie que finit l'éducation littéraire. Mais comment arrêter à ce point les limites des connaissances nécessaires à la jeunesse ! Comment vous dire : *Usque huc venies et non procedes ampliùs !* L'ancienne didactique universitaire n'admettait guère, comme complément des premières études, que les mathématiques, et encore l'enseignement de la science des nombres n'était-il pas poussé bien loin. Il est impossible de ne pas lui laisser aujourd'hui dans les études une place majeure. Les mathématiques ne sont pas seulement une des formes de la méthode et l'une des manifestations de la science philosophique ; elles ne sont pas seulement un moyen de rectifier ou tout au moins d'affermir le jugement, et un exercice original des facultés de l'esprit ; elles sont un des instruments les plus puissants de la pensée, un moyen de recherches et d'acquisition dont les applications sont infinies et que rend particulièrement nécessaires l'état présent de la société. La plupart des carrières professionnelles ouvertes à l'activité de la jeunesse exigent impérieusement cet ordre de connaissances. Les écoles spéciales ont reproduit sur le fronton de leurs édifices la fameuse inscription : « On n'entre pas ici si l'on n'est géomètre ». Complétez donc le caractère de vos études par cette éducation positive que les mathématiques représentent. On aurait trop accordé à l'imagination et pas assez au jugement, si les connaissances littéraires n'ajoutaient à leur éclat celui de la science qui, depuis Pythagore jusqu'à Laplace, a enregistré tant de noms illustres.

Tout s'enchaîne dans l'ordre des connaissances humaines. La physique, la chimie, la zoologie et les autres branches des sciences naturelles réclament, à leur tour, une place dont on ne saurait contester la légitimité. Il en est de même de l'astronomie ou tout au moins de la cosmographie. Il est impossible de ne pas les faire entrer dans un plan régulier d'études. Leur importance et leurs progrès ont sanctionné ce privilège. Sans doute, ces sciences appartiennent plus naturellement à l'enseignement supérieur, et les élèves des Lycées doivent en retrouver une exposition agrandie devant les Facultés où ils seront admis plus tard, lorsqu'ils se destineront aux carrières libérales. Mais, indépendamment de cette considération, la physique, la chimie, l'histoire naturelle ont une telle utilité et exercent un si réel attrait, elles ont révélé un aspect si puissant du génie humain, elles rendent tant de services, et leur étude répond à un côté si distinct des aptitudes de la jeunesse, que leur place est depuis longtemps faite dans l'enseignement des Lycées et que leur rôle doit plutôt être augmenté que restreint.

C'est l'exagération de cette corrélation entre le caractère des sciences et les aptitudes de l'intelligence, qui avait inspiré ce fameux et regrettable système de la bifurcation des études, qui n'a pas tardé à se traduire par un affaiblissement général dans l'instruction de la jeunesse. Dans l'intérêt même des études scientifiques qui sont abordées plus sûrement lorsque les facultés de l'esprit ont été excitées et suffisamment affermies par des études littéraires, il convient, au nom de l'expérience, de ne rien enlever à celles-ci de l'action proportionnelle et primitive qui leur est dévolue. Qu'un supplément de temps soit concédé, si l'on veut, en faveur des sciences, mais que leur abord ne soit pas défloré par le sacrifice ou l'abaissement des études littéraires.

Au point où nous sommes arrivés, nous n'avons même pas terminé le dénombrement des sujets d'exercice ou d'étude. Les beaux-arts réclament une place légitime. Le dessin surtout fait partie d'une éducation régulière. On a peine à croire que dans cette complication de connaissances imposées à la jeunesse on ait encore songé à introduire dans les Lycées l'enseignement de l'esthétique, de la physiologie et de l'hygiène. Et n'est-il pas question d'ajouter à cette tâche déjà si ardue quelques notions de droit, une sorte d'anticipation à des études auxquelles doivent se livrer un grand nombre d'entre vous, dans la seule prévision des difficultés attachées aux complications de la vie sociale, et que peuvent écarter des connaissances préalables sur les principes élémentaires du droit ?

Que conclure de toutes ces obligations et de la multiplicité des connaissances à acquérir ? C'est que l'étude ne veut pas de tiédeur ; c'est que le goût du travail doit s'associer à la conviction de la nécessité, et en vous parlant de la nécessité du travail,

Messieurs, je n'évoque pas seulement une loi générale que la nature nous impose et que la morale élève à la hauteur d'un devoir. J'affirme, et je suis certain d'être compris et approuvé par le plus grand nombre d'entre vous ; oui, j'affirme que le travail est un bonheur. Il n'emprunte pas seulement ce caractère à la satisfaction et à l'utilité des résultats qu'il produit, mais il renferme en lui-même ce privilège, surtout lorsqu'il est entré dans les mœurs privées, qu'il a réussi à remplir tous les vides de l'âme, et lorsque transformé en habitude, il implique une heureuse obéissance au besoin moral que cette habitude a créé.

Je voudrais, Messieurs, que le désir du travail fût encore puisé par vous à une autre source. Je voudrais que vous fussiez convaincus, comme les circonstances le comportent, que le niveau général de l'instruction doit être relevé en France. Attachez-vous d'avance à cette certitude que l'instruction publique est et doit être l'une des forces vives de notre nation, que la dissémination de cette instruction rendra à notre pays la puissance inscrite par l'histoire dans les destinées de la France. La force des armes a pu nous trahir, la force de l'intelligence saura nous refaire une grandeur, et le travail est le principe de cette gloire future dont vous, qui êtes jeunes, serez à la fois les auteurs et les bénéficiaires. Lorsque nos armes eurent accablé la Prusse à Iéna, le philosophe Fitche prêchait à son pays la nécessité de l'instruction, il révélait à ses concitoyens abattus la victoire prochaine attachée à la diffusion des lumières. Elle relèvera aussi son front, notre noble France, si ses fils travaillent et si leur intelligence grandit dans une sage liberté !

Je n'ai plus que quelques mots à vous dire, jeunes Élèves ; mais votre cœur les eût exigés si mon devoir ne les eût commandés. Vous recevez ici, non-seulement l'enseignement qui meuble l'esprit, mais celui qui est la condition de toute notre existence morale, l'enseignement religieux. Le premier ne serait rien si le second n'était complet et ne laissait les traces les plus profondes. Cette vérité est si générale, que l'un des écrivains du paganisme l'a pour ainsi dire consacrée, en exprimant que les autres connaissances étaient superflues si on négligeait ce qu'il importe le plus de savoir : *Necessaria ignoramus quia superflua discimus*. Il est vrai que cet écrivain n'est autre que Sénèque, qu'on suppose s'être inspiré de saint Paul. — Retenez de cet enseignement tout ce qu'il contient ; les devoirs envers le Créateur renferment tous les autres. La fidélité à ces devoirs, aux croyances qui en sont la base, feront de vous le citoyen honnête, l'homme complet, prêt au sacrifice, trempé pour les épreuves de l'existence, et pouvant obtenir par la vertu la récompense que Dieu accorde. Souvenez-vous de cette pensée du poëte :

« La vie est un combat dont la palme est aux cieux. »

DE LA DIRECTION DU TRAVAIL

DANS

L'ENSEIGNEMENT DES LYCÉES

*Discours prononcé à la Distribution des Prix
du Lycée de Nîmes*

(9 Août 1875).

MESSIEURS,

La bienveillance de Monsieur le Ministre me vaut aujourd'hui
un honneur bien grand, celui de me trouver parmi vous, en pleine
fête de l'intelligence, au milieu des administrateurs et des professeurs d'un Lycée qui affirme de plus en plus sa haute valeur,
et d'un auditoire sympathique aux choses de l'esprit. Cet empressement de la population, partagé par les autorités aimées et
respectées qui siègent aujourd'hui dans cette enceinte, n'a rien
qui doive surprendre dans l'antique cité des Antonins, dont la
longue, attrayante et dramatique histoire n'atteste pas seulement
un grand caractère, mais révèle aussi un large tribut payé à
l'activité littéraire, et surtout à l'éloquence, la poésie et l'histoire. Rappeler ici, pour les confondre sous une même bannière,
celle du talent, les noms de Nicot, de Fléchier, de Saurin, de
Ménard, d'Imbert, de Reboul, de Guizot, est chose naturelle.
La gloire rayonnante de plusieurs d'entre eux a franchi vos
murs pour honorer le pays tout entier, et leur souvenir spécial
ne saurait être mieux évoqué qu'en ce jour, où vos jeunes fils
vont recevoir le prix du travail et de l'émulation ; car, où pourrait-on trouver mieux que dans ces illustres mémoires une source
de salutaire excitation et un meilleur exemple ?

Une solennité qui s'inspire de ces noms éminemment littéraires
ne pouvait être mieux célébrée que par l'éloquent professeur qui
déroulait tout à l'heure, devant vos esprits éblouis, le magni-

fique tableau de la littérature française. On peut dire de celle-ci
qu'elle est l'efflorescence permanente de l'esprit national, car,
s'il est vrai que notre pays ait eu son grand siècle et que
Louis XIV ait ajouté aux lys de son royal écusson les lauriers de
Périclès et d'Auguste, la féconde activité de la France remonte à
des âges antérieurs au xviie siècle, et n'a pas été épuisée par les
étonnantes productions de cette époque, qui sont restées le type
du goût le plus élevé et le plus pur, et que l'on inculque dans
vos esprits comme un aliment nécessaire à la vie intellectuelle.

C'est une partie majeure de la tâche des Lycées que de répandre les productions des grands âges littéraires et de vous créer
un commerce familier avec les beaux génies de la Grèce, de Rome
et de la France. L'habitude de les traduire, de les commenter
ou de les étudier dans vos classes, leur a précisément mérité ce
nom de classiques, qui rappelle la nature de leurs services, et
qui consacre la supériorité du fonds d'instruction représenté
par leurs écrits, vrai patrimoine de l'intelligence que les générations se transmettent et que rien n'a pu encore avantageusement remplacer.

Cette affirmation trahit ma pensée et me dispense de reprendre
devant vous la question souvent discutée, mais toujours intéressante de l'utilité de l'étude des langues anciennes. Je n'essaierai
point, après des maîtres si distingués qui, tous les jours, vous
entretiennent des vérités simples dont ces langues sont dépositaires, de redire une fois de plus combien l'esprit se complaît
dans leur acquisition. Étant donnée la nécessité de faire exécuter
les premiers efforts de l'intelligence dans l'étude de ces langues,
je ne tenterai pas davantage de résoudre la question de savoir
si les idées des auteurs de l'antiquité païenne peuvent affaiblir
le sentiment de la morale, et s'il ne vaudrait pas mieux les
remplacer par les pères de l'église grecque et latine. Cette question, moins neuve qu'on ne croit et qui parut une hardiesse,
quand l'abbé Gaume et ses imitateurs organisèrent une campagne
contre le paganisme classique, n'a pu recevoir une solution
réformatrice. La morale chrétienne neutralise, en effet, ces pré-
tendus dangers ; elle fait d'ailleurs l'objet d'un enseignement
spécial et ses dogmes ne sont ni voilés, ni affaiblis par la connaissance des chefs-d'œuvre de l'antiquité.

Serait-il opportun, du reste, de jeter le doute dans l'esprit des élèves, qui, au terme de leurs études, ont besoin d'être assurés qu'ils n'ont pas vainement travaillé, et de ceux qui, en cours d'étude, ont plus besoin encore de s'avancer avec confiance dans la voie tracée par l'expérience de nos devanciers? Est-il bon de mettre en défiance contre Homère et Virgile, Démosthène et Cicéron, Thucydide et Tacite, ceux qui n'avaient trouvé dans leurs écrits que des motifs d'admiration, sans se sentir envahis par des idées profanes ou une philosophie dangereuse?

Sans doute, le problème général de l'éducation de la jeunesse laisse encore des obscurités et la discussion y a réuni les voix les plus discordantes. Les intérêts de la politique, les ardeurs de la passion, se sont donné carrière sur ce terrain où la liberté revendique ses droits, où la raison explique ses arguments, où la morale affirme ses devoirs, où l'amour dû à la jeunesse introduit aussi ses inspirations. Cette discussion garderait quelques attraits dans le pays où le principe de l'éducation a inspiré à Montaigne des réflexions si originales, aux savants de Port-Royal des maximes si justes, à Fénelon et à Rousseau des pages si éloquentes. Nul doute qu'une plume savante ne pût, en réunissant et en discutant les opinions répandues dans de remarquables et de nombreux écrits, tracer un tableau digne de la critique et de l'histoire. L'école conservatrice des Fleury, des Rollin et des Dupanloup, opposée à l'école réformatrice dont MM. Michel Bréal et Jules Simon sont les représentants, donnerait lieu à d'intéressantes et instructives considérations. Mais c'est ailleurs que de pareilles questions veulent être traitées, et il me paraîtrait inopportun de vous rendre les juges d'une querelle dont vous êtes le sujet. Ce qui importe surtout, c'est que vous ayez la conviction qu'aucun progrès n'est dédaigné, que le souci de vos intérêts est au fond de nos âmes, que dans le cadre de l'instruction secondaire se pressent, à votre intention, tous les sujets d'étude dont la possession doit développer vos aptitudes et vous armer contre les difficultés de la vie. Ce dessein, aux larges horizons, n'a d'autres limites que votre propre réceptivité intellectuelle, et c'est à l'habileté, à la vigilance, au dévouement de vos maîtres, à démêler ce que commande le besoin de savoir et ce qu'interdit la délicatesse de votre âge, à travers les diffi-

cultés qui résultent de l'extension croissante du domaine encyclopédique et du perfectionnement des méthodes qui tendent à
en permettre l'accès.

Pour atteindre un but aussi compliqué, vous voilà réunis,
jeunes Élèves, dans un gymnase intellectuel, sous une direction
commune, et soumis à des habitudes qui, sans effacer le souvenir du toit paternel, sont celles d'une vie nouvelle. Cette vie est
nécessaire à vos progrès. Elle ne doit rappeler, quoi qu'on en
ait dit, ni les rigueurs claustrales, ni les sévérités du régime
militaire. Les Lycées ont un caractère propre et ne sont que les
asiles des intelligences cultivées pour les besoins de la vie
sociale. Or cette culture qui doit régler et féconder vos efforts
s'adresse à votre esprit par des procédés variés. Ce n'est pas
seulement au nom d'une autorité compétente, d'une méthode
éprouvée d'enseignement, qu'on pourra vous rendre possesseurs
des biens intellectuels qui vous sont destinés. Pour inculquer
avec plus de certitude dans vos esprits les connaissances requises,
depuis les langues anciennes jusqu'aux langues vivantes, depuis
la grammaire jusqu'à la rhétorique, depuis la géographie et
l'histoire jusqu'à la philosophie, depuis l'arithmétique jusqu'à
l'algèbre et à ses applications, depuis les éléments des sciences
physiques et naturelles jusqu'à l'ensemble des notions exigées
pour les grades de l'État, il faut plus que l'enseignement proprement dit. La simple didactique serait impuissante. Il faut un
concours et une succession d'influences morales, administratives
et pédagogiques qui découvrent ces ressorts cachés de votre
capacité, favorisent l'évolution régulière de vos aptitudes et
rendent possible un résultat qui, sans les moyens auxiliaires,
fuirait devant tous les efforts.

La détermination du système qui atteint le mieux ce résultat
se partage encore les meilleurs esprits. Ce n'est pas à nous qu'il
peut convenir de proclamer la supériorité de l'éducation privée,
ni de légitimer la préférence qu'en Angleterre et en Allemagne
on accorde au système tutorial. L'éducation publique donnée
en vertu de la liberté d'enseignement, dans des institutions
privées, a fait de brillantes preuves dans notre pays, et nous ne
laurions refuser à ce système la justice qui lui est due; mais
si nous sera permis tout au moins de déclarer hautement les

heureux efforts de l'Université, et de résister sans faiblesse aux
détracteurs de l'État, qui n'a d'autre intérêt dans l'éducation
que celui d'accomplir un grand devoir, de servir d'exemple
pour le bien et de donner à ses pupilles une capacité et des sentiments qui soient l'honneur du pays.

La première et la plus sûre condition pour vaincre les difficultés inhérentes à une éducation sérieuse, c'est le travail,
c'est-à-dire l'action commune à tous. Maîtres et élèves se mêlent
dans cette tâche où ils apprennent à se connaître et à s'aimer.
C'est par lui que s'établit ce lien durable et profond dont la force
ne s'éteint pas toujours, même à notre époque, où tant d'actions
dissolvantes usent les sentiments. Que de fois le hasard de la
vie m'a fait connaître le cri du cœur chez un maître qui, entendant vanter un citoyen éclairé, savant, courageux, désintéressé,
laissait échapper ces mots : c'était mon élève. Que de fois,
et plus souvent encore, j'ai vu le disciple, lorsqu'après de
longues années, la réputation ou les honneurs venaient couronner la carrière du maître, rappeler avec orgueil les leçons qu'il
en avait reçues. Un mot de Pline le Jeune exprime naïvement le
charme de ce souvenir :

Est benignum, et plenum ingenui pudoris fateri per quos
profeceris.

Mais si le travail qui cimente l'attachement du disciple et du
professeur est un mérite pour celui-ci, il a bien d'autres avantages pour l'élève, puisqu'il le rehausse, le transforme et le fait
ce qu'il peut être. Qu'on ne s'étonne donc pas si l'éloge du travail est devenu le thème obligé de toutes les exhortations qu'on
adresse à l'enfance et à la jeunesse. Depuis la voix solennelle
des livres saints qui en font une loi de la vie, jusqu'aux adages
des philosophes et aux formules proverbiales ; depuis les théo-
riciens de l'économie politique, qui, par une significative
autonomie, l'opposent au capital, jusqu'aux médecins qui le
consacrent comme une condition de la santé, jusqu'aux moralistes,
ces hygiénistes de l'âme, qui en font un préservatif contre le
vice, le travail est loué, chanté, divinisé! C'est vous dire, jeunes
Élèves, que vous êtes les artisans de votre bonheur et de votre
supériorité, puisque cette puissance du travail vous est départie,
et que vous venez dans les Lycées pour qu'on imprime à cette

faculté la plus efficace direction. On a quelquefois comparé les Lycées à des ruches où travaillent les abeilles. Si cette comparaison est juste pour l'activité du travail, elle cesse d'être exacte pour les résultats, car les habitants de la ruche en savent autant au début qu'à la fin, et ne sauraient ajouter un côté au polygone éternel de ses alvéoles. Mais vous, jeunes Élèves, le travail vous donne une puissance supérieure, il vous transforme et vous perfectionne, il fait éclore ces semences ailées que projette le souffle de l'éducation, il mûrit les fruits de cette terre vierge qu'on appelle l'entendement, et vous remet à la société pour y occuper une place selon vos mérites.

La tâche des éducateurs auxquels votre famille vous confie consiste à bien diriger ce travail intellectuel, à l'exciter avec mesure, à lui accorder les délais nécessaires, à faire la part du corps à côté de celle de l'esprit, à assurer enfin ces résultats par un ensemble de dispositions rendues nécessaires par notre nature imparfaite, je veux parler d'un système de sévérités et de récompenses, image affaiblie de celles que la société appliquera plus tard, sous une forme plus solennelle, à ses membres égarés ou méritants, et qui relèvent de cette vertu, éminente entre toutes, qu'on nomme la justice, et qui est elle-même le fondement et la sanction de la morale.

Je n'ai ni le devoir ni le désir de faire une revue complète de ces mobiles du travail, mais votre justice, puisque je viens de prononcer ce mot, me pardonnera de vous rappeler succinctement comme un dernier souvenir de la vie du lycée, les procédés appliqués à la fécondation du travail dont beaucoup d'entre vous ont subi les effets d'une façon inconsciente, et qui vous ont fait ce que vous êtes.

La direction du travail est une des causes les plus réelles de son efficacité. Elle n'est autre que la méthode, ce levier d'action dont il a suffi à Descartes de démontrer la puissance pour illustrer son nom. Elle ne s'applique pas seulement, vous le savez, à la recherche des vérités philosophiques, à l'observation et au classement des faits scientifiques ; elle intervient presque en toute direction, et se distingue notamment dans l'éducation.

Les facultés de l'âme, s'exprimant dans un corps périssable, subissent, à quelques égards, la fortune de leur *substratum* terrestre ; elles sont soumises aux lois du développement et du déclin. Leur développement est surtout la période qui nous intéresse, car la nature ne suffit pas à doter la mémoire, à rendre la raison forte et saine ; il faut des exercices ; et que de nuances dans cette action modificatrice que l'homme exerce sur son semblable ! Varron énumérant les artifices qui protègent successivement notre faiblesse originelle, répartissait ainsi les rôles depuis la naissance jusqu'à l'heure où le maître s'empare de l'intelligence : *Educit obstretrix, educat nutrix, instituit pedagogus, docet magister.* Cette tâche est celle qu'on remplit envers vous. Quelle est la manière la plus sûre de la remplir ? Est-ce le mode qui consiste à implanter dans l'esprit des vérités successives, en s'adressant à la raison par l'intermédiaire de la mémoire, et en lui épargnant tout effort, afin de la mettre immédiatement en possession de la vérité élaborée ? Est-ce le mode qui négligeant la mémoire, ou ne lui confiant que des impressions objectives, s'adresse directement à l'intelligence pour la solliciter en toute chose, mais surtout par des moyens qui intéressent l'enfant et éveillent sa curiosité, comme dans les procédés d'éducation si vantés au commencement de ce siècle par Pestalozzi et son école ? Je crois, pour ma part, qu'il faut l'association de ces deux méthodes, et je ne doute pas que la sollicitude de vos maîtres n'ait fait une heureuse combinaison de ces influences.

Mais à part la méthode générale d'éducation, la direction du travail tend par d'autres moyens vers d'autres résultats.

Pendant les années que vous passez dans le Lycée, on agit sur vos esprits par un enseignement varié et conforme à la nature même de l'intelligence, qui ne veut pas être alourdie par une occupation exclusive et monotone. Et ici encore se dresse un problème différemment résolu. Vaut-il mieux limiter le système des connaissances qu'il faut transmettre à la jeunesse de façon à rendre un élève très versé dans une matière déterminée et à faire dire de lui : *timeo hominem unius libri,* ou disséminer le travail sur des sujets très divers au risque de donner une éducation superficielle ? Faut-il aborder pendant le séjour dans les Lycées le côté professionnel de l'éducation, vœu que réalise l'enseignement secondaire spécial, ou borner le travail à ce qui peut donner à l'intelligence une force absolue qui trouvera plus tard

la voie la plus naturelle ? Faut-il faire une part prédominante
à l'éducation littéraire ou à l'éducation scientifique ? Faut-il
brusquer cette direction par le choix de l'élève, comme dans le
système Fortoul, renouvelé non des Grecs, mais des Allemands
du dernier siècle, ou établir une sage combinaison de connaissances, afin de répondre aux besoins de notre temps et aux justes
exigences de la société ?

Poser ainsi cette dernière question, n'est-ce pas la résoudre,
et qui de vous ne regretterait son travail s'il n'avait pour résultat
d'accumuler les connaissances les plus utiles, d'agrandir le champ
des idées, de mûrir les caractères, et de former des hommes
pour le bonheur de la patrie !

Le travail de la jeunesse ne saurait être fécond s'il n'était
libre. Le sentiment de la liberté n'attend pas, il est vrai, pour
éclore, qu'on ait quitté les bancs du collège. Mais l'heure du
travail indépendant ne doit pas être hâtive pour affirmer immédiatement notre pensée : il doit être assujetti à la discipline. Elle
ne mérite pas vos mépris, cette discipline qui vous sauve, qui
dans l'ordre religieux vous enseigne la lutte contre les passions
et la crainte de Dieu ; dans l'ordre simplement moral, le devoir
sous toutes ses formes. Je ne parle pas d'une discipline acca-
blante, je dirai même hostile à la nature humaine, qui coupe
les ailes à l'imagination, refoule toute originalité, et aligne les
facultés intellectuelles en leur infligeant la torture du lit de Pro-
custe. Non, ce n'est pas celle que vos maîtres imposent à votre
conduite et à votre travail. Je parle de cette discipline éclairée
que ne désavoue pas le progrès du jour, mais qui fait aimer la
règle, parce que la règle est salutaire ; qui jette dans les cœurs
le respect des lois, parce que la loi est saine et protectrice ; qui
retient l'intelligence dans certaines limites, parce que ses écarts
conduiraient à la déraison et au faux goût. Je parle de cette
discipline qui engendre l'obéissance éclairée, le respect affec-
tueux, l'amour contenu de l'indépendance. — Tout élève qui lui
est soumis travaille pour son avenir, et lorsque rendu à la vie
libre il en retient l'action et les effets, il se trouve que ce sentiment
qui avait fait l'élève supérieur fait encore le citoyen dévoué, le
magistrat intègre, le prêtre austère, le soldat vainqueur.

Ces idées protectrices pour l'existence entière ont surtout leur raison d'être dans les Lycées, où leur nécessité dérive du nombre des élèves auxquels sont destinées de pareilles leçons. Aimez donc les maîtres qui répandent avec les produits du travail l'esprit de discipline ; aimez les plus élevés, parce qu'ils inculquent en vous d'une façon plus saisissante les nobles jouissances de l'esprit ; aimez aussi les plus humbles, parce qu'ils ont la tâche ingrate de vous surveiller, d'empêcher la perte du temps, d'annuler les dérivations de la pensée vers les stériles distractions, de s'opposer à l'invasion du vice et des *mala mentis gaudia*, de punir même quelques fautes parce qu'il faut une sanction, sans laquelle il n'y a ni travail fécond ni discipline efficace.

Ne croyez pas, jeunes Élèves, qu'en proclamant les bienfaits et la nécessité du travail, nous voulions vous l'imposer à votre âge comme un fardeau trop lourd. Il est des limites qu'on ne saurait franchir sans danger, et ce danger n'est pas ignoré par ceux qui ont charge de votre éducation. La durée limitée du travail entre dans un plan d'études établi avec sagesse, car l'abus des forces que la jeunesse doit consacrer au travail le frapperait de stérilité, en même temps qu'il tarirait la source de l'énergie intellectuelle et arrêterait jusqu'aux progrès de la santé physique. Un brillant écrivain de nos jours, dont la poésie et les œuvres morales ont popularisé le nom, M. V. de Laprade, s'est fortement et justement élevé contre cette culture intensive de l'esprit de la jeunesse ; il a blâmé cette inculcation à outrance de notions incessantes qui oblitèrent l'esprit au lieu de l'illuminer, et qui engendrent une certaine souffrance. Il a même poussé les reproches adressés à cette éducation jusqu'à la qualifier d'*homicide*. Nous sommes loin, sans doute, de nous associer à ce reproche ; mais le principe de la modération du travail et de sa contention dans une juste mesure nous paraît fondé, et il est conforme à la notion physiologique de l'économie humaine.

Que les familles se rassurent donc, que les élèves entraînés par les douceurs de l'oisiveté et qui seraient heureux de plaider leur cause avec les arguments de la physiologie cessent aussi de se plaindre ; la question est étudiée et résolue, la mesure du travail est connue ; aucune intelligence ne sera surmenée, aucune ne fléchira sous le poids d'un travail irrationnel.

N'a-t-on pas d'ailleurs introduit dans un bon système d'éduca-

tion les correctifs du travail intellectuel, ou plutôt le complément
des influences qui, s'exerçant alternativement sur le corps et sur
l'esprit, établissent des successions de repos et d'activité dont
profite le système entier ? La science moderne, par un heureux
retour d'imitation vers les méthodes de l'antiquité, fait une
plus juste part aux besoins complexes de l'organisme, et l'éducation physique tient et doit tenir plus de place encore parmi
les moyens régulateurs de la vie du jeune âge. Les anciens
attachaient une si grande importance aux influences de cette
nature, qu'ils confondaient les deux éducations, et que le maître
de l'enfant se nommait aussi le maître des jeux: *Magister ludorum*.

La nécessité des exercices corporels s'impose avec évidence,
mais le progrès doit consister à les rendre obligatoires et à les
soumettre à des règles déterminées. Quelques nations modernes,
et particulièrement la Suisse et les États-Unis, ont renforcé leurs
institutions pédagogiques, en généralisant les exercices corporels, d'après le principe que la gymnastique est au corps ce
que l'étude est à l'esprit. Notre éducation nationale s'inspire de
plus en plus de la même pensée ; les gymnases s'annexent de
plus en plus à nos établissements universitaires. Depuis les
mesures qu'on doit à M. Duruy, ce progrès est incontestable et
il faut s'en féliciter même dans l'intérêt du développement intellectuel, car l'esprit lui-même gagne à ce que le corps remplisse
régulièrement ses fonctions, et c'est le cas de reproduire l'adage :
Mens sana in corpore sano.

Il me reste un dernier mot à dire sur le mobile du travail et
sur les conditions de succès de l'éducation donnée à l'enfance et
à la jeunesse. La connaissance du cœur humain a organisé, à
côté des procédés logiques d'éducation, tout un système d'influences qui ajoute à la certitude des résultats par des répressions
ou des récompenses. La crainte d'une punition, l'espoir d'un
bonheur qui agissent sur nos âmes pour les porter au bien, et
dont la religion consacre la haute moralité, agissent aussi pour
inspirer ou maintenir l'amour du travail.

Il serait véritablement contraire à la bienséance d'attrister
cette solennité par le commentaire philosophique des délits et
des peines dans leurs rapports avec l'éducation du collége. Les
lauriers de J. Bentham, de Beccaria ne me tentent pas. Je ne

puis me résoudre, pour faire l'apologie du travail, à dire que les lois pénales sont inscrites dans les habitudes et le code universitaires, que par des analogies dont je conteste la justesse, on a comparé la mise au cachot à la déportation dans une enceinte fortifiée, et le renvoi à l'exil.

Je me hâte d'aborder les régions sereines où nous appellent plus naturellement les récompenses diverses par lesquelles on excite l'émulation, car c'est ce dernier sentiment que nous tenons à réchauffer dans le cœur de nos élèves et qui est propre à enfanter les plus grands résultats. « Donnez-moi l'éducation, disait Leibnitz, et je transformerai le monde ». Donnez-moi l'émulation, pourrait-on ajouter, et je transformerai l'éducation. L'émulation est en effet une heureuse tension de l'âme qui ne cesse que par une action méritoire et surtout par l'affirmation légitime de la supériorité dans le bien. L'emporter sur ceux qui font le mieux, voilà un dessein qui honore la jeunesse, qui dévoile les nobles ardeurs, les impulsions vaillantes du cœur et de l'esprit. Aussi entre-t-il dans le plan d'une bonne éducation d'exciter ce sentiment, de le mêler au travail austère pour qu'il ne dégénère pas en orgueil et qu'il reste digne et méritoire dans ses résultats comme dans son origine.

Les tableaux d'honneur qui attestent la bonne conduite et l'amour du travail, le catalogue comparé des exemptions et des retenues, la concession des bourses aux élèves méritants dont les familles ne peuvent s'imposer de trop grands sacrifices, les classements qui couronnent les compositions hebdomadaires, les concours académiques et les grands concours universitaires sont les moyens les plus sûrs, comme les occasions les plus naturelles d'entretenir cette flamme de l'émulation qui épure le travail et le rend glorieux.

Aurais-je pu garder le silence sur cette source de prospérité pour nos élèves, quand il m'est permis de rappeler les succès particuliers du Lycée de Nimes, si souvent remarqué dans les luttes vivifiantes auxquelles prennent par tous les élèves de l'Université, et qui, cette année, s'est spécialement signalé par la nature et le nombre de ses triomphes? J'adresse mes plus hautes félicitations à ses administrateurs et à ses professeurs ; c'est à eux qu'appartient la première couronne dans la solennité que j'ai l'honneur de présider. Pourrais-je oublier d'ailleurs le mérite traditionnel des maîtres de cet établissement, digne de la grande cité où il fleurit, quand je songe que des liens que j'aime à rappeler le rattachent par un heureux échange de maîtres avec le Lycée de Montpellier, et que notre enseignement supérieur a lui-même reçu du Lycée de Nimes quelques-uns de ses meilleurs professeurs? Qu'il me suffise de citer les noms de Baumes, de Gergonne, et de notre éloquent professeur d'histoire, M. le doyen Germain.

Quant aux élèves, c'est pour eux surtout que les couronnes sont accumulées, que ces ouvrages sont réunis comme pour nouer un commerce intime entre les auteurs et les jeunes athlètes, déclarés victorieux dans les luttes pacifiques de la science; c'est pour eux que se déploie ce magnifique apparat, que s'anime cette foule pressée, que se prépare un souvenir émouvant, la gloire d'une récompense publique.

Puissiez-vous, Messieurs et chers Elèves, emporter avec les douces impressions de ce jour, la certitude d'avoir inspiré à vos maîtres une profonde affection; puissiez-vous avoir trouvé dans l'habitude des jouissances de l'esprit le moyen de mépriser les passe-temps futiles que vous prépare le monde, de résister à nos énervantes discordes politiques et de conserver comme un bien suprême les fruits dominants de l'éducation que vous avez reçue ici, l'amour des lettres, celui du grand et du beau, du vrai et du juste, la passion du devoir, celle de la patrie et le culte de Dieu qui résume ces grandes idées morales.

Pour moi, qui vous suis à peine connu, mais en qui vous aurez découvert, j'aime à le croire, un ami dévoué de la jeunesse, et qui ai reçu la mission de vous parler aujourd'hui au nom du chef de l'Université, je ne borne pas mes félicitations et mes vœux aux seuls élus de la journée; j'adresse aussi mes encouragements aux vaincus. Cette conduite m'est dictée par le souvenir du sentiment que Virgile, dans l'une de ses inspirations les plus brillantes, prêtait au héros de l'*Enéide*. Je voudrais, comme le pieux Enée, distribuant les prix aux vainqueurs des jeux célébrés en l'honneur de son père, pouvoir dire : « J'aurai des récompenses pour tous. »

> *Nemo ex hoc numero mihi non donatus abibit,...*
> *Omnibus hic erit unus honos...*

Discours prononcé à l'occasion de l'inauguration du Buste
de Victor COSTE, à Castries.

(28 janvier 1877).

Ce n'est pas un médiocre honneur que de léguer à ses concitoyens le souvenir d'une existence assez utile pour mériter
qu'elle soit consacrée par la reconnaissance publique. Nul témoignage de touchante gratitude ne saurait mieux convenir que
celui qui consiste à faire revivre, dans le bronze ou le marbre,
les traits de ceux qui ont donné l'exemple du génie qui crée ou
qui découvre, du travail qui féconde les efforts ou les inspirations
de l'intelligence, et des qualités exceptionnelles qui font le grand
citoyen. Notre chère France est assez heureuse pour pouvoir
exhiber, sur des points multipliés de son généreux domaine, ces
images vénérées qui doivent triompher du temps et défier
l'oubli. Les arts sont devenus les interprètes du sentiment public
et ont eu leur manière d'écrire l'histoire. Ce sera un caractère
des mœurs de ce siècle d'avoir consacré, avec plus de libéralité
qu'autrefois, ces mémoires qui sont à la fois l'honneur général
de notre pays et l'ornement de quelques localités privilégiées.
    Dans cet entraînement qui nous porte à glorifier les hommes
qui ont laissé une forte empreinte, il faut remarquer la part
faite à ceux qui ont utilement cultivé la science. Doit-on s'en
étonner, quand on songe que la science a transformé la société,
qu'elle est devenue l'instrument le plus sûr du bonheur de tous,
qu'elle a non-seulement découvert les lois de la nature, mais
qu'elle en a dompté et dirigé les forces, et qu'on la retrouve
partout aujourd'hui où il y a un progrès à réaliser, un bienfait
à inscrire.
    Le savant illustre dont nous consacrons aujourd'hui le nom et
les découvertes, s'est fait une place dans cette pléiade d'étoiles
humaines qui ont répandu la lumière dans les voies que nous
parcourons ; c'est grâce à l'infatigable ardeur de Victor Coste et

à l'activité de son esprit, que nous avons vu s'agrandir un champ de connaissances dont la légitime curiosité de la science avait tenté le défrichement, sans y laisser d'autres traces que le doute ou l'hypothèse. L'obscurité de ces problèmes avait précisément séduit notre ardent investigateur, et Coste a su les aborder avec cette clairvoyance et cette fermeté d'observation qui dévoilent les vérités.

C'est dans la Faculté de médecine de Montpellier que Victor Coste a fait ses premières armes scientifiques. Je l'ai connu, et je ne puis évoquer ce souvenir sans m'honorer d'avoir été son ami, lorsqu'il était élève de Delpech et qu'il remplissait auprès du célèbre chirurgien les fonctions de chef de clinique. Ses condisciples remarquaient déjà chez lui des aptitudes qui le révélaient comme un homme d'avenir. A l'époque où l'anatomie pathologique se contentait de noter les altérations de forme, il recherchait les lésions de structure. Il explorait avec le microscope, disséquait avec des aiguilles, cherchait l'inconnu, et trouvait trop facile la simple constatation de faits ordinaires. Delpech surtout avait deviné le futur savant, il l'associait à ses travaux les plus difficiles. Il lui fit franchir d'un trait la distance qui sépare l'élève du maître, et ils marchèrent ensemble, comme deux athlètes égaux en force, à la conquête des vérités naturelles. C'est de cette époque que datent les *Recherches sur la génération des mammifères et la formation des embryons*, que l'Académie devait couronner plus tard, en 1834.

Un moment détourné de ses travaux de physiologie, Coste avait accompagné en Angleterre le chirurgien de Montpellier, pour étudier le choléra, dont la première invasion inspirait tant de terreur aux populations et tant de courage aux médecins. Après la mort tragique de Delpech, Coste, livré à lui-même à Paris, sentit qu'il avait perdu un grand appui ; sa fortune ne consistait que dans son amour pour la science ; il connut quelques amertumes des positions humbles qui marquent les débuts de tant de carrières fécondes. Mais que peut ce genre d'obstacle pour ceux qui ont l'esprit élevé et que tourmente la soif de la science, sinon de fournir l'occasion d'un premier triomphe ! Coste eut bientôt trouvé la vraie fortune, celle qui élève un homme en faisant éclater la supériorité du savoir. Une découverte importante marquait désormais sa place parmi les élus de la gloire. Dans les infiniment petits de l'observation, dans ce que Napoléon appelait le « monde des détails », Coste avait su en reconnaître un qui allait permettre de constituer la science de l'Embryogénie. La vésicule germinative n'avait été observée que chez les oiseaux ; Coste la reconnut et la fit reconnaître chez les mammifères. Tout était là, les grandes analogies étaient trouvées ; l'unité du phénomène dans le développement du groupe le plus important des êtres organisés était établie. Une science nouvelle se constituait, et la France s'honorait d'une part majeure dans cette création.

Cet exploit scientifique avait fixé l'attention générale. Dès ce moment, Coste fut entouré des témoignages de la plus flatteuse considération. Il goûta le bonheur des grandes amitiés : Guizot le chérissait comme un fils et Velpeau comme un frère. Son talent sérieux, en même temps que délicat et sympathique, força les faveurs du Gouvernement. On créa pour lui, au Collège de France, une chaire d'Embryogénie comparée, où il lui était réservé de répandre avec éloquence ses découvertes et d'inspirer le goût des fortes et saines études de physiologie.

Bientôt l'Institut lui ouvrit ses portes, en 1851. Il y fut admis en remplacement de Blainville, qui l'avait initié aux études d'histoire naturelle.

Je n'ai pas besoin de faire ressortir l'importance de cette élection : c'est la consécration des travaux utiles et des créations originales. Chacun sait qu'elle est souvent le couronnement d'une existence entière consacrée à la science ; pour Coste, ce ne fut qu'une nouvelle occasion de se livrer à des recherches qui développèrent ses premières découvertes. Son premier cours d'Embryogénie comparée venait d'être publié par MM. Gervais et Meunier. Il y joignit une monographie sur l'*Ovologie des Marsupiaux*, prit une part importante aux discussions sur le *phlébentérisme*, entra avec ardeur et autorité dans le mouvement scientifique de son temps, et conclut le plan d'un admirable ouvrage dont le Gouvernement fit les frais et dont nous regrettons que la publication soit restée inachevée : l'*Histoire générale et particulière du développement des corps organisés*.

Bientôt nous voyons Coste élargir le cercle de ses études, et

entrer dans la voie des applications économiques. — C'est le
propre des esprits larges de découvrir des rapports après avoir
constaté les faits, et de trouver des déductions inattendues là où
les intelligences ordinaires concentrent les données de l'observation. Ses études sur le développement des diverses classes du
règne animal, sur celles des poissons en particulier ; ses recherches vraiment intéressantes et curieuses sur la nidification des
épinoches, sur la fécondation des poissons, sur le gisement de
leurs œufs, lui firent comprendre que de semblables observations n'étaient pas seulement de nature à satisfaire la curiosité
du savant. Coste ne tarda pas à reconnaître tout le parti qu'on
pouvait tirer de la fécondation artificielle ; il en déduisit l'art
de multiplier les poissons, et conçut l'idée d'accroître par des
procédés scientifiques les ressources de l'alimentation publique.
Sans doute, ce qu'on a appelé depuis la *pisciculture* n'était pas
une idée absolument nouvelle. Les Romains avaient connu
quelques données empiriques sur l'art de multiplier les poissons.
Dans le dernier siècle surtout, Girolstein avait réellement pra-
tiqué des fécondations artificielles, et sur ces données MM. Gélin
et Rémy avaient déjà fondé, dans les Vosges, un établissement
pour la multiplication des truites. Mais on peut dire que Coste
donna la forme scientifique à ces procédés encore imparfaits.
Son activité se déploya sur la généralisation de cet art avec une
ardeur incroyable. Notre savant était poussé par un nouveau
mobile. A une époque où les applications de la science à la
prospérité publique s'affirmaient par tant d'exemples, Coste avait
à cœur de prouver que l'Histoire naturelle, que l'Embryogénie
surtout, dont il était un des créateurs, pouvaient entrer dans ce
groupe de sciences utiles. Il voulait, en élargissant leur domaine,
démontrer que des bienfaits sont implicitement compris, même
dans les détails en apparence les plus restreints ; qu'il ne faut
par conséquent dédaigner aucune connaissance, pour si humble
et si spéciale qu'elle paraisse, parce qu'à son heure elle peut
suggérer des vues nouvelles et des résultats inattendus. Sous
l'empire de ses idées, Coste se consacra tout entier à l'extension
de la pisciculture. Secondé dans ces recherches par deux savants
éminents, MM. Milne-Edwards et Quatrefages, il fit créer une
piscine modèle à Huningue ; il provoqua l'établissement de

piscines analogues sur les côtes de Bretagne, éleva dans les bassins du Collège de France des espèces nouvelles, fut chargé de pourvoir le lac et la rivière du bois de Boulogne, dirigea l'ensemencement du Rhône en poissons de consommation, parcourut le littoral de la France et de l'Italie, provoquant partout des essais et des applications ; il vint dans nos contrées exciter aussi le goût de ce genre de production, publia les résultats de son voyage d'exploration, et rédigea une série de mémoires et de rapports, ainsi que des instructions sur la pisciculture. Je ne ferai que rappeler un fait inscrit dans tous nos souvenirs, en redisant qu'à dater de ce moment, le nom de Coste franchit les limites de la renommée scientifique, pour entrer dans une célébrité plus générale et pour acquérir cette popularité progressive qui est la première récompense des travaux utiles. *Mobilitate viget viresque acquirit eundo*.

Tant d'activité déployée avait usé la vie du savant dont nous consacrons aujourd'hui la mémoire. Sa vue s'était affaiblie, ses forces avaient décliné. Il a succombé en 1873, à l'âge de 66 ans, mais il pouvait dire comme le poète de l'antiquité : « Je ne mourrai pas tout entier ». Ses œuvres seront durables. Notre reconnaissance le sera aussi. Elle sera surtout vive et puissante chez vous tous, habitants de Castries, où il a inscrit sa part d'illustration. N'avez-vous pas déjà prouvé votre ardente sympathie par des obsèques solennelles où tant de pieuses larmes ont coulé? N'avez-vous pas voulu donner à la famille une suprême consolation, en plaçant le buste que nous inaugurons en face même de la maison où Coste a vu le jour! Pensée vraiment empreinte d'une exquise délicatesse et pour laquelle nous remercions M. le Maire, au nom de tous les concitoyens et de tous les amis de Victor Coste.

Au Roi, à l'occasion de la mort du Duc d'Orléans

(Juillet 1842).

Au nom de la Faculté,

Sire,

La Patrie pleure la perte d'un noble Français. Votre fils était
pour la Nation ce qu'il était pour vous-même, il résumait ses
sentiments d'espérance et de gloire. Une mort fatale, en l'arra-
chant à votre amour, a plongé dans le deuil la France entière.
Nous partageons l'immense douleur qui a éclaté à la nouvelle
de cette haute infortune, et nous déposons devant Votre Majesté
l'expression des regrets si justement provoqués par la perte
d'un Prince qui eût encouragé les sciences et reproduit les bienfaits de votre Règne.

Toast à M. Pagézy, Maire et Député, au nom du Conseil municipal

(1863).

Monsieur le Maire,

Après l'imposante et patriotique manifestation sortie de
l'urne électorale, le Conseil municipal de Montpellier qui, de
plus près encore que la population, a pu apprécier le zèle aussi
ardent qu'éclairé qui vous guide pour la gestion des grands
intérêts de notre cité, a considéré comme un devoir de vous
exprimer ses vives sympathies. Nous aurions pu, Monsieur le
Maire, vous féliciter avec les formes officielles; permettez-nous
de n'obéir qu'à une spontanéité cordiale. Vous avez fait naître
en nous un sentiment d'estime affectueuse qui avait silencieusement devancé l'adhésion si hautement exprimée par le vote de
vos concitoyens, et que nous pouvons aujourd'hui produire

librement, en dehors de toute signification politique. Comment
n'aurions-nous pas apprécié les hautes qualités que vous mon-
trez dans l'exercice des charges publiques, nous qui vous voyons
habituellement à l'œuvre, étudiant à fond toutes les questions,
concevant des projets grandioses, empreints de l'amour vrai du
bien général, et poursuivant leur réalisation avec une fermeté
de volonté et une vive intuition des moyens et du but qui font
partager vos vues et en assureront le succès? Profondément
pénétré de ce qu'il y a de fécond dans l'esprit de votre temps, vous
avez donné une active impulsion aux travaux utiles qui transforment et embellissent la cité. On vous doit une heureuse solution
des grandes questions d'hygiène publique et de bien-être matériel. Vous voulez donner satisfaction aux plus nobles sentiments
par la reconstruction monumentale d'édifices religieux ; votre
sollicitude s'étend avec non moins d'ardeur vers la culture de
l'intelligence, par les progrès imprimés à l'instruction primaire
et secondaire et par les enseignements spéciaux destinés à
répandre l'amour des beaux-arts. Ce noble programme doit se
compléter par toutes les améliorations qui pourront contribuer
à perpétuer et accroître l'influence de Montpellier comme ville
scientifique. Cette manière large de mettre en pratique l'esprit
municipal, cette vigilance lucide qui pénètre au fond de tous
les intérêts et qui lie si heureusement l'idée à l'action, ne sont
pas, Monsieur le Maire, vos seuls droits à nos sympathies. Il y
a un côté intime et puissant de votre personnalité qui a agi sur
nos cœurs et dont nous essayons aujourd'hui de vous témoigner
l'impression. Sous le magistrat intègre, le maire dévoué, le
loyal député, nous avons su distinguer l'homme, le concitoyen,
l'ami. C'est à ces qualités modestes, mais qui ont exercé sur
nous une attraction douce et forte, que nous voulons rendre
aussi hommage. Ce sont elles qui motivent cette réunion. La
table est le terrain de l'amitié ; on nous pardonnerait de
redire cette vérité devenue vulgaire, par le noble souvenir
de son origine, car c'est à Platon qu'elle remonte ; mais c'est
surtout par la ferme déclaration de sa sincérité que nous vou-
drions la faire agréer. Si la pensée qui anime ce banquet doit se
révéler tout entière, vous en trouverez la vraie formule dans
nos cœurs. Votre nouvelle dignité, Monsieur le Maire, n'est

qu'une heureuse occasion de vous manifester nos sentiments. Le
véritable motif est plus personnel : c'est à Monsieur Pagézy, c'est
à notre éminent collègue du Conseil municipal, que nous adres-
sons nos franches et affectueuses félicitations.

J'ai l'honneur, Messieurs, de porter la santé de Monsieur Jules
Pagézy, maire de Montpellier.

Banquet à Grammont

—

Toast à Monsieur le Ministre de l'Instruction publique

(*11 Juin 1863*).

MESSIEURS,

Le jour où il m'est permis, à l'occasion d'une double inauguration, de réunir une aussi brillante assemblée, de saluer la
présence d'un général éminent que tant de liens rattachent à ce
pays, d'un recteur qui est l'ornement et l'honneur de notre Académie ; quand j'ai l'honneur de parler à des collègues dont
l'estime est de plus en plus le but de mon ambition, à des amis
qu'une heureuse fortune m'a fait trouver dans le chemin de la
vie, comment ne serais-je pas fier de reconnaître l'honneur que
tous me font aujourd'hui. Permettez-moi donc, Messieurs, de
remonter à la source de cette joie, en ce moment complète. Le
Doyen de la Faculté de Médecine, qui vous adresse ses remerciements, les doit surtout au Ministre qui dirige d'un esprit si
ferme et si éclairé la grande institution universitaire. Nous
aurions bien des motifs de reporter notre admiration vers cette
intelligence élevée et vigilante qui touche à tant d'intérêts, et
fait circuler la vie et le progrès dans ce domaine de l'instruction
publique d'où jaillit l'une des forces vives de la nation. Des
motifs plus restreints suffisent à notre reconnaissance. Monsieur
le Ministre aime la Faculté de Médecine de Montpellier, il est
sympathique à ses doctrines, il veut leur donner des assises

solides en organisant fortement le côté pratique des études et
en développant l'esprit observateur qui doit se marier à l'esprit
philosophique. Dans ce but, Messieurs, nous ne saurions
l'oublier, Monsieur Duruy est venu en personne recueillir nos
vœux et agrandir nos espérances. Seul, parmi tous les ministres
que nous avons connus, il a porté ses pas dans l'enceinte de
l'École, l'a visitée dans ses moindres détails, constaté ce qui
fait la force de notre antique institution, et sondé ses côtés faibles, sur lesquels il porte aujourd'hui une main réparatrice.
Nous avons acquis une preuve récente et bien grande de sa
sollicitude : une somme importante, qui complète celle que
nous devons à la ville de Montpellier, vient de nous être accordée sur les fonds du Ministère de l'Instruction publique, pour
le perfectionnement d'une des branches les plus importantes de
l'enseignement médical. Ce service nous est cher entre tous, et
je saisis ici l'occasion de le célébrer. Tout ce qui tendra à relever la science, notre vrai patrimoine, nous rendra heureux.
Notre gratitude est donc bien légitime envers l'auteur d'un tel
progrès ; rien n'est plus présent à nos cœurs que M. Duruy
absent. Je voudrais être, Messieurs, un meilleur interprète de
vos sentiments, mais je suis du moins certain de les devancer
en portant la santé de S. Ex. Monsieur le Ministre de l'Instruction
publique[1].

Toast au Banquet de la Société de Médecine et de Chirurgie pratiques

(Janvier 1864).

Permettez-moi d'abord, Messieurs, de remercier la Société de
la sympathie qu'elle a bien voulu témoigner à ses deux présidents, par l'organe de son honorable secrétaire-général : on ne

------

[1] A ce banquet, offert par Mme. et M. Bouisson dans leur château de Grammont,
assistaient MM. le Général de division, le Recteur, le Premier Président, le
1er Adjoint, le Colonel Cros, Boyer, Peytavin, Benoit, A. Grasset, Pizot, Garimond,
Dupré, Béchamp, Combal, Foussagrives, Kuhnholtz, E. Berard, l'Inspecteur d'Académie, Martins, Chancel, Foncin, Rocaget, Moutet, Remi, Grasset, abbé Garimond,
Stéphani, Delacombe et Ch. Rodier.

pouvait s'exprimer en meilleurs termes. En ce qui me concerne, je voudrais pouvoir donner une pareille forme à mes propres sentiments et faire ainsi mieux agréer à mes chers collègues les vœux que je forme pour eux. Je souhaite à notre Société un brillant développement scientifique, que me font du reste préjuger la sève, la jeunesse et l'esprit progressif qui animent ses membres actuels. La Société de Médecine et de Chirurgie pratiques vit et grandit parce qu'elle a sa raison d'être et un but marqué dans l'organisation des moyens d'instruction médicale réunis à Montpellier, dans une sphère plus modeste, mais non moins utile, à certain point de vue, que d'autres Sociétés savantes dont notre ville s'honore, elle cultive avec ardeur la science, discute les questions importantes et fait profiter de ses efforts les élèves laborieux de notre Faculté. Sous ce rapport, elle établit un heureux lien entre les élèves et les professeurs. Les premiers, attirés dans la Société par une louable émulation, n'y paraissent point devant les maîtres pour subir des épreuves ou recueillir leur enseignement, mais pour porter eux-mêmes le contingent de leurs premières études, s'exercer à la critique scientifique et pour acquérir ou fortifier leurs convictions au feu de l'argumentation. — La durée de notre Société, Messieurs, pourrait nous rendre fiers : nous avons un passé. La Société de Médecine et de Chirurgie pratiques, qui continue l'ancienne Société chirurgicale d'émulation, pourra bientôt célébrer son existence demi-séculaire. Sa fondation remonte vers l'année 1820. Je l'ai vue, pour ma part, il y a déjà plus de trente ans, florissante sous la direction de Dugès. Ce n'est pas sans émotion et sans plaisir à la fois, que je me rappelle avoir assisté, en 1834, à une réunion semblable à celle d'aujourd'hui. Autour de Dugès étaient groupés des jeunes gens studieux, dont l'un est devenu directeur du Val-de-Grâce, et dont plusieurs sont aujourd'hui professeurs à la Faculté ou chirurgiens des grands hôpitaux du Midi de la France. Notre président encourageait nos efforts et annonçait à la Société une belle destinée. Je suis heureux de vérifier le pronostic du savant Dugès, et en voyant les nouveaux membres de notre Société, ses brillantes recrues, en voyant surtout notre jeune et honorable agrégation lui porter le concours de son activité, je me crois fondé à mieux augurer encore de l'avenir qui

lui est réservé. Pour assurer cet avenir, Messieurs, restons
fidèles à notre devise : *Progrès et Fraternité*. Le progrès scientifique, nous le tentons et nous le réalisons quelquefois dans nos
séances. Quant au progrès personnel, il est lié aux salutaires
exercices de l'intelligence ; vous y gagnerez, Messieurs, la force
et l'élévation des idées, l'accroissement du talent de la parole,
le perfectionnement dans l'art de discuter, d'élargir, d'élucider
les questions litigieuses. Vous voyez aussi grandir, à côté des qualités de l'esprit, d'autres qualités intimes non moins précieuses
et ces dispositions cordiales que notre devise résume sous le
nom de fraternité. Ce sentiment est surtout celui qui nous réunit aujourd'hui. Le souvenir de l'échange de nos sympathies, au
bruit du choc de nos verres, les affermira pour toujours. Don-
nons raison au divin Platon, à l'auteur du *Banquet*, et qui appelait « la table » l'entremetteur de l'amitié.

Je bois à la prospérité et à la durée de la Société de Médecine et de Chirurgie pratiques de Montpellier.

Quelques mots à M. le Professeur Cavalier, à l'occasion de son installation

(*14 Janvier 1869*).

MONSIEUR ET CHER COLLÈGUE,

En prenant place parmi les membres de cette Faculté, à
laquelle vos fonctions d'agrégé vous avaient déjà permis de
rendre des services, vous nous apportez autre chose que des
espérances ; vos écrits, votre caractère, votre expérience, les
ressources que promettent aux études pratiques le grand service
hospitalier où vous avez introduit de si importantes améliorations, sont une dot véritable que vous allez verser dans notre
communauté scientifique. Soyez le bienvenu parmi vos collègues, qui sont tous vos amis. Vous pouvez compter sur leur
dévouement comme ils comptent sur votre talent pour faire
fleurir, sous tous ses aspects, le haut enseignement de la pathologie générale qui vous est confié, et qu'ont déjà illustré vos
éminents prédécesseurs.

Quelques mots à M. Moitessier, à l'occasion de son installation comme Professeur de physique médicale.

(24 Février 1869)

MONSIEUR ET CHER COLLÈGUE,

Après avoir vécu la vie du savant dans son laboratoire, après avoir inauguré à l'École normale de Cluny l'enseignement de la physique appliquée à l'industrie, il vous est réservé d'inaugurer ici l'enseignement de la même science appliquée à la médecine. Ce privilège, qui nous fait pressentir tant de services, ne pouvai mieux incomber qu'à vous. L'importance de votre candidature, qui vous a laissé seul prétendant, la double unanimité avec laquelle elle a été accueillie par la Faculté et par le Conseil académique, disent assez combien vos travaux étaient appréciés. Vous avez tout à fonder dans votre nouvelle carrière : matériel et enseignement; mais dans cette œuvre d'organisation qui va prouver une fois de plus l'intimité des rapports de la médecine avec les sciences exactes, vous pouvez compter sur le concours entier de l'administration, comme sur la sympathie de vos collègues. Nous serons tous payés, dans une large mesure, par les succès qui vous attendent et qui ajouteront au lustre de cette École.

FIN DU TOME ONZIÈME.

TABLE DES MATIÈRES

DU TOME XI

COMPTES RENDUS

Pages

Compte rendu sur les Travaux de la Faculté de Médecine de Montpellier pendant l'année scolaire 1851-52...................... 1

Compte rendu sur les Travaux de la Faculté de médecine de Montpellier, pendant l'année scolaire 1863-64...................... 13

Compte rendu sur les Travaux de la Faculté de médecine de Montpellier, pendant l'année scolaire 1867-68...................... 35

Compte rendu sur les Travaux de la Faculté de médecine de Montpellier, pendant l'année scolaire 1868-69...................... 65

Compte rendu sur les Travaux de la Faculté de médecine de Montpellier, pendant l'année scolaire 1870-71...................... 93

Compte rendu sur les Travaux de la Faculté de médecine de Montpellier, pendant l'année scolaire 1871-72...................... 115

Compte rendu sur les Travaux de la Faculté de médecine de Montpellier, pendant l'année scolaire 1875-76...................... 145

Compte rendu sur les Travaux de la Faculté de médecine de Montpellier, pendant l'année scolaire 1876-77...................... 191

Compte rendu sur les Travaux de la Faculté de médecine de Montpellier, pendant l'année scolaire 1877-78...................... 213

DISCOURS et ALLOCUTIONS

Discours prononcé à la séance annuelle de l'Association de prévoyance et de secours mutuels des Médecins de l'Hérault.............. 241

Lettre à M. le docteur Aug. Lafosse, trésorier de l'Association....... 252

Réponse au toast de M. le docteur Bertin,...................... 253

Toast porté par M. Bouisson, président...................... 255

Toast à M. le docteur Vailhé, vice-président...................... 256

Allocution sur l'Origine et le Caractère des Sociétés de secours mutuels 258

Toast prononcé au banquet du 26 janvier 1870...................... 270

Discours prononcé à la Distribution des Prix au Lycée de Montpellier : *De l'Importance de l'Étude des Langues anciennes dans l'Enseignement secondaire*...................... 271

Discours prononcé à la Distribution des Prix du Lycée de Nîmes : *De la Direction du Travail dans l'enseignement des Lycées*.. 287

Pages

Discours prononcé à l'occasion de l'inauguration du buste de Victor
    Coste, à Castries....   299
Au Roi, à l'occasion de la mort du Duc d'Orléans   305
Toast à M. Pagézy, maire et député, au nom du Conseil municipal...   305
Toast à M. le Ministre de l'Instruction publique (banquet à Grandmont)   307
Toast au banquet de la Société de médecine et de chirurgie pratiques   308
Quelques mots à M. le professeur Cavalier, à l'occasion de son instal-
    lation...   310
Quelques mots à M. le professeur Moitessier, à l'occasion de son instal-
    lation...   311

FIN DE LA TABLE DES MATIÈRES DU TOME XI.